ハヤカワ・ミステリ

TOM FRANKLIN & BETH ANN FENNELLY

たとえ傾いた世界でも

THE TILTED WORLD

トム・フランクリン&ベス・アン・フェンリイ
伏見威蕃訳

TOKYO
HAYAKAWA
BOOKS

A HAYAKAWA
POCKET MYSTERY BOOK

THE TILTED WORLD
by
TOM FRANKLIN AND BETH ANN FENNELLY

Translated by
IWAN FUSHIMI
First published 2014 in Japan by
HAYAKAWA PUBLISHING, INC.
This book is published in Japan by
arrangement with
SOBEL WEBER ASSOCIATES, INC.
through TUTTLE-MORI AGENCY, INC., TOKYO.

装幀／水戸部 功

ノーランと、ナットとジュディスに捧げる

たとえ傾いた世界でも

おもな登場人物

ディキシー・クレイ…酒の密造人
ジェシ……………………ディキシー・クレイの夫。酒の密造人
ハム・ジョンソン……密造酒取締官
テッド・インガソル…密造酒取締官
ジェイコブ……………ディキシー・クレイの亡くなった赤ちゃん

作者おぼえがき

一九二六年冬から一九二七年春にかけて、ミシシッピ川とその支流のずさんな造りの堤防を記録的な雨がためし《テステッド》——打ち負かし《ベステッド》た。小規模な洪水が数多く起きて、おおぜいが死んだあとも、豪雨は激しくなるいっぽうだった。一九二七年三月、イリノイ州カイロからメキシコ湾にいたる全長千マイルの堤防が、決壊の危機にさらされ、数千人の被災者が仮設キャンプに収容された。ミシシッピ川の全流域に、洪水や破壊工作と戦う訓練を受けている武装した守備兵が配置されていた。しかし、一九二七年の聖金曜日に起きた大洪水にそなえられるような訓練などない。ミシシッピ州グリーンヴィル近くのマウンズ・ランディングの堤防が決壊し、ナイヤガラの滝の二倍の威力がある高さ百フィートの水の壁がミシシッピ・デルタをえぐった。住宅数百万戸を押し潰し、二万七千平方マイルを水没させ、ところによっては水の深さが三十フィートもあった。洪水は四カ月も引かなかった。樹木、屋根、堤防から、三十三万人が救いあげられた。連邦政府の予算が三十億ドル程度だった時期に、洪水が資産にあたえた損害は、十億ドルにのぼった。

一九二七年の大洪水は、南部の地形を変えただけではなく、その後の人種関係とアメリカの政治を一変させた。アフリカ系アメリカ人数十万人が北部に移住し、ハーバート・フーヴァーが大統領に当選した。また、連邦政府が洪水の犠牲者を助ける手立てをなにも講じなかったため、緊急事態になるのを防ぎ、復興を支援する政府機関を設立すべきだという確信が生まれた。それが国民の意識として残り、なおかつ、わが国にとって未曾有の自然災害だったと多くの方面で見なされているにもかかわらず、一九二七年の大洪水は、こんにちではほとんど忘れ去られている。

本書『たとえ傾いた世界でも』では、その時代の暮らしのありさまを再現しようとしている。歴史的背景について、作者ふたりはできるだけ正確を期すようこころがけたが、ホブノブという町とその住民は虚構である。

プロローグ

一九二七年四月四日

ディキシー・クレイが、帽子で蚊を追い払いながら、びちゃびちゃと音をたて、増水した支流の岸沿いのぬかるみを歩いていると、水から突き出したスズカケノキの枝に赤子の棺桶がひっかかっているのが目に留まった。一瞬、二年前に埋葬した自分の男の子が戻ってきたのかと思い、へたり込みそうになった。帽子とライフル銃を取り落とし、川に跳び込んだ。珈琲《コーヒー》色の泡立っている水に腰までつかって突き進みかけたところで、気を取り直した。棺桶に収められているのがジェイコブのはずはない。だいいち、棺桶ではなかった。足をゆるめてのそのそと近づくと、鋲を打った鉄帯をまわした箱だとわかった。船室の寝台の下に入れるような小型の旅行カバン――ハットトランクと呼ばれるものだ。

この森の窪地では、音が何マイルも先まで届き、妙なぐあいに反響する。だが、何人もの男の声が聞こえようとは、思ってもいなかった。それに、鋭い音をたてて逆巻いている流れのなかでも聞こえるのだから、大声でどなっているにちがいない。夫のジェシは、きょうの午後は帰ってこないはずだった。ディキシー・クレイは渦巻いている川のなかで向きを変え、来たときとおなじようにもがきながら岸に戻って、這いあがった。腰まである防水靴に、水がしこたまはいっていた。

家までは四分の一マイルある。ジェシの古いズボンをはき、ウィンチェスターのライフル銃を持ってきてよかったと思いながら、走っていった。ディキシー・クレイは足が速いほうだが、百エーカーの畑は沼と化し、くるぶしの深さの泥が防水靴にまとわりつき、ズボズボと音をたてた。松の枝をくぐり、クロイチゴの藪をまわったとき、ジェシの声が聞こえた。言葉は聞き取れない。ほかに男がふたりいるようだった。数年前までは客が家に来ることがあったが、ジェシがやめさせた。ディキシー・クレイが男と話をするのを嫌ったからだ。それに、どうやら客ではないようだった。

小高い尾根を越えると、ディキシー・クレイは腹ばいになったが、家の裏口にはひと気がなかった。表にいるにちがいない。雨裂を下りはじめると、びしょ濡れの木の葉で足を滑らせて、小石や松ぼっくりがなだれ落ちたので、ひやりとした。もっと用心しながら、密生した暗い森を出ないようにして、正面のベランダのほうへまわった。声がはっきりと聞こえるようになったが、声の主の姿はまだ見えない。二百ヤードほど離れていたし、もっと近づくには、物蔭から出て、物干し綱の向こうにあるユリノキの木立まで駆けださなければならない。そのなかごろまで走ったとき、一発の銃声が聞こえた。

ユリノキに体をぶつけ、吐きそうになって、しゃがんだ。

知らない男の声が、かなり大きくなっていた。「おれがいまここでおまえを殺したほうがいいのか？」

ぼそぼそという声の返事。

「だったら、へらず口を叩くな」

ディキシー・クレイは、もっと近づくことにした。そのとき、カタカタという歯切れのいい音が聞こえた。ガラガラヘビかと思った。だが、四月のはじめだから、ガラガラヘビはまだ地面のなかにいるはずだった。雨で息が苦しくなって出てきたのか？　ひとつ息を吸い、なんとか下に目を向けた。指がふるえて、結婚指環がウィンチェスター銃の銃身に当たり、音をたてていた。ディックス、と心のなかでつぶやいた。ディキシー・クレイ・ホリヴァー。しっかりして。

すべらかなユリノキのあいだを進み、ようやく、みすぼらしいバラの茂みが水につかっている溝ごしに、斜面の下のベランダを見おろせるところへ近づいた。ジェシが揺り椅子に座り、その脇に男がふたり立っていた。ひとりは二十代のはじめで、髭をきれいに剃り、腋の下の革鞘《ホルスター》に拳銃を差し込んでいた。もうひとりはもっと年かさで、顎鬚をのばし、ホンブルグ帽をかぶり、手押し車に積んだウィスキーの木箱にもたれている。

はじめは、まったく知らない人間のように思えたが、やがて思い出した。何日か前にアミティの店で売台《カウンター》の前に立ち、いろいろな縄の重みをたしかめていたとき、横に男が来たのがなんとなくわかった。ディキシー・クレイは向きを変えなかった。「破れた背嚢をこれで縛って閉じられるかな」男がいいながら、一本の縄を両手でぴんと張った。ディキシー・クレイは、話しかけられたのに気づかないふりをして、カウンターを疑似餌のほうへ進み、アミティにその客の相手をさせた。それでもまだ、男の視線が感じられた。ディキシー・クレイは小柄で、男好きがする。茶色の巻き毛や鼻のまわりのそばかすにも、男たちはそそられる。だが、本人にその気はなかった。だいぶ前から、脚は蒸留所まで歩いていくためのもの、腕はマッシュをかきまぜるためのもの——それだけになっていた。その日、店を出ると、男が自動車にもたれて、もうひとりの男としゃべっているのが目にはいった——自分のことを話しているのだとわかった。急いでその場を離れるようなことをしないで、そのふたりをよく見ておけば、何者か見抜けたかもしれない。だが、そうしなかった。雨のせいで町にはよそ者がおおぜいはいり込んでいた。土嚢積みの日雇いもいれば、技師や新聞記者もいる。

堤防を見廻って破壊活動家に目を光らせる州兵もいる。そしていま、密造酒取締官がふたりやってきた。ディキシー・クレイは、しゃがんで、ユリノキ林の下生えの痩せこけたアザレアの隙間から覗いた。心臓が疾《はや》駆《が》けしている。ジェシが、まるで腕白坊主みたいに小さく見える。腕を背中で曲げ、揺り椅子の背板のあいだに通していた。手錠をかけられているのだろう。手錠はかけられたが、撃たれてはいない。檸檬《レモン》色のシャツはズボンにたくしこまれたままだ。

「だがな、おれたちがここに」若い取締官が、ラッキーストライクの箱を叩いて一本出しながらいった。「新聞記者を連れてきたらどうなる？」

　年かさの男が首をふったが、若い取締官はつづけた。

「ジャクソン（州《ミシシッピ》の州都）のやつらは、どうやって自分たちの写真を新聞に載せるんだろうね？　おかしいと思わないか？」紙巻タバコをくわえて燐寸《マッチ》で火をつけるあいだ、言葉を切った。「記者を呼ぶんだよ。そうなのさ」煙を吐き、マッチを床板に落とした。「やつらは、だれもいないところで狂い水の樽をぶち割ったりしない。わかるかい、旦那。やつらは新聞社に電話するんだよ。そして、ネクタイを締め、髪油をつける。それから写真機の三脚が立てられたところではじめて、ボクサーのジャック・デンプシーまがいにポーズをとる」

　ディキシー・クレイは、ジェシが自分のほうを向いて、どうすればいいのか伝えてくれるように願ったが、たとえディキシー・クレイがいるのを察していたとしても、ジェシはなんの合図もしなかった。顎をあげて虚空を見つめているだけだった。遠くからだと、ジェシの目は黒く見えた。ほんとうは右が青、左が緑で、瞳の色がちがっている。

　年かさの男が腕組みをして、腕を手押し車の柄に載せた。長靴《ブーツ》ではなく安全靴《ブロガン》をはいているので、そこに武器は隠せない。腋の下にホルスターをつけていないのも見てとれた。玄関ドアのそばに散弾銃が立てかけてある。武器はそれだけなのだろう。「おまえ、そんなに顔写真を新聞に載せたいのか？」

「あんたはちがうのか？」若い取締官がいった。「テンペランスにいる女房に自慢話のネタをくれてやれよ。それに、政治宣伝にも都合がいい。おれたちの給料もあがるさ」紙巻タバコを口もとに近づけて、相棒のほうをちらりと見た。「想像してみろよ。あそこで」――蒸留所のある方角をタバコでぞんざいに示した――「十数本の樽からウィスキーのしぶきがあがる。おれたちが斧をふりあげてる。それに、ここの蒸留釜はでかいぜ。やつらがサムナーで見つけたのよりもでかいって請け合うよ。このお手柄で、おれたちは一カ月くらい、料理屋でただのビフテキにありつける」

「ここに電話はない。自動車を走らせて、新聞社に電話をかけ、戻ってくるのに、たっぷり一時間はかかる」

「それじゃ、暗くならないうちに出発しないと。おれが自動車を取ってくる」

ジェシがはじめて口をひらいた。「あんたたち――」

そういったとたんに、年かさの男がさっと向きを変え、手の甲でジェシを殴った。すさまじい一撃に、揺り椅子が揺り子の上でぐらつき、弓形の揺り子の端であぶなっかしく傾いてから、こんどは逆に揺れた。

ディキシー・クレイは、狙いをつけていなかったし、撃つつもりもなかったが、ライフル銃から一発がぶっ放され、ベランダの男たちが跳びあがり、ディキシー・クレイも跳びあがった。ふたりとも身を低くして、顎鬚の男はあわててウィスキーの木箱の蔭に隠れ、もうひとりはジェシのうしろに跳び込んだ。ディキシー・クレイは、ぎょっとしてウィンチェスター銃を見おろした。これでもっと厄介なことになった。それに、ジェシを助けるために取締官ふたりを撃つつもりはなかった。それどころか、そのころのディキシー・クレイは、ジェシを撃ち殺して厄介払いすることを空想していた。いや、撃つのではなく、いなくなってもらう。血を流さず、遠くから、彼の姿を消す。

ディキシー・クレイの考えを読んだかのように、鳥のさえずりもない異様な静けさに向かい、ジェシがわめいた。「野郎ども！　まだ撃つな。おまえたちがこのふたりを照準に捉えてるのはわかってる」――取締官ふたりが顔を見合わせるのが、ディキシー・クレイの目にはいった――「だがな、こいつらを殺すのは、話がまとまらないってわかってからにしろ」ジェシが、自分の体を楯にしている男のほうを向いた――「おい、デルタ・デモクラット新聞に顔写真を載せたいんなら、銃を捨ててこの手錠をはずせ。さもないと死亡記事に載ることになるぜ」

ベランダの向こうでは、年かさの男が玄関ドアのそばの散弾銃をじっと見ていた。男がしゃがんでいたウィスキーの木箱の蔭から、たっぷり八フィートはある。

ジェシがそれに気づいて、なおもいった。「いま銃を持ってるのは、おまえらのうちひとりだけだし、血も涙もない密造人《シャイナー》四人がおまえらのどてっ腹に狙いをつけてる。さあ、銃を捨てて、手錠をはずせ」

ところが、ジェシの揺り椅子のうしろにいた若い取締官の肘が一閃し、拳銃が上に動いて、ジェシの顎に押しつけられた。取締官がわめいた。「降伏すれば、こいつを地獄まで吹っ飛ばすのはやめてやろう。こっちはそのつもりなんだ。いうことをきけば、手荒なことをしないでおまえらをブチ込んでやる」

ジェシが、笑わせるぜというように顔をのけぞらせた。「おいおい」おどけた声で、取締官にいった。「そんな脅しはアライグマの糞ほどの効き目もねえよ。やつらはおれが殺されたってへいちゃらだ。ウィスキーを売りさばいた分け前が増えるだけのことだからな。で、あんたはどうなる？」三度つづけて舌打ちをした。

「やつら、射撃の練習のためだけに、あんたらを撃つかもな」日曜日の午後、豆の莢をむくほかに差し迫った用事はないとでもいうように、ジェシは椅子を揺らしはじめた。うしろから拳が突き出されて、揺り椅子を押さえ、動きがとまったが、ジェシはすっかり安心したようすで、二色使いのブーツの爪先を重ね合わせていた。

「そうとも」足を曲げのばしして、足首をまわしながら、ジェシはつづけた。「やつら、退屈して怒りっぽくなってる。戦争から帰ったばかりの狙撃兵も、おれは雇ってる。そいつらは撃ちたくてうずうずしてるんだ」顎をあげて、森に向かって叫んだ。「おい、クレイ！　皇帝《カイゼル》を打ち負かした腕前を見せてやれ！」言葉を切り、ベランダを見まわした。「パイ皿を撃ってみろ！」

ディキシー・クレイは、天井からブリキのパイ皿を紐で吊るし、そこに粒餌を入れていた。それをウィンチェスター銃で狙った。クレイ。ディキシー・クレイ。あんたならできる。お下げ髪の少女のころに、単銃身の散弾銃でダウンザライン・クレイ射撃をやり、一等賞を取ったのは、あんたじゃなかったの？　父親といっしょに猟をした歳月を、ディキシー・クレイは思い出し、ピンオークの木からピューマを撃ち落としたことを思い出した。その射撃を心に描き、この射撃を心に描いた。引き金を絞った。パイ皿がガラガラと鳴り、紐の先で踊り、粒餌が勢いよく飛び散って、床板で弾み、転がってとまった。それに相手が気をとられている隙に、ディキシー・クレイはサッサフラスの木の蔭に駆け込んだ。その急斜面から下のベランダまでは四十フィート。最後の隠れ場所だった。

「ヘッ！」パイ皿がけたたましい音をたてるのを見ながら、ジェシはどなった。「面白くなってきたぞ。こうしよう」取締官たちに話しかけながら、また椅子を揺すった。「腕比べといこう。イヤッホー！　こんどは四本指のフレディの番だ」ディキシー・クレイはつかの間、ジェシの作りごとにはまり、架空のフレディがそばにいるような気がした。

ジェシがなおもいった。「フレディ、ウドの大木め、あのラッキーストライクの箱に当てられるか？」

取締官ふたりが、若いほうが落とした平たい箱を見た。ディキシー・クレイは、緑色の箱に描かれた赤い的に狙いをつけた。さっきよりも落ち着いていた。引き金にかけた指ではなく目で銃を発射するかのように、視線と的が電気でつながっているような心地を、もう一度味わった。ディキシー・クレイが撃つと、箱は紙吹雪となって飛び散りはしなかったが、床板にあいた穴は一インチも離れていなかった。こんなときにしては、なかなかの射撃だ。

「ああ、フレッド、フレッド、フレッド。この射撃はやっぱり指が五本ないと無理だな。注意が足りねえな。まあ、アンラッキーストライクだったんだろう。よし、こんどはビルの番だ」ジェシが、つぎの的を考えるふりをした。「こうしよう、ビル。やってもらいてえことがある。おれはあのホンブルグ帽が嫌いなんだ」

ディキシー・クレイは、年かさの男の帽子を眺めた。ウィスキーの木箱の山から、数インチはみ出している。ジェシがまたいった。「てっぺんのくぼみが気に入らねえ。近ごろの紳士は、なめらかな丸い山高帽が流行りだっていうのを心得てるぜ。ビル、おれたちの友だちの帽子のくぼみをなくしてやってくれ」

サッサフラスの木の蔭にいたディキシー・クレイは、身動きしなかった。頭から帽子を吹っ飛ばす？　ジェシ、あんた本気で——。

ジェシがまたしゃべりはじめた。いまなお愉快そうな声だったが、結婚して六年になるディキシー・クレイには緊張が聞きとれた。「よし、去年の流行の帽子をかぶって、おれたちがせっせとこしらえた密造酒の蔭にへばりついている紳士に、ちょっとした紳士用品を用意してあげようじゃないか。ビル、やってくれるよな。そのあとでおまえの弟のジョーが、頬髭を剃ってあげればいい」ジェシが口を横に曲げて、まだ拳銃を突きつけている若い取締官に聞こえよがしにささやいた。「われらが取締官たちには、身だしなみをよくしてもらいてえな」森のほうに目を戻した。「よし、ビル――」

「わかったよ!」顎鬚の男が、不機嫌にどなった。

「おまえらには敵わない」相棒に顎をしゃくった。若い取締官が輪胴式の拳銃をほうり、それが床板を滑っていった。顎鬚の男が、ディキシー・クレイのいる方角に向けて、大声でいった。「鍵を出す。聞いているか?」揺り椅子の背板のうしろで手錠をかけられている、ジェシの手のほうに顔をうつむけた。

自由の身になると、ジェシは若い取締官の拳銃をさっと拾い、身を起して、玄関へあとずさりし、もうひとりの散弾銃をつかんだ。二挺の銃を、それぞれの持ち主に向けた。つかの間、三人はカーテンがおりるのを待って固まっている役者のように、じっと立っていた。

「ようし、それじゃ」ジェシがにやりと笑い、翼みたいにひろがった黒い口髭の下で、白い歯が覗いた。「おれはこの連邦取締官ふたりを町へ連れてって、話がまとまるかどうかやってみる。妙なまねをしやがったら、いつでも撃っていいぞ。そうでなかったら、いつもどおり商売をつづけろ」ジェシがドアの横の穀物箱に足をかけて、長靴の脇に拳銃を押し込んだ。それから、男ふたりに散弾銃をふってみせ、ベランダの階段を差し示した。ふたりが階段をおりると、ジェシは揺り椅子の横にぶらさがっている手錠のほうへ行き、背板に通してはずした手錠をポケットに入れて、ふたりのあとを追った。「いやはや、たまげたぜ」泥水をはねかしながら歩いている取締官ふたりの背中に向けて、ジェシはいった。「あんたら、護送車をどこに隠してるんだ？」

返事はディキシー・クレイには聞こえなかったが、ジェシが艶やかな黒髪の頭を縦にふり、西のセヴン・ヒルズに向けて私道を大股に歩いていくのが見えた。尾根のてっぺんで、雲の向こうの太陽が橙色のしみになっていた。三人の姿が見えなくなり、空の色がそれにつれて褪せていくまで、ディキシー・クレイは見送っていた。ジェシはあのふたりを買収するつもりなのだろう。金を握らせて、それでおしまいだ。なにも変わらない。パズルの断片のようなサッサフラスの樹皮に額をくっつけて、ディキシー・クレイはふるえる白い息を吐いた。湿った樹皮は、ルートビアのにおいがした。そのことをすっかり忘れていた。背中の真ん中を汗がひとすじ流れ、背骨をおりていった。アマガエルがまわりで夜の歌を合唱しはじめるまで、そこにじっともたれていた。

木の幹を押して離れ、足もとに用心しながら川へ下っていって、帽子を拾い、トランクがまだあるかどうかを見にいくことにした。よろけ、足を滑らせながら、ベランダまでおりていき、階段に腰かけて、腰まである防水靴を脱いだ。立ちあがると、揺り椅子をまっすぐに直した。それから、家にはいって手提げ灯《ランタン》を持ち、ありったけの鍵を集めた。ディストン鋸と先曲がりペンチも取ってきた。夕食用のパンの耳と固ゆで卵を持ち、ラバに餌をやると、また尾根に登って、川へと進んでいって、帽子を見つけた。

トランクは、枝にひっかかったままだったので、岸に引きあげた。太腿に痣をこしらえ、またずぶ濡れになった。もう暗くなっていたので、トランクの上にランタンを置き、持ってきた鍵のどれかが魔法の形をしているのを願い、片っぱしから鍵穴に差し込んだ。だが、どの鍵でもあかなかった。ディストン鋸を使おうかと思ったとき、袋に一本だけ鍵が残っているのに気づき、鍵穴に差すと、内筒《タンブラー》がまわる音がした。なかには乾いた鹿革の袋があり、紐をゆるめて、ディキシー・クレイはマンドリンを取り出した。桃花心木《マホガニー》製で、丸胴が美しい曲線を描いていた。

ディキシー・クレイは、大きくひらいたトランクをずぶずぶの川岸に打ち捨て、マンドリンを持っていった。歩きながら、何本か弦をはじいて、どれほどの値打ちがあるだろうと考えた。ジェシも自分も弾けないが、正直なところ、売るつもりはなかった。

ジェシが家に帰ってきて、取締官と話をつけたといってくれればいいのにと思った。だが、こっちが心配していることなど、ジェシは気づきもしないだろう。とにかく、いつもどおり商売をつづけろと、ジェシはいった。ディキシー・クレイの商売は酒の密造《ムーンシャイニング》だから、うしろで月が輝き《ムーンシャイン》はじめているいま、そろそろ蒸留所のようすを見にいくころあいだった。

1

一九二七年四月十八日

内国歳入局の特別捜査官ハム・ジョンソンとテッド・インガソルが馬をつないだよろず屋《ジェネラル・ストア》の突き出した軒はトタン板で、はじめのうちは無尽蔵のビー玉がひっきりなしに落ちてくるような雨音しか聞こえなかった。ふたりがすばやく馬をつなぎ、顔を伏せると、雨水が帽子のつばを流れ落ちていた。階段を昇りはじめ、甲高い泣き声が雨のなかでかすかに聞こえたときも、それがなんなのか、ふたりにはよくわからなかった。というのも、ベランダにあがったとき、小麦粉袋のように見えていたものがブーツをはいていると気づいて、ぎょっとしたところだったからだ。黒い防水布の上に横たわっていたのは、小麦粉袋ではなく、どす黒い血の薄い幕に覆われた死体二体だった。

　そこでふたりは着装武器《サイドアーム》を抜き、最後の数段を躍りあがった。インガソルのブーツが血で滑り、ハムに半歩遅れた。死体はベランダにうつぶせになっていた。ハムがそいつらの銃を遠くへ蹴とばし、ふたりともドアの左右で伏せ、羽目板に体を押しつけた。ハムが顎をしゃくり、ふたりは薄暗い店内に跳び込んだ。棚がならび、左手に硝子《ガラス》の陳列棚がある。インガソルとハムは、それぞれちがう通路を選び、身を低くして小走りに進み、樽の列の前で落ち合った。

　さきほどの泣き声は、なんだったにせよやんでいたが、インガソルは向きを変えた。倉庫のドアがある。そのときまた泣き声が聞こえた。さっきよりも大きく、甲高くなっていた。

「猫ならいいんだが」ハムがいった。

赤ん坊が部屋の真ん中で仰向けになり、手足をばたつかせて、泣きわめいていた。十フィートほど離れたところで、段ボール箱が積んである棚に面し、べつの人間が横向きに倒れていた。血でどす黒いシャツの上で、黒いズボン吊りがY字を描いている。インガソルがコルトのリヴォルヴァーをドアのほうに向けるいっぽうで、ハムがその人影に突進して、肩を爪先でつつき、仰向けにした。床板に頭がガタンとぶつかった。十七歳ぐらいだろう。ライフル銃が頭から数フィートのところに転がっていた。血が点々とついて曲がっている眼鏡の奥で、少年の目があいたとき、もう助からないとわかったので、ハムはライフル銃を遠くに蹴りはしなかった。インガソルは、正面の店内と倉庫の両方に目を配った。人体という袋に穴があくと、とてつもない量の血が出るものだ。裏口までずっと血だまりがひろがり、床板の割れ目から流れ落ちていた。べつの血の川が、泣きじゃくっている赤ん坊のところまで届いている。インガソルはドアに銃を向けたままで、あとずさった。

「坊主」ハムが、少年のほうに身を乗り出した。「なにがあった？」

少年の目がのろのろとインガソルを追い、それからハムに向けられた。「被災地荒らしの盗賊だ」と、少年がいった。〝ト〟の音が歯切れよい。スコットランド系だろう。

「おまえの名前は？」

「コリン……スチュワート」

「コリン、おまえとおまえの赤ん坊を、グリーンヴィルの病院へ連れていく」

「おれの赤ん坊じゃない」

「いいんだ。赤ん坊は心配ない。連れていく。気をつけるよ。ちゃんと世話させるように――」

「おれの赤ん坊じゃない。盗賊のだ。盗賊の赤ん坊だ。おれが撃ち殺した。盗賊どもを」

ハムとインガソルは、目配せをして、コリンと名乗った少年に視線を戻した。少年の下唇がふるえていた。聞きとれない言葉を吐き、顎に血の泡が点々とついた。

「こいつはひどい」そういうと、ハムは拳銃をホルスターに収め、両手をコリンの肩の下に差し入れた。インガソルもおなじようにして、少年の足首を持ちあげた。蜂の巣になった少年が軽く思えた。インガソルはうしろ向きにドアへと進み、赤ん坊をよけてまわり、店の通路を抜けた。血がぽたぽたとしたたった。盗賊の死体があり、トタン屋根がけたたましい音をたてているベランダに出て、インガソルが階段に向かったとき、ハムに名前を呼ばれた。そっちを向くと、少年が死んだとわかった。死は何度となく見ているので、それが訪れればわかる。ふたりのあいだで死体がぐったりして、ふたりはベランダの二体のそばにそれをおろした。

「やれやれ」ハムが帽子を脱ぎ、赤茶けたぼさぼさの髪を手で梳いた。掌の親指の付け根から額に血がなすりつけられ、それがインガソルには灰の水曜日に信者の額に記される十字のように思えた。「フーヴァーになんていえばいいんだ？」ハムが問いかけ、ベランダの屋根の溢れている雨樋から、あたり一面を細い棒縞に変えている雨に目を向けた。

　ふたりがいまの任務を命じられたのは、わずか数時間前だった。その日は賜暇にあてられていたのだが、クーリッジ大統領のもとで赤十字を指揮し、大洪水の対策を担当しているハーバート・フーヴァー商務長官が取り消した。ジャクソンのエヂソン・ホテルで宿帳に名前を書いたばかりのときに、フーヴァー長官の部下が電話してきて、ふたりは汽車の停車場に呼び出された。フーヴァーは大洪水の被災地をプルマン寝台車に乗って視察しており、救済寄金をばらまいては、寄った場所すべてで写真を撮影させた。記録的な水かさのミシシッピ川の氾濫を治めるのは――あるいは治められるふりをするのは――たいへんな難事業だった。ミズーリ州ドリーナの高さ千二百フィートの堤防が、二日前に決壊した。十七万五千エーカーが浸水した。国内の騒ぎを静めるために、ミシシッピ川管理委員会はドリーナの当局を非難し、堤防が雑な造りで基準を満たしていなかったとほのめかした。「政府の設計仕様に従って建設された堤防は一度も破れておらず、決壊による洪水も起きておりません」だが、じっさいには起きていたし、これからも起きるはずだった。川を見れば一目瞭然だ。

とにかく、ハムとインガソルは停車場へ行き、白い上着に制帽のニグロの客室掛が喫煙車へ案内して、お待ちくださいといった。数分しかたっていないように思われたとき、客室掛がインガソルを揺り起こし、汽車はとまりかけていた。インガソルとハムは、フーヴァーのプルマン寝台車に案内された。磨き込まれたマホガニーの机が、車室のほとんどを占めていた。ふたりはその前に立ち、飲み物は断って、ホームで躍起になって貨物を積み下ろししているのを窓から眺めた。

インガソルは、フーヴァーに会ったことはなかったが、顔は見たことがあった――国民はすべて見ている――フーヴァーがテレビジョンの初の公開実験に出演したときの写真が、新聞に載っていた。フーヴァーがワシントンDCの執務室で行った演説が、二百マイル離れたニューヨークのベル研究所まで送信され、硝子の箱の前に男たちが立って、両前《ダブル》の黒い背広を着たフーヴァーを眺め、口が動いたときにその声を聞いた。「人間の非凡な創造的才能はいま、距離という障害を打ち壊しました」と、フーヴァーは述べた。

ハムが机からたたんだ新聞を取り、インガソルのほうへ差し出した。〝チャップリン離婚を求める〟と

〝国民、大洪水に戦《おのの》く〟という見出しの下に、きのうメンフィスで撮影されたフーヴァーの写真があった。

うしろの水位標が記録的な高水位を示し、〝堤防は持ちこたえるとフーヴァー確約〟と書き添えてあった。

「やっこさん、つぎの大統領になるぞ」ハムがいった。

そうだろうと、インガソルもずっと思っていた。

ふたりは八年前から組んでいる。戦争（第一次世界大戦）の最後の一カ月、ハムが指揮官で、ふたりは馬が合ったが、戦争が終わると連絡がとだえた。インガソルはハーレムで楽団にくわわって、ニューヨークを転々としたが、シカゴとは勝手がちがい、ブルーズの音作りがきっちりしていなかった。一年ぐらい演ったところで、ハムがぶらりとはいってきて、奇遇だなといった。百四十二番街をのっしのっしと歩いていると、インガソルがギターでA短調のサイレンみたいな節回しを鳴らすのが、クラブ・デラックスからもれてきたのだという。「組もうぜ」麦酒《ラガー》を大コップで十二杯飲んだあと、クラブの外で朝陽に向かって連れ小便をしながら、ハムがいった。そこで承諾したのかどうかは憶えていないが、インガソルはその日にハムといっしょに出発した。踊り子のひとりがインガソルに惚れていて、その女の情夫《いろ》がクラブの経営者だった。その男はジャック・ジョンソンという元ヘビー級チャンピオンで、インガソルに顔を貸せといってくることはまちがいなかった。


それが一九二〇年で、〝高貴な実験〟とも呼ばれた禁酒法が施行されたばかりだった。その年の一月、特別捜査官千五百二十人が任官し、週給五十ドルが支給された。だが、腐敗していない特別捜査官が千五百二十人いても、海岸線と国境線一万八千マイルを巡察することはできないし、やがて腐敗するものも出てきた。そこで酒類取締局長官が、管轄に縛られない機動特別捜査官の二人組をいくつか養成するという案を思いついた。ずっとおなじ管轄にいると、ギャングとねんごろになりやすいからだ。長官は戦時中からハムを知っていて、〝猟犬の牙なみに汚れのない〟性格だとわかっていたので、まず任命した。とにかく、ハムがインガソルに話したいきさつではそういうことだった。かくして、手に負えない事態が持ちあがったときは、買収不可能の非情な謎の二人組が派遣される運びになった。

だが、歳月が流れるにつれて、ふたりは疲れてきた。それどころか、国全体が疲れていた。ヴォルステッド法（国家禁酒法）が、かえって飲酒や犯罪を増やし、あらたなギャングを生み出し、阿片やコカインに食指を動かすような風潮をもたらしているのを、国民は横目で見ていた。ハムとインガソルは、いまでは週給百ドルを稼いでいるが、やめたくてたまらなかった。交替要員も何組か訓練していた。だが、蒸留釜の打ち壊しに失敗したり、潜入捜査官が捕まったりしたときには、長官はふたりを指名する。そしていま、長官はふたりをフーヴァーに貸し出していた。

フーヴァーは、近ごろ新聞でさかんに取りあげられている。飢餓に襲われたベルギーをみごとに救ったのを宣伝する方法を探していたフーヴァーは、国内の大災害を利用するほうが名声を高められると気づいたのだ、というのがハムの説だった。三月にフーヴァーはクーリッジ大統領を説得し、人命救助と救援を調整する閣僚五人の特別委員会の委員長に任命された。その職務により、陸海軍を統率する権限を手に入れた。フーヴァーはさっそく報道操作を開始した。写真を撮らせ、自分の数々の成功は指導力のたまものだという声明を出した。数週間後には、自分が指揮するようになってから、洪水による死傷者は出ておらず、堤防への破壊工作、略奪行為、ニグロの堤防労働者の射殺事件、避難所での問題はまったく発生していないし、神の恵みで大洪水も起きていない、といい放った。どれも事実に反するか、ありそうにないことだった。

蒸気機関車が汽笛を轟かせて、発車を告げたとき、飾り帯から房が垂れている赤葡萄酒色のスモーキングジャケットを着たフーヴァーが姿を現わした。フーヴァーはふたりに、掛けるようにといい、いっしょに来てもらうと命じた。

「閣下」フーヴァーの机に向きあった革の安楽椅子に座りはしたが、ハムが抗議した。「荷物をジャクソンのホテルに置いたままです」

「ああ、わかっている。弁償させる」

インガソルは、その言葉を疑いはしなかったが、三度の任務の前にメンフィスのピーボディ・ホテルの保管庫に預けたギターのことを思い出した。指の胼胝《たこ》がなくなっているし、もう長いあいだ彼女《ギター》をかき鳴らしていない。

「町がある。小さな町だ」フーヴァーがいい、鎖で固定してある小さな本棚のほうへ椅子をまわした。「川の湾曲部にある」大きな革装の本を取ると、椅子を戻して、ふたりのほうを向いた。「ホブノブ湊《ランディング》」左の掌に本を載せたまま、右手の指をなめて、頁《ページ》をめくり、途中で手をとめて眼鏡を上に押しあげた。「ホブノブは、まずまずの大きさの町だ。人口は三千人くらい」ひろげたページを見ながらつづけた。「小規模な農場が多い。ほとんどはトウモロコシだ。水運や鉄道輸送もすこしはある。山が多いので、ワタ畑には向かない」眼鏡の上から、ふたりを見た。ワタの栽培に向かない土地は、密造酒造りにはうってつけだ。

ひとつ舌を鳴らしてから、フーヴァーは指で一ヵ所を示し、ふたりに見せた。「ここだ。捜査官ふたりが行方知れずになった」

「どれくらい前ですか？」ハムがきいた。

「二週間」

「まずいな」ハムは首をふった。「だれですか？」

「リトルとウィルキンソン。知っているな？」

「ええ」ハムはいった。若いほう、ウィルキンソンを、インガソルとふたりで訓練した。すこし気短だが、まじめな男だ。

「買収されたと思うかね？」

「いや、そうは思いません」記憶をたぐるあいだ、ハムは言葉を切った。「ちがいます」

「そうか。買収されたか、死んだか、どちらかだな」

インガソルもハムも、答えなかった。

「問題はだ、きみたち、わたしがこの地域に責任を負っていることだ。よくない報せがここからひろまっては困る」フーヴァーは椅子をまわして、地図帳を本棚に差し込んでからふたたび向き直った。「捜査官ふたりには女房がいて、問い合わせてきた。これ以上、返事を長引かせることはできない。じきに捜査官は死んだと発表せざるをえない」

ハムはうなずいた。

「その発表をよく見せるたったひとつの手立ては？」

「殺人犯を見つけたと発表することですね」

「大当たり」フーヴァーはいった。「よく聞いてくれ。ふたりはなにかでかいことに取り組んでいた。具体的にそれがなになのかはわからないが、この蒸留釜を打ち壊したら、自分たちは新聞に載ると、ウィルキンソンが女房にしゃべっていた。あいにく、それがどこにあるかは教えなかった。だから、きみたちふたりが現地へ行き、見つけなければならない。そして、できれば関係している人間をすべて洗い出してもらいたい。名前を探り出せ——買い手、卸し元、買収された警官、なにもかも。特ダネになるような手柄がほしい。密造酒取締官ふたりの死など、記事のつけ足しになってしまうような大手柄だよ。わかるな？」

ふたりはうなずいた。

「だが、ひとつだけ避けてもらいたいことがある。取締官が四人死んだらおおごとだ。だから、くれぐれも用心しろ」フーヴァーはなおもいった。「現地は緊迫した状態だ。密造にかかわっている人間が神経を尖らしているだけではない。地域全体が分裂している。じつは、ホブノブの町は、ニューオーリンズの銀行家と綿花商の集団に、巨額の買い値を示されていた。その連中は、堤防管理委員会に接触し、町を買収したいと申し出た」

「町を買収する?」

「そうだ、そこの堤防をダイナマイトで爆破する見返りに一万五千ドル払うと、そいつらが提案した。ホブノブは川が馬蹄形に曲がっているところにある難所で、どのみち堤防が決壊するおそれがある。そこが決壊すれば、南の堤防にかかる水圧が弱まり、ガーデン地区の柱廊を構えた大邸宅は救われる」

ハムが、フンと鼻を鳴らした。

「そんなふうに、最初は単刀直入な取り引きの話だった」フーヴァーはつづけた。「どっちみち決壊しそうな堤防を爆破させてくれれば、町民は新規巻きなおしができる、というわけだよ」

「それで、結局どうなりましたか?」

「いかにも人間にありがちな結果だ。ホブノブの町民は提案に跳びついたが、金を分配するうまい方法が見つからなかった。それぞれが所有する土地の広さや値打ちがちがう。土地を持っていないものもいる。どれほど揉めたかは、想像がつくだろう。結局、折り合いがつかず、銀行側は提案をひっこめた」フーヴァーは眼鏡をはずし、親指と人差し指で鼻梁をつまんだ。

「それで、こんどは破壊工作が懸念される」

「マークト・トゥリーみたいな?」インガソルが口をきくのははじめてだった。黙っているべきだったかもしれない。三角形にした指の上から、フーヴァーがじろりと見た。その事件では、アーカンソー州側のマークト・トゥリー付近で堤防にダイナマイトを仕掛けていた破壊活動家四人が、川越しに射殺された。フーヴァーはそれが記録に残らないよう手配りしたのだろうと、インガソルは遅ればせながら気づいた。

「そうだ」フーヴァーがいった。「マークト・トゥリーとまったくおなじだ」

　フーヴァーは立ちあがり、窓ぎわへ行って、いま聞いた話をふたりがじっくり考えているあいだ、表を眺めていた。速度をあげた列車が揺れていた。「工兵隊《ザ・コー》がホブノブに要員を送っている——工兵と堤防警備兵を。だから、きみたちははいり込みやすい——新手の技師が堤防を調べにきたと思わせればいい——しかし、町民から話を聞くのは簡単じゃないだろうな。疑り深くなっているから」

　フーヴァーが背中を向けていたにもかかわらず、ふたりはうなずいた。窓硝子の内側を水が流れるほど強く、雨が降っていた。フーヴァーはポケットチーフを出して、硝子の一部の水滴をぬぐった。水びたしの風景が、ガタゴト走る列車の車窓を流れ過ぎた。しなびたワタの列が、水にくしけずられている。「長居は無用だ。潜入し、私に電話して手入れ開始を報せ、蒸留釜を打ち壊して、脱出しろ」ふたりのほうをふりむいた。「一週間やる。そのあと、取締官失踪を発表する。期待を裏切るなよ」

「かしこまりました、閣下」

　フーヴァーは、外套掛けの前に行って飾り帯を解き、スモーキングジャケットを脱いで、軍服の上着に着替えた。ボタンを穴に通しながら、さらにいった。「まもなくグリーンヴィルに到着する。私が下車するときに、きみたちがいっしょにおりては困る。フラッシュを構えた新聞記者がいるからな。きみらの正体がばれてしまう」

「それじゃ、われわれはどうやって現地へ行くんですか？」ハムがきいた。

　フーヴァーは肩をすくめた。「きみたちは才気縦横の紳士だ。馬ぐらい用意できるだろう」

　ふたりとも肯《うけが》わなかった。

「どうだ？」

「水びたしで、馬はあまり使えません」ハムがいった。

フーヴァーは、窓の上の壁で波形に垂れている金色の紐に手をのばし、引いた。ブザーが鳴り、客室掛がドアをあけた。

「オリヴァー、こちらの紳士がたがおりる」

「ここで、ですか?」ハムが、信じられないというようにきいた。近くに町はない。

客室掛が回れ右をして、姿を消した。すぐに列車の制動機《ブレーキ》がきしみ、空気がもれるような音がした。

フーヴァーが机の抽斗をあけて、薄黄色の封筒を二通、革の下敷きの上に置いた。ハムもインガソルも手をのばさなかったので、フーヴァーは封筒を取り、机をまわって、一通をインガソルの手に押しつけて背中を叩き、ハムにもおなじようにした。

「きみらはフランスで軍務に服した」フーヴァーがそういったので、ふたりは顔をあげた。「つまるところ、これもまた戦争なんだよ。自分たちは法律を超越しているると思っているやつらとの戦いだ。母なる自然との戦いでもある」

またドアがあいた。フーヴァーが眼鏡とデスクの書類の山にあった封筒を持ち、差出人住所を見た。「ふたりとも用意はできている」

「荷物はどうなさいますか?」客室掛がきいた。

「ほとんどない」フーヴァーは、真鍮の開状器《レターオープナー》を封筒に差し込み、それでこじりながらいった。「この戦争に乗って、私がホワイトハウスまで行く」眼鏡の上から、ハムのほうを見た。「友だちを引き連れて」

ハムがうなずいて立ちあがり、インガソルがそれに倣い、フーヴァーが手紙をひろげているほうをふりかえった。客室掛がドアを押さえ、ふたりは連結器の上の穿孔鉄板に踏み出し、横殴りの風を避けるために帽子をしっかりとかぶった。足の下ではガタゴトという音が弱まり、ぼやけていたワタ畑がはっきりと見えていた。ワタのあるべきところが、しなびた茶色の鉤爪と化していた。まずハムがひと声うめいて跳びおり、つづいてインガソルが、泥の渦巻く世界へと跳び出した。

最初に行きあたった農家で、どこへ行けば馬が買えるかときくと、農夫が答えた。「わしが馬を二頭売るよ。牧草地もおまけにくれてやる」ハムが、いや、馬だけでいいといい、フーヴァーにもらった封筒の中身をたいして減らすこともなく、肋骨の浮いた糟毛二頭を買った。

そしていま、ベランダに立つハムは、死体三体を調べている。店員の少年は仰向け、盗賊ふたりはうつぶせだった。ハムは首をふった。「たまげたな。こいつらはブーツを盗んだんだ」大きいほうの死体の脇に蓋のない空き箱があり、段ボールでできたブーツの靴型だけが残っていた。下から染み込んだ血が、箱のなかばまでひろがっていた。

インガソルはひざまずき、小さいほうの死体をひっくりかえした。女。赤ん坊の母親。ズボンをはき、黒い髪をひっつめて男物の帽子の下に入れていた。口があいていて、歯が何本か欠けていた。腹も撃たれたところがぱっくりとあいていた。横の血だまりに紙袋があり、破れ目からパフドウィート（シリアル食品）の箱が見えていた。

「酔っ払ってたんだろう」ハムがいったが、確信はなかった。大洪水でごくふつうのひとびとまでもがやけっぱちになり、無鉄砲なことをやっていた。仕事も希望もなくし、どうでもよくなる。トウモロコシが水びたしになったら、殻むきの日雇いはいらなくなる。

「ホブノブに着いたら、警官をここへ来させよう」男と女のズボンを軽く叩きながら、ハムがいった。「書類も財布もねえな。このあたりの人間じゃなさそうだ。ジプシーかもしれねえ」

インガソルは、また赤ん坊の泣き声を聞いた。聞くのがつらかった。立ちあがった。

インガソルの馬鹿な考えを断ち切ろうとするかのように、ハムがいった。「行くぞ、イング。それでなくても、だいぶ手間取っちまった」

「ハム」

「行こう。急ごう。ホブノブに電話がある」

「ハム、あれを置いていけない」

「おい、連れていけるわけがねえぞ。フーヴァーの話を聞いただろう。一週間で蒸留所を見つけなきゃならねえんだ」

「でも、赤ん坊を置いていくのか？」

「なんだと？　殺人犯が野放しになってるのに、あの赤ん坊の子守りをしなきゃならねえっていうのか？」

「ちがうよ。でも……」

「おれたちの問題じゃねえんだ、イング」

「あれは孤児《みなしご》になったんだ、ハム」

ハムの灰色の目がインガソルの目と合い、ハムが折れた。「しょうがねえな。いいだろう。だが、おれは気が進まん」

インガソルは向きをかえて、店のなかに戻った。ハムがあとにつづき、ふたりは血の足跡を逆にたどって倉庫にひきかえし、赤ん坊を見おろして立った。赤ん坊はぼろぼろのおむつをつけていた。泣きやんでいたが、喉を鳴らすような呼吸にむらがあった。ふたりは上にかがみ込んだ。

「どうすりゃいいんだ？」ハムがきいた。

「どうするって？」足をばたつかせている赤ん坊を、ふたりは眺めた。「抱っこしたほうがいいんじゃないか」

「勝手にしろ」

インガソルはためらったが、しゃがみ、持っているのを忘れていたコルトを置き、両手を太腿でこすって、カニ歩きで近づいた。膝の関節がポキリと鳴った。両手を赤ん坊の下にぎこちなく差し込む。おむつが濡れていた。ちび助がむずかっているのも無理はない。「ハム」インガソルはいった。「おむつを探してきてくれ。店にあるはずだ」

「冗談じゃねえ、インガソル。自分で取ってこい」とハムはいったが、もうドアのほうへ歩き出していた。

インガソルは、赤ん坊を高々と抱きあげた。ふたりともどうせずぶ濡れだったので、もっとひどく濡れることはない。

「あった」ハムが叫んだ。

青い箱が飛んできて、インガソルの足もとへと滑ってきた。インガソルは箱を裏返し、小さな筆記体を読んだ。コーテックス——生理用品だ。

「それでも吸収する」ハムがどなった。

「もっと探してくれ」インガソルはどなり返した。

やがて、「おっと、ほら行くぞ」というのが聞こえた。インガソルは腕を突き出し、おむつの袋を受けとめた。下におろすと、赤ん坊はまた泣き出した。インガソルは、びしょびしょに濡れているおむつをはずすのに苦労した。安全ピンがひどく小さい。そこへハムがやってきて、糖蜜飴《タフィー》を練り切りながら、高みの見物と決め込んだ。濡れそぼった分厚いおむつがあき、赤ん坊が甲高く叫んでちっちゃな脚をのばしたとき、とがった赤い団栗《どんぐり》みたいなおちんちんがふるえた。

「とにかく坊や《ジュニア》だってえのはわかった」ハムがいった。

インガソルは、茶色い紙袋からおむつをひっぱり出し、赤ん坊の股に巻きつけるのに何度かやり直したが、どうにか恰好をつけて、安全ピンでゆるく留めた。腕をまっすぐにのばして赤ん坊を胸の前に持ちあげた。

「これからどうする?」ハムがきいた。「おまえはみなしごについちゃ、物知りだろうが」

ふたりはすぐに話を決めた。ハムはこのままホブノブへ行き、泊まるところを見つけて、密造人《ムーンシャイナー》を探す。いっぽうインガソルは、急いでグリーンヴィルにひきかえす。孤児院に赤ん坊を渡す。人口一万五千人の街だから、孤児院がどこかにあるはずだ。だが、まず保安官事務所へ行く。堤防技師だという作り話を押し通すには、ホブノブよりもグリーンヴィルのほうがやりやすい。

「噛みタバコを買おうとして店にはいったら、運悪く撃ち合いのあとだったというよ」と、インガソルはいった。

「そんな口をきいたら、たちまち連邦捜査官《フェド》だと見破られる」ハムがいった。「たいがいの人間は、運よくというだろうよ」

ふたりは補給品を漁った。インガソルは、赤ん坊のためにペット社の無糖練乳《エバミルク》二缶を鞍袋に入れ、自分用には豚皮揚げひと袋、ニーハイのソーダ飲料一本、マグロの缶詰二缶を持った。それからふたりは外に出て、死んだ夫婦のそばを通り、彼らの銃を拾いあげた。ハムが鞍袋を馬の背中にかけ、手綱を握って、ひとつうめきながらまたがった。

「さっさと置いてこい」インガソルの胸の赤ん坊のほうを親指で示して、ハムがいった。「早くホブノブに来い。おまえが有色人種《カラード》の音楽が好きなのは知ってるが、グリーンヴィルのお祭りまで長居するなよ。あわれなニガーが近ごろ持たせてもらえる楽器は、円匙《シャベル》か鶴嘴だけなんだぜ」

ハムが馬の腹を蹴って速歩《トロット》に入れ、三日月形の泥をはねかした。インガソルは、赤ん坊を守るために向きを変えて、それを肩で受けとめた。馬上のハムが遠ざかるのを見送り、ひづめの音に合わせて坊やをなでていると、フーヴァーの戦争で戦うために出かけていった夫に見捨てられた妻のような心地になった。

2

ディキシー・クレイは、ホブノブ製粉所の屋根つきのベランダにあがると、雨合羽をふり脱ぎ、帽子の紐をゆるめ、体から遠ざけて水を切った。ドアを叩いたが、雨のせいでその音も返事も聞こえないにちがいなかった。そこでたわんだドアを肩で押した。シュッという音をたててドアがあき、よろけて暗がりにはいった拍子に、小麦粉がすこし舞いあがった。穀物粉砕機《ローラー・ミル》のまわりに、女たちが数人ずつに分かれて座っていた。目はあげたが、ディキシー・クレイを見知っているものはひとりもいなかった。それぞれ、自分がやっている仕事をそのままつづけた。

ディキシー・クレイはドアを押して閉め、雨の轟音を締め出すと、あたりを見た。右手に、まごうかたのないアミティ・ディドウェルの背中があった。椅子の高い背板のあいだから、肉がはみ出している。枝に覆われた挽き割りトウモロコシの袋が高々と積まれている荷役台の前に、アミティが女三人といっしょに座っていた。ディキシー・クレイは、雨合羽と帽子を釘にかけ、無言でアミティのうしろに立った。女たちがしゃべるのをやめたので、アミティが目をあげた。「ディキシー・クレイ」アミティがいった。「人手が多いほうが助かる。椅子を持ってきて」だが、椅子はもう残っていなかったので、穀物箱を持ってきてさかさまにした。座ると、頭がみんなよりも一フィート低くなった。子供がいると噂話ができないのに、母親が甘いせいで大人に交じって座らされた女の子になったような気分だった。

アミティが、ヤナギの若木の山からおなじ太さの枝を選ぶようにと、ディキシー・クレイに指示した。荷役台にすでに積んである、もっと太いしなやかな枝にそれを編み込む。女たちがこしらえているのは、河岸を補強する粗朶沈底《そだ》だった。馬蹄形に曲がっている川の外周にあるホブノブの堤防に叩きつける水流の勢いを、それでいくらか吸収できる。ディキシー・クレイは、アミティの指環をはめたぽっちゃりした指を見て、もっと小さくて器用な自分の指で編みかたをまねた。

とぎれた会話がまたはじまり、アーカンソー州側の洪水について、女たちがしゃべっていた。フォレスト・シティでは、五千人が家をなくし、食べる物もない。ヘリーナでは六千人が被災した。州の新聞は洪水の被害を控えめに書くよう命じられていたが、だれかが先週にメンフィスからニューヨークタイムズ紙を持ってきて、それが製粉所でまわし読みされた。ディキシー・クレイの番になると、声に出して読んだ。「ミシシッピ川沿岸で洪水のためにまた七人が死亡……ミズーリ・イリノイ両岸で本日も堤防が決壊し……だれかの家がきょうメンフィスを通過してメキシコ湾へ流れていった」新聞をつぎにまわしたときにはほっとした。

しばらくすると、女たちは地元の話に移った。ニール家の鶏小屋にワニが泳いではいり込んだ。樫《オーク》がディヴィッド・ギャヴィンの家の屋根をぶち抜いた。やがて製粉所そのものの話になった。農家には、食用に挽くトウモロコシがない。去年の夏は、いままでいちばん雨が多かった。三月はずっと雨降りで、たいした植え付けができず、六月もずっと雨降りで、ほとんど収穫がなかった。製粉所の主はいまや土嚢作りになっているが、腰に拳を当て、眉も口髭も挽き割りトウモロコシにまみれて、石臼のそばに立っている姿を、ディキシー・クレイは思い浮かべたかった。

やがて、雨に濡れて重くなった土嚢を堤防に運びあげている夫たちのことへと、話題がうつろっていった。ディキシー・クレイは、話に交じらなかった。女たちもそれは当てにしていなかった――濡れて生温かい挽き割りトウモロコシの袋を鞍の前に載せて家に帰るディキシー・クレイが、それをトウモロコシパンに焼いたり、ニワトリの餌にしたりしないことを、女たちは知っていた。「トウモロコシは酒になって広口瓶にはいっているほうがいい」というのが、ジェシの口癖だった。ディキシー・クレイを嫌いな女が多いのは、密造酒造りと結婚しているのを知っているからだった。だが、ディキシー・クレイは、ただ密造酒造りと結婚しているだけではなかった。本人が密造酒を造っていた。それを打ち明けたら、みんなびっくり仰天するはずで、さぞかし痛快だろうと、ディキシー・クレイは想像していた。

「前にヤナギの枝を編んだときには」ホブノブのバプティスト教会でオルガンを弾いているレティ・ボールがいった。「うちの腕白坊主を叩くのに使ったんだよ。なにしろあの子ったら――」

「どっちの子?」ドロシー・ワースがきいた。「イーライ? それともアーリス?」

「なにいってるのよ、ドロシー、うちのイーライは、見てるだけで虫歯になっちゃうくらい優《スィート》しいのよ。そうじゃなくて。アーリスよ。あの子は紐につけたコガネムシみたいに暴れまわるの。いまいってるのはね、ワシントン郡の共進会がはじまろうかっていうころの話で、たしか去年の七月一日だったか――」

ディキシー・クレイは、枝を指で編みながら、女たちの声が頭の上で編まれるのを聞き流していた。おしゃべりが女の手仕事がなごやかに進む手助けになることを、すっかり忘れていた。アラバマ州パイン・グローヴの市長が持っていた空気式自動ピアノを、ふと思い浮かべた。クリスマス会で自動ピアノがラグタイムを演奏し、見えない指に叩かれているみたいに黒鍵と白鍵がへこんだ。こんどはドロシーが、橋番の下で働いている息子の話をした。雨と風のむせび泣きよりもひときわ高い物語と〝アハン〟という肯いの声は、木のピアノに仕込まれた巻紙の穴で、それが曲を進めるように作業をひっぱっていく。十歳のときに死んだ母親が、すこし教えようとしたが、ディキシー・クレイはちゃんとピアノを習ったことはない。母親が死んでからは、家族は父親と弟のルシアスだけになり、ディキシー・クレイの教育はかなりおろそかにされた。だが、本人には痛くもかゆくもなかった。近所に住むアイルランド人のバーネデット・ケイプスが、瓶詰めやキルトを作るときに呼びにきたので、ディキシー・クレイはじかにそういうわざを学んだ。あとはいっぱい本を読んで学んだ。

新手の女が一陣の風を連れてはいってきて、雨除けの頭巾を脱ぎ、腕をのばして水を垂らしながら、アミティにちょっとキスをして、テーブルの先へと進んでいった。町を水没させる提案で、水没派と居座り派に二分したため、みんな用心深く席を選んでいた。ディキシー・クレイは話が壊れるまで知らなかったが、ジェシは例によって中心人物だった。ニューオーリンズに友人や客がいるし、銀行の提案を町議会に持ち込んだのもジェシだった。提案が検討されていたときには、どちらに肩入れしたのかと、あとでディキシー・クレイがきくと、ジェシはそれまで飲んでいたブラック・ライトニングの瓶を持ちあげていった。「おれが自分のお札刷り工場をダイナマイトでふっ飛ばしたいわけがないだろう？」意見をきかれれば、ディキシー・クレイも居座り派に味方したはずだ。新規巻きなおしという話に、わくわくしないわけではない。町は水に浸かって腐り果てている。でも、ジェイコブのお墓がある。それを失うのは考えられなかった。

製粉所のドアがまたあいて、雨の咆え声が締め出されるまで、会話がとぎれた。こんどはいってきたのは、ベス・リーディだった。ベスは居座り派で、ディキシー・クレイをまったく見ようとしない。二年ほど前にベスの夫は酔っ払って川に小便をしていたときに、落ちて溺れた。ベスの夫は、ジェシから買ったブラック・ライトニングをずっと飲んでいた。

「水位は？」べつの居座り派が、ベスにきいた。

「五十二フィート」

「それでも洪水の最高水位はまだ上流なのよね」その女がいった。「ホブノブに来るまでどれくらいかかるの？」

「二週間だという話よ。神さまお助けを」

ベスが、通りしなにアミティの肩に触れた。

結構。ホブノブがあたしに冷たくするのなら、あたしもホブノブに冷たくする、とディキシー・クレイは肚のなかでつぶやいた。ジェシと結婚したころには、町にちょくちょく来ていた。そのうちに、おなかのなかの赤ん坊の動きがわかるまで待っているのに耐えられなくなり、ジェシの密造の仕事を引き受けた。そのあとは、忙しくて町に行かなくなった。ディキシー・クレイが密造酒をこしらえて、ジェシが売った。それでしばらくうまくいっていた。やがてジェイコブが生まれた。ジェイコブと甘い首。ジェイコブとミルクの息。そのころは密造をあまりやらなかった。でも、町には行かなかった。どうして町などに行くのか？ジェイコブの溝のあるちっちゃな鼻がある。脈をうっているこめかみのやわらかなくぼみがある。莢豆のような爪先が十あって、どれも触ると気持ちがいい。しかし、ジェイコブは三カ月しか生きられなかった。ちっちゃな亡骸《なきがら》をディキシー・クレイはくるんだ――ひどい日焼けを負っているように見え、猩紅熱の発疹で腕と脚がざらざらの紙やすりみたいになった。膕《ひかがみ》がひどく赤く、膝は親指と人差し指でくるめるほど細かった。チェスターを馬車につなぎ、ホブノブへ行った。町に着くと、ジェシはグリーンヴィルへ出かけていったと、客の中国人の八百屋がいった。グリーンヴィルは三十五マイル北にある。その直後も、いまも、どうやってホブノブからグリーンヴィルまで行ったのか、憶えていない。だれかの自動車に乗せてもらったにちがいない。ジェイコブが死んだあとの時期の記憶には、ぽっかりと穴があいている。

憶えているのは、マダム・ルループのけばけばしい色に塗られたドアをノックしたことだけだ。褐色の肌の黒人女がドアをあけた。青いフラッパードレスは膝までしかなかった。

口をきかなければならないと、ディキシー・クレイは気づいた。ジェイコブ以外のだれかと話をするのは、何日ぶりか、何週間ぶりだった。

「ジェシ・スワン・ホリヴァーに会いにきたのよ」

「聞いたことないね」黒人女がいった。

「ジェシ・スワン・ホリヴァー。あたしの亭主なのよ。左右の目の色がちがう」

「そんなひとはここにはいないよ。来たこともないよ」

「お願い」ディキシー・クレイは頼み、黒人女がドアを閉めようとしたので、「待って」といった。くるんだものを差しあげた。ウェディングドレスでこしらえた洗礼服をジェイコブに着せてあった。もっともまだ洗礼は受けていなかった。

「あらまあ」黒人女がいった。「たいへん」十字を切り、ジェシを呼んでくるといった。そして呼んできた。

いま、ディキシー・クレイは肩に手を置かれて、はっとした。アミティの温かな掌に、現在に呼び戻された。女たちの話がテーブルの向こうへ移っていくあいだ、ディキシー・クレイと内緒話をするために、アミティが半身になった。

「あんたがここに来てるのを、ジェシは知ってるの？」

「わかってると思う。砂糖がないからシュガー・ヒルで仕事ができない。見にいく罠もない」

「罠、流されたの？」

「罠も獲物もいっしょに。ビーバーのダムも沈んだ。

ミンクが溺れた。ウサギの巣穴は崩れた。だから、なにか役に立つことをやろうと思ったんだ」

それから数分、ふたりは黙って編んでいた。「なにか聞いてない？」アミティがきいた。

「なにか？　洪水の最高水位のこと？」

アミティの指がとまった。「ちがう。密造酒取締官のこと」

家に来たあのふたりのことだろうか？　どうしてあれがばれたのだろう？「アミティ、いったいなんの話？」

「知ってるんでしょう、ディキシー・クレイ。取締官がふたり、身分を隠して町にいて、行方不明になったのよ。二週間前に。捜査がはじまってるわ」

アミティに探るような視線でじろじろ見られ、ディキシー・クレイは精いっぱい顔の表情を変えないようにした。

「本局に戻っていないんですって」アミティがつづけた。「最後に姿を見られたのが、ここなの」

ありがたいことにアミティが呼ばれて注意がそれたので、ディキシー・クレイは床のほうにかがみ、捨てられた枝を集めながら、息をととのえた。ジェシが取締官ふたりを家の敷地から連れ出した日の翌日、ガウィワチーの船着き場でディキシー・クレイは待った。正午ごろにジェシが船の機関をパタパタ響かせてやってきて綱を投げたので、受けとめ、もやい結びでしっかりと杭に巻きつけた。ジェシが船着き場にあがると、酒を飲んでいるかどうかを見極めようとした——飲んでいた——船名が変わっていないかどうかも見た。その一年のあいだに、〝テレサ〟から〝チェリ〟に変わり、四カ月前から〝ジャネット〟になったが、そのままだった。だれかに教わらなくても、ジェシが付き合っている女の名前だと、ディキシー・クレイは知っていた。

ジェシが、でこぼこの船着き場でディキシー・クレイのそばを通った。「ジェシ」呼びかけた声が細かった。ディキシー・クレイはもっと大きな声で、もう一度呼んだ。ジェシが立ちどまったが、ふりむかなかった。

「なんだ？」吐き捨てるように語尾を発音した。

「きのうの夜、あんたがあのふたりと行ったあと、取締官……」

「なんだ、ディキシー・クレイ？　なんだ？」ジェシがふりむき、青い目と緑の目が怒りのために鋭くなっていた。ディキシー・クレイはなにもいわず、ジェシは家の方角に歩き出した。だが、ディキシー・クレイはそのときに賭けた。いまを逃したら――。

「ジェシ！」

「くそったれのこんこんちきめ、おれが朝めしも食ってねえのに嫌がらせするのか？」

「でも、ジェシ――」

ジェシがすばやく二歩詰め寄り、片手をあげたので、ディキシー・クレイは船着き場の縁へ進んだ。両腕で顔をかばおうとしたとき、ジェシが魚の鱗かなにかで足を滑らせ、横滑りして、片膝をついた。立ちあがると、二色使いの子牛革のブーツを杭でこすりはじめた。そのうちに怒りが船着き場に向けられ、船着き場をののしり、ウィスキーを積みおろしするあいまに、ここで魚のはらわたを抜く、自分の手下をののしった。ようやくブーツを脱いだジェシがいった。「今夜は町でめしを食う。おれが帰るまでに、こいつをきれいにしておけ」片足は靴下、もういっぽうは背を高く見せるためにヒールが高いブーツをはいたまま、ひょこひょこと体を揺らしながら、細道を家の方角へ登っていった。木立にはいったとき、鋭い声でささやいていた。

「……このちっぽけな町にゃうんざりだ」

夕食のあともジェシは家に帰らず、ディキシー・クレイは取締官たちのことを考えずにはいられなかった。ジェシが申し出た賄賂の額がすくなすぎたのかもしれない。ひとりで蒸留所のところにいるときに、あのふたりが戻ってきたらどうしよう。どこへ行くにも、ウィンチェスターを持っていくようにした。

だが、取締官は戻ってこないだろう。二週間ずっと、姿が見えない。ホブノブで目撃されたのが最後だった。ディキシー・クレイがまず見かけ、そしてジェシが会った。

「いたた！」アミティが棘のある枝を落とし、肥った人差し指を口に入れた。ディキシー・クレイをしげしげと見てから、指を出し、指に向かって話しかけるようにいった。「ジェシは、きょうあんたがここにいるのが気に入らないかもしれないよ。砂糖が着くからね。店からきのう電話してた。ニューオーリンズから曳船で運んでくる」

「ニューオーリンズ」ディキシー・クレイはつぶやいて、首をふった。こんなことになっても、ジェシは無茶をやめない。

「電話に出た女がいったよ。〝砂糖を五百ポンドもなにに使うのさ？　綿菓子かい？〟って」

ふたりは低い笑い声をもらした。アミティが、なおもいった。「曳船が岸伝いを走るのが速すぎて、土嚢が波をかぶってる」ヤナギの枝を選び、編みはじめた。「ランディ・イェイツやみんなが、いきりたってね。ニューオーリンズ港に電報を打って、曳船の速さをそっちが抑えられないんならこっちで抑えると水運会社に伝えろっていったんだ。こんど三十ノット以上で来る船には、水先人をふたり乗せたほうがいい——ひとり目をおれたちが撃つからって」

「たいへん。そんな電報を打ったの？」

「名前を伏せてね」アミティがヤナギの枝を一本取り、瘤があるのを見つけて、足もとに捨てた。「それで、ランディ・イェイツとジム・ディーとあと何人かが、堤防の二、三マイル下流に散らばってるの」

「アミティ、砂糖はあんたのところへまず運ばれるんでしょう？　店に」

アミティが、編んだ枝を指で梳きながら、苦笑いをした。「お菓子よりウィスキーが先」椅子にもたれた背中をまわし、何人もの話の輪にくわわった。

粗朶沈底ができあがると、女ふたりがいっぽうの端を持ち、ディキシー・クレイが反対側を持った。ディキシー・クレイは二十二歳で、身長は五フィートしかないが、蒸留所では二十五ポンドの袋を持ちあげる。三人は粗朶沈底をひきずったり持ちあげたりして、壁ぎわに積んであるほうへ運び、それからスカートを両手ではたいた。

ライフル銃の銃声を最初に聞きつけたのは、ディキシー・クレイだった。ディキシー・クレイが片手をあげると、女たちのおしゃべりがぴたりととまり、みんなの耳にも聞こえた。アミティがひとつうめいて、体が重たげに立ち、川側のドアへ急いだ。あとの女たちもつづき、ぞろぞろと荷捌き場へ出ていった。表に出たときには銃声はやみ、曳船が水を蹴立て、汽笛を激しく鳴らして、馬蹄形の曲がりから姿を現わしていた。

「だけど、そんなに速くないよ」アミティがいった。「せいぜい二十五ノットよ」

女たちが見守っていると、曲がりを出て、煙で二本の放物線を描きながら懸命に川を遡ってくるあいだに、曳船の速力はさらに落ちていた。横腹を見せたところで、また汽笛を鳴らした。船長の横顔が赤く、ひくひく動いていた。ぴんぴんしている。前を通り過ぎた曳船が、ホブノブの桟橋に近づいているのをもっと小さな船に知らせるために、三度目の汽笛を鳴らした。

「なんで撃ったのかわからない」アミティがいった。「でも、狙いを上にそらした。ランディとジムは、ただ無性に腹が立ったんだろう。さもなきゃ、おしっこの飛ばしっこだね。子供みたいにさ」肩をすくめた。

女たちの下のほうで、桟橋がふるえた。桟橋は、高さ三十フィートの巨大な土の壁をなしている堤防に接している。堤防にはさらに土嚢が積みあげてあった。ふつうの状態なら、ほんらいの川岸は堤防から一マイル近く離れている。堤防の上に立つと、まず土手道が見え、その先に深さ十五フィートの空濠《からぼり》になっている土取り場がある。そこで掘った赤土を猫車で運び、堤防を築いたのだ。さらに、ヤナギが植えられた広くて平らな沖積河床を眺めると、本流と平行に分かれた分流が何本かあり、中洲のまわりをくねくねと流れている。その向こうが一マイル近い幅のミシシッピ川で、はるか彼方にアーカンソーがある。それがふつうの状態だ。だが、川は一月に沖積河床を呑み込みはじめ、見るたびに近づいてきた。本流が分流を取り込み、ふくれあがり、肥って、沖積河床をすっかり覆い、やがて空濠を満たして、一フィートまた一フィートと堤防を昇ってくるのを、町民すべてが見守っていた。ミシシッピ川はいまや、土嚢積みの男たちが川としのぎを削っている堤防の上で水をはねかし、波をぶつけていた。

堤防の上の男たちが、曳船を眺めようと、のろのろと背すじをのばし、拳を腰のうしろに押しつけ、目をしばたたいて佇んだ。空には薄い霞が低くよどんでいる。まるで垂木《たるき》のクモの巣みたいで、ディキシー・クレイは箒で叩き落としたくなった。曲がりをまわって見えなくなった曳船が、最後にもう一度汽笛を鳴らし、そのあとはまた雨しか聞こえなくなった。何カ月ものあいだ、雨音は静けさとおなじだと見なされてきた。雨音のほかの物音を、みんなは忘れてしまったのではないか、とディキシー・クレイは思った。腐ったにおい以外のにおいを忘れてしまったのとおなじように。そうだ。そのほかのにおいは嗅いでいない。悪臭を放つ泥。腐ったザリガニ塚。死んで腹のふくれた牝牛がグリーンヴィルから流されてきて、入り江にひっかかった。いや、どうにもならない、もっと深い悪臭もある。人間の肉体も腐りかけている。濡れそぼったブーッの下で、爪先の指のあいだの皮が白っぽくふやけて、何層もめくれている。

だれもが問いかける疑問がある。いつやむのか？ それにだれもが答える。永遠に降りつづけるはずがない。だが、語尾がすこし高くなって、まるで問いかけのように聞こえる。

そしていま、あたかも空がひとびとの考えを読んだかのように、ちょっとあとずさり、しかめ面で仰ぎ見ている顔をしげしげと見たかのように、笑い声みたいな雷鳴が轟き、雨の勢いが倍も激しくなって、しろめの串みたいに男たちの顔にまともに突き刺さった。男たちは文句もいわずに腰から手を離し、水を吸った土嚢のほうへかがみ込んだ。

アミティが向きを変え、女たちがつづいてなかにはいり、ヤナギを編む仕事に戻った。だが、ディキシー・クレイはそうしなかった。製粉所のなかを通り、釘から帽子と雨合羽を取って、出ていった。ジェシの手下が曳船から砂糖をおろすだろうし、ディキシー・クレイの居場所をだれかがジェシに教えるにちがいなかったからだ。だからベランダに出て待っていたが、それでも名前を馬鹿でかい声で呼ばれたときには、跳びあがって驚いた。ジェシが製粉所の脇を近づいてきた。帽子が雨を受けて、したたる水の幕に顔が隠れ、青白い楕円形と黒い汚れみたいな口髭しか見えない。防水布でしっかりとくるんだ砂糖の袋をしこたま積んだ、鹿毛のラバ、チェスターにまたがっている。女たちがなかにいて、これを、防水布でしっかりとくるんだ自分の恥を、見られずにすんだので、ディキシー・クレイはほっとした。

ジェシがベランダの階段までくると、チェスターからするりとおりて、手綱をディキシー・クレイのほうに差し出した。

「ジェシ」歩み寄りながら、ディキシー・クレイはいった。雨がやかましく、ジェシは目をあげることすらしなかった。ディキシー・クレイは、下から二段目に立ち、うしろをちらりと見て、だれもついてこないことをたしかめた。「ジェシ」聞こえるように、ほとんど叫ぶようにいうと、鞍の向こうに手をのばし、手袋をはめたジェシの手に触れた。「取締官ふたりが行方不明になったのよ。うちにきたひとたちが——どこへ連れていったの？」

「乗れ」ジェシがどなった。

「うちからどこへ行ったの？」

「ディキシー・クレイ、乗れ——」

「なにがあったのか教えてくれないと乗らない——」

「賄賂をつかったんだよ。かなりの金をつかませたら、ビロクシへ行っちまった。二週間前の話だ。もう賭博場で使い果たしただろう」

ディキシー・クレイは、口髭の下でジェシの唇が横にひろがり、白い歯が覗くのを、雨を透かして見た。笑みで気を惹こうとしているのだと気づいた。

ジェシが、手綱をディキシー・クレイの両手に押しつけた。「さっさとやれよ」とどなり、チェスターの脇腹をばしゃりと叩いた。ディキシー・クレイが脚をふりあげてラバにまたがったときには、ジェシはもう背を向けていた。

チェスターが大通りをとぼとぼと進むあいだ、ディキシー・クレイは襟をかき合わせた。ひづめの飛ばすはねがスカートについた。つぎの手を考えなければならない。警察に行ってもいいが、用心しなければならない。署長はジェシに抱き込まれている。ジェシのことをほかのだれかに通報できるかもしれない——でも、その前に疑いがまちがいないことをたしかめたほうがいい。どうせちゃんとした捜査は行なわれない。ジェシは一介の密造酒造りだから、当局はよろこんで刑務所に送るだろう。こっちもおなじだが、おまけに嫌な噂が立ち、笑い物になってしまう。

チェスターが建物と建物の隙間を通るとき、ディキシー・クレイは首をのばして、堤防の作業の進みぐあいを見ようとした。堤防はもつだろうか？　持ちこたえるだろうか？　一日にその質問が千回もくりかえされている。斜めに降る雨のなかで、働いている男たちの顔は見分けられず、手足があがったり、さがったりして、さながらアリの群れが必死でアリ塚を築いているようだった。手足はほとんどが黒い肌だった。四方の綿花地帯のワタ摘み労働者が、貨物自動車に乗せられてここに来ている。夜は堤防につないだ艀《はしけ》で寝る。白黒の縞模様を着ている手足もある。パーチマン刑務所の囚人だ。

ディキシー・クレイは、アミティ・ティドウェルの店の裏でラバをとめて、アミティの夫のジェイミーを大声で呼び出した。砂糖の袋をひとつおろして、壁にもたせかけたが、気まずい弁解をして気まずい礼をいわれるのが嫌だったので、ドアがあく音がしたときには、角をまわってひきかえしていた。

チェスターは帰り道を知っているので、腹をつくまでもなかった。ジェシがT型フォードを買う前は、この鹿毛のラバが一週間に数回、シュガー・ヒルからホブノブへジェシを乗せていった。ディキシー・クレイは、雨でかじかんだ指先を袖のなかにひっこめて、鞍に身を伏せた。町役場と留置場がある町の広場を通った。農民銀行、ルンド薬局、コリンズ家具店、ホッブズ&息子《サン》葬儀店。エイモス・ハーヴィー家具店では、何台もの蓄音器《ヴィクトローラ》がラッパ形の耳をショーウィンドーの硝子に向けて、短調な雨の歌に切れ目がないかと聞いている。マクレイン・ホテルの無表情な化粧漆喰の前をとぼとぼと通ったあと、ディキシー・クレイはヴァタロット下宿屋の手前でラバの首をめぐらした。ジェイコブが死んだ夜、そこに泊った。マダム・ルループの家でジェシを見つけたあと、T型フォードでふたりはホブノブに戻ることにして、ジェシがヴァタロットの部屋をとった。ジェイコブを抱いているディキシー

・クレイを、ジェシはベッドに座らせて、棺桶を注文してくるといった。そして、ジェイコブをディキシー・クレイの腕から抱きとった。ただ腕のなかから持ちあげた。数時間後にジェシが戻ってきたとき、ディキシー・クレイはまだ白いシェニール織の寝台覆《ベッドカバー》いに座り、空の両手を見つめていた。その部屋は路地に面していて、もぐり酒場《スピーキージー》が近くにあった。そのあとで寝台に横たわったディキシー・クレイは、管楽器がやかましい音でなめらかに曲を奏でるのを聴いた。ジェシが抜け出せるように、ディキシー・クレイは眠ったふりをした。

朝になると、ふたりは食堂で珈琲を飲み、狭い部屋に戻ると、ヴァタロット夫人が喪服を用意してくれていた。ヴァタロット氏は黒いネクタイと上着を貸してくれた。そこで、ふざけて着飾った子供みたいないでたちで、ふたりは教会へ歩いてゆき、そこの祭壇に楓材の小さな棺桶が置いてあった。牧師と独唱者ひとりと葬儀屋のホッブズだけが、立ち会った。みことばが読まれ、「主よ御許に近づかん」が歌われ、ジェシが棺桶（工具箱ほどの大きさ）を持ち、墓場まで運んだ。喪服の裾につまずきながら、ディキシー・クレイはついていった。そこで語られた言葉も聞いていなかった。ジェイコブがまんなかの指三本をしゃぶっていたようすを思い出していた。あの小さなチュッチュッという音。乳をもらうときに、ジェイコブはディキシー・クレイの茶色の巻き毛をぎゅっと握るのが好きだった。赤の他人の牧師は、ジェイコブを見たこともない。洗礼を受けていない赤ん坊がどうして埋葬してもらえたのか、ディキシー・クレイには見当もつかなかった。牧師は酒に目がないのかもしれない。

葬式のあと、ディキシー・クレイとジェシは下宿屋にひきかえした。チェスターがT型フォードとならんで杭につながれているのが、目にはいった。ふたりは下宿屋の前に立ち、ジェシは死者に贈る言葉がラベルに書いてあるとでもいうように、帽子を両手で裏返した。ベランダの板の隙間から突き出している雑草にラバが鼻面を近づけるのを、ふたりは見ていた。通りや店のなかにいるひとびとがじろじろ見ているのが、ディキシー・クレイにはわかった。

ようやくディキシー・クレイは口をひらいた。「コヨーテが来る前に、罠から獲物をはずしたほうがよさそうね」

ジェシが答えなかったので、しばらくしてからディキシー・クレイはいった。「あたしはチェスターでうちに帰って、罠を見てから、蒸留所に行ったほうがよさそうね」

向きを変え、ラバの手綱をほどきはじめ、袋を持とうとしたところで、硬直しかかっていた息子を両手に抱いただけで、なにも持たずに町へ来たことを思い出した。

うしろでジェシがいった。「一日か二日したら帰る。ここで仕事を終えたら」

ディキシー・クレイはうなずき、鐙《あぶみ》に靴をかけて、ラバにまたがった。

ジェシがまたいった。「ディキシー・クレイ、おい、おまえ、T型に乗ってけ。運転できるのは知ってる。いつも運転したがってたじゃねえか。おれは——今回はチェスターを使う」

ディキシー・クレイはただチェスターの頭を道路に向け、脇腹をつついただけだった。

ジェシが、そのうしろから叫んだ。「ディキシー・クレイ、ディックス。赤ん坊はまたできるさ」

ディキシー・クレイは、チェスターの腹をもっと強くつつき、そこを離れた。

ジェイコブが死んだのは四月で、いまも四月だが、どこかのだれかがディキシー・クレイの目を通して見たとしても、おなじ道路には見えなかっただろう。ひどくぬかるんで、深い轍ができ、あちこちが水びたしになっている。もとからある道の脇に、森を切り拓いた幻の道が忽然と現われたようだった。そこでは、雷に打たれたニレの巨木が倒れ、あるいは、ぬかるみにはまって動けなくなった馬車が、怒った持ち主に何度か蹴とばされたあとで、そのまま打ち捨ててある。きょうは、立ち往生して自分でラバをひきずりださなくなるようなことがなければ、セヴン・ヒルズまでの七マイルを行くのに、二時間かかるはずだった。着くころには暗くなる。二年前には、一時間で行けた。とはいえ、かつての暮らしのようすがが残っているだけのがらんどうの家に、急いで帰りたいわけではなかった。

雨に向かって背中を丸め、ラバに乗っているあいだに、べつのところに住んでいたら、家に帰るのはそんなつらくないのではないかと考えた。女のきょうだいか、パイン・グローヴのパッツィ・マクマローのような友だちがいたら、バーナデット・ケイプスのようなひとが近所にいてくれたら。ライフル銃を持った目つきの悪い男たちや（ちょうど密造酒造りのスキッパー・ヘイの家のそばを通った。スキッパーは自分のこしらえた密造酒を、売る分がなくなるほどしこたま飲む）、捕らえられた猟獣のようにおどおどして煮え切らない男たちとはちがう人間が近くにいたら、どんなにいいだろう。もしそうだったら、女きょうだい、友だち、近所の住人がやってきて、赤ちゃんのおくるみをひろげ、一着一着にディキシー・クレイが青い生糸でJと刺繍した木綿の産着を脱がせたはずだ。だが、ラバで家に帰ったディキシー・クレイは、戸口に立ってじっと見る。床には、ジェイコブが吐いたものを拭くのに使った、やわらかい布切れがある——そのときのジェイコブには、まだ乳を飲む力があったが、やがて吐き気をもよおして、乳が垂れている乳房から顔をそむけた。ジェイコブの息が苦しげになり、話に聞いていた白苔に覆われた舌、赤いぶつぶつのある白い舌をディキシー・クレイは目にした。それが聞いた話とまったくおなじように進行し、白苔がはがれて腫れた赤い舌になった。

乳をやっていたあいだに、布切れを落としたにちがいない。床でまるまっている布切れに、ハエがたかっていた。ディキシー・クレイが布切れを蹴ると、ハエの群れが飛びたって渦を巻き、またたかった。腐ったにおいが漂っている——牛乳が調理台に置いたままだ。蒸留釜に火を入れたらすぐに、家事をちゃんとやらないといけない。四つん這いで拭き掃除をしなければならない。あのとき、ディキシー・クレイは二十歳で、あとは死ぬまで働きつづけるしかないと悟っていた。これまでのところ、あながちまちがってはいなかった。

いま、ディキシー・クレイは、町へ行ったときから倒れていた木をよけるために、セヴン・ヒルズのはずれでラバの向きを変えた。ニレの木で、枝が地面から跳ね返ったときに、リスの巣が紙袋みたいに引き裂かれていた。でも、リスは落ちてゆくのを感じて、安全なほうへ跳んだかもしれないと、ディキシー・クレイは自分にいい聞かせた。自分たちが落ちてゆくことに気がつくかどうかが肝心だ。

その木をまわると、最後の山が見えた。その先に、家に通じる曲がり角がある。ジェシのもくろみどおり、その私道は不意に現われる。もちろん、チェスターは曲がる場所を知っている。その道には松林が迫っていて、長い幹のせいで、ディキシー・クレイは頭を下げなければならなかった。一度、頭の下げかたが足りず、毛むくじゃらの腕みたいな枝から、一ガロンはあろうかという冷たい水が背中に落ちてきた。だが、家はすぐそこにある。濃紺の空に、黒い大きな塊のように見えている。

二年前のあの日、赤ん坊はまたできるといったジェシが憎かった——まるでジェイコブは代わりがきくとでもいうように——でも、自分もそれをずっと望んでいたことを、頭の片隅ではわかっていた。だが、ジェシはまちがっていた。もう子供はできなかった。ジェシは町に泊ることが多くなり、胸ポケットに入れている小さな帳面にきちんとした字でつけている注文に応じるためにウィスキーを積むときだけ帰ってくる。ジェイコブの死から立ち直れないと、ディキシー・クレイはいまでは悟っていた。ジェシにはそれがわからない。わかってもらいたいとも思わない。母さんがお産のときに、おなかのなかの死にかけの赤ん坊といっしょに死んだのは運がよかったと、いまはじめて思う。ディキシー・クレイは、チェスターを家の先の厩へと進めて、砂糖をおろすと、背中から毛布をはずして、毛を梳きはじめた。チェスターがちょっといなないたので、長い黒い耳を掻いてやった。ふと思った——ジェシと前にいっしょに夫婦のいとなみをしたのは、いつのことだったか？　自分はそれすらもう望んでいないのではないか？　穀粒をラバの餌箱にひとつかみ入れて、チェスターが鼻面をつっこむのを見ながら、ジェシにキスされ、口髭でくすぐられるような感じがしているところを想像した。ジェシが口を吸い、餓えたように口が動く、気持ちよくなって目を細め、長い睫毛が、二本の黒いファスナーのようになる。

あたしの夫は人殺しだ、と心のなかでつぶやいた。ほんとうのことだという気がした。

こんどはいつ会うことになるのだろうと考えた。ジェシがマダム・ルループの部屋を借りて、宿代をウィスキーひと箱で支払っていることはわかっていた。あたしのウィスキー。けばけばしい色のドアと、青い短いワンピースを着た娼婦のことを、また思い出した。ドアをあけた娼婦が、ジェシを下に連れてきて、ジェシが持ち物を取りにいくあいだ、またドアをあけた。通りを見つめたまま、その女がいった。「あたしは三人亡くした」

一瞬、なんの話なのか、ディキシー・クレイにはわからなかった。

「赤ちゃんを三人」女がいった。「三人も亡くしたんだ。三人とも」

ひそかに悲しんでいる女が、この世にはおおぜいいることを、ディキシー・クレイはいまでは知っている。けっして帰ることのない自分の部屋のドアを女たちは閉ざし、歩き、おしゃべりをして、豚脂《ラード》を小麦粉のなかにこそげ落とし、魚を三枚におろし、自分たちのいまの暮らしは、まあまあ我慢できるものだというふりをしている。しかし、ほんとうはどうあっても我慢できない、そう思いながら、ディキシー・クレイは腰をかがめて、砂糖の袋の端をつかみ、勢いをつけてひっくりかえして、肩にかついだ。それから、暗い家に向けて記憶を頼りに細道を登っていった。

3

泥まみれの男が泥まみれで眠っている赤ん坊をおぶって、グリーンヴィルの混雑した商店街で馬を進めているのは、異様な光景だと思っていたにせよ、まわりのひとびとはそう思っている気配を見せなかった。たぶん、何ヵ月も前から異様なことをいろいろ見てきたし、堤防が破れればもっと異様なことを見るはずだからだろう。材木置き場で男たちが、チャタヌガでテネシー川が氾濫し、十六人が死んだことを、ラヂオ受信機で聴いていた。インガソルは、組み立て式の舟に値札を付けている男に、保安官事務所の場所をきいた。男が口にくわえていた釘を取って、方角を教えた。

インガソルは、保安官事務所の前に馬をつなぎ、坊《ジュ》やを《ニア》かついで、びくびくしながら階段を昇った。四つ辻のよろず屋《ジェネラル・ストア》からグリーンヴィルまで一時間馬に乗っているあいだに、自分の話はいかにも奇妙で怪しげだと気づいた。しかし、なんのことはない。その話——と死体——は、インガソルよりも先にグリーンヴィルに届いていた。黒髪の美しい受付の女が保安官のところへインガソルを案内し、保安官が報告を聞いた。嚙みタバコを買おうとして、運よく銃撃戦が終わってから店に行ったというインガソルの話を、保安官はろくに聞かず、うしろで銃撃戦について派手な話をしていた大声の男のほうに聞き耳を立てていた。名前と連絡先をきかれただけで、インガソルは厳しい質問はされなかった。ホブノブの堤防にいます。おれは技師です、とインガソルはいった。

保安官が、タイプライターから紙をひっぱり出した。「これで終わりだ」といい、デスクを押して離れた。「赤ん坊の親がどこの人間なのか、どうやって調べればいいんだ？　親戚はいないのか？」インガソルは、紺の制服の背中に向けてきいた。

「水晶玉で占ったらどうかね」肩ごしに保安官がいった。「われわれはちょっと手が離せない」

うしろで銃撃戦の再現がまだつづいていたので、インガソルはその輪のうしろのほうにくわわった。手帳に鉛筆を走らせている記者数人が横にいた。結局、店には殺されたスコットランド人の店員ひとりしかいなかったようだった——店員は裏に出ていて、配達されたジンジャーエールの木箱を運ぶのを手伝っていた。店員が店に戻り、自分たちのほかにはだれもいないと思っていた盗賊が不意を衝かれたのだと、運転手は説明した。そして、店員が盗賊を撃ち、盗賊が撃ち返したので、運転手は助けを呼びにいった。

運転手が赤ん坊のことをまったく話さなかったので、銃声を聞いたとたんに逃げ出したのだろうと、インガソルは推理した。赤ん坊を抱く腕を換えながら、臆病者や食わせ物がうじゃうじゃいる世間で坊《ジュニア》やが大きくなるのは、なんとも悲しいことだと思った。

保安官事務所の裏手のドアがあき、事務員が首を突き出した。「検屍官が、ジプシーの死体を検め終えたといってる！」

運転手が指を鳴らした。「そいつはいい！　見にいこうぜ！」

触手が何本もある生き物みたいに、ひとの群れが揉み合いながら出ていった。ドアの向こうの階段の下でべらべらとしゃべっているのが、インガソルの耳に届いた。運転手もあとの連中も、軍隊にいたことがないにちがいない。いたことがあれば、一生忘れられなくらいの数の死体を見てきたはずだ。

顔をあげると、部屋のまんなかに独りで立っているとわかった。黒髪の受付が、じっとこちらを見ていた。

「困ってるみたいね、のっぽさん」その女がいった。

「そうなんだ」

「なにをお探し？」

「ここじゃだめみたいだな」――そんなことはないという返事を待っているように、インガソルはきょろきょろとあたりを見た――「この赤ん坊を渡せるお巡りさんを探さなきゃならない」

「ジャドソン！」女が椅子をまわして大声で呼んだが、ジャドソンは雨合羽の袖に腕をつっこんでいるところだった。「アレンさん、おれは検屍官のところへ行くよ」といって、ドアから抜け出した。

「うーん」女が椅子を戻した。「そうねえ、孤児院へ入れるしかないんじゃないの。すぐ近くよ。仕事が終わったら連れていくわ。まだ五時前だしね」

インガソルは目をあげて、掛け時計を見た。三時十五分。「おれが連れていくよ」

男がひとりやってきて、重い書類つづりを受付の机にドスンと落とした。その音で赤ん坊が目を醒ましたかどうかを、インガソルはたしかめた。赤ん坊は起きたが、泣きはせず、まばたきをして、首をまわした。

受付の女が椅子から立ちあがった。「女の子？　男の子？」

「男だ」

「抱っこしてもいい？」

インガソルは、肩をすくめた。「いいよ」女が机の向こうから出てきたが、そのときちょうど、インガソルの太腿が生温かくなった。不思議な温かさで、すぐに冷たくなり、下を見ると、デニムのズボンのあまりびしょびしょではないところに、黒い染みができていた。

顔を起こすと、女がにこにこと笑っていた。「あなた、洗礼を受けたようね」

「新しいおむつに換えたのに」すこし逃げ腰で、インガソルはいった。

「それはそうでしょう、あなた」インガソルの腕から、女が赤ん坊を抱きあげ、糊のきいた緑色のワンピースから離して持った。「でも、もれないようにピンをきっちり留めてない。どうにかしてあげないと」

鞄袋からおむつを取ってくる、とインガソルがいい、小走りに取りにいった。戻ると、女がベンチのそばでしゃがみ、毛布の上で赤ん坊を裸にしていた。おむつをはずし、片手で赤ん坊の両足を持ちあげ、反対の手でおむつを丸めるあいだ、小さな声であやした。インガソルは、女の躍るような手さばきを憶えようとした。聖マリア少年孤児院にいた子供のころ、ときどき赤ん坊のおむつを換えたが、もうその手順をすっかり忘れていた。

アレンという女は、器用に安全ピンでおむつを留めていた。「かわいそうに」と、ジュニアに向かっていった。「こののっぽのお馬鹿さん、あなたのおむつもちゃんと換えられなかったのね」インガソルにウィンクしてから、赤ん坊を毛布の上で座らせた。「それじゃ、こんどは」汚れているジュニアの顔を覗き込みながらいった。やはり汚れているのに目を留めたとみえて、胸の谷間に手を入れ、小さなレースのハンカチを出し、端を口で湿して、赤ん坊の頬を拭いた。

点々とついている汚れは泥ばかりではなく血もあるはずだと、インガソルは気づいた。かわいそうに。そのうえ、これから孤児院に捨てられる。

インガソルはずっと、べつの手立てを考えていた。この女がにっこりと笑ったら、このひとにする。

「これで気持ちがよくなったでしょう?」赤ん坊に女がきいた。にっこりと笑った。

これなら見込みがある。

「奥さん——アレンさん——この子には家族がいないんです。お母さんがいないといけないんです」

女が向き直り、インガソルが頼もうとしていることに気づいてむくれた。「赤ちゃんを? やめてよ。夫のジェフリーが許さないわよ。もう三人いるんだから」

「お子さんが三人?」

「赤ちゃんが三人。三つ子で、六カ月。まこと《フェイス》と、のぞみ《ホープ》と、めぐみ《チャリティ》（キリスト教の三大徳「信・望・愛」から名付けたもの）。上の娘が三歳。それに、ジェフリーには前の奥さんとのあいだの大きな男の子がふたりいるの。奥さん、スペイン風邪で、去年亡くなったのよ。これ以上子供が増えたら、あたしは活動写真にも行けなくなるわ。わかる?」

「わかります。ほんとうにそうですね」インガソルは、ジュニアを肩にかつごうとしてかがんだ。「それで——そんなふうじゃない家族をご存じないですか? 親切なひとたちを?」

「そうねえ……」女が近づいてきて、赤ん坊のお尻をなでた。「かわいらしいおちびさんだものね。友だちのステイシー・アンドルーズったら、赤ちゃんがほしくてたまらなくて、赤ちゃんのそばを通るたびに頭のにおいを嗅ぐんだけど、洪水のせいでスタークヴィルの実家に帰ってしまったし。ちょっと考えないといけない。だって、おかしな時代ですからね」ハンカチをワンピースの隙間に入れて、胸元をひっぱりあげた。

「あらまあ」大声を出した。「それも悪くないじゃないの。ジプシーの血が流れてるんだし。そうよ、孤児院に連れてったほうがいいわよ」

女がインガソルの顔を見て、なにかを読みとったようだった。「ねえ、あんた、そのうちだれかが、このおちびさんにぞっこんになるわよ。だってこんなにかわいいんだもの。そうでしょう?」手をインガソルの肘に置いた。「ね?」

「そうですね」

「おしめがちゃんとなっていると、ことにかわいいでしょう?」

女は誘いをかけていた。だが、インガソルは誘いには乗らなかった。「ありがとう。おいとまします」

「いつでもいらっしゃい、あんた。いつでもいいから、おしゃべりしに来てね」


通りに出ると、インガソルはおもちゃの舟を売っている男の子に方角をきき、赤ん坊を抱いて糟毛に乗ると、孤児院に向かった。

孤児院の建物は堤防から一本離れた通りにあり、雨で丸裸になった木々のあいだに見えていた。インガソルは馬をおりて、ジュニアを片腕に抱き、錬鉄の柵に馬をつないだ。門をあけると、ギイッと音がした。どこから音が聞こえたのかと赤ん坊が首をまわしたので、もう一度それで遊べるように、インガソルは門をあけたてした。もしかして、自分の時間稼ぎかもしれないと、心のなかでつぶやいて。

煉瓦造りの三階建てが、歩道から奥まっているコンクリートの小径の向こうにあった。数百人の子供を収容しているにちがいない。インガソルが育てられた孤児院はもっと小さく、聖マリア女子修道院を建て増しただけのところだった。階段に向けて歩いていると、ドアの横にある真鍮の表札が目にはいった。〝グリーンヴィル・知るべなき者の家〟。〝知るべなき〟というのは嫌な言葉だったが、たしかにそうにちがいない。ドアを叩いたが返事がなかったので、真鍮の呼び鈴をひねったが、それでも返事はなかった。扇形窓のほうに顔をうつむけたが、レースのカーテンがかかっていて覗けなかった。子供たちはいったいどこだ？　わめき散らしているのがふつうなのに。ようやく足音が聞こえ、子供ぐらいの大きさのチューバを小脇にかかえた男がドアをあけた。

「冷蔵庫《アイスボックス》を取りにきたのか？」

ここまで来るあいだに、インガソルは修道女に赤ん坊を渡すときの威厳のある言葉を考えてあったが、いまやその言葉は消えうせた。

「ここは――ちがうのか――？」

「孤児院を訪ねてきたんだな？」

インガソルが肩をすくめ、抱いていた赤ん坊がそれにつれて持ちあがった。

「ああ。そう、そう、そうだよ」男がいった。「だいじょうぶだ。待ってくれ」爪先立って、インガソルの肩ごしに覗いた――「失礼」――唇に二本指を当てて、指笛を鳴らした。インガソルも赤ん坊もびっくりした。新聞配達の帽子をかぶったニグロが、手押し車を押して、小径からやってきた。

「ああ。いいよ。乳飲み児でも預かれる」インガソルのほうを見ないで、話をつづけ、片手でインガソルをどかして、横を通ったニグロにいった。「はいってくれ。裏のほうにある」ようやくインガソルに注意を向けた。「しかし、ここは引っ越したところだ。引っ越すしかなかった。ボイラー室が水に浸かった。堤防が破れたら、おっぱいのでかい尼さん六人と東洋人の小使いひとりじゃ、子供を四百三十七人避難させることはできない。それで急遽、いっさいがっさいを移すことにした」――チューバを手で示した――「リーランドに、そこで古い病院を手に入れて、全員を収容する。

じつはなかなかいい施設だ。プールもある。夕方にそっちに戻り――」

箪笥がひっくり返ったような大きな音が、男の背後から聞こえた。男が肩ごしにどなった――「クリント、頭を使え」――インガソルのほうに向き直った。「そのときに、嬢やを連れていってもいいよ」

「坊やなんだ」

「坊やを連れていってもいい。持っている書類だけ置いていってくれ。書類があればだがね。あと、持ち物も。音楽室の寝床にその子を寝かせておけばいい」

インガソルは、すでに階段をあとずさっていた。

「書類と、えー、産着やなんかを取ってこないといけない」

男がうなずいた。「ああ、そうだな。その子を置いていって、あとで書類を持ってきてもいいよ」

インガソルは小径におりていた。「いや。だいじょうぶだ」

「わかった。四時に出発する。赤ん坊をここに連れてきたら、クライスラーの自家用車で運ぶ」

インガソルは門のほうを向き、片手をあげた。急いで小径を進むとき、赤ん坊がインガソルの肩にもたれかかった。危ない一瞬をまぬがれたのが、わかっているようだった。

ジュニアは、その馬に乗っているのが好きだった。馬を売ってくれた農夫は、〝ホレス〟と名付けていた。「馬《ホース》?」インガソルがきき返したので、農夫はもう一度いった。馬にはハムリー・フォームフィッターの鞍をつけてもらった。インガソルは腹と鞍の角《ホーン》のあいだにジュニアを挟んで乗せていた。ジュニアは濡れたたてがみに指を巻きつけて、上手にひっぱった。本通りのぬかるみを馬で通った。インガソルはまだなんの計画も立てておらず、心の思いをなにひとつ口にしていなかったが、つぎの角に薬局《ドラッグストア》があるのを見て、手綱を引いた。馬をおりたときに、帽子のつばにたまった水をうっかりとジュニアの顔にかけてしまい、泣きだすにちがいないと思った。一瞬、泣かないようにも思えた。そのほうがいい。だが、ジュニアは四角い口をわななかせ、息を吸い込むと、甲高く泣きわめきはじめた。なんと、こいつ、とんでもなく大きな声が出る。

「シーッ、静かにしろ」ジュニアをゆすり、なで、頰みながら、インガソルはそういった。「シーッ」濡れた袖でジュニアの濡れた頰を拭いたが、なんにもならず、よけい怒らせただけだった。鼻ちょうちんが出てきて、インガソルがつまんで取ろうとすると、指にへばりついたので、手をふって落とした。ジュニアの泣き声がひどくなり、脚をじたばたさせていた。ちっぽけなくせに、どうしてこんな大騒ぎができるんだ？

なんとか馬をつなぎ、泣きわめいている赤ん坊を抱いて、腰でドアをあけた。なかにはいると、みんながこっちに顔を向けた。通路に十数人がいて、ソーダ水売り場にも十数人がいた。インガソルは、やらなければならないことをここでやれるのかどうかわからず、売薬やお菓子が置いてある店頭の売台《カウンター》の前で凍りついていた。赤ん坊の泣き声が一段とやかましくなり、顔じゅうに洟がついて、眉毛にまではいり込んでいた。赤ん坊があまりにもうるさいので、インガソルはなにも考えられなかった。なにか食べ物を手に入れないといけない——言葉を探した——この赤ん坊にガソリンを入れてやらないと。そこで、天井から吊ってある案内板を読み、〝幼児用品〟を見つけて、通路を進みながら、わかりづらい品物に視線を走らせた。ジュニアが真っ赤な顔で身をふるわせていた。

うしろの列から、声が聞こえた。「かわいそうな子供をいじめてるのはだれ？」

ここを出てもなにも解決しないことはわかっていたが、もうどうでもよくなって、インガソルは自分がこしらえた泥の水たまりを越え、大股に店を出ようとした。そのとき、カウンターに棒付きの丸い飴のツリーがあるのが見えた。ひとつつかんで、セロファンを嚙み切り、ジュニアの口に入れた。たちまちジュニアがおとなしくなった。目を丸くして、泣きやんだ口で赤い飴をしゃぶっていた。

「それでいい」インガソルは小声でいった。赤ん坊の頰に涙がついているのを見て、親指でぬぐった。ジュニアが小さなふるえる息を吐いて、飴を唇でもごもごとくわえ、必死で真剣にむさぼりはじめた。泣きやんだのにほっとしながら、インガソルはそれを眺め、これでややこしい品物を買えるようになったみたいだと思った。

前掛けをした背の高い男が、横に近づいてきた。

「一セント」

「買い物しようかと思っただけで?」

「キャンディのお代だよ」男がいい、ソーダ水売り場にいた女たちが、くすくす笑うのが聞こえた。

インガソルは、赤ん坊を反対の手に移して、尻ポケットのボタンをはずし、びしょ濡れになっている薄黄色の封筒を出して、二十ドル札を一枚抜き、びしゃりと音をたてて売台に叩きつけた。「赤ん坊に要るものをぜんぶそろえてくれ」と店員にいった。アンドルー・ジャクソンの肖像がある札を、まるで生まれてお目にかかったとでもいうように、店員が見つめた。「いや」インガソルは赤ん坊が見ている飴のツリーをまわして、おなじ赤い飴をとり、またセロファンを嚙み切りながらいった。「赤ん坊に要るものをぜんぶ、ふたつずつそろえてくれ。まとめてここに持ってきてくれ」ひとつだけ空いていた椅子を、棒付き飴で示した。「おれたちはゆっくりして、前菜《オードブル》を楽しんでるから」

ぶらぶらとそこへ行って腰かけ、足首を膝に載せて脚を組むと、その三角形に赤ん坊を置いた。飴の棒を持ってやり、ジュニアの気をまぎらすためにときどき椅子をまわしていると、赤い汁が赤ん坊の顎からとがった牙みたいな形に垂れて、シャツの胸までべとべとになった。

店員が品物をまとめてカウンターに載せたとき、インガソルは二十ドル札をもう一枚出した。

「あんちゃん《ギャルソン》。ジュニアに新しいおべべも持ってきてくれ」

薬局で手間取ったので、日暮れ前にホブノブまで行くのは無理だった。そこでインガソルは野宿することにした。新しい赤いつなぎの服を着たジュニアといっしょにまた馬に乗り、暗くなる前に一軒の農家に行き当たった。窓に板が打ちつけられ、どこにも明かりが見えない。もっと暗い裏手に、古い納屋があった。インガソルはそこへ馬を近づけ、ヤッホーといってから、ドアを押しあけた。なかは狭くて乾いていて、古い干し草の心地よいにおいに、肥しのかすかなにおいが混じっていた。革の座席がひび割れているマッシー・ファーガソンの牽引自動車《トラクター》と錆びた梱包機があった。荒物屋で野外用のランタンを買うのを思いついていれば、垂木を照らすこともできただろうが、そうしなくても、翼にくるまったコウモリがさかさまにぶらさがっているのは想像がついた。

馬をなかに入れると、馬はそのまま馬房にはいってゆき、埃っぽい梱《こり》から干し草をひっぱり出しはじめた。薄れゆく光のなかで納屋の奥を覗き込んだインガソルは、マスカットブドウの蔓かなにかを切ったとおぼしい細い薪の束を見つけ、火をおこすことにした。だが、それには両手を使わないといけない。

「飼い葉桶に寝かせたほうがよさそうだ」インガソルはジュニアにそういったが、乾いた干し草の上に帽子を置き、毛布をなかに敷いた。赤ん坊をおろし、小さなお尻を帽子の山《クラウン》にすっぽりと収めて、左右の腕を脇にひろげさせて、ちょうど浴槽に浸かっているような恰好にした。ジュニアがそんなふうに収まるのは、これで二度目だった。数マイル手前で、ホレスが泥に脚をとられたので、インガソルはおりて、ジュニアをひっくりかえした帽子に載せ、しゃがんで馬の脚をつかむと、思い切りひっぱった。苦しげな意地汚いゴボッという音をたてて、泥がいうことをきいた。

「火をおこしたら、ミルクをこしらえてやるよ」インガソルはそういった。

赤ん坊が、なにかをいい返した。「エブ・ウィー・ボド」と聞こえ、脚をばたつかせたので、帽子が揺れたが、ひっくりかえるほどではなかった。

何時間も前に、ハムと別れたインガソルが急いでグリーンヴィルにひきかえしたとき、腕のなかで赤ん坊がむずかりはじめた。インガソルはニーハイのオレンジソーダを飲んでいて、ジュニアも喉が渇いているのだろうと思ったが、エバミルクをあける缶切りをよろず屋から持ってくるのを忘れていた。こんど店があったら買おうと思ったが、赤ん坊があまりやかましくむずかるので、ソーダの硝子瓶を口に当てた。ジュニアはくわえたが、飲みかたがわからないみたいで、飲まなかった。インガソルが瓶を傾けると、ソーダが赤ん坊の口に流れ込み、口の左右からあふれて、赤ん坊が目を丸くした。インガソルは瓶を離したが、ジュニアは歯のない口をぱくぱくと動かした。そこで、馬を進めながらインガソルは、自分がちびちび飲むあいまに、ほんのちょっとずつ赤ん坊の口に流し込んだ。

納屋のまんなかに、蔓の薪をすこし積んだ。親指の爪でマッチをすり、葉巻に火をつけてから、薪に火を移した。やがて赤ん坊が哺乳瓶からミルクを吸い、火がはぜて、果物のにおいがすこし漂った。インガソルが両足を火のほうにのばすと、ブーツから湯気がたちはじめた。インガソルは、豆の缶詰を温めて、ジュニアのためにナイフでつぶし、帽子のそばにしゃがんだ。ジュニアは気のないそぶりで、ばたばたして、ちょっとうめいた。居心地が悪そうだったので、インガソルが身を乗り出し、帽子のぐあいを直そうとすると、ジュニアが顔の前でげっぷをした。ニーハイ・ソーダのにおいのげっぷで、ぜんぜんいやなにおいではなかった。それでおなかが楽になったにちがいない。豆を口に入れてやると、赤ん坊はむしゃむしゃと食べた。

食事を終えると、インガソルは葉巻の残りを吸いながら、ハムはどこにいるだろうと思った。容疑者を見つけただろうか。今夜中にこっちが追いつくと思っていて、遅れているのにいらついているにちがいない。フーヴァーに一週間しかあたえられなかったからなおさらだ。刑務所の毛布にくるまっているジュニアがあくびをして、とろんとした目に小さな炎が映るのを見て、インガソルはここにギターがあれば、子守唄代わりにベッシー・スミスの曲をちょっと歌ってやれるのにと思った。〝男ひでりのあたし〟を数小節口ずさむと、ジュニアが首をまわしてインガソルの口を見て、火がはぜるとそっちを向き、立ち昇る火花を曲げた指で差した。まぶたが重そうだったので、おむつを換えることにした。毛布を敷き、こんどは安全ピンをきちんとはずし、天花粉をはたいて、おむつをつけた。赤ん坊は泣かず、手を口のほうへ持ちあげて、手首を吸った。インガソルはしゃがんだままうしろに身をそらし、できばえを見た。おむつがきちんと心地よくつけられ、寝る支度がすっかり整った赤ん坊が、火明かりに薄紅色に染まっている。正直いって、赤ん坊を手放したくないという気持ちがどこかにあった。

しかし、それはとんでもないことだった。それはそうだろう。ハムが待っているし、密造人たちはかなりやけっぱちになっていて、すでに取締官ふたりを殺した可能性が高い。

あすの朝いちばんに、ジュニアに新しいおうちを見つけてあげよう。まっとうな親がいるちゃんとした家を。そう難しくはないはずだ。受付の女が問題にしたようなことがあっても、赤ん坊になにも悪いところはない。どこを見てもかわいいちび助で、体のどこにも気になるような箇所はない。

聖マリア少年孤児院にいたときのインガソルは、そうではなかった。養子にもらわれなかったのは、たぶんそういうことが原因だった。六歳のときにそれに気づいた。幼いころの最初の記憶のひとつでもある。三階の窓ぎわでメアリ・ユーニス修道女のそばに立ち、冷たい窓硝子に額を押しつけて、ふたり兄弟の孤児が養父母の家へ行くのを見送った。メアリ・ユーニス修道女が、インガソルの髪をなで、ふたりでいっしょに眺めていると、養母が馬車に乗って両腕を差しのべ、養父が毛布にくるんだ赤子の養子を渡した。養母の腕がおくるみを馬車の奥の闇へと引き込んだ。養父が向き直って、三歳の男の子を持ちあげた。半ズボンから細い脛がぶらさがり、男の子が馬車に乗せられた。それから養父も馬車に乗った。メアリ・ユーニス修道女が、溜息をついた。「神さまの子供がまたふたり、今夜、おうちを見つけましたね」

修道女たちが、兄弟が離れ離れにならないようにすると決めていたことを、インガソルは知っていた。話をするのを聞いていた。たいがいの人間は養子をひとりだけ望み、それもちっちゃな赤ちゃんをほしがる。赤ちゃんは引く手あまたでも、三歳児の場合はなかなか引き受ける人間が見つからないことを、修道女たちは知っていたので、兄弟ふたりをひとまとめにした。赤ちゃんほしさに兄も引き受ける人間がいるはずだと踏んだのだ。

インガソルは息で硝子を曇らせて、離れていく馬車が見えないようにした。「修道女《シスター》さま」メアリ・ユーニス修道女の脚のほうにもたれた。「赤ちゃんのとき、ぼくはどんなふうだったの?」写真を見たことがなかった。

「あら、かわいかったわよ、愛くるしい子。いまもかわいいけど」

「あの、どんな顔だったの？」

「わたしの美男子テディだった。美男子でえくぼのテディ。バターパンはいかが？」

台所の肉切り台で修道女がパンを切っているときも、インガソルは話をつづけた。「でも、どんな顔だったの？」養子にもらわれなかったのには、なにか理由があったにちがいなかった。

修道女が、考えているときにたてる音を出した。司教さまに記録簿を見せるときにやるように、すーっと息を吸った。なにかを心に決めたようで、インガソルのとなりで木の丸い椅子に腰をおろした。

「あなたはめったにいない子供だった。めったにない子だった。あなたにはイチゴ形の痣《ストロベリー・マーク》があったのよ。いとしいテディ」

「なに？」

「イチゴ状血管腫《ヘマンジオマ》。組織の塊、要するに血管が、頬の皮膚の下で盛りあがっていたの。目のそばまで」

修道女がそういっているあいだに、インガソルは指で頬をなでていた。修道女の言葉がほんとうなのかどうかはしらなかったが、顔のそこをずいぶんなでてきた。もう肌はすべすべになっているが、そこがふくれていて、なでてほしがっていたのを憶えている。眠るためによくそうした。片時も忘れることなく憶えている。右の親指をしゃぶりながら、ふくらんだ塊を人差し指でさすった。

「それでここに捨てられたの？　親に？」

「いいえ、いいえ、ちがいます。そうね……ほんとうのことは、わたしにもわからないの、テディ」修道女は、自分のパンにもバターを塗って、血管腫《ヘマンジオマ》という難しい名前の痣が頬からひろがって、目がすこし閉じられるほどだったことを、インガソルに教えた。それで目が悪くなるのではないかと、修道女たちは心配したが、見かけが悪いだけで体に害はないと医師がいった。

それに、処置する方法はない。十ヵ月ぐらいになればひろがらなくなり、その大きさと色のままで、何年かたてば消える、と。

「イチゴに似てるの？」

「どちらかというとブドウのゼリーみたい」修道女がいった。

インガソルは、パンを置いた。そんな醜い痣ができるなんて、自分はどんな悪いことをしたのだろう？

「どうしていまはないの？」

「わたしたちがお祈りしたのよ。神さまが取ってくださるようにお祈りしたの。神さまはそうしてくださった。四歳くらいのときに治りはじめて、五歳を過ぎたら、あとかたもなくなった」

「でも、どうして神さまはぼくにそんなものをつけたの？」

「あのね、テディ。わたしはいつも、神さまがそこにキスなさったのだと思っていたわ。わたしがしばらくのあいだあなたをここにいさせることができるように、あなたの頬にキスをして、しるしをつけてくださったのだと」

マリア・ユーニス修道女は、その言葉どおり、インガソルをずっといさせてくれた。十六歳になり、背丈が六フィート三インチになって、兵隊になり、ドイツ軍と戦うために船で送り出されるまで。

そしていま、インガソルは納屋にいて、焚き火はもう炭火になっていた。眠っている赤ん坊を見た。インガソルにはぜったいに味わえないような、一度も味わったことがないような、安らかなようすで、寝息をたてている。なんてことだ、とインガソルは思った。四つ辻のよろず屋の死体を含めると、今月だけでも六人の死体を見た。おまえの父親と母親がそのなかにいた。

赤ん坊に向いた暮らしではない。短い期間の仕事。短い期間、貸し出される。なにもかもが、かりそめだ。ギターの親にだってなれない。

この子は、もっと安定した場所にいるべきだ。そうとも。あした、ジュニアのために引き取ってくれる家族を探そう。

インガソルは、上着の下に干し草をつっこんで枕にすると、横向きに寝て、帽子からはみ出しそうなジュニアを胸に引き寄せ、体を丸めて護り、暖かくしてやった。

4

ディキシー・クレイは、正午過ぎに起きた。目を醒ます前から、夜明けに床についたときとは天地の物音がちがっていることに気づいていた。寝台から足をおろしてゴム長靴に入れるとき、窓の外を見た。ホブノブに叩きつけていた雨が間遠《まどお》になり、油で汚れたみたいな木の葉から大きな雨粒がぽとぽと垂れるだけになっている。台所で即席珈琲《インスタント・コーヒー》を飲むころには、太陽が顔を現わした。十一月に大雨がはじまってから、何度かこういうことが起きていたが、ディキシー・クレイはもう戸口へ走っていかなかった。虹を探しはしなかった。もう希望は持たず、ただ雨が戻るのを待った。ひと休みしたことで力を強めたみたいに、雨がこれまで以上に激しく降りはじめると、自分の考えが正しかったことに悔しさの混じった安らぎをおぼえた。

とはいえ、すこしはぶらつく。風雨のあいまに表に出なかったら、めったに日の目が見られない。ふだんはずっと眠っているからだ。あるいは日暮れ時に、雑用をやり、蒸留釜を焚く準備をする。あるいは夜明けに、蒸留所で働いたあと、体を温めている。パイン・グローヴ編み物の会が結婚の贈り物として作ってくれた。ハート模様のアフガン編みの毛布にくるまって、火の前で揺り椅子を揺らす。疲れがひどいので、ジェシの食事をこしらえなくていいときには、朝食とも夕食ともつかないものを食べるだけだ。クリーム・オヴ・ウィート、ビーフ・ジャーキーの切れ端。猟期の終わりころの猟獣みたいに筋張った頑丈な体になり、かつてはジェイコブが枕にしていた胸とおなかのやわらかなふくらみがなくなった。好みの即席珈琲の銘柄、レッドEをもう一杯こしらえた——ひとりだから薬缶でいれる必要はない——それから、昨夜の雨もりを溜めてふるえている鍋五個の水を捨てた。

太陽が輝くときに、よろこびで顔を輝かせることがないのは、もうひとつべつの理由があるからだった——密造酒取締官は低空飛行をする飛行機に乗っている。スズメバチのようなブーンという爆音を、ディキシー・クレイは聞き慣れていた。蒸留所は偽装してあるし、クレイも偽装していた——木の葉を貼りつけた茶色い服で林のなかにいる。一度、菜園でトウモロコシの雄穂から芋虫をつまみ取っていると、海軍の水上機がかなり低いところをかすめたので、ディキシー・クレイは身をかがめ、四方でトウモロコシの茎が傾いた。顔をあげると、水上機の十字架形の影が、腹をこすりそうなくらいぎりぎりの高さで家の上を通ったので、神経がぴりぴりした。翌日、私道でT型フォードのそばにしゃがみ、ピンクの絹のネクタイを肩のうしろにまわしてパンクを修繕していたジェシに、その顛末を話した。

「飛行機がリンドバーグの曲芸飛行みたいに、家すれすれを飛んだのよ」と、ディキシー・クレイはいった。

ジェシがカンカン帽を脱ぎ、膝にひっかけて、桃色のポケットチーフで額を拭いてから、編上げ靴の鳩目に視線を戻した。「そいつらはおまえをからかって遊んだのさ、ディキシー・クレイ。心配するな。買収してあるから」

かもしれない。でも、ひとり残らず買収するなんて無理だ。

だから、きょうは蒸留所へは行かず、ガウィワチー川を偵察することにした。その支流はいつもなら川幅が二十フィートで、苔の生えた岩棚に囲まれ、水たまりに閉じ込められたメダカが、くるくると泳いでいる。流れは速かったが、見た目よりも浅く、流れのなかごろに浅瀬が盛りあがっていて、船がよく乗りあげる。それでインディアンはそこをガウィワチー――〝世界が傾いている場所〟と呼んでいた。とにかく、ジェシはそういっている。百年前には、ナチェスの北にあるカラスの巣《クロウズ・ネスト》という小島の河賊が、ミシシッピ川の岩岸に偽の標識を描き、ガウィワチーを航行できる水路に見せかけた、という話もした。船が乗りあげると、河賊は乗組員を皆殺しにして、胸を切りひらき、石ころを詰めてから縫い合わせて、死体が沈むようにした。そして、船と積み荷を盗み、姿を消した。

死体を始末するのに、そんな手間をかけなくてもよさそうなものだ。死体二体を始末するのに、自分ならどうするだろう？　とディキシー・クレイは思った。自分がジェシだとしたら、ということだが。死体が二体あったとしての話だが。午後はいつも、ウィンチェスターを持っていった――もうそれなしではいられなかった――警察に行こうと心に誓ってはいたが、夜になればチェスターのひづめを削り、岩塩を持ってきてやり、それから蒸留所へ行った。なにもせずにいると、どうなるか——ジェシはひとを殺した罪をまぬがれる。でも、警察へ行けば刑務所行きになり、ジェシはそこで殺されるだろう。卵は卵、とジェシならいうだろう。神が小さな青いリンゴを作ったように、と。どちらも、まちがいなくそうなるという喩えだ。

ジェシは、自分たちの土地に死体を捨てたのか？　二日前にディキシー・クレイはノスリが三羽、くるくると舞っているのを見て、その影がジャイロスコープみたいに地面でまわっているところへ急いで行ったが、ガウィワチーの浅瀬にアパルーサ種の馬がはまっていただけだった。死んでから何日かたっていた。たぶんグリーンヴィルの堤防で働かされていて、滑り落ちたのだろう。落ちたときに首が折れたのならいいのだがと思った。ただ怪我をしただけだと、けたたましく鳴き、傾斜した泥の壁にひづめをかけようともがいた末に、押し流されてしまったにちがいない。

ディキシー・クレイは、珈琲の残りを流しに捨てて、カビ臭い丸パンをズボンのポケットに入れた。それから、ウィンチェスターのなめしていない負革をたすき掛けにして、勝手口から出た。蒸留所へは行かず、ガウィワチーを目指した。逆巻いているとめどない流れが岸を越えてひろがりつづけ、差し渡し六十フィートにも達しているので、歩いたのは前よりもずっと短い距離だった。粘土が渦巻いているせいで血のように真っ赤で、流木がひしめいていた。ひっかかっている木々のありさまによって、川沿いのひとびとは名前をつけていた。葬儀屋、寝坊助、木挽き人。水に没してからぴょこんと立つ木は、宣教師と呼ばれていた。ペカンの木が二本、くびきのように対になって、流れを貫いていた。ディキシー・クレイは以前、川で洗った洗濯物をそこに干していた。ジェシがソール電気洗濯機を買ってくれてから、何年も使っていなかった。ホブノブではじめての電気洗濯機だった。いまは家のそばに洗濯物を干す。それでも、物干し綱を張った木が水から突き出しているのを見ると、無作法に家事を邪魔されたみたいで川に腹が立った。

ディキシー・クレイがその支流を調べたかったのは、取締官を探すことのほかにもわけがあった。罠は水に浸かってしまったが、嵐はときどき思いがけないものを運んでくる。二週間前にはマンドリンを見つけた。その前にはフライング・アロー・ジュニアの荷車があった。板はたわんでいたが、赤い琺瑯の車輪はまわった。ディキシー・クレイはそれをきれいにして、蒸留所から倉庫の小屋へ広口瓶を運ぶのに使っている。その前には、最後のアナグマ獲りの罠にかかっていた、ふわふわした白い水鳥を見つけた。その鳥は、ひらひらの雪でできているように見えた。といっても、そういう雪はナショナル・ジオグラフィック誌で見ただけだ。放して、飛び帰れるようにしてやりたかった――ティンブクトゥだったか、コンスタンチノープルだったか、とにかく風変わりなところへ。でも、バネがつけてある罠の扉で、鳥は首を折っていた。だから、翼をたたんで罠から出し、家に持って帰るしかなかった。図鑑でどういう鳥かを調べた。ユキコサギ。ディキシー・クレイとおなじように、本来、このあたりにいるような鳥ではなかった。

長靴を引き抜くために足を高くあげながら、ぬかるんだ川岸を歩き、ヘビだぞと憎々しげに叫ぶ、曲がりくねった縞模様がないかと目配りしていると、結婚式から出発したときのことを思い出した。父親の家の裏庭でひらかれ、パイン・グローヴの住人がすべて、野外で紅茶とサンドイッチの軽食をとった。ふたりで写真屋のためにポーズをとってから、ジェシがディキシー・クレイの嫁入り道具を馬車の荷台に積んだ――三年前にディキシー・クレイが束にした皮を売ったときに、引き革の鎖が歌いながら弾み、走り去った軽快な馬車とおなじ馬車だった。

いろいろと教えてくれる母親がいなかったディキシ

ー・クレイは、レディーズ・ホーム・ジャーナルが勧めるとおりに嫁入り道具をそろえた。敷布六組、枕カバー二十四枚、テーブル掛け三十六枚、ナプキン三十六枚、どれもこぎれいにヘムステッチがほどこしてある。衣服は――ディキシー・クレイは、この部分を暗記している――「花嫁の旧姓の頭文字の刺繍がある肌着類、サージの小粋なワンピース一着、ジョーゼット・クレープのよそ行きのワンピース一着、黒の上下一着に華やかな色のブラウス数枚」。本も何冊か荷物に入れた。ジョージ・メレディス、アルジャーノン・チャールズ・スウィンバーン、トーマス・ハーディ――見返しに家系図が描いてある母親の聖書、スペンサー流書体の習字で郡の一等賞をとってもらった賞牌、4Hクラブのクローバーの飾りピン。ヒッコリーの柄の金槌も持った。ほんとうは子供用で小さいが、釣鐘形の頭から柄にかけての釣り合いがすばらしく、金槌がおのずと動いてくれる感じだった。たとえ電気洗濯機と取り換えようといわれても、ぜったいに応じなかっただろう。ペカンの実を平たいほうを下にして割るときに見る必要もないくらい、使い慣れていた。甘い胚乳をつまみ出すとき、実の脳みそみたいに半々に収まっていると、いつも思う。

そういった持ち物や、父さんから贈られた真珠の腕輪《ブレスレット》を、ディキシー・クレイは荷づくりした。手首が細いので、腕輪が落ちないように握り拳をこしらえなければならなかったせいで、結婚写真ではまるで怒っているように見える。父親がくれた『夫婦、女性の閨事《ねやごと》、母親になる準備』という本も入れた。初夜はバーミンガムのトーマス・ジェファーソン・ホテルに泊った。

いとまごいはあっという間に終わり、結婚式の客たちが米を投げ、歓声をあげた。ディキシー・クレイの弟が空に向けて拳銃を撃ち、父親は笑みを浮かべてはいたが打ちひしがれたようすで、シャツにフルーツポンチをこぼしていた。ジェシが馬車を道路に出したとき、座席で身をよじったディキシー・クレイは、父親の赤いハンカチを最後にちらりと見た。ジェシは手綱をゆるく持ち、のんびりしたようすで、自分の家を建てたミシシッピ州の人口三千二百四十四人の町ホブノブについておしゃべりをした――「おれたちの家」とジェシはいい直した――町の広場から七マイル離れ、綿花地帯ではなくトウモロコシ地帯にある。ミシシッピ流域のそこだけ岩場や山が多い。木々に覆われた山地百エーカーの縁を支流が流れている。家には寝室が三部屋ある。ひと部屋は子供部屋だ。ジェシは御者席のほうから腕をのばして、ディキシー・クレイの手をぎゅっと握った。

町の正式な名前はホブノブ湊《ランディング》といい、ミシシッピ川が自分の尻尾を咬もうとしているクロムチヘビみたいに折れ曲がっている場所にくっついている。カヌーで漕ぎ出すのにぐあいがいいので、チカソー族がそこに野営していた、とジェシは説明した。堆積物が多いせいで、小さな支流が網目のように組み合わさり、一本の本流になっている。インディアンがいなくなってから久しいが、蛇行しているへそ曲がりの遅い流れのせいで、いまも浅瀬があちこちにあり、不用心な船が乗りあげる。船の修繕や売買をやる男たちがいる船渠《ドック》を中心に、ホブノブの町は栄えた。飯場船《クオーター・ボート》や、演芸船《ショーボート》や、外輪がガタガタと音をたて、煙を吐き、汽笛を鳴らしながらのろのろと進む蒸気船がひしめいて、いつも大騒ぎだった――そのころの暴れ川ミシシッピには、川辺の小悪党、賭博師、小悪党、薬売りの芸人がひしめき、よしみを通じる場《ホブノブ》となった――ジェシがそういったときに溜息をついたのは、昔を懐かしむ気持ちからだろうと、ディキシー・クレイは察した。

「もちろん」ジェシはいった。「川はほとんどまっすぐになった」甲羅がドームみたいに盛りあがっているドロガメをよけるために手綱をさっとふった。「コルセットをはめたみたいに。政府の建設した堤防のせいで、川は進路を変えられなくなった。川の民もおなじだ。まっすぐになった」ジェシが話をするあいだ、ディキシー・クレイはじっと聞いていたが、先が上に曲がっている艶やかな黒い口髭の下の赤い唇も惚れ惚れと見ていた。ジェシの顔は結婚の贈り物、口髭はそれにかけたリボンだ。ジェシは鳩灰色のラペルの角を丸くしてある上着を着て、灰色と黒の市松模様のネクタイを締めていた。癖のある黒髪は、黒い帯のある灰色のスナップブリム帽の下にたくし込んである。鹿毛のラバ二頭、チェスターとスモーキーの黒い耳までもが、ジェシの身支度にふくまれているようだ。ジェシがあんまり美しいので、ディキシー・クレイは道路を見ず、ジェシばかりを見ていた。ジェシがちらりと視線を投げて、にっこり笑った。見られるのに慣れているような感じだった。

父親がスペイン風邪で死んだあと、ルイジアナを離れて、獣皮を売りながらアーカンソーからアラバマまで転々としてきたが、二十歳になったら腰を落ち着けてひと財産つくるつもりだと、ジェシはディキシー・クレイに語った。そして、そろそろ二十歳になろうとしていた。

毛皮を売る商売をつづけるつもりがないという話は、ディキシー・クレイには初耳だった。ちょっと考えてからきいた。「どうするつもり?」

答えるかわりに、ジェシが右腕をディキシー・クレイの腰にまわして引き寄せた。唇を耳の下にくっつけられ、ディキシー・クレイは口髭がくすぐったくて、小さな悲鳴をあげた。二の腕に鳥肌がひろがっていった。

「ジェシ、やめてよ」でも、にやにや笑っていた。

「商売をやめるの?」

「行商なんて、いつまでもやってられるか」

「それじゃ、なにをやるの?」

「名を揚げる」

「でも、どうやって？」

「心配すんな、べっぴんの奥さん。ジェシおとうちゃんが考えてあるから」

奥さん。うれしかった――とても気に入った――いい響きだった。だが、自動車が向こうからやってきたので、ディキシー・クレイは肘でつついて、ジェシの手を腰から押しのけた。ジェシが首をまわして、すれちがう自動車を眺め、口笛を吹いた。「オースチンだ」と教えた。

ディキシー・クレイは聞いたことがなかった。

「オースチン二〇ツーリング・カー。いくらするか知ってるか？」

ディキシー・クレイは、首をふった。

「六百九十五ドル」

ディキシー・クレイは首をのばしたが、赤い土煙のなかに自動車は消えていた。想像もできないような大金だった。

自動車が近付いてきたときは前に向けてぴんと立っていたラバの耳から力が抜け、ゆったりした足どりに合わせてまた揺れはじめた。ディキシー・クレイは、ラバとそのまっすぐな角ばったひづめが好きだった。馬のひづめよりもずっと割れにくい。

「もうじき自動車を手に入れるぞ」ディキシー・クレイが感動しているかどうかを見ようと、ジェシが視線を投げた。ディキシー・クレイは感動していた。あたしの亭主は野心満々だと思った。

「トーマス・ジェファーソンには、前に仕事で泊ったことがある」ジェシがいった。「そうそう。禁酒法の前には、殻つきのカキを食いながらシャンパンを飲めた。いまじゃ、よくてマシュマロにフルーツカクテルがせいぜいだ」鼻を鳴らした。「だが、おれには知り合いがいる。楽しめるぞ」ホテルの裏にもぐり酒場《スピーキージー》があると、ディキシー・クレイに教えた。

「もぐり酒場？」ディキシー・クレイの父親は、ウィスキーは飲まず、ブラックベリー・ビネガー（リンゴ酢とブラックベリーの実でこしらえる）に氷を入れて飲むだけだが、客用に密造酒を一本用意している。ジェシはそれを一度勧められたが、断った。その晩、帰るときにジェシは父親に温かく背中を叩かれ、ディキシー・クレイも誇らしかった。「もぐり酒場って……危ないんじゃないの？」

ジェシが笑った。「おれがいっしょならだいじょうぶだ。店の主人は――とびきりすごいやつで、階段の下の秘密の部屋に密造酒を隠してる。お前の太腿の骨みたいに長くて細い鍵を、オーク材の階段の横木の節目にある渦巻き模様に差し込まなきゃならねえ。鍵をまわすと、ぱっと入口があくんだ、アリババちゃん」

そういって、ジェシがまた笑った。

　隠し場所のことをジェシがよく知っているのを、そのときはどうして不思議に思わなかったのだろうと、あとになってディキシー・クレイは考えた。興味をそそられることばかり聞かされたからだろう。世知にたけたあたしの亭主。頬に影ができるほど睫毛が長い。

「用心棒にどうやって通してもらうか、知りてえんだろう？」

　ディキシー・クレイはうなずいた。

「符牒だよ。ホテルの裏へ行って、路地の奥で鉄のドアをノックする。格子つきの覗き窓があいたら、符牒をいう。去年は〝ジョーの使いのものだ〟だった。今年は〝便所を借りにきた〟だ」

　それを想像してジェシがにっこり笑い、角砂糖みたいに白い歯が覗く笑みを見て、ディキシー・クレイはにっこり笑った。

　ジェシが、さらにいった。「ホテルは十九階で、ツェッペリン飛行船をつなぐ係留柱がある」

　自分もつながれないと幸せのあまり浮遊してしまいそうだと思いながら、ディキシー・クレイはうなずいた。

その晩、符牒は要らないということがわかった。新婚向けのつづき部屋には、いろいろなお楽しみがあった。それに、ディキシー・クレイは勉強好きだったが、父親にもらった本でいろいろ勉強する必要はまったくなかった。ジェシがいい先生だったからだ。

そのころ、ディキシー・クレイは十六歳で、ユキコサギを見つけた先月が結婚六周年だった。鳥も自分も当分、空に浮かびあがることはないだろうとわかっていた。ディキシー・クレイはいまや商売人で、安っぽい恋愛小説みたいなことを考えているひまはない。図鑑の説明は終わりのほうで、ユキコサギのふわふわの尾羽は婦人帽子の飾りとして珍重されると指摘していた。そこでディキシー・クレイは羽根をむしって、ジェシに帽子屋に持っていってもらい、一本あたり二十五セントになった。

きょうのガウィワチーには、めずらしい鳥も荷車もマンドリンもなかった。取締官の姿もなく、イトスギの切り株がかぶっているホンブルグ帽も、家紋のような取締官の徽章がくっついているカササギの巣もなかった。なにがあったのかをジェシにきき、ジェシがいうことを信用できればいいのだが。最悪のことを想像しているのは、思いちがいかもしれない。マンドリンの箱を赤ん坊の棺桶とまちがえたのとおなじように。

正面のベランダに置いてあるマンドリンのことを思い出して、ひきかえすことにした。沼地になってしまった低地をたゆまず歩いていると、黄土色のずんぐりした巨大な毒キノコを何本か見つけて、蹴とばすと、粉のようなものがしこたま飛び散った。ディキシー・クレイは、毒キノコをできるだけ尾根の上のほうに蹴とばした。このちょっとした遊びで注意がおろそかになっていたにちがいない。家のすぐ近くまで行ってようやく、タバコのにおいがするのに気がついた。ジェシはタバコを吸わない。口髭ににおいがこもるのが嫌なのだ。困ったことになった。もう取締官は願い下げだ。ディキシー・クレイは肩ごしに手をのばして、ウィンチェスターをつかんだ。うんざりしていた。怖かったが、もうこりごりだと思った。

血がどくどくと脈打っている心臓の音よりもひときわ大きく、不可解なものが聞こえた——男の叫び声でも、犬の吠える声でも、銃声でもない。歌声。

まったくもう、ひとを好きになるなんてまっぴらさ
そのひとが好きになってくれないのに

ディキシー・クレイは、身を低くして、忍び寄りはじめた。家の横手をそっとまわると、タバコの煙のにおいが強くなった。正面のベランダの真横まで行くと、見慣れない糟毛の馬が郵便箱（配達と集荷の両方に使われる）につないであるのが見えた。ヒイラギの藪の蔭から首をのばしたが、ベランダはマツに囲まれているので、手摺に載せている泥だらけのカウボーイ・ブーツしか見えなかった。マンドリンで奏でている曲に合わせて、ブーツがしきりと動いている。曲が変わり、深くてよく響く声には、なんの不安も感じられなかった。

苦しみ、苦しみ、おいらの一生、毎日苦しみばかりさ
苦しみ、苦しみ、おいらの一生、毎日苦しみばかりさ
墓にはいるまで、苦しみが追っかけてくるだろうよ

これが法執行官だとしたら、こんなへんてこな法執行官には、お目にかかったことがなかった。だが、客でもない——客ならもっと用心しているはずだ。最後の音が消えるまで、ブーツは揺れていた。

「なあ」歌声の主がきいた。「気に入ったか？」

ディキシー・クレイは、はっと驚いた。見つかってしまった。だが、そのときべつの音が聞こえた。徐々にあがってゆく甲高い三つの音からなる叫び。それが

なんなのか、ディキシー・クレイにはわかっていた。赤ん坊。密造人の家に赤ん坊を連れてくるような酔っ払いがどこにいる？　それに、どうして赤ん坊が泣いているのか？　ディキシー・クレイは藪から跳び出して、ライフル銃でブーツを狙った。

「両手をあげろ！」ディキシー・クレイはわめいた。「こっちには銃があるし、おまえを撃ち殺せる」走ったり滑ったりしながら雨裂を下るあいだ、相手の姿はあまりよく見えなかった。膝が見え、やがて上半身と、あげている両腕が見えた。腕と腕のあいだにはマンドリンがあった。ライフル銃の狙いをつけたまま、ディキシー・クレイは階段を駆けあがった。上まで行くと、全身が見えた。大男だった。長い右脚をあげてブーツを手摺に載せ、左脚はひらいて、足首を反対の膝に載せ、その隙間に包みがあった。ぴくぴく動く腕が、包みから突き出していた。赤ん坊のおくるみだ。男は椅子をななめにしてうしろの脚二本で釣り合いをとっていたが、ディキシー・クレイを見定めてから椅子の前の脚を床におろした。マンドリンをおろしかけたので、ディキシー・クレイはどなった。「両手をあげろといったよ」

　男がまた両腕をまっすぐにして、口の端がゆがみ、水の渦のようなえくぼができたが、ディキシー・クレイが心臓に狙いをつけると、えくぼは消えた。

「ここでなにしてるのよ？」

　男がディキシー・クレイを品定めするように、茶色い帽子をかぶった顔を傾けた。「赤ん坊を連れてきた」

「赤ちゃんを？」

「ああ」

「あたしに赤ちゃんをくれに来たの？」

「そうだ。あんたに赤ちゃんをあげにきた。これがその赤ちゃんだ。ほんもののアメリカ式赤ん坊。正真正銘、ほんものだ。しかもカウボーイ。広々とした道が好き。ブルーズが大好き」赤ん坊がまた泣き、男は肩をすくめた。「まあ、いつもは大好きなんだが。さっきのはベッシー・スミスの曲だ。あんたの亭主、弾くのかい?」

ディキシー・クレイはなにもいわず、相手がどういうおかしな人間なのかを推しはかろうとした。まわりにちらりと視線を投げて、独りきりだというのをたしかめた。ベランダの横のほうに、水に浸かった痩せたバラの枝が積んであったが、そこに割れた硝子の破片が散らばっていた。瓶代を取り戻すために、木箱の上にドクター・ペッパーの空き瓶を置いておいた。この男は、どうしてその瓶を割ったのだろう?

「赤ん坊がほしいんだろう?」

男の狙いが、ディキシー・クレイにはわからなかった。武器を持っているようには見えない。rの発音が妙だ。このあたりの人間ではない。うしろを見た。だれもいない。「あんた……子供を捨てるつもり?」

「おれの子供じゃない」男がいった。「ママもパパも死んだ。この子も死ぬところだったが、おれが見つけて、あさはかな考えから、べつのママを捕まえるまで連れていくことにした。おれのマンドリンをおろしてもいいかな?」

「あたしのマンドリンよ」ディキシー・クレイはいった。

男がにやりと笑い、両腕をおろして、マンドリンをブーツの横にやさしく置いた。

ディキシー・クレイは、ライフル銃を構えたままでいた。男が左手の指環をはずして、マンドリンのそばに置いた――いや、指環ではなかった。ドクター・ペッパーの瓶の首を、スライドバーに使っていたのだ。

それにしても、赤ちゃんを膝に載せて、割った硝子を指にはめるとは、どういう男だ? 男が身を乗り出して、ベランダの手摺から葉巻を取り、すばやく三度ふかして息を吹き返させた。逆向きにして、先っぽが赤く燃えているのをたしかめた。納得すると、こんどはもっと長く吸いつけ、手摺に戻した。そして、ゆるやかに流れる煙を吐き出し、焦茶色の目でディキシー・クレイを見あげた。

「どうする？」膝のあいだからおくるみを持ちあげ、漂っている煙のなかで、ディキシー・クレイのほうに向けた。「この赤ちゃんがほしくないか？」

ぶらぶらしている赤ちゃんを、ディキシー・クレイはじっくりと見た。女の子なのか、それとも男の子なのか、よくわからない。まだむずかっていて、脚をちょっとばたつかせている。汚れていた。おむつがずりさがって見えているおなかが、胴体のあとの部分よりも白い。男の馬鹿でかい手も汚れていた。爪のなかが茶色くなっている手が、赤ちゃんの脇腹をくるんでいる。赤ちゃんがもっとじたばたして、おむつが尻からずり落ちそうになった。男が赤ちゃんの向きを変えて、曲げた膝の上に戻し、おむつをひっぱりあげた。「きれいなおむつに換えたんだが」男がいった。「ちょっとぐあいの悪いことになってね」声を殺して、こんどは赤ちゃんに向かっていった。「もうおれにおしっこをかけるんじゃないぞ」

ディキシー・クレイは、こんどは男をじっくりと眺めた。胸板が厚く、荒けない感じで、泥まみれのデニムのズボンの裾が脚にへばりついている。赤い丸首シャツのボタンがはずしてある。髭がのびている。髪ものびている。形の崩れた革の帽子から、もじゃもじゃの茶色い髪がはみ出していた。男が目をあげて、視線を合わせたので、ディキシー・クレイは銃口がすこしさがっていたライフル銃を持ち直した。

「なあ」男が溜息をついた。「赤ちゃんがいらないのなら、それはそれでいい。いいんだ。もっといいところを探す。だけど、早く見つけないといけない。店の女が、まずあんたに当たれといったんだ」

「店の女？　どの女よ？」

「でかい女。五十くらいかな。灰色の髪。指環をいっぱいはめてる」

「アミティね」

「名前は知らない。あんたが赤ちゃんをもらいたいと思ってるといった」

ディキシー・クレイは、じっと見ていたが、ひとこともいわなかった。

赤ちゃんがまた文句をいった。泣き声ではなかったが、いまにも泣きだしそうだった。

「ああ、もういいよ」男がいい、赤ちゃんを片手で持ちあげ、反対の手で葉巻を取った。「リーランドかインディアノラに孤児院があるだろう」立ちあがった。

「それをちょうだい」ディキシー・クレイは急いでいった。

「物じゃない」男が背すじをのばして立った。「男の子だ」こんどは赤ちゃんに向かっていった。「そうだよな、坊《ジュニア》や?」

「それをちょうだい」ディキシー・クレイは、片手を差し出した。「渡して」

男がまたディキシー・クレイのほうに首をかしげた。

「この子がほしいんなら、銃を置いて、こっちに取りにこい」

ディキシー・クレイはそうした。ライフル銃を手摺に立てかけ、ベランダを横切った。男が赤ちゃんをぶらぶらさせて、差し出した。ディキシー・クレイは赤ちゃんの背中とおむつの下にそれぞれ手を入れて、男の腕から取りあげた。おむつは濡れていて、ずっと冷たかったにちがいなかった。でも、赤ちゃんはじょうぶそうだった。元気で、じょうぶそうだった。六カ月ぐらいだろうと思った。首が座っている。お座りができるかもしれない。アフガン編みの毛布にくるめばいい。胸に引き寄せて、背中を軽く叩いてやると、むずかるのがすこし収まった。顔が見たかったので、赤ちゃんの頭を曲げた肘まで下げた。やわらかな黒い髪が渦を巻いている。ひどく薄い眉毛の下の目をつぶっている。顔は土埃にまみれ、涙の流れたところだけがきれいになっていた。赤ちゃんが急に目をあけ、ディキシー・クレイはその目のなかに吸い込まれそうになった。青みがかった灰色の渦巻きにしっかりと捕らわれた。魔法を破ろうとして、ディキシー・クレイは目を閉じた。

息を吐くようにして、言葉を発した。「この子の名前は？」

「わからない。名前があったかどうかもわからない。あんたが決めればいいんじゃないか」

ディキシー・クレイが目をあげると、男がそばに立ち、赤ちゃんとこちらを見おろしていた。ディキシー・クレイはライフル銃のほうへあとずさり、赤ちゃんを胸にかき抱いた。「あんたが取り返しにこないって、いい切れる？」

「だって、取り返そうとしたら、あんたはおれを撃ち殺すだろう？」

ディキシー・クレイは、淡い笑みを浮かべた。「そうよ。取り返そうとしたら、あんたを撃ち殺す」

こんどは男が笑みを浮かべる番だった。髭だらけの頬に一瞬えくぼができるのを、ディキシー・クレイは見た。「さてと」男がいった。「ジュニアの持ち物を渡そう」階段をおりて、馬のほうへ行った。鞍袋をあけて、缶詰や包みを両腕に抱え、ベランダに戻ってきて、ドアの脇に積みあげた。

「これでよし、と。それじゃ行くよ」帽子のつばに二本指を当て、その指を見て、濡れた革の帽子で汚れたのを示すために差しあげてみせた。だが、ディキシー・クレイはもう背中を向けていた。赤ちゃんをなで、低い声であやしながら、なかにはいっていった。

翌朝、夢見ている赤ちゃんを両腕に抱え、雨の音がやかましいベランダにぶらりと出ていったときにようやく、ライフル銃を手摺に立てかけたまま忘れていたことに気づいた。カウボーイが馬で走り去ったあと、忘れていった葉巻が、そのままくすぶって、手摺に半月の形の焼け焦げができていた。

5

ハムが選びそうな宿を見つけるのは、そう難しくはなかった。インガソルが最初に通りかかった下宿屋は町から遠すぎたし、甘藍《キャベツ》のにおいがしていて、一脚しかない揺り椅子をクモの巣が壁につなぎとめていた。堤防に向かって馬を進めると、がっしりしたテラコッタ建築のマクレイン・ホテルがあった。最上階から堤防がよく見えるはずだが、空室はなかった。なおも広場に向けて進むと、ヴァタロット下宿屋があった。三階建てで、ドアの横にトランクがいくつも置かれ、濡れたタオルが上の階の窓から舌みたいにぶらさがっている。なかにはいると、ハムにインガソルの人相をあらかじめ聞かされていた内儀《おかみ》が、泊る部屋——瑠璃鶫《ブルーバード》・

の間《スイート》は用意ができていますといった。そこを空けるためにフランダース人ふたりを追い出さなければならなかったんですよ。気に入ってくださるといいんですけど、と内儀がいった。ジョンソンさまは、となりの猩々紅冠鳥の間《カーディナル・スイート》です。インガソルさまはお部屋をご覧になりたいですか？　ああ、見せてもらうよ。そんなわけで、インガソルは背嚢を持ち――ガチャガチャ音をたてる離乳食の瓶や缶を置いてきたので、ぺしゃんこで軽い――階段を昇るヴァタロット夫人のあとをついていった。ナイロンのストッキングが足首のところでたるみ、脱皮しかけのヘビの皮みたいに見えたし、スカートの丈が短くなっている流行は万人のためにいいとは限らないなと、インガソルは思った。

ルリツグミの絵が描いてあるドアを、ヴァタロット夫人があけた。シェニール織の寝台覆い、洗面器を置いた台、ぱりっとした感じのタオルの山。清潔で簡素な部屋だった。インガソルはなによりも、ニレの巨木

よろしくベッドにどさりと倒れて深い眠りに落ちたかった。三日後に目が醒めたときには、顎髭がのび、顔が房飾りの模様にくぼんでいる。それから風呂。あと三日は体が憶えているような風呂。はいったとたんに爪先が真っ赤になるくらい熱い湯に浸かる。それからブリロのタオルで水気を拭き、洗いたての服を着る。つぎに床屋へ行き、泡立てた石鹸をビーバーの毛のブラシで顔に塗ってもらい、男たちの声、切羽詰まっていない、脅威にさらされていない、ゆっくりとした声を聞き流し、檸檬《レモン》の香りがする蒸しタオルの下で目を閉じ、そのあとで木琴くらいの幅がある牛の骨付きリブロースを食べる。

ヴァタロット夫人が、まだ廊下に立っていた。「いかが？　なにかお持ちします？」

「出かける」インガソルはいった。楽しい空想が、教室の地図みたいにくるくると巻いて閉じられた。「でも、珈琲をいれてくれるとありがたい。濃い珈琲を」

「濃いですって？　うちでは濃いのしかいれませんよ。チコリ珈琲です。わたくしはニューオーリンズの出なんですのよ。おじいちゃんはラファイエット将軍とともに、舞踏会の初番を踊ったものでした」

恐れ入らせるためにそういったのだと察して、インガソルが口笛を鳴らしたので、内儀はにっこり笑い、背中を向けた。インガソルがほんとうに恐れ入ったのは、チコリ珈琲だった。舌が焼けそうなほど熱く、濃く、赤ん坊と、赤ん坊を受け取った威勢のいい巻き毛の女のことを考えていたのが、燃えてなくなりそうになった。女のそばかすと、青い瞳にべつの青い斑《ぶち》があって、そばかすのようになっているのが、いい感じだった。ディキシー・クレイ《ディキシー・クレイ》。店の女主人はそう読んでいた。南部の粘土。なんて名前だ。

インガソルは、ハムがいるはずだとヴァタロット夫人が教えてくれた、マクメイアン食堂を探していた。食堂とはありがたい。朝にモモの缶詰を赤ん坊と分け合ってから、なにも食べていない。下宿屋を出たインガソルは、右に曲がって、広場の片方を通り、コリンズ家具店と靴直しの店の前を過ぎて、左に曲がり、東側をなおも進んで、水桶に鼻面をつっこんでいる牛みたいに自動車がならんでとまっている、明るく照らされた騒々しい一角を目指した。食堂の窓の外を通るとき、丸っこいふかふかの赤い長椅子の高い背もたれに、男の手が載っているのが見えた。指が筒型の花火みたいに太く、赤茶色の毛がもじゃもじゃ生えている。ハム、この野郎。おれにビフテキを注文しておいてくれただろうな。

帽子と外套を掛けて近づくとき、もうひとりいるのに気づいた。小柄で、黒髪が高い長椅子の上に出ていなかった。紙巻タバコを吸い、古い付き合いの友だちみたいに、ハムのほうに身を乗り出していた。だが、インガソルが一度も見たことのない男だったし、ハムも知り合ってまもないにちがいないと思った。ハムはひとと打ち解けるコツを知っていて、相手は何年も前から知っていたような気持ちになる。ところが、インガソルのように何年も前から知っていた人間は、ハムのことをろくに知らないことに気づく。

ハムの声の律動からして、オチに近づいているとわかったので、インガソルは足をゆるめた。

ハムは、ユダヤ人のなまりでしゃべっていた。「うんにゃ、十字を切っていたわけではごじゃいません。全部そろっているのをたしかめていただけでごじゃいます」――ハムが、大げさに十字を切るしぐさをした――上から下、そして左から右へ。「眼鏡《スペクタクルズ》、睾丸《テスティクルズ》、財布《ウオレット》、懐中時計《ウォッチ》！」

インガソルは、にやにや笑った。冗談が可笑しかったからではない。知っている冗談だった。ハムの話術がうまいからでもない。それもわかっている。喉を絞められているような、とめどない馬鹿笑いのせいだ。九年前の戦争中にハムと知り合ってからずっと、インガソルはその笑い声が好きだった。もっとも塹壕でそんな馬鹿笑いをしたら、撃ち殺されかねない。

ハムが顔をあげ、まだ笑いながら、インガソルを手招きした。テーブルの下に脚をのばし、インガソルのほうへ椅子を押した。

「アハハハハ」笑いやみながら、ハムが麦酒の樽みたいな胸を二度叩いた。「アハハ、イング。友だちのジェシだ。ジェシのおやじは、第三軍団にいて、アルゴンヌで戦った。ジェシ、こいつはインガソルだ」

男が腰を浮かし、卵の黄身の色のシャツからナプキンをむしり取った。男がそういう色のシャツを着ているのは、見たことがなかった。外套掛けにあったキャメルの長外套は、この男が脱いだものにちがいない。それに自分の外套が触れないように、インガソルはかなり気をつけた。ずぶ濡れの外套を脱ぐときに、カッテージチーズのようなものが襟についているのに気づいた――赤ん坊の吐いたものが、縫い目にはいり込んででいた。ジェシの立派な外套は、反吐の肩飾りなどつけたことがないにちがいない。

「よろしくな」椅子を示して、ジェシがいった。インガソルよりふたつ三つ若く、二十代半ばのようだったが、左右の目の色がちがうのが目についた。

インガソルはうなずき、腰をおろして、献立表《メニュ》をひらいた。ふたりが目を向けたが、インガソルは腹が空いていて、冗談はおろか、挨拶もする気にならなかった。

ハムがそれを察したと見えて、指を一本立てた。美人の給仕女が、水差しを持って、すぐに近づいてきた。

「注文するよ、お嬢さん」

「どうぞ」

「おれはハム・オムレツ」ジェシがいった。

給仕女がうなずいた。「あんたたちは？」

「ビフテキ二枚。よく焼いて」ハムがいった。

給仕女がうなずき、向きを変えた。

「お姐さん」インガソルがいった。「おれの注文がまだだよ」

給仕女がゆっくりとふりかえり、冗談なのかというように、三人をちらりと見た。「そちらのお客さんが、ビフテキ二枚っていったけど」

「いった。それはあいつの注文だ。おれもビフテキ二枚にする」

給仕女が離れていくと、ジェシがいった。「オクラの茹でたのもうまいんだ。だけど、ぬるぬる滑るから、立ったときにケツから出て椅子に残ってないかと心配でね」

またハムが馬鹿笑いをした。近くの客がけたたましい笑い声のほうを向いたのに気づかないか、気づいていてもおかまいなしだった。ジェシも笑い、ポマードで黒い髪を光らせた頭をそらした。明かりを受けた黒髪が青く輝いた。ビフテキを食べるまでは、インガソルはなにもおもしろくなかった。

給仕女が水を入れたグラスを持ってくると、インガソルは自分のグラスに跳びつき、三度がぶ飲みしたところで、水ではないと気づいた。喉のまわりの筋肉がひきつれ、献立表の上に密造ウィスキーをしこたま吐いた。ハムの雷鳴のような高笑いに、ジェシの笑い声が重なり、インガソルは真っ赤な顔で咳き込み、恥ずかしさで真っ赤になり、給仕女までもがくすくすと笑い、ジェシが手をのばして、給仕女のお尻をなでた。

給仕女がジェシの手を払いのけるまえに、ふたりが指をからませたのを、インガソルは涙目で見てとった。ジェシは大通りに屋敷を持っていて、女房を住まわせ、お祈りの会に行くのだと思わせているのだろうかと、インガソルは思った。

インガソルはナプキンを目に押しあてて、咳を押し殺そうとした。「すまない」かすれた声でいった。

「おれ、てっきり――」

「あんたがてっきりどう思ったかは、わかっているわよ」給仕女がいった。「さあ、これを片づけさせて」――献立表をつまみあげて、ウィスキーが角からしたたり落ちるようにした――「北部人《ヤンキー》のつたないお行儀をまた見せつけられる前にね」弾むような足どりで離れてゆき、エプロンの蝶結びがお尻を囲んでいた。

「女のケツは、ぶるんぶるん揺れるのがいいね」ハムがいった。「スカートの下に仔犬を入れた袋があるみてえに」

ジェシが笑い、ハムが笑い、インガソルはウィスキーをひと口飲んだ。なにを飲んでいるかがわかっているので、愉しむことができた。マツユキソウとクロッカスとちょんちょんと跳ねる鳥のあいだの、春の雪解けから湧き出したみたいに、まろやかなウィスキーだった。「くそ」インガソルはそういって、グラスを持ちあげ、透き通った酒を惚れ惚れと眺めた。「まいった」

「この酒のことを知ってたら、おまえはきのうの晩に急いで帰ってきただろうな」ハムがいった。「ふたりで一本空けた」ジェシのほうへ顎をしゃくった。

ジェシが、自分のパンの皿からロールパンを取った。給仕が早くパンを持ってくればいいのにと思いながら、インガソルはあたりを見まわした。

ハムが声をひそめた。「ひとり知り合いがいるんだが、どこへ行きゃ、そいつがこれをもっと手に入れられるか、わかるとありがてえんだがね。そいつは喉がからからなんだ」

ジェシがハムの顔を見て、パンを口もとに持っていって、かじった。

ハムがまたいった。「ほんとに喉がからからなんだ。そいつは十二箱飲めるくれえ喉が渇いてるんだよ」

そのとき、ハム・オムレツの皿を持った給仕女の腕が、ハムの顔の前にのびてきた。

たまげたな、あっという間にできた、とインガソルは思った。


「ケチャップをくれ、コニー、おれの真珠ちゃん」ジェシが顔をあげていうと、コニーが答えた。「エプロンのなかよ、ちょっと待って」反対の腕にも皿を二枚載せていた。一枚は手で持ち、もう一枚は曲げた肘に載せていた。空いた手で一枚を取り、ハムの分厚いビフテキ二枚を置こうとした。

ジェシがエプロンの下に手を入れていった。「ああ、それじゃほしいものは自分で取るよ。おれのことはほっといてくれ」エプロンの下をジェシがまさぐり、給仕女が小さな悲鳴をあげて、腰をくねくねさせた。ジェシが女の体をいじっているのを見て、ハムが目をぎらぎらさせた。インガソルは手の届かないビフテキのにおいをかいで、よだれが舌を流れはじめた。よだれを垂らしてひとをうらやんでばかりいる人生だ、といわれてきたが、じっさいによだれが垂れているのが妙な感じだった。

ようやくジェシがケチャップを取り出し、インガソルのビフテキが置かれたが、ハムのビフテキよりもだいぶ小さかった。「あと二枚くれ」向きを変えてウィスキーのお代わりを取りにいく給仕女の背中に向かって、インガソルはなかばどなるような声でいった。それから顔をうつむけて、ビフテキを詰め込み、長いことなにもいわなかった。好都合だ。ハムは多弁——ハムに教わった言葉——という面で、自分に匹敵する相手をようやく見つけたのかもしれない。インガソルが馬鹿でかいひと切れをナイフでごしごしと切って、フォークで口に入れるのを、ふたりの男は眺めていた。

ハムがいった。「こいつ、バターを塗ったサルでも食べられるくれえ腹ペコなのさ」

ジェシがいった。「サイのケツでも食べられるくれえ腹ペコなのさ」

ふたりがグラスを打ち合わせ、インガソルが食べているあいだに飲み干した。インガソルは、ビフテキを一枚食べ終えるまで、顔もあげなかった。そこでようやく落ち着いて、うなずいたり、笑ったりした——こういう連中は、話を聞いてくれる人間がほしくてたまらないはずだし、ビフテキを一枚半食べて、ウィスキーを三杯飲めば、笑いたくもなる。ふた皿目のビフテキが来ると、インガソルは、昨日の晩、赤ん坊と豆の缶詰を分け合ったことを思い出し、どちらもいまはもっとましな食い物にありつけたと思った。胃に空きをこしらえるために深い溜息をつき、ふたりの男がクーリッジ大統領や自動車や女のあそこの話をするのを聞いていた。

ジェシが、グラスを宙でまわした。またウィスキーが運ばれてきた。おれたちはしこたま飲んでる、とインガソルは心のなかでつぶやいた。酔っ払ってご機嫌だ。

「ハム」ジェシがいった。「どうしてハムって呼ばれてるんだ？　なにかを縮めたのか？」

インガソルは、四枚目のビフテキを食べられなくなって、皿を押しやり、フォークを置いた。その質問が出るのは楽しみだった。ハムは二度とおなじことをいわない。前にきかれたとき、ふたりはアーカンソー州フォート・スミスのもぐり酒場にいた。母親が再婚したのが、父親を撃ち殺した男だったので、シェイクスピアの『ハムレット』にちなんで、ハムと名付けられたのだと、そのときハムは答えた。復讐すべきかどうか迷いながら育ち、相談相手といえば腹心の友のしゃれこうべだけだった、といった。

そこで、インガソルは椅子にもたれ、のびをして、テーブルの下で長い脚を組んだ。

「まあ」インガソルに目配せをして、ハムが切り出した。「そんなことをきかれるとは妙だな。そうじゃねえ。縮めたんじゃねえし、のばしたんでもねえ。腿肉《ハム》のハムだ。生まれたとき、おれはえらくいいにおいだった。ドングリとテンニンギクしか食ってねえかわいい仔豚ちゃんみてえにうまそうなにおいで、頭のてっぺんから豚のにおいがするもんだから、教会でご婦人がたがおれをかわるがわる抱いてにおいを嗅ぎ、卒倒したり気が遠くなったりしたもんさ」

インガソルはにやにや笑い、首をふった。

ハムはいまや、まったくのケンタッキーなまりになっていた。ウィスキーを飲むとそうなる。「そうさ」ごくりと飲んでから、ハムがつづけた。「すごくうまそうなにおいだったから、おれのにおいが風で流れると、みんな腹がへるんだ。すごくうまそうなにおいだったから」――胸に手を当てて、げっぷをした――「まわりの連中が人食いになっちまうんじゃねえかと、おやじがひやひやしてた」

インガソルはくすくす笑った。ジェシも笑った。

「かわいそうなおやじ、犬をぶっ叩いて追い払わなきゃならなかった。おれの部屋の外で、コヨーテがひと晩中吠えてたよ」ハムが身を乗り出した。「そんなことがたびたびあった。おれが八カ月のとき、おふくろが部屋にはいったら、赤ちゃん用寝台の手摺にでかいネズミが三匹いて、目の前で寝てるハムの香りのごちそうを見おろして、ちっちゃな手をこすり合わせてたそうだ」

もうハムまで笑っていた。ふるえる腹を抱えて笑い、真っ赤な顔に汗をかいて、話を終える気をなくしていた。

「アッハッハッハッハッハ」息をぜんぶ吐き出して、笑いをおさめた。

コニーがやってきて、グラスに注ぎ足した。「一気に飲んで」といった。「お勘定はあちらが払ってくれたよ」

ジェシが、ボックス席からすこし身を乗り出し、警察署長の紺の制帽のほうへ一本指をあげてみせた。

インガソルはグラスに手をのばしたが、すこし手がそれた。なんてこった、酔っ払っちまった、と思った。酔っ払っちゃいけないのに、酔っ払ってる。きのうの晩、焚き火のそばでひっくりかえした帽子に赤ん坊がもたれ、そっくり返って、炎を見つめていた姿を、思い浮かべた。くたびれた古株のカウボーイが、牛を駆り集めたあとで温泉に浸かっているみたいだった。いまインガソルは、なかに帽子掛けの鈎《かぎ》しかはいっていないのを、帽子が淋しがっているような気がしていた。

奇妙な数日だった。馬に乗ってディキシー・クレイの家から遠ざかるとき、インガソルは自分に問いかけた。おれが感じているのはなんなんだ？　いい表わす言葉があるにちがいない。

酔っているのは、インガソルだけではなかった。ハムがゆっくりと瞬きをしていた。酔っ払いのまばたきだ。だが、ジェシはすごい――ハムの太腿よりも体重が軽そうなのに、おなじだけ飲んでいる。

インガソルの考えを読んだかのように、ジェシが口もとをナプキンで拭いた。「じつにうまい料理だった。肉屋の犬みてえに元気になったぜ」ナプキンをテーブルにほうり出し、ハムのほうへ身を乗り出した。「ところで、よう」ジェシがいった。「本名はなんだ？なに・ジョンソンなんだ？」

「教えるもんか」ハムがいった。

「おいおい」

「あんたよりもでかくて、もっと凶暴で、もっと有名なやつらが、知りたがった」

ジェシが、グラスの残りを揺すってあらかた飲み、テーブルに置いた。そっといった。「もっと凶暴なやつなんかいるか」

いっせいに食事にきた客がいなくなって、店はべつの一卓に酔っ払った技師がふたりいるだけだった。難しい顔で図面を見ている。川を抑えつけようとする、勝ち目のない仕事。

ジェシは楊枝立てから爪楊枝を一本取り、長椅子にもたれて、インガソルに対して半身になった。こっちがこれまで十個ぐらいしか言葉を発していないのに、こいつは気づいただろうかと、インガソルは思った。

「どうなんだ、イング？」ジェシがいった。綽名で呼べるようになるとすぐにそうするたぐいの男なのだ。

「なにがだ？」

爪楊枝でハムのほうを示した。「あいつの洗礼名は？」

インガソルは肩をすくめた。厨房でだれかが皿を落として、悪態をついた。

「そろそろ商売の話をする潮時だな」と、ハムがいった。「さてと、このウィスキーは、保税瓶詰めうんぬんはべつとして、ケンタッキーの外でおれが飲んだなかで最高だ。それに、あんたみたいな男なら、食堂で勘定書きを消しちまったり、べっぴんの女給仕が雹《ひょう》に叩かれたヒキガエルみたいに目をパチパチさせるような男なら、これをもっと手に入れる方法を知ってるかもしれないと思ったんだがね」

ジェシが、皿の横のナイフを持ちあげて傾け、にやりと笑って、それを鏡にして自分の白い歯をたしかめた。口髭の右側の下を親指でつついて反り返らせ、左側もおなじようにした。「役に立ちたいのは山々だがね」ナイフをテーブルに置いていった。「しかし、なにひとつ知らねえんだよ」

「そうかい」ハムがいった。

「そうさ。それに、よしんば知ってたとしても、おれに本名をいわねえような男を信用できるわけがねえだろう」

「信じられる理由はいくらでもある」

「たとえば？」

「金が大好きだとか」

「あんたらは技師だろう」

「たしかに技師だ。しかし、金のかかる趣味があってね」

「そうなのか？」

「ストーリーヴィルの悪所にサッフォっていう女がいる。悪所の案内本に載ってる女で、黒人の血が八分の一はいってて、あそこでマリファナタバコを吸う」

　年頃の男の子みたいに目を輝かせて、ジェシが身を乗り出した。「嘘つき」

「嘘じゃねえ。その女はな、売春宿の窓をあけて、バスケットをおろすんだ。するとバナナ売りが例のチキータ・バナナのでかい房を入れて、巻いてあるマリファナタバコをバスケットの底に忍ばせる。サッフォって女は、尺八しながら、あそこの唇で煙の輪っかをこしらえるんだ。こたえられねえ。やみつきだ。女の部屋は腐ったバナナみたいなにおいがするんだけどな」悟りきったように肩をすくめた。「しかし、そういう技は安くはない。お値段は十ドルだ。鏡張りの部屋でやりたい？　別料金。ラバ追いの笞《ミュール・スキナーズ・ホイップ》楼のカーメン・ブラジリア嬢とサッフォで二輪車がしたい？　別料金。つまり、優秀な技師さんでも、別料金のお銭《あし》が要り用なんだ」

ジェシがうなずき、爪楊枝を口から取って、灰皿に落とした。「いいてえことはわかった。十ドルといやあ、大金だ」

「ああ、そうなんだ」——ハムが顎を突き出し、もみあげを掻いた——「イチモツの一インチあたり一ドルとられる」

三人が爆笑した。ハムがいちばん馬鹿笑いした。

「だから、このウィスキーを蒸留してるやつに、組む気があるかどうかがわかったら」ハムが話をつづけた。「この偉大な国のあちこちにある技師がおおぜいいる大都市にわたりをつける気があるんなら、おれたちに会いにこいって伝えてくれ」

「ああ、そうしよう。そうしよう」ジェシが、左右の瞳の色がちがう目で、ふたりを鋭く見つめた。「諸君」長椅子を押すような感じで立ちあがった。「とてもためになる食事だった。じきにまた会うことになりそうだな」手をのばし、ハムと握手をした。

インガソルも握手をしようとして手をのばしたが、ウィスキーのグラスをひっくりかえしそうになった。あわててつかんだとき、ウィスキーが跳ねて手にかかった。

「おやおや、あれを見ろよ」ジェシがいった。「敵娼《あいかた》を酔っ払わせたら元も子もないぜ」

冗談が腑に落ちるまで、ちょっと沈黙があった。すぐにハムが馬鹿笑いし、テーブルを叩いてガタガタ揺らした。ジェシものけぞって高笑いした。インガソルは、丸めたナプキンで手を拭き、笑いが収まるのを待った。だいぶかかった。まだくすくす笑っているジェシが、ようやくドアに向かい、コニーがテーブルを拭いているそばを通った。身をかがめてジェシがなにかをささやき、コニーも笑った。コニーが背すじをのばし、ジェシが外套掛けからキャメルの長外套を取ってはおり、黒い髪に帽子をかぶってつばをはじくのを、三人はじっと見ていた。ジェシが傘立てからコウモリを取り、ドアをあけ、ベルが鳴った。庇の下でジェシが顔をうつむけてコウモリをひらき、風が吹き荒れている夜の闇に歩き出した。

インガソルは疲れ果てていた。疲れが一気に出た。

「行こう」下宿屋の寝台を思い浮かべながらインガソルがいうと、ハムがうなずいた。

そのとき、インガソルが身をかがめて、ジェシのグラスを取った。ウィスキーが半インチ残っていたのを飲み干した。「ははあ」

「水か?」

インガソルはうなずいた。

6

最初の日、ディキシー・クレイは赤ちゃんのことで、不安にかられていた。自分では気づいていなかったが、だれかが奪いにくると思い込んでいた——赤ん坊の死んだ母親がお墓から蘇るかもしれない、赤ちゃんを持ってきたカウボーイが来るかもしれない。ようやく、赤ちゃんの爪を切る決心がついた。赤ちゃんの爪はやわらかいが、角がとがっていたので、頬にひっかき傷ができていた。長さ一インチのちっちゃな指に曲がりハサミを当て、力をこめた。息をとめた。一本、二本、三本、四本目まで爪を切ったところで、小指がぴくりと動いたので挟んでしまい、ちっちゃなほほえみの形に血がにじんだ。ディキシー・クレイはすかさずドアのほうを見た。だが、だれも赤ちゃんを奪いにこなかったので、みなしごの世話をつづけた。赤ちゃんがきいきい泣いたので、ディキシー・クレイはちっちゃな指をしゃぶって、シーッといい、高く抱いてなでながら、膝の力を抜いて跳ねるように歩いた。ジェイコブのときは、それでうまくいった。

跳ね歩きのコツをすぐに取り戻した。赤ちゃんがおとなしくなった。そのあとで、残りの爪を切るときには、一本ずつしゃぶって、指がやわらかくなるようにした。

そんなふうに、赤ちゃんのことを口で知るようになった。鼻、耳、指でも知った。赤ちゃんがおむつを汚し、背中まで汚れていたので、風呂に入れ、濡れた布で体のひだやくぼみを洗ってやり、顎を持ちあげて、汚いしずくを石鹼水で洗い流した。赤ちゃんは風呂が嫌いらしく、触った感じが変わったので、それがディキシー・クレイにもわかった。赤ちゃんが目の色を変えて見つめていたので、布巾で腕を洗うときには腕のことを歌い、爪先のあいだをきれいにするときには、爪先のことを歌った。そのあとで赤ちゃんが眠ると、そこにいるのにいないような気がして、不思議な淋しさをおぼえた。自分の寝台に毛布でこしらえた寝場所のそばをうろうろして、一度などは、赤ちゃんがあまりにも静かなので、鼻の下に指をかざして、息をしているのをたしかめた。あらゆる方向から赤ちゃんをじっくりと見たかった。前にこんな気持ちになったのは、いつだっただろう？　そうだった――恋に落ちたときだ……雨は気にならなかった。ディキシー・クレイは、ふたりをしっかりと包むマントのように、雨をまとっていた。

父親の名前をもらい、赤ちゃんをウィリーと名付けた。ジェイコブは、ジェシの父親の名前をもらい、ジュリアス・ジェイコブ・ホリヴァーと名付けられていた。早く父親をウィリーに会わせたかったが、実家に帰るのはジェシがぜったいに許さないだろう。いまジェシのことは考えたくなかった。赤ちゃんを育てるのを嫌がるかもしれない。でも、返すことはできない。どうやって返せばいいかもわからない。もう手遅れだ。

一時間ごとに新しい発見があった。最初の発見は、赤ん坊が動かされるのが好きだということだった。甲高い泣き声とともに眠りから醒めた赤ん坊が泣きつづけたので、おなかがすいているのだろうと思った。変なしゃべりかたをするカウボーイ（あんなしゃべりかたは、どこの出だろう？　アラバマやミシシッピでないことはたしかだ）が、裏ごしした豆とオートミールを置いていったので、食べさせようとしたが、ほしくないようだった。喉が渇いているのかもしれないと思った。カウボーイは、赤ちゃんがニーハイ・ソーダが好きだといっていた。でも、それは無茶だし、だいいちディキシー・クレイのところにはない。ペット・ミルクに廃糖蜜をすこし混ぜたが、それも食べなかった。抱いていると泣き、あたらしいおむつを安全ピンでとめると泣き、間に合わせの寝床に置くと泣いた。抱きあげると、げっぷをするときだけ泣きやんで、また泣いた。表の風がすすり泣きから咆え声に変わると、ウィリーは信じられないくらい大きく口をあけて、風につれて大泣きし、風のうなりがそれにつれて高まった（トウモロコシ貯蔵庫でルシアスが驚かせたヘビを、ディキシー・クレイは思い出した。ネズミを呑み込むために、ヘビは顎の骨をはずしていた）。もうウィリーはすっかり怒っていて、目を固くつぶり、顔は真っ赤な拳みたいで、腕をばたつかせ、舌《ぜつ》がベルの舌みたいにふるえていた。ディキシー・クレイは、近所の農家から牛乳を買ってくることにした。マーヴィンじいさんは永年の客で、歯が腐りそうになっている。マーヴィンなら、噂を流すおそれはない。それに、ウィリーのことはしばらく秘密にしておいたほうがいいという気がしていた。ジェシが他人からこの子のことを聞くようではまずい。

しかし、その前に蒸留所を見にいかなければならないので、雨に濡れないようにウィリーをしっかりとくるみ、胸に押しつけるようにして走った。揺らさないように気をつけた。木の根っこが多いでこぼこな道なのに、ウィリーは泣きやんでいた。

蒸留所に着くと、マッシュがぶくぶく泡立っていたので、重い蓋を持ちあげて木の攪拌ヘラで混ぜるのに、両手をあけなければならなかった。どうするか考えるあいだ、ゴトゴト樽《サンパー・ケグ》（蒸留の過程のひとつで固形物を取り除く装置）にウィリーを置いた。床に置きたくなかったのは、コーチウィップスネークを何週間か前に見たからだった。ヘビが家にはいり込んだら殺すしかないが、森にいるときは、こっちがヘビの住処《すみか》にはいり込んだわけだから、手出しはしない、というのがディキシー・クレイの気持ちだった。だが、いまはコーチウィップのことが心配だった。黒い胴体がしだいに灰色に薄くなって、尻尾が乳白色のヘビ。そのヘビが自分の尻尾をくわえて輪になって転がり、子供を追いかけるという話を、幼いころに聞いたのを思い出した。輪で子供の足をひっかけて転ばせ、尻尾で血が出るまで笞打つという。子供のころから、そんなのはでたらめだとわかっていたし、大人になったいまはありえないと思っていたが、それでもためらいがあった。そのとき、低い音を響かせて、しゃっくりを起したように揺れている樽の上で、ウィリーがうとうと眠っているのに気づいた。

ウィリアム・クレイ・ルシアス・ホリヴァーは、かくして密造酒造りになった。四月十九日に生後六カ月になった密造酒造り（自分が誕生日を決めてやらないと、ウィリーには誕生日がないので、そう決めた）。

ディキシー・クレイは、マーヴィンじいさんのところで牛乳を買い、ふと思いついてラバの首をめぐらせて戻り、乳牛も買った。名前はミリー。ディキシー・クレイがミリーをとなりの馬房に入れると、チェスターが仕切りのにおいを嗅ぎ、ひづめで掻いた。四年前、密造をはじめたときに、家畜をすべて手放した。まず雌牛、それから羊、ニワトリ。世話をする時間がなく、家畜のくれるものも必要がなかった。でも、チェスターは――ジェシにはぜったいにいわないし、いえば笑われるだろうが、それでもほんとうのことだ――悲しんでいた。ディキシー・クレイは、チェスターの鬐甲《きこう》（頸と背のあいだのふくらみ。たてがみの端あたり）を掻いてから、背中に額をくっつけた。「ふたりともお相手ができたわね、チェット」とささやいた。

ミリーを買ったのが、密造で儲けたお金をはじめて使ったことになるかもしれない（夜行性のアライグマみたいな生活をしているから、着飾る必要もない）。気分が晴れた。思いがけずいい気持ちになったので、翌日、息子を（あたしの息子！）エプロンの下に入れて、雨合羽のボタンをかけて覆い、チェスターに乗って町へ行って、アミティの店で赤ちゃん用品を買った。アミティはべつの客の相手をしていたし、ディキシー・クレイはウィリーを隠していたが、買った物に好奇心をそそられたアミティが、表までついてきた。ジェイミーがラバに品物を積んで、やっと店に戻ると、ディキシー・クレイは雨合羽の前をあけて、エプロンの襟を下げ、ウィリーの顔を出して見せた。すやすやと眠り、ぼってりした口があいて、よだれでディキシー・クレイの緑色のブラウスが黒ずんでいた。

「まるで天使ね」子供ができなかったアミティがささやいた。「ジェシはなんていったの？」

「まだ見ていないのよ」

「あらまあ」

だが、そのときジェイミーがアミティを店に呼び戻したので、ディキシー・クレイはほっとしてチェスターを進め、店の軒先から遠ざかった。帰り道、ウィリーはディキシー・クレイに両腕で抱かれてチェスターに乗っているのがうれしそうだった。買い物をおろすあいだ、エプロンにくるまれているのが楽しそうで、その晩ずっと、ゴトゴト樽のそばでものすごくうれしそうだった。あたしのウィリアム。ウィリー。ウィリー坊や。

うれしそうではなかったのは、ジェシだった。翌朝、目を真っ赤にして、T型フォードにへこみをこしらえて帰ってきた。大股でそばを通ったときに、子牛革の外套が裂けているのが見えた。ディキシー・クレイは絨毯にエナージェックス真空掃除機をかけていて、その上に載せた桃のバスケットに赤ちゃんを入れていたが、ジェシはそれすら気づかなかった。しかし、ひと眠りして風呂を浴び、新しい紺のピンストライプのシャツを着て、ぴりっとしたオレンジの香りをさせ、食事をしにきたときには、桃のバスケットに桃色の赤ちゃんがいるのを見て、ぎょっとした。ジェシが質問を浴びせた。知らないとディキシー・クレイは答えた。赤ちゃんを連れてきたのは知らない男で、どこの人間かもわからない。知らない。ホブノブになんの用があって来たのか知らない。どうしてうちを見つけたのか、うちからどこへ行ったのかもわからない。名前も知らない。そうよ、あたしはあんまり利口じゃなかった。

そのときには、ふたりはポークチョップを食べ終えようとしていた。

「人相風体は？」ジェシがきいた。

「よくわからない。背が高くて、髭もじゃだった」ディキシー・クレイは、目をあげて思い出そうとした。

「三十歳くらいか、すこし下かもしれない。赤いシャツに、どろだらけのデニムのズボン」

ジェシがはっと顔を起こすのを見て、ディキシー・クレイは言葉を切った。知っている男なのだと察したが、それがどういうことなのかはわからなかった。

「赤ん坊を持ってきたとき、そいつはなにをしてた？その辺を嗅ぎまわってたか？」

「いいえ」

「いろいろきかなかったか？　好奇心がありそうじゃなかったか？　ウィスキーを買おうとしなかったか？」

「いいえ。赤ちゃんが暮らすところを見つけたかっただけよ」

ジェシが、ナイフを置き、皿を押しやってからいった。「それを持ってこい」

ディキシー・クレイは、赤ちゃんが眠っているバスケットを持ちあげて、ジェシのほうに傾けてみせた。雨が流れている窓から夕方の明かりがもれてきて、ウィリーの肌と桃のけばみたいな髪を照らした。きれいだった。ジェシにそういってもらいたかった。その言葉が聞きたくてたまらなかった。〝きれいだ〟っていってよ、ジェシ。

ジェシは、赤ん坊をよく見てからいった。「おや、おや、おや」ゆっくりとナプキンをたたみ、リングに通して、皿の横に置いた。「おまえのお相手になりそうだな」ディキシー・クレイのほうを見あげた。息を呑んでいたことに、ディキシー・クレイは気づいて、吐き出した。ジェシが驚いたことに、その言葉に青いほうの目のウィンクを添えて、にやりと笑った。「ただ、そいつに足をひっぱられねえようにしろ」

ディキシー・クレイはうなずき、バスケットを持って台所のほうを向いた。寄席演芸の踊り子みたいに戸口を跳び抜けたい気持ちだった。それを思ってにやにやしながら、ジェシのゼリーロールを切った。

それに、ウィリーにはちっとも足をひっぱられなかった。赤ちゃんには昼も夜もなかったが、ディキシー・クレイもそれはおなじだった。夕方、蒸留所へ行くことになると、ウィリーは落ち着かなくなった。だが、ディキシー・クレイもおなじだった。ベランダを跳ね歩きで行ったり来たりして、自分とウィリーの気を静めた。

ウィリーを置いておいていいとジェシがディキシー

・クレイにいった夜、ディキシー・クレイは跳ね歩きをしながら、カウボーイの歌の憶えているところだけを歌った。「苦しみ、苦しみ、おいらの一生、毎日苦しみばかりさ」あとは鼻歌にした。密造で儲けた金をすこし出して、蓄音器《ヴィクトローラ》とベッシー・スミスのレコードを何枚か買ってもいい。ベランダを行ったり来たりしながら、鼻歌を歌い、跳ね、鼻歌を歌っているうちに、空が暗くなり、長靴の底が床をこすって打楽器みたいな音をたてた。

ウィリーが肩にもたれて眠ると、ディキシー・クレイは立ちあがり、なかにはいろうとした。網戸をあけたとき、そばで鮮やかな色がひらめき、ディキシー・クレイは首をすくめた。ハチドリの細いくちばしが、網の小さな四角にひっかかっていた。ものすごく小さい。ものすごく怒っている。ディキシー・クレイは、泡を食ったハチドリが羽ばたいて、青い羽根がぼやけ、ジェシの小舟の船外機みたいな音をたてて、網戸からはずれるのを待った。ちょっと待ってから、ウィリーの背中を片手で押さえて支え、半開きの網戸を足で押さえて、反対の手を下からのばしてハチドリをおとなしくさせ、網からはずした

ディキシー・クレイは掌をひらいたが、ハチドリは飛び去らず、きょとんとしてとまっていた。心臓がどきどきしているのがわかる。ディキシー・クレイは手を顔の前に持ちあげた。喉輪に深紅の斑点が三つ四つあるから、若いオスだとわかった。羽根が一枚一枚重なって、濃い赤のマフラーのようになっている。ディキシー・クレイがその日にしげしげと見た、青みがかった灰色から茶色に変わりつつあるウィリーの目とおなじように、すべてがおなじ黒っぽい点々ではなく、しだいに濃いチョコレート色に変わっている。

ハチドリを見せてあげるよ、ウィリー。不思議なものをみんな見せてあげる。

そのときハチドリが浮かびあがり、矢のように飛ん

で、西へいなくなった。

ディキシー・クレイは、ウィリーを台所に連れていって、ゼリーロールの鍋を洗えるように間に合わせの寝床に寝かせた。鍋をこすっていると、幼いころの自分が、ハチドリの雛みたいに雄か雌か見分けにくい矢のように動く生き物で、家よりも家の裏の森のほうが好きだったことを思い出した。

六歳になると、冬ごとに父さんが一週間の狩りに連れていってくれた。弟のルシアスは母親と留守番だった。その一週間は、クリスマスよりもずっと愉しかった。夜明けにテントの垂れ蓋をあけると、白く霜がおりたかすんだ世界があり、父さんがとっくにマッチで火をつけ、きのうの夜に集めておいた樹脂の多いマツの焚きつけがパチパチとはぜている。ディキシー・クレイはアルミの薬缶をペティ沢へ持っていって、水を汲み、焚き火に載せて、珈琲をいれる。父さんが銃を点検し、口笛を吹き、マネシツグミがそれに応える。

やがて、フライパンで躍っているベーコンの脂のにおいが漂う。犬のブルーが前足を叢《くさむら》に食い込ませ、さもうれしそうに体をいっぱいにのばす。ディキシー・クレイの前方では、ただ目を的に向ければいいというふうに、撃てばそのまま弾丸が命中する。数年前に政府がパイン・グローヴとバーミンガムのあいだに電話線を引いて、父親がその仕組みを科学的に説明した——声が音波になって線を伝わってくるのだ、と——ディキシー・クレイは、ほんとうのわけを知っていた。自分の弾丸が命中するのとおなじで、なにかの魔法にちがいない。

十二歳の冬、アメリカヒトツバタゴの花が木の幹をタティングレースで覆うみたいにびっしりとひろがっていた、春の種まきの前の最後の狩りのとき、ディキシー・クレイはピューマを撃った。父さんは蹄鉄の釘を買わなければならないというふりをして、家に帰るのに寄り道をしたが、ほんとうはディキシー・クレイのことをいいふらしたかったのだ。だが、その自慢があだになった。何人かの女が、ディキシー・クレイの歳をきいたり、学校へ行っていないのかときいたりするようになった。そして、めったにないことだったが、赤ら顔の肥った牧師が家にやってきた。食事の支度をしていたディキシー・クレイは、台所に追い払われたが、話は聞こえていた。娘さんはまもなく十三歳で、初潮を迎えようとしているのに、こういうことではよくないのではないか。それに、坊っちゃんも大きくなっているね？　八歳かな？

「もうじき九歳だ」父親が答えた。

「それじゃ、決まった」牧師が掌を打ち合わせた。とにかくディキシー・クレイは音でそうだと思った。自在扉を押しあけてディキシー・クレイが客間にはいると、牧師は炉棚の前に立ち、うしろで手を組んで、母親の写真を眺めていた。お産のときに母親は死に、腹のなかの赤ん坊も死んだ。ディキシー・クレイの妹になるはずだった。生まれていれば、女のほうが多くなっていた。牧師がふりむき、釣針でひっぱられたみたいに、上と下の唇がめくれた。笑ったつもりなのだ。

「いいにおいがしているのは、なんだろう？」

ディキシー・クレイは、ウサギ二羽を撃ち、甘藷と玉葱でシチューをこしらえていたが、作らなければよかったと思った。父親のほうを見たが、助けてもらえなかった。「どうぞごいっしょに、ネトルズ牧師さん。シチューと丸パンです」ふたりが台所についてきた。ディキシー・クレイはテーブルに背を向けて、指で片方の鼻の穴をふさぎ、牧師のお椀に洟を飛ばした。そう、洟は見事に命中した。

そんなわけで、毛皮商がやってきたとき、ディキシー・クレイは独りで留守番をしていた。父さんはクリスマスにルシアスにライフル銃をあげた。分解式のウィンチェスター・モデル１８９５で、三〇‐四〇クラッグという弾薬を使う。ディキシー・クレイは型録《カタログ》のそこばかり飽きもせず見ていたので、その頁がすぐにひらくほどになっていた。これまでのところ、ルシアスは、物干し綱に洗濯ばさみで留めたディキシー・クレイの下着をベランダから撃って穴をあけただけで、なにもしていない。だが、いまでは男ふたりがライフル銃を持って森へ行き、ディキシー・クレイは家から出られず、バーナデット・ケイプスに見張られて、テレペンチンを採るマツの世話をしなければならない。マツは五百本近くあり、山火事になりにくいように、このあいだ根元から枯れた松葉を払いのけておいた。きょうは幹の下のほうにV字形の切り込みを入れ、樹脂を溜めるために鉄樋と琺瑯のコップを取り付けた。日暮れまでに半分以上は片づけたいと思っていたが、荷馬車の横木につないだ引き革の鎖が、フィドルの弦のように歌うのが聞こえた。去年とおなじラバが牽いているおなじ四輪の荷馬車だったが、乗っている御者は新顔だった。予想とはちがい、年寄りではなかった。

逆光になっているので、ディキシー・クレイが手庇をこしらえても、顔は見えなかった。

「こんちは《ハウディ》」ディキシー・クレイをちょっと眺めて、男がいった。「おれはジェシ・スワン・ホリヴァー。コーディ・モリソンの商売を引き継いで、あんたたちの毛皮を見にきた」手綱を巻きつけ、座席から跳びおりた。上等のビーバーの帽子をかぶり、首に赤いスカーフを巻いている。帽子を傾けたとき、髪が黒くて波打っているのを、ディキシー・クレイは見届けた。

ディキシー・クレイが黙っていたので、男はその顔から家のほうへ視線を向けた。「家のもんはいるのか?」

「いないよ」ディキシー・クレイはいった。「だけど、あたしが皮を持ってくる」

「ああ、そいつはありがてえ。ここまで来るのにゃ苦労したんだ。カービーからの道路が水に浸かっちまって、車軸が泥にはまりかけた」

ディキシー・クレイは家のほうに向かうと、男はぶらぶらと横を歩いた。「荷馬車がレインダース街道で動かなくなって、引きだすのにマツの節（木彫に使うため珍重される）をすこし捨てなきゃならなかった。その五十フィート先で、こんどはでかい木をどかした。一時間かかったよ」

　ふたりはベランダに昇り、ディキシー・クレイはジェシに揺り椅子を勧めた。父親が毛皮商にそうしているのを見たからだ。なかにはいって、持ってきたバターミルクのグラスを渡し、もう一度なかにはいって、皮の束を持ってくると、床に置き、紐を切って棚卸をした。「アライグマ三枚、カワウソ三枚、ミンク三枚、スカンク二枚、一枚はほとんど黒――」

　それがことにいい毛皮だったので、ディキシー・クレイは毛皮商の顔をちらりと見て、買い気をそそられているかどうかをたしかめた。その気になっている――「白フクロネズミ一枚、ジャコウネコ一枚――」

「ジャコウネコ？」

「そいつ、あたしの卵を失敬していたのよ。貸してばかりでうんざりしたの」

　男が、ほうほうという声を出した。

　ディキシー・クレイはつづけた。「ジャコウネコ一枚、シカ三枚、そうそれから、でっかいピューマが一枚」

　ディキシー・クレイは、しゃがんだまま体を揺らし、男が皮をひっくりかえして品定めするのを見ていた。

「だれが撃った？」

「あたし」

「皮をはいだのは？」

「あたし」

「のばしたのもおまえか？」

「あたしが撃って、はいで、のばして、こすってきれいにして、包んだ。売るのもあたしよ。ぜんぶまとめて十ドル」

それを聞いて、男は笑った。少年のような笑いだった。ウィギンズのランチカウンターで飲むルートビア・フロートのことを、ディキシー・クレイはふと思った。鼻がむずがゆくなる。思ったよりも若いのかもしれない。十七か十八かもしれない。

「五ドル以上出す理由が見当たらないんだけどね」きれいな形でやわらかいピューマの生皮を、男がいじくった。

「スカンクだけでも一ドルはするよ」

「この真っ黒な毛皮が？」指でぶらさげてみせた。

「白いところがぜんぜんないぞ」

「だからニューヨークでほしがられているのよ」男がこっちの顔をちらちら見ているのがわかったが、ディキシー・クレイは皮をなめらかになでつけていた。

「そうよ。父さんは、今年はモリソンが来るのを待たないことにしたの。このあたりの商人が払うお金じゃ、罠をいちいち見てまわる手間に合わないっていってね」てきぱきと毛皮を重ねていった。「今年はニューヨークのフォガティ兄弟社にじかに送るっていってた」毛皮をぎゅっと巻いて束ねはじめた。

ジェシが、鋭い目でディキシー・クレイを見た。

「あんたの父ちゃんが、そんな手間をかけるわけがねえよ」

「やるのよ。もう麻布で毛皮をくるんで、郵便局に持っていくばかりになっていたのを、あんたに見せただけよ」はったりが通るかどうかわからなかったが、家のなかには麻布など一枚もない。片手で束を押さえ、下に紐を通した。「ちょっと押さえていてくれない。紐を結わくから」

「町にいくこたあねえよ。六ドルやる」

「町に行くの、楽しいよ。十ドルにして」

「七ドルだ」

「十ドル。フォガティ兄弟社は、カワウソがほしくてたまらないの。カワウソの縁取りと象牙ボタンがついた、七分袖ベルスリーブのオペラ用半外套《マント》の注文が、さばききれないんですって」これはシアーズの型録の受け売りだった。そのマントを見たとき、母親のことを思ったが、なぜかはわからなかった。母親はオペラに行ったこともなかったし、だいいちマントなど着なかった。

ディキシー・クレイはなおも紐で束を締めつけ、紐を結べるようにジェシが指で押さえてくれるのを待っていた。だが、ジェシは手を出さず、にやにや笑って椅子を揺らし、帽子を脱いで膝に置いた。ディキシー・クレイは、しゃがんだまま、ジェシの目のどこがおかしいのかを考えていた。片方が青く、反対が緑だった。どっちを見ればいいのかわからなかった。どっちもビー玉みたいにきれいで、ふたりの相手のどちらに話をすればいいのか迷っているような心地がした。表は笑顔で、首をまわして裏返すと泣き顔になる、パッツイ・マクマローの店にある赤ちゃん人形みたいだった。

ジェシが、黒い巻き毛に帽子を戻した。巻き毛が見えなくなって、ディキシー・クレイはがっかりした。ジェシがバターミルクをごくごくと飲み、ディキシー・クレイはなにかべつのものを勧めたくなった。父親と弟がいないので、食事をこしらえるわけにはいかない。一カ月あとならルバーブがあるから、パイを出してあげられたのに。

ジェシが身を乗り出し、膝に肘をついた。「おまえ、名前は?」

「ディキシー・クレイ」

「ディキシー・クレイか。それで、何歳だ、ディキシー・クレイ」

「十三」

「十三か。おや、おや、おや。十三歳のディキシー・クレイお嬢ちゃん、こうしよう」ジェシがようやく身をかがめて、ディキシー・クレイがまだぎゅっと締めている紐を指で押さえた。「おまえの知恵には負けた。よろこんで負けるよ。十ドルで決まりだ」

ジェシの顔がすぐそばにあるのを感じながら、ディキシー・クレイは紐を結んだ。

「おれは五つの州で商売をしてるんだ、ディキシー・クレイお嬢ちゃん。おまえみたいにきれいな女の子に出会うたびに、五セントずつ儲かるとしたら――」頬が熱くなるのがわかり、ディキシー・クレイは、その熱をジェシが感じとられるのではないかと心配になった。

そこでジェシは毛皮を持って、立ちあがった。「――まあ、これがその五セントってわけだ」といい終えた。

ディキシー・クレイも立ちあがると、ジェシが手を差し出した。話がまとまったから握手をするのだとディキシー・クレイは思ったが、ジェシは手を握ったままでふらなかった。じっと立って手を握り、しばらく放さなかった。どこを見ていいのかわからず、ディキシー・クレイは握られている手を見た。それを握っている手は白くてきれいだった。

「おまえの父ちゃんにいってくれ」ジェシが、ようやく口をひらいた。「娘を商売上手に育てたって。狩りがすこぶるうまい娘を育てたって」

ディキシー・クレイが目をあげると、ジェシが小首を傾けた――帽子のつばの下で、緑の目がきらめいた――と、不意にディキシー・クレイの手を放し、背中を向けて階段をおりていった。

ディキシー・クレイは、荷馬車までついていった。ジェシが腕を大きくあげて、毛皮の束を荷台に投げ込んだ。鍵を使って座席の下の金庫をあけ、十ドル分の硬貨を出した。ディキシー・クレイは、なぜか金のことを忘れそうになっていた。ジェシの掌と合わせていた掌で、硬貨が冷たく感じられた。

ジェシが座席に座り、手綱をにぎった。「フォガティ兄弟社によろしくな」といって、ウィンクをした。そして、「ハイッ！」とラバ二頭をうながし、きびきびした速歩で荷馬車を走らせた。鎖が歌い、それが聞こえなくなるまで、ディキシー・クレイはその音楽に耳を澄ましていた。

つぎの年も、ジェシはおなじようにやってきた。ディキシー・クレイはずっと待っていた。ほんとうに待ちわびて、冬の雨で父さんがずっと狩りに出られなかったときにはいらいらしたが、ようやく男ふたりは出かけていった。まだ脇腹が痩せていて腰も細かったが、乳房が驚いたことに掌からはみだすくらい大きくなり、古いワンピースでは腋が窮屈なので、ワンピースを新調した。父さんがクリスマスにお金をくれた。ルシアスの新しい狩り用の外套と耳あて付き帽子を買うのに使ったのと、おなじ金額だった。そのお金をどう使えばいいのかということを父さんはいわず、ディキシー・クレイが店にはいっていって、マッコールの〝小柄な女性向けの未婚女性エンパイア・ドレス〟の型紙と、五ヤール八分の三の生地を買ったときには、びっくりしたようだった。シルク・ジョーゼット・クレープの一反にディキシー・クレイは目をつけていたのだが、それだと長持ちせず、噂のほうが尾を引くとわかっていた。だから、〝コペンハーゲン・ブルー〟の綿ボイルにした。家に歩いて帰るあいだ、その言葉を口にして、だれもいないのをたしかめてから、くるくると踊った。

裁縫台で型紙を生地にピンで留めて、チャコで印をつけ、ハサミで切った。それから、マチ針で留め、かがり、縫った。それを着て、父親に見せようと走っていき、とまどって立ちつくした。まごついた父親は帳簿から顔をあげて、なにもいわず、ディキシー・クレイもなにもいわず、向きを変えて、暗い顔で離れていった。

コペンハーゲン・ブルーに身を包んだディキシー・

クレイは、マツの多い森に立ち、ジェシの音楽を聴いていた。ディキシー・クレイがやっと独りになったのを、ジェシはまるで知っているようだった。ディキシー・クレイは家のほうへ駆けていったが、ジェシが私道のいちばん高いところまで来ると、足をゆるめてぶらぶら歩き、ニワトリに撒き餌を投げてやった。ジェシは口髭を生やしていた。すごくうっとりするような口髭を。ディキシー・クレイはチェスパイを焼いて、弟に見つからないように、冷蔵庫《アイスボックス》のなかの布巾の下に隠しておいた。ジェシのためにパイを切り分け、ジェシがふた切れ食べたが、落ち着かなくて自分は食べられなかった。商売が終わって帰るとき――三ドル四十セントにしかならなかった。なにしろルシアスは鹿を二頭とも散弾銃で撃っていた――ジェシはディキシー・クレイをテレペンチン採りの林に連れていった。幹の下のほうに二カ所、V字の切り込みがある若いマツの前に、ふたりは立った。去年のVが上にあり、けさ切ったばかりのVが、その下でハチミツ色の松脂をにじませていた。ふたりは黙って、芳香を放つ珠がアルミのコップの上でのびて、長くなり、ついにしたたるのを見ていた。ポタリという音が、やけに大きく聞こえた。

ジェシが手をのばして、ディキシー・クレイの手を握った。「あと二本、切り込みが増えたら」幹のほうへ顎をしゃくった。「おれはおまえを迎えにくる。ミシシッピへ連れてゆく」そして、反対の手でディキシー・クレイの顎を持ちあげた。ディキシー・クレイはジェシの目を覗き込み、木と水《みどりあお》が近付いてきて、目を閉じると、そう、ジェシがキスをした。

あと二本、切り込み。あと二年。ディキシー・クレイは十六になる。いまではマツの香りが大好きになっていた。マツ林の切り株で縫物をすることもあった。

ディキシー・クレイは待った。待っているあいだ、なにをしよう？　小うるさい近所の人間の求めるようにパイン・グローヴの学校に通ったが、家にいて、父さんと父さんの本や地図と望遠鏡で学んだことのほうがずっと多かった。学校に行っていないときには、瓶詰めをこしらえ、皮をはぎ、家畜の世話をして、新しい料理をためしに父さんに食べさせた。近所のテレペンチン蒸留祭では、男の子ひとりにダンス一度しか許さなかった。踊るのも一度だけだった。ディキシー・クレイはジェシ・スワン・ホリヴァーを待っていた。なぜなら、ジェシ・スワン・ホリヴァーが迎えにくる。そして、迎えにきた。ちゃんと迎えにきた。ディキシー・クレイは十六になり、ジェシ・スワン・ホリヴァーが求婚して結婚し、ミシシッピへ連れていった。

　そしていま、ジェシが買ったミシシッピ州シュガー・ヒルの家で、ディキシー・クレイは食器を片づけ、密造にうってつけの暗さになってきた。ウィリーがむずかりはじめたので、抱きあげた。ウィリーがミルクのにおいを探して、首をあちこちにまわした。ジェイコブのときのようにおっぱいをあげられればいいのに、とディキシー・クレイは思った。乳をあげているうちにジェイコブが眠り、口がゆるんで、乳首から離れ、舌が一度か二度動くのが見える。クリームみたいな後乳がそこに溜まっていたり、顎を伝い落ちたりする。

　ディキシー・クレイがウィリーをガス台のほうへ運んでいって、背中をなでると、ウィリーが胸と肩に沿うように丸くなり、ディキシー・クレイの体と溶けあった。ディキシー・クレイは哺乳瓶を用意して、ウィリーの口に当てた。ウィリーが力強くちゅうちゅうと吸ったので、ディキシー・クレイはうれしくなり、アフガン編みの毛布にくるんで、蒸留所へ連れていった。

　ふりかえってみると、密造酒の売人と結婚したことに気づくまで、ずいぶん長くかかったことに驚かされる。それがいつも不思議でならない。ディキシー・クレイは頭のいい子だった。パイン・グローヴの学校での算数や読み書きでもそうだった。だから、知りたくなかったのだろうと思う。女の友だちがいたとして、それを話して聞かせるところを、ときどき想像した。花嫁として、どんなふうに思ったかを。友だちはいってくれるだろう。「ディキシー・クレイ、あんたにわかりっこないわよ！　だれにもわかりっこない」そして、友だちはぎゅっと抱いてくれて、ふたりですこし泣き、すこし笑う。

　なぜなら、ふりかえってみれば、しるしはいたるところにあった。トーマス・ジェファーソン・ホテルでの初夜のあと、馬車や自動車とすれちがうたびに、ジェシが御者や運転手を知っているので、ホブノブまでの道のりがはかどらなかった。ジェシがラバをとめて、気さくに冗談をいったり、病気の奥さんのぐあいをきいたり、新しい船のことをきいたりするのを、ディキシー・クレイは見ていた。結婚させてほしいと頼みにきたとき、ディキシー・クレイの父さんは、そういう愛嬌にころりと参った。もちろん、父さんは、ワタが栽培できないミシシッピのそのあたりで、どうやって暮らしを立てているのかとたずねたが、ジェシは毛皮の売買と南のニューオーリンズまで毛皮を運んでいることしかいわなかった。ルシアスはジェシの足もとに、アライグマを追いつめた猟犬みたいに座っていた。ディキシー・クレイは夕食にローストビーフをこしらえ、ジェシは父さんが居間へ行くのを待って、ルシアスにきいた。「ローストビーフと豆《ピー》のスープのちがいがわかるか？」

　ルシアスにはわからなかった。

「ビーフはだれにでもローストできる」（だが、スープに小便〔ピー〕はできない、とつづく）

　ルシアスが、涙が出そうなほど馬鹿笑いした。

　たしかに、ジェシには愛嬌がある。それは女ともだちに説明するまでもない。だが、その愛嬌が、いろいろな奇妙な出来事をぼやけさせていた。結婚して二日目に、ホブノブにようこそという看板のそばを通ったとき、一台の自動車がそばでとまった——ダッジ兄弟社のツーリング・カーだと、ジェシがいった——助手席の男が、窓を細めにあけた。

「商売はどうだ？」その男がきいた。

「繁盛してるし、これからもっと繁盛するよ。シュガー・ヒルに来てくれ」ジェシが、発動機《エンジン》の音に負けないように叫んだ。「あんたのほしいものがある」

そのあと、馬車が走っているあいだに、ディキシー・クレイはふと思った——あのひとたち、どんな毛皮がほしいのかしら？——どうして家はシュガー・ヒルと呼ばれているのだろう？　家が山のてっぺんではなく、木々に覆われた雨裂にあるのを見て、また不思議に思った。しかも、曲がり角に三日月形の轍があるのに気づかなかったら、見逃してしまうような私道のつきあたりにある。だいいち、砂糖黍が育たないこのあたりで、どうしてシュガーなどと呼ばれているのか？

だが、ディキシー・クレイはその家にびっくりするとともに、よろこんだ。もとは家のまんなかに裏までぶち抜いた広間がある造りだったが、ジェシが買ったあとでそこをふさぎ、裏に建て増ししたので、廊下の両側にいまでは三部屋ずつがある。向かって左手は居間、食堂、台所。右手は寝室が三間。造りつけの戸棚、食器室、腰長押の高さまでの羽目板、独立した浴室。壁の箱の小さな丸を押すとつく電球。裏口は森に面し、正面の網戸の外は奥行きのある日蔭のベランダで、背もたれのまっすぐな椅子や揺り椅子がいくつか置いてある。まわりは、ブーツを載せるのにもってこいの高さだとジェシがいう手摺。ジェシはもう二十歳近くで、親類はほとんどいないので、真鍮のシャンデリア、マホガニーの置き時計、バラ色の縁取りがある、カーテンレール隠し付きの青い絹のカーテン、二十二ドルの月賦を払っているアン女王朝様式のクルミ材の寝室調度は、すべて自分で選んだにちがいない。きれいな椅円形の爪と、蠟で固めた口髭のジェシに似合いの家だった。

「新居は気に入ってくれたかな、ホリヴァー夫人」ディキシー・クレイは、正面のベランダに立ち、西を見ていた。ジェシがうしろから近づいた。

「とてもうれしい、ホリヴァーさん」

ジェシが、ディキシー・クレイの頭に顎を載せ、腰に左右から手をまわして、ぎゅっと締め、指をつなぎ合わせた。ジェシは並よりも背が低いが、ディキシー・クレイもか細いので、ふたりは蟻継ぎのように体がぴったり合わさった。

ディキシー・クレイが、言葉をつないだ。「だけど――あのね――私道はすこし木がのびすぎじゃないの？」

ジェシがいった。「家の外のことは、おれに任せろ。材木が要るわけじゃないのに、どこも悪くない木を切っちゃいけねえ。だけど、家のなかは好きにしていいぜ」ディキシー・クレイの頭のてっぺんにキスをした。

「こうしよう――おれはすこし要るものがある。家のなかをきれいにするのに、おまえがほしいものがあるかどうか、荒物屋に見にいこう」

荒物屋で、ジェシはつけがきく。「ジェシ・スワン・ホリヴァーの家内でつけといて」と、ディキシー・クレイは店員にいった。もっとも、店員がジェシを知らないはずがない。ディキシー・クレイは、その名前の響きを楽しんでいたのだ。「ジェシ・スワン・ホリヴァーの家内、Hではじまる」店員の肥った妻は、ディキシー・クレイが服地をすこし買おうとしたのが妬ましいのか、粗い織りのぐあいを触ろうとしたディキシー・クレイのほうへ、ふくれっつらで反物を差し出した。

〝パルメット・グリーン〟の水玉のクレープ・ファイユが一ヤール六十八セントだった。それから黄色のペンキと、箱ひだカーテン用の緑の格子縞は、子供部屋用。黄色と緑なら、男の子でも女の子でもだいじょうぶだと、ディキシー・クレイは思った。子供はすぐにできるはずだ。毎晩、目を醒ますとジェシがうしろから寝台に滑り込み、冷たい指で寝巻をはぐる――――どうして冷たいのだろう――ずっと表にいたのか？ジェシの両手が太腿を割ると、その考えは消え失せる。親指二本がしだいに上に進んで、まさぐり、冷たい親指が温まって、ジェシの息が耳にかかり、ディキシー・クレイが迎え入れられるようになると、乳房をつかまれる。「甘い双丘《シュガー・ヒルズ》」ジェシがささやき、両手が腰にかかり、体をひっくりかえして、腰を浮かせ、奥まですっかり入れて、それが盛大にはじまる。トーマス・ジェファーソン・ホテルでの最初のときのあとは、ぜんぜん痛くなかった。あたしの体はこのためにできている、とディキシー・クレイは思い、その律動にのめり込む。

つながったままで、ジェシが上で眠り込んだあと、ディキシー・クレイは淡い笑みを浮かべて、じっと横たわっている。ものすごくゆっくりと縮んだジェシのものが抜けてゆくのがわかり、ジェシの胸が上下するのがわかる。ジェシは船、ディキシー・クレイは海だった。ジェシの息遣いが深くなり、いびきへと変わる。ひょっとして、今夜、子供ができたかもしれない。

だが、できなかった。つぎの夜も、そのつぎの夜も。春が夏に変わり、ディキシー・クレイは籐の幌付き揺りかご用に、アイレット刺繍のひだ飾りを縫った。ルバーブの砂糖漬けをこしらえた。アプリコット、トマト、梨、桃の瓶詰めをこしらえた。西瓜の皮の酢漬け《ピクルス》、ブレッド・アンド・バター酢漬け《ピクルス》（薄切りのキュウリとタマネギの甘酸っぱいピクルス）をこしらえた。キンカン、ミカンの皮の砂糖漬けもこしらえた。夏が秋に変わり、アップルソースや香辛料を入れて煮詰めたクラブアップルや無花果を瓶詰めにした。檸檬《レモン》があれば凝乳ができるのにと思ったが、それはもっと北のほうでないと採れない。秋が冬に変わり、ジェシは町での仕事がどんどん多くなるようだったし、森に狩りに出かけていった。帰ってきたときにはディキシー・クレイはごちそうをこしらえるのだが、ジェシはディキシー・クレイの父親とはちがって、大食漢ではなかった。食べ残しをやる犬もいない。ジェシは犬が嫌いだった。どうして、と一度きいたことがある。「子供のころに咬まれたからかもな」と、ジェシは答えた。

でも、ディキシー・クレイは、掌に犬の冷たいボタンのような鼻が感じられないのが淋しかった。本を読んでいると、ブルーが耳を掻いてもらおうとして脚に鼻面をこすりつける。ブルーが仔犬みたいにうれしがって、赤いゴムのようなまぶたが、閉じそうになる。酸敗して固まった牛乳のにおいがかすかに漂う、暗くてひんやりする肉貯蔵庫で、バーナデット・ケイプスといっしょにいる午後のことを思った。股のあいだで攪乳器を押さえるのと、攪拌棒で突くのを交替でやる。やがてバーニーが、クリームがたまった網を、豊漁にめぐまれた漁師みたいに引きあげる。ふたりでハコヤナギの下に座り、こってりした黄色いクリームをベリーや丸パンにかける。バーニーがヘレン・セリーナの詩「アイルランド人移民の嘆き」を唱えるあいだ、バターをかき混ぜることができないのが、ディキシー・クレイは淋しかった。パッツィとお手玉遊びができないのが淋しかった。父さんが歌劇「ユグノー教徒」を口ずさむそばで、乗馬靴を揉み革で磨けないのが淋しかった。

結婚して一年近くたったある日、ジェシが町で仕事があるので夕食はいらないといったときに、いっしょに行ってもいいかとディキシー・クレイはたずねた。ジャンケット（牛乳でつくる甘いデザート）をかきまぜてこしらえながら、できるだけさりげなくきいた。

ディキシー・クレイが目をあげると、ジェシがじっと見ていたが、こういっただけだった。「いいだろう。これからも料理をちゃんとやるなら、来てもいいぞ」

そこで、馬車に乗って町へ行った。ディキシー・クレイは、二種類の轍があるのに気づいた。馬車の車輪と、その内側の自動車のタイヤの跡。三月のことで、いつもなら他の植物に埋もれて目立たないハナミズキが、白い紅茶茶碗《ティーカップ》のような花を咲かせていた。ジェシは黄色い革手袋で手綱をゆるく持ち、緑の木々に黒い巻き毛が映えて、ジャングルの鳥みたいだとディキシー・クレイは思った。ジェシが、このあいだ見たばかりの活動写真「吸血鬼ノスフェラトゥ」のあらすじを話した。きょうは仕事をする前に、おまえをヴァレンティノの「血と砂」に連れていく、といった。活動写真がはじまる前に大男《ビッグ・ボーイ》のロイド・アダムズというこびとが、水色のタキシード姿で通路を歩いてきて、踏み台を使ってピアノの椅子に座り、上着の裾を払って、弾きはじめる、とジェシは説明した。字幕が読めない連中――天井桟敷の黒人《ダーキー》――のためで、ビッグ・ボーイ・ロイドはピアノで雷を鳴らしたり、機関車や自動車の音を出したり、なんでもできる。

活動写真のあと、マクメイアン食堂へ行って、四十五セントの珈琲&ワッフルを食べた。ジェシはあまり食べず、タバコを吸って、ボックス席に近づいてくる男たちと握手をした。

「ああ、こちらが奥方かね」ひとりが帽子を傾けていう。べつのひとりがいい添える。「ははあ、ジェシ、どうして奥さんを独り占めにしてきたか、わけがわかったよ」

ジェシは、ボックス席の奥で両腕をのばして、胸を張り、お愛想をいったりいわれたりした。「なあみんな、おれがどうして若いか、不思議に思ってるんだろう」そこで言葉を切る。「おれはこいつがほしがるものを、ぜんぶあげるんだよ」

男たちが爆笑した。ジェシの背中を叩いて別れをいう男たちを、家に遊びにこいとジェシは誘った。「商売をひろげる予定でね。火曜日に開店祝いをやる」ジェシはいう。「火曜日、日暮れどき」帰りの馬車で、どういうことなのかとディキシー・クレイはきいたが、疲れていて話したくないとジェシがいったので、それ以上はきかなかった。ディキシー・クレイはジェシの肩に頭をもたせかけて、流れ星を見た。ひさしぶりのものすごく楽しい日だった。

「ワッフル焼き器を買ってやろうか」ジェシが、ディキシー・クレイにいった。

そして、火曜日にディキシー・クレイが皿を洗っていると、馬車の車輪や自動車のタイヤの音が聞こえたので、エプロンで手を拭き、ピンでこしらえた巻き毛をまとめて、口紅を引き直した口でキューピッドのような笑みを浮かべ、珈琲を勧めようとして居間にはいると、表のドアが閉まる音がした。ジェシがどたどたと階段をおりていった。ディキシー・クレイは窓のところへ行ったが、表は暗く、揺れながら闇のなかへ遠ざかるランタンの光の輪しか見えなかった。男たちのブーツの足音は、松葉のせいで静かだった。そういうことが三度あり、ディキシー・クレイはジェシが戻らないまま、とうとうベッドにはいり、何時間かして月明かりのなかで目を醒ますと、ジェシが頭の上にいて、寝巻を引きめくられ、縫い目が裂けた。そこでようやく、前から嗅いでいたそのにおいが、なんのにおいかがわかった。ウィスキー。

ジェシの秘密、姿が見えなくなること。男たちに人気があること。男たちがあわただしくやってきては帰ること。食料品店の店員の妻が、白い目で見ること。ジェシも自分も教会に行かないこと。ジェシがよろこぶだろうと思って、アラバマにいたときとおなじようにテレペンチンを造ろうと思ったら、「尾根の向こうへは行くな」とジェシがいったこと。たびたびジェシが狩りに行くのに、ほとんど獲物を持ち帰らないこと。畑地が狭くて、ろくに収穫がないこと。雨裂にあって遠マツ林にほとんど隠れている家が、かなりすてきだということ。雨裂をだれもがシュガー・ヒルと呼んでいること。

三週間ずっと夜の客があり、やがてある日、ジェシがチェスターとスモーキーの二頭立てで出かけ、三晩家をあけた。帰ってきたときには、黒塗りのT型フォードのハンドルを握り、チェスターだけを曳いていた。自動車の音を聞いて、ディキシー・クレイは表に出て、逆光だったので手庇をこしらえ、惚れ惚れと自動車を眺めた。ディキシー・クレイの驚きとよろこびの入り混じった顔を見て、ジェシが笑った。自動車がカーブを切ったときに、すこし外側にふくらんだらしく、ブライダルベールの小枝が網格子に挟まっていた。ディキシー・クレイはしゃがんで、小枝を抜き取った。

「どういう仕組みなの?」ディキシー・クレイはきいた。

ジェシは、自動車のボンネットをあけてなかを見せ、助手席に座らせて、アクセル・レバーをどう使うかを、じっさいにやってみせた——「こいつで、エンジンに送り込むガソリンを加減する」——空気注入調節弁《チョーク》レバーを動かした。自動車の前へ行ってかがみ、トルコ石の青のネクタイを肩のうしろではためかせながら、左手で始動クランクをまわした。

「どうだ?」エンジンの音に負けない大声で、ジェシがきいた。

「やらせてくれない?」

ジェシが、くすりと笑った。「やめておけ、仔リスちゃん。この機械は二百六十五ドルもしたんだ」自動車に乗り込んで、エンジンを切り、鍵をポケットに入れた。

ディキシー・クレイは、縁が黒いぺらぺらの耳をなでて、スモーキーにお別れをいえればよかったのにと思った。でも、いちばん気にしていたのは、ジェシが鍵をどこに置くかということだった。

ジェシは知らなかったが、ジェシが車を探しているあいだに、ディキシー・クレイはジェシの蒸留所を探していた。細道をたどって尾根を越えると、甘い薬みたいなにおいが強くなり、トランプの家みたいに傾いている、錆びたトタン板の低い小屋を見つけた。埃の浮かんでいる暗がりに、五十五ガロンのドラム缶がならんでいて、それぞれのドラム缶から突き出した管がすこし小ぶりな金属製の樽につながっていて、それがまたドラム缶につながり、十五フィートくらいつづいていた——重いバケツを担いだ作男がならんでいるみたいに。ディキシー・クレイは、蓋の下を覗き、アルコールの毒気に顔を平手打ちされて、蓋を落とした。それから、顔をそむけて深く息を吸い、べつの蓋を持ちあげ、泡立っているどろどろのものをしげしげと見た。いちばん最後に見たドラム缶には蓋がなく、錆びた鉄板をかぶせてあるだけだった。鉄板を持ちあげると、泡立っているマッシュにリスの死骸が浮かんでいた。ディキシー・クレイは鉄板でそれをすくいあげて、森に投げ捨て、蒸留所の小屋に戻って、考え込んだ。

そしていま、のろのろと流れる午後に、ガス台でササゲがぐつぐつと煮えているあいだ、ディキシー・クレイはレモネードのグラスをそばに置いて書き物机に向かい、父親と弟に宛てて毎週出している手紙を書いていた。今回は、T型フォードのことが書ける。ルシアスは、はじめて自動車を見たときに夢中になり、一マイルも追いかけていった。つぎの日には、聖歌隊指揮者にびんたを張られるまで、教会の聖歌練習のときに自動車の絵を描いていた。

だが、T型フォードのことを書いたら、お金の出どころを説明しなければならない。ディキシー・クレイはペンを置いた。またペンを取ったときには、天気について書くことにしていた。そうすることで、ディキシー・クレイは生家にさよならをいった。父さんにさよならをいった。十一のとき、狩りに出かけて、鞍に血がついているのを見て、父さんに助けてと叫んだ。

鞍の角に血がついていたが、自分も馬も、どこも切っていなかった――そんなときでも頼れる男、ふたりの馬首をめぐらして家に帰り、二階へ行って、亡妻のゴムの生理バンドを取ってきて、洗面所の外に立ち、ガーゼをどうやって当てるかを説明してくれた男――その男に、天気のことをディキシー・クレイは書き送ろうとしていた。さようなら、さようなら。

ある意味では、ジェシへのさよならでもあった。ジェシという夢にさよならをいったことはたしかだ。なぜなら、ジェシがT型フォードに乗って帰ってきた夜に、ディキシー・クレイが問いつめていれば、誠実さのようなものが、すこしは見出せたかもしれないからだ。湿った焚きつけみたいで、温かくはないだろうが、おたがいに手を差しのべることもできただろう。でも、ジェシのほうから話してくれることを願って、ディキシー・クレイはそうしなかった。知らないふりをして、じっと待ち、ジェシのシャツを繕い、卵を焼いた。ジェシはいまも冷たい指で夜に求めてくるが、ディキシー・クレイは前ほど愉しめなかった。前は、ジェシがほしがっているとわかると、自分もほしくなった。でも、いまは、ジェシは相手がだれでもいいのだという気がしていた。それでも、拒みはしなかった。寝台の頭板にぶつかるゆったりした音に合わせて、赤ちゃん、赤ちゃん、赤ちゃん、と心のなかで唱えた。

一年のあいだ間抜けのふりをしていると、間抜けになっていた。ある晩、鶏小屋のそばでヤマアラシが爪先のすぐ前をのこのこと通るのを見て、はっとした。ずっとじっとしていたから、彫像か木だとでも思われたのか? ニワトリの餌のバスケットを腰に当てて持ち、手をバスケットにつっこんで、埃まみれの指を出し、曲げたりのばしたりした。ピューマを撃ち、斑点のある毛皮を美男のよそ者に売った少女のことを思い出した。もはや自分もそのよそ者も、変わり果ててしまった。ジェシの左右の目の色がちがうのが、ふたりのちがう人間のようだと考えたことも思い出した。首がまわり、ふたつの顔を持つ赤ちゃん人形みたいだと考えたのは、まったく正しかった。ジェシはふたりのちがう人間だったが、ディキシー・クレイが結婚したのは、そのうちのひとりだった。そして、ディキシー・クレイが結婚したほうの顔は、二度とこっちを向かなかった。

そこで、十八歳の誕生日の夜（ジェシは、銀のブローチと、ディキシー・クレイの頭文字を彫った釣鐘形の指抜きをくれた。ジェシは上品な贈り物をするのが好きだ）、ディキシー・クレイはジェシに商売の話を持ちかけることにした。ジェシはT型フォードで帰ってきたところで、ベランダの階段を昇りながら、革の運転用手袋を脱いでいた。にこにこしているのは、しこたま売れたからだろうと、ディキシー・クレイは察した。ベランダの上で、ジェシを迎えた。「密造酒《ムーンシャイン》の造りかたを教えて」ディキシー・クレイはきっぱりといった。ジェシが、もういっぽうの手袋も脱いで、立ちどまった。

「ずっと造りながら配達するのは、たいへんでしょう」ディキシー・クレイはなおもいった。

視線をあげたとき、ジェシの目が鋭くなっていた。青と緑の目でじっと見つめられたときから、そういう目だったのだと、ディキシー・クレイは気づいた。

「おや、おや、驚いた」ジェシはそういうと、手袋を掌に打ちつけた。「よし、わかった」

そんなふうに、ジェシ・スワン・ホリヴァー夫妻の結婚生活は、商売という段階にはいった。翌日の夜、ジェシはトウモロコシ、ふすま、酵母、砂糖をしまってある小屋に、ディキシー・クレイを連れていった。マッシュと発酵を起こさせるものを混ぜて、熱をくわえ、沸騰せずに蒸気が出るところまで温めるやりかたを教えた。蒸気を管に通して、ゴトゴト樽に入れ、その二度目の工程で固形物を取り除き、純度が高くなったものを、渦巻き状の管に通して、冷水のはいった冷却槽で凝縮する。ジェシは、金属製の小樽の底のほうの蛇口をひねり、水色のボール印広口瓶に注ぐと、ちょっと口に含んでから、ごくりと飲んだ。「ヤマネコ・ウィスキー」ジェシが、それを差しあげていった。「白い稲妻《ホワイト・ライトニング》。山の露《マウンテン・デュー》」親指を口髭の下に入れてはじき、はねあげてから、反対もおなじようにした。考えているようすでディキシー・クレイを見てから、瓶を差し出したが、ディキシー・クレイは首をふった。

翌朝、ディキシー・クレイは急いでニワトリに撒き餌を投げ、卵の黄身みたいな太陽がマツ林の上にするすると昇った。ジェシの朝食をこしらえる手間もはぶいた。パンとチーズがある。あとでジェシが蒸留所へぶらぶらと歩いていくと、古い帽子をかぶって、ジェシのズボンをはいたディキシー・クレイが、ドラム缶を鉄たわしでごしごしと磨いていた。午前零時ごろには、最初のひと樽分が泡立っていた。つぎの週、ディキシー・クレイは風味をつける実験をして、蒸留分ごとにプラムを入れたり、ドクター・ペッパーを入れたりした。調整するために最初の蒸留分の味見はしたが、好きにはなれなかった。ジェシが配達しきれないくらい評判になり、配達の範囲も、コロンバスやクラークスデイルのような遠いところまでひろがっていた（クラークデイルのもぐり酒場は、ディキシー・クレイの木屑で燻して香りをつけたウィスキーを定期注文していた）。数カ月後には、ジェシは酒樽をすべて、ホブノブの船着場からニューオーリンズへ運んだ。そういうときですら、ジェシには気品があった。白昼堂々とやるのだが、まず金色の筆写体で〝ミシシッピ・テレペンチン〟と酒樽に描いた。

ジェシはいまも自分で密造していると思われているのかもしれないし、腕のいい蒸留業者を何人も使うようになったと思われているのかもしれない。ディキシー・クレイにはわからないことだし、どうでもよかった。ディキシー・クレイはウィスキーを造ること自体が愉しかった。せわしなく手を動かし、ずらりとならんだ広口瓶にボール - ル - ルと猫なで声でいうのが愉しかった。結婚してからの二十三カ月は、無気力に待つばかりだった。夜は腰を浮かして、ジェシに赤ちゃんの種をつけてもらうのを待った。赤ちゃんがいれば暮らしが動き出す。一度、夢のなかで赤ちゃんに呼ばれ、おなかを押さえて目を醒ましたことがあった。そんな年月のあと、自分が目を向け、造りあげられるものを、ようやく持つことができた。ディキシー・クレイは辛抱強く、やりくり上手だった。少女のころ、卵の白身はメレンゲにして、黄身はマヨネーズに使うことを、バーナデット・ケイプスに教えられたときと、なにも変わっていない。いまは、トウモロコシをしごくと、粒の半分をクリームドコーンにして、あとの半分を蒸留釜に入れる。蒸留釜からゴトゴト樽に蒸気を運ぶ管の継ぎ目の隙間にパン生地を貼りつけて、蒸気が逃げるのを防ぎ、生産量を増やした。子供部屋用の緑の格子縞のカーテンを蒸留所の壁に吊るし、窓があると思おうとした。一回分の蒸留を終えると、壁の幅木と倉庫の棚に広口瓶をずらりとならべた。夜明けに家に帰る前に、ドアをあけてふりかえり、自分の手仕事の出来栄えを見た。朝陽のなかで瓶が輝き、ミシシッピ川を下る艀の灯火みたいに見えた。

ジェシにはめったに会わなかった。一度、密造酒造りをはじめてから数カ月後に、発酵させるのに使う砂糖を深鉢に入れているところに、ジェシがはいってきた。ジェシがきいた。「どうして計らないんだ」

ディキシー・クレイは、肩をすくめた。「目分量でわかるから」

「いま砂糖をカップ何杯分入れたと思う?」

「四杯」ディキシー・クレイはいった。

「かっきり?」

「かっきり」

「たしかか?」

「たしかよ」

そこで、ジェシは計量カップを釘からはずして、ブーツからナイフを抜き、パチンとひらいた。そして、カップで深鉢から砂糖をすくい、表面をナイフで水平に均した。「一杯」と数えて、砂糖を袋に戻した。ディキシー・クレイは息を呑んでいた。「二杯……三杯……四杯」四杯目も計量カップの縁とぴったりで、深鉢にはひと粒も残らなかった。ジェシはディキシー・クレイの背中を叩いていった。「腕がいいな、ディキシー・クレイ」

ディキシー・クレイは、ますます腕をあげていった。ディキシー・クレイのウィスキーは、ワシントン郡界隈で最高のウィスキーになった。透かして新聞が読めるくらい透き通っていた。そのころには、ジェシは自分で配達するのをやめて、運び屋を使い、運び屋が〝ジャネット〟を操縦して船着き場にやってきた。ジェシは、〝お客様相談〟が専門になった。ジェシがお客様の顔と声になり、もぐり酒場《スピーキージー》のドアの鉄格子ごしに、顔を見せ、声を聞かせて、用心棒にあけてもらう。ジェシはもぐり酒場でいい顔だった。ハイボール、チャールストン・ブレイサー、コレラ・カクテル、オレンジ・ウィスキー・スパークル、ロコモーティヴ、ウィスキー・スマッシュなどのカクテルを注文した。売春宿みたいなにおいをさせて、家に帰ってきた。ジェシの服を電気洗濯機に投げ込むときに、ディキシー・クレイはそれが妙に気になった。ジェシは、電気洗濯機をディキシー・クレイのために買っていた。時間をうまく使ってもらいたかったからだ。ディキシー・クレイは、注文をこなさなければならなかった。ひとを雇わないかと、ジェシが何度かきいた。ヘイズ船長と息子のゲイブなんかどうだ？　だが、ディキシー・クレイは断った。他人を雇うのは、密造酒造りが捕まる原因になる――そのうちに、ウィスキーで酔っ払って自慢したり、裏切ったり、密告したり、仲間の頭を銃でふっ飛ばしたりする。

やがて、どういうわけか、蒸留所で徹夜することが、できないようになった。泡立つマッシュをかき混ぜるのがつらくなり、立ち昇る毒気を鼻から吸うと苦しくなった。酵母を入れたかどうかを思い出せないことが、たびたびあった。そして、ある晩、小屋のなかの穀物袋が積んである上で眠り込み、蒸留釜を過熱させてしまった——蒸留分がだめになっただけではなく、釜が爆発する寸前だった。子供のころ、チルトン郡で蒸留釜が爆発して、兄弟五人が死んだ。自分のふるまいがどうもおかしい。あたしらしくない。病気かもしれない。流感ではないとわかっていた。一九一八年に見ているし、流感ならたちまちぐあいが悪くなる。それでも、酒を買いにくる医者に診察してもらおうと、ジェシがいった。医師が診た。ディキシー・クレイは身ごもっていた。

「おまえのお兄ちゃん。おまえのお兄ちゃんだった」

ディキシー・クレイは、その奇妙な考えを、ゴトゴト樽の上で眠っているウィリーにささやいた。ウィリーのかすかな眉毛がぴくりと動き、目を醒ましそうだった。よかった。眠っていると淋しい。深鉢のなかで盛りあがっているパン種みたいに温かく、やわらかい体の下に、手を差し入れた。高く抱きあげて、揺すりながら歌った。「苦しみ、苦しみ、おいらの一生、毎日苦しみばかりさ」あのカウボーイが口ずさんだ歌を、ウィリーの貝殻みたいな耳に甘い声で口ずさみ、いっしょに蒸留所のなかでワルツを踊った。

7

ハムやジェシといっしょに飲んだ翌朝、インガソルは遅く起きた。頭痛が鉄兜みたいに頭を締めつけていた。一分たってから、足を床におろし、肩をひねり、前かがみになり、背をそらした。どの動きでもポキポキ、カチカチという音がした。浴室は廊下の先にあるので、タオルを持った。熱いシャワーは楽しみだったが、きれいになった体に汚れた服を着るのは気乗りしない。きょうは新しい身なりにしようと決心した。ドアをあけたとき、包みの上に転びそうになった。新しい赤い丸首シャツ、ごわごわのデニムのズボン、その上にちょこんと載っているパーティの景品——蠟紙に包んだBC頭痛薬の頓服。

さすがはハムだ。意表をつくことをやる。

シャワーを浴びて、服を着ると、インガソルは一階におりていった。やはりさっぱりした服を着て、牡蠣色のヌートリアの新しい帽子を持ったハムが、洋服掛けの前に立っていた。ハムが指先で帽子の形をととのえ、はねている赤毛の上にかぶせた。鏡でふたりは目を合わせ、ハムがにやりと笑った。

「おまえは、その古ぼけた茶色い山高帽が気に入ってて、手放したくねえだろう」と、ハムがいった。

「新しい帽子は、そんなにほしくないけど、ベーコンエッグズを食ったら、ふたりともブーツを新調しようぜ」インガソルは、裸足をあげてみせた。濡れたブーツは放熱器のそばで湯気をあげていて、靴下はその脇でぐんにゃりした長い舌みたいにのびている。

「ベーコンエッグズはなしだ、洟垂れ小僧」ハムが食堂のドアのほうに顎をしゃくった。〝朝食は午前六時から八時まで。時間厳守！〟と書いた札がかかっている。その下に筆写体で〝スタンレー・ヴァタロット夫人〟とあった。

「なんてこった」

ハムが、肩をすくめた。「バナナは？」戸棚の上の大きな鉢を取り、珈琲テーブルに置いた。インガソルは房からバナナを一本むしり取って、皮をむき、三口で食べて、もう一本食べた。下宿屋は静まりかえり、角に立つモーラ製振り子時計の音だけが聞こえていた。技師たちはとっくに堤防へ行っている。

「これまでのことを教えてくれ」インガソルはいった。

バナナを食べながら、ハムはここに着いて、ほかの泊り客と食事をしたときのことを話した。長方形のテーブルを八人が囲み、上座のヴァタロット夫人が、かわいそうなアイルランド人の小女《こおんな》にあれこれ指図する。記者と政府の役人がそれぞれ数人、アトランタから来た技師がふたり。そこでハムは大水の水位を話しているのを小耳に挟んだ。五十三フィートという記録的な数字だった。彼らは泥箱の建設を監督していた――板を釘でつなぎ合わせて、土嚢で支え、波で押し流されるのを防ごうというのだ。だが、堤防管理委員会が自動車渡船を休航させていたにもかかわらず、堤防はもたないだろうと技師たちは思っていた。右側の技師は、女房にうちに帰るようにいわれているし、帰るつもりだといった。「一九二二年の洪水の水位は五十一フィートまでしかあがらなかった。それでもあんなふうになった」

技師たちは、堤防のいちばん弱い箇所の話をしていた。町がニューオーリンズの提案を受け入れていた場合、蛇行部のどこをダイナマイトで破壊するのがいちばんいいか。技師の片割れがでこぼこの携帯水筒《スキットル》を傾けたのに目を留めたハムは、左にいたタイムズ紙の記者が席をはずしたときに、その空いた椅子にさっと座った。ボストン・ブレーヴズの話をすこししてから、じきに携帯水筒がハムにまわされた。ちょびっとしか残っていなかったが、うまかった。どこで手にはいるんだ、とハムはきいた。家に帰るという技師が、クラブ23に行ってみな、といった。だれに渡りをつければいいんだ、とハムが重ねてきいた。「ジェシっていう地元のやつが牛耳ってる」技師が答えた。「だけど、じかには売ってくれない。モーっていうアラブ人の差配に頼むんだ」

そこでハムは偵察しにいった。フリーランド法律事務所の脇を煉瓦敷きの路地に曲がり、水溜りに赤いハイヒールが片方落ちているのを見て、このあたりだと察した。木箱を高く積みあげてある脇に、頑丈なこしらえのドアがあり、ノックすると、符牒が聞きとれるように細めにあいた。符牒の代わりに、二十ドル札がものをいった。

ジェシがどういう人間かを探り出すのに、苦労はしなかった。その酒場全体が、ジェシを中心にまわっているようだった。ピアノ弾きは口を曲げて、ジェシのほうへ甘い歌声を送った。バーテンはグラスを磨いて、まるでジェシにぴかぴかのクリスタルの表面を褒めてもらおうとするみたいに光にかざしていた、とハムはいった。「ちび助ひとりが部屋の主なんだ。おかしな光景だよ」またバナナをむきながら、ハムがいった。

インガソルはうめいた。きのうの食堂でのことを思い出した。警察署長の山高な紺の制帽が、長椅子の端に載っているような店で、ジェジは席につぎつぎとウィスキーを持ってこさせた。指一本立てただけで、ウィスキーを注文する合図になる。指一本立てただけで、合図がわかったという合図になる。パット・コリンズ捕手が、ハーブ・ペノック投手に速球を投げろと指示するみたいに。

「そのあと、どうなった？」

技師数人と飲みはじめて、自分も建設工事の監督のふりをした、とハムがいった。戦争中は架橋作業班にいたので、そんなに難しいはったりではなかった。ジェシが政治家みたいに席をまわり、ハムが一杯おごろうというと、「いや、おれがあんたにおごる」といって、何杯もおごられ、翌日に夕食をいっしょに食べることになった。ハムはジェシからたいしたことは聞き出せなかったが、猫が木登りのお道具を持っているのとおなじくらい確実に、ジェシは密造酒にたどり着くための手蔓だった。

インガソルは斑点のあるバナナをもう三本食べていて、ハムも斑点のあるバナナを三本食べ、ふたりとも青いバナナに手をつけ、後悔しているところだった。アイルランド人の小女が自在扉を押して厨房から出てきて、男ふたりと冬ごもりのヘビみたいに丸まっているバナナの皮を見て、悲鳴をあげ、あわてて戻っていった。

ハムは、小女の痩せた尻があっという間に遠ざかるひとコマを見やった。「あの娘を肥らせてえな。馬鈴薯を食わせてやれ」

「ハム、いやらしいことばかりいうなよ」

「ケツ舐め野郎、ぜんぶがぜんぶいやらしいことばかりじゃねえぞ」ハムが、にやりと笑った。「さて、仕事だ。町に出よう」

「赤ん坊がどうなったか、ききたくないのか？」

「ほっぽり出したんだろう」

「ああ」

「なのに、なにをきくっていうんだ？　行くぞ」

ギンズバーグ&レヴァイン乾物店で、ふたりはそれぞれ、コカコーラ一本とプランターズ南京豆ひと袋を買い、コカコーラに南京豆を入れて飲みながら、靴をじっくりと選んだ。インガソルはカウボーイ・ブーツが好きだったが、防水の靴が入り用なので、陳列棚から革の編上げ靴を取った。

「洪水に耐えるか？」インガソルは、客が靴をはいてみるときに腰かける台形の箱をひっぱり出していた店員にきいた。

「完全防水じゃありません」店員がいった。「でも、こちらのがそうです」陳列棚のいちばん上の棚を顎で示した。ゴム底を加硫処理した木樵用の長靴だった。

インガソルは、長靴をひっくりかえし、四ドル二十五セントという値札を見て、口笛を鳴らした。

「フーヴァーのくれた金が残っているといいんだがね」ハムがいった。「赤ん坊のおむつに使い果たしてないだろうな」

インガソルは、その長靴を買い、それまで座っていたところへ戻ってはいた。早くも三種類ためして、ぜんぶはねつけていたハムが、脚をのばして、靴下の下の爪先をもぞもぞ動かした。

「おれもおなじのを買う」ハムが、店員にいった。

「カエルのケツみてえに防水じゃなきゃ困るぜ。右が十一号、左が十二号だ」

ハムが足で押しのけた箱を積んでいた店員が、顔をあげた。「そういう売りかたはできないんですよ、旦那。両方一足ずつ買っていただくのでないと」

「どうして二足も買わなきゃならねえんだ?」

「でも、旦那――」

「おれはな、左右のおみ足の大きさがちがうんだ。ちがわないっていうのかよ? きんたまの大きさだって左右ちがう。おい」明るい声で、インガソルにいった。

「関係あると思うか?」

新しい長靴をはいたインガソルは、ドアまで歩いていったが、ハムがつぎの策略をくりひろげているのが聞こえた。「どうしてだよ。左右ちがってたって売れるだろうが。脚が片方しかない退役軍人がおおぜい、ぴょんぴょん跳びまわっているはずだぜ。でないとすると……この町の人間は徴兵逃れしてるのか?」

インガソルはベランダを横切って、ゴミ入れのほうへ行った。靴底がべろんとめくれてバイバイをしている古いカウボーイ・ブーツを持ちあげて、ほうり込んだ。ハムが長靴をはき、にたにた笑いながら出てくるだろうとわかっていた。それまでのあいだ、インガソルは葉巻に火をつけて、杭にもたれ、川の曲がりに沿う堤防にそぎ切られた、錆びた十セント玉の色の空を見つめた。堤防は、となりの通りにならぶ二階建ての建物よりも高い。あんな建造物――最強の力を持つ川を防いでいる巨大な盛り土――のそばに住むのは、どんな心地だろうと、インガソルは思った。やがて防げなくなる。ミシシッピ川は、ニューオーリンズの南のポイドラスというところでも、こんなふうに蛇行している。一九二二年の大洪水では、ポイドラスの曲がりの堤防が決壊し、高さ百十五フィートの水が陸地へ殺到して、プラケメンズとセント・バーナードの両郡が冠水した。当時、それでニューオーリンズは被災せずにすんだ。だが、今回、ニューオーリンズは――いや、他の地域も――被災せずにすむとは思われない。増水はすでに二二年の記録的水位を超えているし、〝敵影〟――上流の支流のようす――からして、最高水位に達するのは約一週間後だとわかっている。

ハムが新しい長靴をはき、ズボンの裾を内側に押し込んで、雄鶏みたいに勢いよく、ベランダをインガソルのほうへやってきた。ふたりは馬に乗り、帽子のぐあいを直した。ハムは新しい帽子、インガソルは古い帽子。帽子が重く、いつになったらすっかり乾《ドライ・アウト》くのだろうと、インガソルは思った。いや、自分も、いつになったら酒が抜ける《ドライ・アウト》のだろう。BC頭痛薬をもっと買ったほうがいい。

大通りに馬を進めて、マクレイン・ホテルの前を通り、駐車している車の列の横を通って、堤防の下へ行った。黄色い雨合羽を着た白人がふたり立っていて、もうひとりが貨物自動車の運転台に乗り、膝に横向きにしたライフル銃を置いていた。

「あんたらはなんだ?」ライフル銃を持っている見張りがきいた。

「技師だ」ハムがいった。

見張りがうなずいたので、ふたりは馬をうながして、土嚢を積んだ荷役台を曳かされているずぶ濡れのラバを、牛追い笞で駆っている男ふたりのあとから、斜面を登った。

堤防の上で、ハムが指差した。「おまえは右へ行け。おれはこっちへ行く。友だちをこしらえて、よく話を聞け」蒸留所はジェシの土地にあると睨んでいたので、探さないことにした。探せばジェシを警戒させてしまうかもしれない。からめ手から密売にはいり込めるかどうか、やってみるほうがいい。卸売人と仲良くなれるかもしれない。何年もやってきて、そのやりかたがいちばんいいとわかっている。行ったことのない町へ行き、密造酒を味見していう。「くそ、これがウィスキーかよ?」それから、造りかたも心得ているので、「このひと樽分は沸騰させちまったね」とか、「ほら、泡がすごくでけえ——アルコールを入れたジンジャーエールを飲んでるのと変わらねえな」ほどなくして、密造屋のほうから近づいてくる。

インガソルとホレスは、堤防の上のぬかるんだ道を用心しながら進んでいった。杭がならんでいるのは、夜になったらランタンを吊るして雨を照らすためだ。インガソルの右手にホブノブの商業地区があり、桟橋、駅舎、町役場、煙突が見える。左手ではミシシッピ川の波がしぶきをあげ、川ではなく、まるで荒れ狂う海のようだ。堤防の斜面が四十五度の傾斜で幅の広い空濠に向けて下っているのを見慣れている人間にしてみれば、川がこんなに近いのは不安だった。ふつうならその空濠の向こうに、一エーカーか二エーカーくらいのひび割れた赤土の平地があり、灌木が前年の増水の堆積物にまみれて、割れた空き瓶、麻布の切れ端、腐った木箱が転がっている。それがいま、川は堤防そのものよりも高くなり、土嚢に押し戻されてはいるものの、満潮の海みたいにひたひた、ひたひた、ひたひたと波が寄せて、波が来るたびに足もとに近づいてきた。ミシシッピ海だ、とインガソルは思った。そんな歌がなかったか？ あるはずだ。メンフィスのホテルの保管庫に預けっぱなしのギターは、反っていないだろうか。ディキシー・クレイが帰ってくるのを待っているあいだにベランダで見つけた、コロラドハムシみたいな縞模様のマンドリンのことを思った。ブルーズの調で弾けるように、全音半音、低く調弦した。

インガソルは、小便をしようと思って、馬からおりた。はげ頭に残った毛みたいに草がずり落ちそうになっているところで、かかとに体重をあずけて身をそらしたとき、音叉が鳴るみたいに堤防が細かくふるえるのが感じられた。ホレスも感じたらしく、耳をひくひく動かした。そのとき、前のほうで大きな波が堤防に叩きつけ、ひろがったしぶきがインガソルとホレスの脚にかかった。ホレスが横に跳ねていなないた。インガソルは鞍にまたがり、太い血管が脈打っている馬の首に掌を当てた。ホレスが向きを変えて速歩で進むのを、好きなようにさせた。堤防が破れたら川の水から逃げ切れないが、走っていると安心できた。

ディキシー・クレイと赤ん坊のことを思った。ふたりは無事だろうか？ あの家は川にかなり近い。それでも、ライフル銃を肩当てしたディキシー・クレイの姿を思い出し、なんとかだいじょうぶだろうと考えた。ハムは、赤ん坊をグリーンヴィルの孤児院に捨ててきたと思っている。それが気になった。だが、ハムは詳しいことは知りたくないようだった。

「シーッ、もうだいじょうぶだ」自分にいい聞かせたのか、ホレスにいったのか、よくわからなかった。

インガソルは馬を進めた。どの杭にも見張りが寄りかかっていた。ときどき馬をおりた。数人が集まって、フラナリーやワイアットの橋を通行禁止にしようかと話し合っているところでは、ことにそうした。どういう話に耳をそばだてればいいのか、はっきりとわかっていたわけではない。最初の見張りが、ジェシと飲んだのとおなじウィスキーを勧めてくれたときには、活気づいたが、あとで見張りはみんなおなじウィスキーを持っているとわかった。それに、みんな神経をとがらしていた。「こんな霧の出ている夜に、馬鹿野郎のアーカンソー人が、おれが見張ってるところを渡ってくれないかな」もと靴磨きだったが、いまは土嚢運びをやっているビル・グリフィスがいった。町の人間はみんな、靴を磨いてもしかたがないと思っている。ビルは、ポケットで弾薬をじゃらじゃら鳴らし、しゃがんで体を揺らした。「まったくだ」べつの男がいった。「噴水だ！」叫び声が堤防の上から聞こえた。「噴水！　噴水！」

インガソルは、男の腕ぐらいの太さの水が、二十フィート上まで噴きあがっているところへ、まわりの連中といっしょに走っていった。男たちは土嚢を持ちあげて、噴水の根元に積み、泡立っている砂の上にいくつもかぶせて、押さえ込もうとした。跳ねあがる水が頭の高さになり、やがて膝の高さになり、しぶきをあげて崩れた。男たちは、そこが地獄に通じる隧道《すいどう》でもあるかのように、じっと見守っていた。「きたねえ噴水」ビルがいった。「堤防に穴をあける」まわりの男たちが、暗い顔でうなずいたり、袖で顔にかかった水をぬぐったりした。やがて、ビルがごぼごぼ動いている泥に唾をかけて向きを変え、それぞれが自分の持ち場の杭に戻って、また見張りをつづけた。

一時になると、当番の交替を報せる駅舎の汽笛が鳴った。男たちは滑りやすい堤防をがに股で下り、停車場のにわか作りの食堂に集まった。聞き耳を立てるのに恰好の機会なので、インガソルはそこに混じった。四分の一がニグロで、白人が先に食べるのを待ってたむろしていた。見かけも話し声も、シカゴでインガソルが知っていた連中とよく似ていたので、妙に郷愁にかられた。カーバイド・ランプの光が、隻腕の男の広い額をてかてか光らせていた。かつてはBBBでバーガーを焼いていたにちがいないという気がした。床屋の櫛なみの幅広い口髭で馬面をまっぷたつに分けているべつの男は、五ドルの貸しがあるハーモニカ奏者の兄貴かもしれない。兄弟だというのは、ありえなくはなかった。シカゴのニグロの多くは、ミシシッピの出で、シティ・オヴ・ニューオーリンズ号の〝たくましい肩の街《シティ・オヴ・ビッグ・ショウルダーズ》〟（シカゴの愛称のひとつ）行きの切符を買ってやってきた連中だ。だから、土嚢積みの労働者のそばを通るとき、インガソルはなじみのあるいいまわしを耳にした――〝雨が降るだろう〟ではなく、〝雨のやつ、降るつもりでいやがる〟、〝どうにか持ちあげられる〟ではなく、〝やっとこさ持ちあげられる〟――だれかが弁当箱から、まさにインガソルが予想していたとおりのものを出した。脂がしみて透き通っているナプキンにくるんだ骨付きの鶏肉。駅舎の庇の下で、だれかがインガソルならもっとうまく弾ける曲をかき鳴らしていた。アルバータ・ハンターの「部屋のなかを歩いて、手を揉み絞って、泣いてる」。

　長居は無用だというのを、インガソルは承知していた。ニグロたちは目を合わせないし、インガソルが近づくとギターを弾くのをやめた。無理もない。どこか見えないところにライフル銃を持った州兵がいて、そのたったひとつの任務は、ニグロが楽団にはいるためにシカゴへ行くのを防ぐことなのだ。

　インガソルがシカゴにいたころには、人種の分裂はこれほどではなかった。ニグロが白人のもとめるものを持っていたからだ。音楽。インガソルもそれを強くもとめていた。十一の齢には、聖マリア少年孤児院を抜け出すようになった。ケーブルカーに跳び乗って南地区のインディアン通りへ行き、ブルーズ・クラブの裏の路地にまわって、煉瓦で半開きにしてある厨房のドアの横に座り込む。小便と饐えた麦酒《ビール》のにおいがしていて、脚をのばしてリンゴをかじっていたとき、ネズミが一四、ブーツの上を乗り越えていったことがあった。だが、ドアからブルーズが流れてくれば、そんなことは気にならなかった。そこはニグロ専用のランタンというクラブだったが、新しい音楽の噂を聞きつけた大胆な白人が、くすくす笑いながら何人かでやってくるようになっていた。インガソル少年はすぐに路地で顔なじみになり、バーテンが氷が入り用なときや、タバコの売り子がチェスターフィールドを切らしそうになったときには、使い走りをして、一セント玉を駄賃にもらった。半年ばかりたつと、ときどき厨房に入れてもらい、配達の貨物自動車からレタスの木箱を運んだり、ゴミを外に出したりするのを手伝った。さらに半年たつと、テーブルの片づけの手伝いをするようになり、いまや店は白人の客がひしめくようになっていた。食料品を買うための金をアイリッシュ・ウィスキーに注ぎ込んで酔い潰れた亭主を迎えにきてほしいと、奥さんに伝えにいくこともあった。

インガソルは、店の前のほうの席で雑用をやるのが、いちばん好きだった。いままでのどこのだれよりもたくみにブルーズを演奏する五人組のニグロ、リジー・ルーイとザ・ローダウンズの音楽が聴けるからだ。ただ酒を飲ませる見返りに、ギター奏者の痩せっぽち《スキニー》ネリーから、出番のあいまにブルーズの短い節回しを教わった。スキニーがソロを弾くときには、硝子瓶の首を割ってこしらえたエメラルド色の筒が弦の上を行ったり来たりするのを、催眠術にかかったみたいに見つめ、箒の柄でスキニーの和音をサル真似した。リジーを見るのも楽しかった。スパンコールをちりばめたぴちぴちの青いドレスがスポットライトで弾けるように輝き、ダチョウの羽根のかぶり物が、苦悩の音、変五度を出すときにふるえる。聴衆は手が痛くなるまで手を拍つ。拍手がやむと、リジーがにっこり笑うこともある。名高いのろのろとした笑みだった。赤いカーテンが左右に引きあけられるみたいに口があいて、輝く歯が二列見えて、歯ぐきがむき出し、それが逆にまたゆっくりと、カーテンが閉じるみたいにもとどおりになる。インガソルがランタンの支配人に怒られるのは、そのときだけだった――リジーが歌い終え、聴衆が歓声をあげて総立ちになる。リジーがあののろのろとした笑みを浮かべると、インガソルは男子用洗面所の落とし紙を換えにいくよう命じられたり、倉庫から攪拌《マド》棒《ラー》を箱ごと持ってくるよう命じられたのを忘れてしまう。棒立ちになって、お金を出す客が観る邪魔になっているのにも気づかない。

　学校よりもランタンで学ぶことのほうが多かったので、インガソルは学校をやめた。メアリ・ユーニス修道女がそれを知ったとき、インガソルは修道院の裏手で修道女たちの洗濯した服を物干し綱に吊るしていた。大きな黒い楕円形の服は、まるで修道女の影を引きはがしたように見えた。インガソルが洗濯を好きなのは、古い卓上蓄音器《グラフォノーラ》を表に持ち出して、ぜんまいを巻き、マ・レイニーのレコードが聴けるからだった。マ・レイニーは、インガソルよりもひとつ若く、十四歳で初舞台を踏んだ。ユーニス修道女は、インガソルのそばに立ち、バスケットに手を入れて、ふたりはしばらく黙っていっしょに洗濯物を干していた。修道女の服をすべて吊るすと、ユーニス修道女はインガソルのほうを向き、肩に片手を置いた。「お祈りをして、それを浄財にしてくれるわね、テディ？」インガソルはユーニス修道女が好きで、嘘がつけなかったので、うなだれてポケットに手を入れ、学校をやめてから稼いだお金を出した。ユーニス修道女はインガソルの手を見て、首の肉のひだにかかるかぶり物を小さくふるわせ、溜息をついてお金を受け取ると、なかにはいっていった。

　月曜日から金曜日まで、インガソルはスウィフト缶《パッ》詰《キング》会社のソーセージ部門で働いて、一日一ドル五十セントを稼いでいた。寒さに足踏みしながらL（高架鉄道）の停留所に立っているとき、食肉処理場のにおいが襟巻きみたいにまとわりついてるのが嫌だった。だが、仕事が引けると、インガソルは家畜置き場線に乗ってパッキングタウンからインディアナ通りへ行った。クラブはいまでは、リジー・ルーイの絞り出すようなしわがれた声を聞くために列をなしている金持ちの客で、大入り満員だった。

やがて、スキニーが酔っ払って舞台で転び、手首を折るという出来事があった。楽団は最後の出番を終えるところだったので、演奏を締めくくったが、午前二時に家賃稼ぎの演奏会をすると約束していたので、ドアのところでいい争った。

「ギターなしじゃ、なにも演《や》れねえよ」と太鼓叩きがいった。タバコの最後の一服を吸うと、吸殻をインガソルのほうへはじき飛ばした。「あの白人のガキに頼んでみな」

だれにも頼まれなかったが、インガソルが外套を取ってきて表に出ると、楽団の連中がケーブルカーのそばで待っていたので、いっしょに乗った。みんなおしゃべりをして酒瓶をまわし、インガソルは話を聞き、ラッパ飲みした。やがてニグロの住む界隈の共同住宅に着いた。「こいつはリジーのお供だ」十セントずつ集めていた門番に、太鼓叩きがいった。「白人のガキだが弾ける」

汗のにおいがつんとくる部屋にはいると、家具が壁ぎわに積まれ、絨毯が巻いてあった。台所には豚足とパンの軽食があった。ニグロたちは、ラヂオに合わせて踊っていた。楽団は居間に陣取り、リジーがまずインガソルに音を教えようとしたが、インガソルは聴いた曲はすべて弾けるので、それには及ばないとわかった。インガソルは目を閉じて、場ちがいなのを忘れて弾いた。指は場ちがいではなかった。休憩のときに楽団は帽子をまわして、使用料を主催者に払い、残りを分けた。夜明けに牛乳配達が聖マリア女子修道院の門をあけたとき、インガソルはすぐうしろにつづいていて、四ドルと、ワバッシュの食堂で会ってほしいというデニスという女の子からの付け文を持っていた。スキニー抜きの楽団で、インガソルは八夜、ランタンで演奏し、月末だったので家賃稼ぎの演奏会も二度あった。ギターを弾くときには、リジーの横に立ち、ドレスとシカゴの雪の吹き溜まりみたいな煙を照らすスポットライトには、当たらないようにした。リジーの紅い唇が音階をたわめるのを、じっと見ていた。なぜなら、リジーはブルーズそのものだからだ、と自分にいい聞かせた。溜息のつきかた。歌詞と歌詞を溜息でつなぐ。歌詞のどの一行も、リジーが引きちぎり、ほうり投げているようだった。言葉を噛みしめ、うめき、なにひとつ守らず、遅れたりして、おおらかに歌う。とことんおおらかで、解き放たれていたいというだけの理由で、自分の歌詞を変える。インガソルにはそういうところが欠けていた。この世のなによりも歌うことが得意だというように歌うことができない。インガソルの弾きかたは正確で、融通がきき、音程もしっかりしている。しっかりしすぎているのかもしれない。それに、歯を食いしばって弾いているので、Lに乗って帰るとき、口を大きくあけると、顎の骨がぼきぼき鳴った。

八夜目の出番のあと、インガソルは身をかがめてなにかを拾った。客が投げた十セント玉のように見えたが、そうではなかった。リジー・ルーイのスパンコールをちりばめた青いドレスの腰から身を投げて死んだビーズだった。ぼうっとして立ちあがったとき、彼女と恋に落ちたと気づいた。リジーのスカートがさらさらと音をたてて通っていったドアのほうをちらりと見て、リジーが察していることを知った。

九夜目に、インガソルは自分の気持ちをはっきりといおうと決心した。リジー、愛してる。あんたは三十二でおれは十六だけど、八十六と七十になれば、そんなことはどうでもよくなる。自分が七十になることなど想像もできなかったし、リジーはどうあってもいまのリジーのままで、やわらかな茶色い腕の上のほう、左肩に種痘の痕がある。小さな四角い芝生みたいなそこに、ギターで胼胝のできた指で触りたいと、インガソルは思った。

だが、ランタンへ行くと、男のバリトンみたいなバスーンが聞こえた。リジーの楽団にバスーンはない。なかにはいると、バスーン吹きが、ハーモニカのリードにブラシをかけている背の高い黄色い肌のニグロと話をしていた。インガソルは、そのふたりの横を通って、倉庫でジンの箱を数えているドンを見つけた。

「リジーはどこ？　ザ・ローダウンズは？」インガソルはきいた。自分が肩で息をしているのに気がついた。

ドンが耳に挟んでいた鉛筆を取り、ケースに書いた。

「あたらしい楽団を組んだ。スキニーの手首がよくならないんで、リジーはみんなとセントルイスに出稼ぎにいくことにしたんだ」

「そんな――」

「まったくだ。手伝ってくれてありがとうよ。またバーの裏方だな、坊や。ひと箱運んで――」

だが、インガソルはドアを出て、ケーブルカーのステップに跳び乗り、最後の家賃稼ぎの演奏会があったところへ行った。そのあたりにリジーが住んでいるはずだ。停留所でおりて、駆け出し、じろじろ見ている連中のそばを走り抜けた。だれかに追われているのかと、その連中がインガソルのうしろのほうを見た。酒場からリジーの歌声がこぼれてくるものと思っていたが、珈琲店の窓の向こうで珈琲色の脚を組んでいるのがちらりと見え、足を滑らせてとまると、走ってひきかえし、店のドアをあけた。リジーがいた。

ボックス席に友だちといっしょに座っていたリジーは、インガソルを見ても驚いたふうはなかった。インガソルは息を切らしてふたりの前に立ち、ついに口走った。「あんたは三十二で、おれは十六だけど、八十六と七十になれば、そんなことはどうでもよくなる」

ひどく場ちがいな言葉に聞こえた。頃合いを見て切り出すつもりだったのだ。

女ふたりは、どちらも顔をあげなかった。

リジーの友だちが、メラミン化粧板のテーブルに置かれたカップの脇に、二十五セント玉をぱちんと叩きつけ、ビニールの座面から脚を引きはがし、腰を滑らせて席を出た。「サムとジェイクに、十時だといっといて」というと、離れていった。

リジーが顔をあげた。目の下の肌が赤黒く、疲れたようすだった。薄茶色のワンピースと上着を着て、おなじ色の小さな帽子をかぶり、いつもとはちがって、老けて見えた。インガソルは、リジーがなにかをいうのを待ったが、リジーは目を伏せ、カップの柄を爪で叩いていた。

座ったほうがいいのだろうか？　インガソルは立っていた。

ようやくリジーがいった。「あんたが百まで生きて、あたしが三十二のまま凍っちまっても、あたしが生きた年月《としつき》にあんたは追いつきっこないよ」

「おれは憶えがいい、あんたがそういってくれたじゃないか。憶えてるだろ、チッピー・ヒルの歌で？」

リジーが答えなかったので、インガソルはつづけた。

「セントルイスに連れてってくれよ」

「だめ」

「頼む。おれは――おれはあの楽団と演りたいんだ」

それがいちばんふさわしい台詞に思えた。

「気を悪くしないで。でも、あんたはあの楽団とは演れない。音楽の形がちがうんだよ」

「おれが白人だから？」

「ちがう。それはそうだけど」

「おれが若いから？」

「ちがう。でも若すぎるね」

「おれがじろじろ見られるのを嫌がるから？」

「ちがう。それも困るけど」

「それじゃ、なんだっていうんだ？」

リジーが、くしゃくしゃになったストローの包み紙を取って、指でのばした。ツツツ、ツツツ、ツッツ。ようやくいった。「あんたにゃブルーズがない」

「リジー」インガソルはいった。リジーは人差し指と中指で紙をひっぱりつづけていた。「リジー」インガソルはすこし大きな声でいった。リジーがやっと顔をあげた。「おれはみなしごだ。身寄りはいないし、持ち物はギター・ケースにはいるだけしかない。おれがいなくなっても、だれも気づきやしない」

「そうね」リジーが、やさしい声でいった。「それでも、あんたにはブルーズがない」そして、例ののろのろとした笑みが、顔にひろがった。

「どうすりゃいいんだ？」いらだっていた。ボックス席の上の鏡に、自分の顔が映っていた。真っ赤になっていた。

「まあ」リジーがいい、笑みのカーテンがのろのろと閉まっていった。「愛しているひとを失わなきゃならない。でも、それにはまず愛さないと」

「リジー――」

「うちに帰んな、坊や。帰んな。いいから……帰んな」

聖マリア女子修道院の近くで高架鉄道の階段をおりると、正面のドアに、アンクル・サムがこっちを指差しているポスターがあった。前にも見ているのに、一度もちゃんと見たことがなかった。インガソルはそのドアのほうへ行き、引きあけた。すこしあいたところで、ドアマットにひっかかった。力いっぱいひっぱってドアをあけると、なかにはいった。もちろん、まだ兵役年齢に達していなかったが、孤児なのでそれを証明する書類もない。出てきたときには、アメリカ陸軍のT・インガソル二等兵になっていた。

そして、どこかに、たぶんフランダースの戦場に、ハンカチで包んだ青いビーズが転がっているはずだった。戦争の最初の二週間、インガソルはそれを肌身につけていた。広くなった胸にいくつも勲章をつけて帰還し、うっとりとなったリジー・ルーイを胸にかき抱く。そのときに、神聖な戦争の神聖な記念品として、ビーズを見せるつもりだった。

ビーズは戦場で落とした。でも、命を落としはしなかった。戦友の多くが死んだ。誠実な恋人がいる戦友、愛情深い母親がいる戦友、子供がいる戦友もいた。だが、愛情を注いでくれるものもいないみなしごのインガソルは、ビーズをひとつなくしただけで生き延びた。

幻想も消えてなくなった。戦争から帰ったとき、リジーを探そうとはしなかった。だれも探さなかった。インガソルが戦っているあいだに、メアリ・ユーニス修道女は脳卒中で亡くなった。聖マリア少年孤児院も、門を閉ざしていた。手紙が戻ってきたので、それがわかった。インガソルはその手紙に五ドル札を一枚同封し、子供たちに楽器を買ってあげてほしいと、修道女たちに頼んでいた。インガソルは気持ちを切り替えて、ハムと組み、新しい任務、新しい装備をもらって、あちこちを転々とした。自分たちも含めて、なにもかも取り換えがきいた。

駅舎で汽笛が鳴り、休憩が終わったことを報せた。土嚢積みの労働者たちが皿をまわし、うしろのほうの連中が、すこしだけ残っている食べ物をこそげ取った。男たちはテーブルから離れて、ぼそぼそと話をしながら、立ちあがり、のびをして、向かい風に体を傾け、背中を丸めて堤防へ登っていった。ひとりが足を滑らせ、そばにいたひとりが肘をつかんで立ち直らせた。

インガソルは、労働者たちのあとからホレスを進めて、堤防を登った。堤防のてっぺんから泡立つ水を覗いた。さっき見たときよりも、さらに水嵩が増えているように思えた。リジーの席のそばに立ち、おれがいなくなっても、だれも気づきやしないといったことを思い出した。あれから、たいして変わっていない。おれがこの川に落ちて流されても、だれも気にしないだろう。

まあ、ハムは気にする。新しい相棒を訓練しなければならない。

ハムがだれかを訓練することを考えたとき、行方不明の取締官のことを思い出した。リトルとウィルキンソン。気を散らす音を耳から払いのけようとするみたいに、インガソルは首をふった。リジー・ルーイのことや、長生きしてどうのこうのという馬鹿な話は、ずっと思い出したことがなかった。どうしていまリジーのことを考えているのか？　自分の人生の断片《ピース》をもっとちゃんとつなぎあわせるやりかたが、わかればいいのにと思った。おなじピースをべつの人間に持たせたら、その人間には全体像が見えるのではないか？　インガソルは陸軍でスタンフォード－ビネー式の知能検査を受けた。点数は高かった。それにくわえて、射撃の腕前が優れていて、頭角をあらわした。だが、特定のことで優れているからといって、かならずしも賢いとはいえないということを、インガソルは悟りはじめていた。自分には盲点があるようだった。ひとつは心──喜怒哀楽だ。

「わかった、よし、ホレス」インガソルはそういって、馬首を風上に向け、堤防に沿って進んでいった。「取締官を殺したやつを捕まえて、心機一転だ。ミシシッピ州ホブノブとおさらばする潮時だよ」

その日は、興味をそそられるようなことは、なにも聞かなかった。大がかりな蒸留所が近くで操業されているというような噂はなかった。密造酒取締官ふたりについてのささやきもなかった。ハムに報告するようなことは、なにひとつなかった。食事のあと、インガソルは何時間か眠って、頼んでおいたノックの音で、午後十一時に目を醒ました。ノックのあと、廊下を逃げるように走り去るアイルランド人の小女の足音が聞こえた。インガソルは風呂を浴びて、ホレスに乗り、志願してあった午前零時から夜明けまでの見張りをつとめるために堤防へ行った。

　ハムはよく、おまえは習慣のとりこだとからかう。それは当たっていて、新しい土地に行くたびに、インガソルは型どおりに行動する。まず、髭を剃り、町をぶらぶら歩きまわる。この儀式めいた行動で、見慣れない土地にすこしなじみ、自分もよそ者らしさが薄れる。

　そこで、夜明けに当番が終わると、インガソルはホレスを駆って堤防を下り、いまでは自動車の整備も引き受けている貸し馬屋へ行った。馬を特によく世話してもらうために、ニグロの馬丁に二十五セント玉を握らせ、自分は重い足取りで床屋へ行って、壁ぎわのいちばん最後の椅子に座って、何人かといっしょに順番を待った。客たちが洪水の話をするあいだ、デモクラット・ガゼット紙を顔に載せて、疲れた目を休めた。水位はいまや五十三フィート六インチに達していた。お流れになった買収話について辛辣にいうもの、インガソルについて〝眠ってる北部人〟へのからかいの言葉を吐くものがいた。もちろん、インガソルは眠らずに、耳をそばだてていた。床屋はカンプスという名前の大柄なオランダ人だった。カンプスは水没派で、客もみんなおなじだった。通りの向かいにあるもう一軒の床屋、フィッシャー＆ワースは、居直り派だった。

　剃りたてでライムの香りがする頬が、鋭い風でちくちくし、インガソルは町の広場を偵察した。時計が壊れている町役場がそばにある。いっぽうの角に薬局、もういっぽうの角に勧工場《デパートメント・ストア》がある。三つ目の角には書店と荒物屋があり、最後の角にマクメイアン食堂がある。住民はなんの変わりもないようにふるまおうとしている。老人たちが股に挟んだ杖に寄りかかり、ベンチに座っている。パイプタバコの甘いにおいがする。買い物客は、空を見ないようにして、店先からさっとはいる。だが、レコード屋には洪水大売り出しの張り紙があり、ボウリング場の入口の庇には、浸水による被害がひどいため、追ってお知らせするまで休みますと書いてあった。ほかには、どんな異変があるか？　若者の声が聞こえない。歩道に白墨で描いた輪のなかでビー玉を投げる男の子がいない。乳母車を押している母親がいない。

昼になるとインガソルは食堂で薄切りの燻製牛肉を食べ、こんどばかりは、できるだけ話を聞かないようにした。止まり木のうしろのテーブルで、女が泣いていた。男の子ふたりとバーミンガムに避難するために、まもなく汽車に乗るところらしい。亭主は農場の世話をするために残る。

「これがみんなで食べる最後の食事になるかもしれないわねえ」細君はほとんど泣き叫びそうになっていた。

「シーッ、アルマ。静かにしろ。おれたちはだいじょうぶだ」亭主がいった。「できるだけ早く迎えにいく。あっというまにトウモロコシが房をつけるさ」

インガソルは、皿を押しのけた。

給仕女が――ふた晩前の女ではないが、姉かもしれない――インガソルの皿を取りのけ、堤防の見張りかときいた。インガソルがうなずくと、給仕女はエプロンのポケットから携帯水筒《スキットル》を出して、片方の眉を動かした。インガソルがまたうなずくと、コーヒーにどぼどぼと入れた。インガソルはそれをごくごく飲んでから、外套をはおった。

貸し馬屋では、毛梳き櫛をかけてもらったばかりのホレスが、インガソルの声にふりむいた。インガソルは、鼻革をホレスの顎の下で締め、つぎの任務がどこのどんなものになるにせよ、たぶん自動車を使うことになるだろうが、これほど素直な馬なら、馬でもかまわないと思った。

その午後はハムに会わず、夜にヴァタロット下宿屋で会ったとき、いずれもたいした収穫がなかったことを打ち明けた。数時間眠ってから、午前零時に堤防で、不安と厳しい決意をこめて肩をそびやかし、ふた手に別れた。

夜明けにようやく、インガソルは興味をそそられるようなことを知った。

駅舎の汽笛が長く鳴らされ、労働者たちが堤防から滑ったり跳んだりしながらおりてくるとき、インガソルはそのそばにいた。男たちが群れをなして通りへ向かい、そこを渡って町に向かいかけたとき、ドーナツ売りの屋台が傾ぎながら角を曲がってきて、ひとだかりにぶつかりそうになり、とまった。屋台を押していた男は、〝おまちがいなく！　ブラウン・ボビー謹製無脂ドーナツ！　一ダース二十五セント！〟という文句が描かれた観音開きの扉の蔭になっていた。男たちが不機嫌な顔で屋台の脇を通ろうとしたとき、扉がぱっとあき、売台《カウンター》にブラック・ライトニングのポケット瓶がひと箱置いてあるのが見えた。労働者の群れから大歓声が沸き起こった。「土嚢積み労働者のための特売でございい！」屋台の売り子が叫ぶと、たちまち列ができた。運よく屋台のそばにいた最初のほうの客は、首を曲げて、ポケット瓶の首にかけたドーナツをかじった。

「キャパ！　ジョン・キャパ！　おまえのドーナツをひと口かじらせてくれよ」列の最後のほうのだれかがいった。

「ふん。おれの痩せた黒いケツをかじらせてやるよ」

男たちが大笑いし、インガソルもいっしょに笑い、ポケットから葉巻を出そうとしたとき、だれかがそばにいるのにふと気づいた。

「インガソル」ジェシが、顎をしゃくっていった。「あんたはまだヴァタロットでおねんねして、こないだの晩のおれたちの酒盛りの酔いを冷ましてるのかと思ったぜ」

ジェシは、ふたりがどこに泊っているのかを知っているのだ。「いや」インガソルは答えて、ポケットに手を入れ、胸の凹凸に沿って曲がっている葉巻を出した。雨のおかげで乾燥しないのは、せめてもの慰めだ。情けない恰好に曲がっている葉巻をもう一本出して、ジェシに勧めたが、ジェシが首をふった。

「なにしてるんだ？」ジェシがきいた。

「堤防技師は堤防の監督をするのがあたりまえだとは思わないか？」インガソルは、葉巻をくわえて、マッチをすり、葉巻の先に火を当てた。「しかし、あんたにここで会うとは意外だな」マッチを水溜りに落とし、ジュッという小さな音がした。

「まあな」ジェシが肩をすくめた。「新婚旅行用の間に、アーカデルフィアから来た出っ歯の姉妹がいる」──右手のマクレイン・ホテルのほうを親指で示した。「あまりヒリヒリするといけねえから、十分休ませてやることにしたのさ」ポケットからブラック・ライトニングのポケット瓶を出してぐいと飲み、インガソルに勧めた。

インガソルは息を吸って、受け取り、礼の代わりにうなずいた。

「姉妹に妹がいないかどうか、頼んでみようか？」

「仕事中はいいよ」インガソルはいった。

「好きにしろ」

満足した客が軽やかな足取りでそばを通るのを、ふたりは眺めた。その男は両手に瓶を持ち、左右のドーナツを交互にかじっていた。列に割り込もうとした労働者がいて、揉み合いになって、押しのけられたその男が、きりきり舞いをしてふたりの前でとまった。

インガソルは、ウィスキーをジェシに返した。「このあたりじゃ、禁酒法をあまり気にしていないみたいだな」列にならんでいる労働者百人に売って、どれぐらいの利益が出るだろうかと、すばやく暗算した。

「禁酒法はおれたちのことなんか気にしてねえ」

「このあたりに取締官はいないのか？」

「長居するやつはいねえな」

「どうして？」

「よくわからねえ。このあたりは小物ばかりで、打ち壊す手間をかけるような蒸留所がないからだろう。それとも、おれたちと馬が合わなくて、帰っちまうのかもしれねえ」ウィスキーをひと口飲んだ。「だが、馬が合うやつらもいる。たとえばあんただが、地元の人間とねんごろになってるな」

〝ねんごろになる〟という言葉におかしなふしがあったので、インガソルはジェシのほうをちらりと見た。ジェシはまだウィスキーを買う列のほうを向いていた。と、くるりと体をまわし、インガソルに面と向かった。

「おれの女房やなんかと」

インガソルは顎をあげて、煙を吐き出し、最近の出会いを思い出して、ジェシがなにをいっているのかを考えようとした――ハムが昼食の窓口にいた女をからかい、ソーダ売りが嫌な顔をした――だが、こんなことをいわれる筋合いのものではない。とうとう、インガソルはきいた。「まちがった話を聞いてるんじゃないのか」

「まちがった話？」ジェシの目がぎらりと光った。

「おれはずっと働いてた。どんな女にもちょっかいを出してない、ジェシ」

「ひとの家に馬で来て、女房に赤ん坊をやったのはべつとして、だな」

言葉もなかった。インガソルは、ウィスキーでむせたときみたいに、喉が苦しくなった。ジェシの視線が、インガソルの顔で踊っていた。ドーナツみたいに丸い間抜けな顔で。

「赤ん坊を渡した」インガソルは、かすれた声でいった。「母親が要るから。あんたはいなかったから、話のしようがない」

「いいウィスキーを献立表に鼻から噴いちまったときに、おれにその話をするのが順当じゃねえのか？」

「あのときは、まだわかっていなかった」インガソルはいった。「あんたがどこのだれなのかも知らなかった」

「いまはわかったな。おれがどこのだれだか」

「ああ。わかった」

「忘れるなよ」ジェシが背を向けて、ウィスキーを買う客の列へまっすぐに歩いていった。列が割れてジェシを通し、やがてもとに戻って、インガソルの視界をさえぎり、ジェシを見えなくした。

8

「おまえはあたしの親友」

赤ちゃんにそんなことをいうのは変だったが、ディキシー・クレイはそう口にしていた。赤ちゃんが来てから五日になる。ウィリーは、V字形に大きくひろげたディキシー・クレイの脚のあいだで、アフガン編みの毛布に仰向けに寝ている。ディキシー・クレイが手を高くかざして、指をもぞもぞ動かすと、ウィリーがじっと見て、うっとりとする。そこでディキシー・クレイは、ニワトリの鳴き声をまねてクワックワッという音を出しながら、指を鉤爪のようにしてウィリーの顎に近づけて、くすぐる。「おまえのお砂糖をおくれ」という。「こんなに甘い甘いお砂糖があるじゃないか」ウィリーは我慢できず、両足を胸に引きつけて、うれしそうにハフハフと息を吐く。十回ぐらいやると、もぞもぞ動かしている指を見ないで、そっぽを向くので、飽きたのだとわかり、ディキシー・クレイはウィリーを抱きあげる。そうするとき、いつもウィリーの小さな背中が緊張するので、細い首でつながっている大きな頭を持ちあげるのに苦労するが、やがてタンポポの綿毛をふっと吹くような小さい息をもらして、ウィリーがディキシー・クレイの肩に頭をごつんと当てる。ディキシー・クレイは、ウィリーからいろいろなことを学んでいた。ウィリーはいろいろなことを教えてくれる。すばらしいと思った。ひとことも言葉を交わさないのに。

そのうちにウィリーに食べさせる時間になり、それもアフガン編みの毛布の上でやる。もう毛布を洗わなければならない。シアーズの型録で子供用の椅子を注文したいと思った。シアーズの型録には、注文したい赤ちゃん用品がいっぱい載っていた。お金はある。いや、ジェシのお金だけど、あたしが稼いだお金でもある。ディキシー・クレイの頭のなかには、いくつも部屋があったが、そのうちのひと部屋は、ウィリーのために飾り付けをしているので、危険な部屋だった。その部屋にジェシはいない。

ウィリーが食べ終えると、ディキシー・クレイはミルクを用意して、ベランダに連れていく。跳ね歩きをはじめ、下は見ない。見なくても、取締官のラッキーストライクの箱に当たらなかった弾丸で床板に十セント玉の大きさの穴があいているところを過ぎたとわかる。ほんとうにあの取締官たちが、どこか遠いところで姿を現わしてくれるといいんだけど。その朝、それがディキシー・クレイが口にした二度目の言葉で、自分でもびっくりした。ジェイコブが死んでからずっと、神さまに話しかけたことは一度もなかった。葬式のあと、借りた服を返そうとして厨房へ行ったときに、ヴアタロット夫人がこういうのが聞こえたからだ。「あの子が洗礼を受けていなくて天国へ行けないなんて、ひどいわねえ」あのときは、その言葉の見せかけも含みも裏も、よく呑み込めなかったが、その後、何度となく思い返した。結構よ、あたしの赤ちゃんが天国へ行けないのなら、あたしも行かない。ジェイコブがいない天国なんて、天国じゃない。あたしはジェイコブといっしょに下のほうにいる。

祈るのはやめる、と誓った。お祈りが習慣になっていたので、最初は難しかったが、口をつぐむたびに、つらい思いが流れ出すのをすこしずつとめた。しかし、ウィリーがいるいまは、あふれる思いをとめることができなくなった。それに、もうとめてはいけないとわかっていた。ありがとうありがとうありがとうありがとう。神さま。

マツの長い影が、指のようにベランダにのびてくると、肩で顔をくっつけておとなしくしているウィリーといっしょに、水びたしの地面から這い出してきたミミズを踏まないようにしながら、ディキシー・クレイはマツ林を抜けた。郵便箱を見たが、なにも来ていなかった。なぜなにかが届くと思っていたのだろう？　例父親からの毎週の手紙は、きのう届いたばかりだ。ディキシー・クレイは郵便箱の蓋をばたんと閉めた。あたしにはウィリーがいる。ほしいものがすべてである。ベランダの揺り椅子に深く座って、蒸留所へ行けるように真っ暗になるのを待った。眠っていても起きていても、ウィリーはあそこでいい相棒だ。

のカウボーイが、亡霊のように思念《おもい》をよぎり、ディキシー・クレイは郵便箱の蓋をばたんと閉めた。

相棒がいたことは一度あったが、そのときはうまくいかなかった。

二年前、ジェイコブが死んですぐだった。きっぱりとした気持ちで密造を再開した。ある夜明け、ジェシが蒸留所のドアをあけ、きついにおいと、泡立っている液体の振動に顔をしかめた。

「表はめっぽう明るいぞ」ジェシは箱のほうへ行って、跳ねあげ蓋をあけ、広口瓶を一本出して、密造ウィスキーを透かし見てから、棺桶みたいな箱に戻した。しらふで、いらいらしていた。ディキシー・クレイは不安になった。熱を入れているマッシュの蓋をジェシがあけ、蒸気をまともに顔に食らった、咳き込み、蓋をバタンと閉めた。

ジェシが、空の広口瓶をわしづかみにして、蛇管を通って最後の工程を終えようとしているウィスキーの蛇口へ行った。そこで味見してから、蕎麦ふすま粉の樽のほうへ身を乗り出し、柄杓いっぱいにすくった。それをマッシュに投げ込もうとしたとき、ディキシー・クレイが悲鳴をあげた。「待って!」

「なんだと?」ジェシが、マッシュの上に柄杓をかざして立ちはだかった。

「もう入れた」

「酵母は?」

「うん、それも入れた」あたりまえじゃないの、といいたかった。ふたりは悪意をこめてにらみ合った。日曜日に教会へ行ったあと、父親が台所を覗いてまわったときのことを思い出した。「料理人が多いと出汁《だし》がだめになる」と母親がいい、父親を追い出した。出ていくときに、父親はたいがい母親のやわらかい肉をつねったり、いやらしくお尻をなでたり、その両方をやったりした。「もう、やめて」母親は怒ったようにいうが、肉汁《グレイヴィー》のとろみを浮化させながら笑っていた。

ジェシは、すくったふすま粉を樽に戻し、向き直って樽に寄りかかった。「調合を変える」

「えっ? なんで?」ディキシー・クレイは、編んだ髪のもつれを目から払いのけた。「文句が出たの?」

「いや、そういうことじゃねえんだ。逆だ。忙しい。尻尾の短い牛がハエを追い払えねえみてえに」

「それじゃ、なにがいけないの?」

「注文に追いつかねえんだよ。だから、トウモロコシから、砂糖だけに切り替える。製造を倍にする。ワシントン郡じゃ、みんなもうそうしてるんだ」

「だけど、ガー（淡水魚）の出汁みたいに苦くなる」

「ディキシー・クレイ」ジェシがそういって、息を吐き出した。「口答えするんじゃねえ。おれがくたびれてるのが、わからねえのか？」

新しいピンクの背広を着ているにもかかわらず、たしかに疲れた顔だった。緑や青の服のほうが、頬の赤みが落ち着いて見えるし、どちらかの目が際立つのだが、ピンクや黄色の上下を好むのは、アル・カポネがそういう色が好きだというのを、どこかで読んだからだった。カポネは輪胴式拳銃《リヴォルヴァー》用に背広の右ポケットを補強してあると、感嘆したようにいったことがある。

ディキシー・クレイは口を引き結び、ウィスキーを漉しつづけた。

ジェシがなおもいった。「これからは砂糖だけを使う。発酵には一週間かけず、三日ですます。それに精製のやりすぎもやめる」ディキシー・クレイの濾過器を指差した。

ディキシー・クレイは、なおも濾した。

「もうひとつ。手伝いを用意した」

それを聞いて、ディキシー・クレイは顔をあげた。

「手伝い？」

「ムーキーおじさんに来てもらうよう頼んだ。あした着くはずだ。そのほうが仕事が早くできる」ジェシが、寄りかかっていた樽を押して離れ、掌を打ち合わせて、ふすまの細かい粉を床に落とした。

「ムーキーおじさん？　ルイジアナの？　でも――気が変だっていわなかった？」

「そのとおり。だが、いっしょに働くのは楽だ。おれのいうことは、なんでもやる。なんでもだ」ジェシが、蒸留所のドアをあけた。

「ジェシ――」だが、ジェシは行ってしまった。ドアを思い切り閉めたので、飛行機から見つからないようにトタン屋根に縦横にかぶせてある柳の枝が、船べりから錨鎖《びょうさ》をおろすようなけたたましい音をたてて滑り落ちた。

　ムーキーは、ほんとうはジェシのおじではなかった。ムーキーとバールの双子は、コンコーディア郡でジェシの父親ジュリアスのとなりに住んでいた。三人はいっしょに学校へ行き、西部戦線でアメリカの海外遠征部隊の第一陣をつとめた米陸軍第一師団の歩兵としてともに出征した。それに、おたがいの母親に、おたがいの面倒をみると約束していた。

　だが、ジェシがディキシー・クレイにいろいろな話をしたころに語ったところによると、ジュリアス、ムーキー、バールはフランスへ行ったものの、ルイジアナに一週間帰ったことが、三人に悲運をもたらした。一九一八年春で、ドイツ軍はすでに衰えかけていた。ベローの森に駐屯していた三人のもとへ、電報が届いた。父親がいずれもスペイン風邪にかかったという。息子三人は休暇をとり、急いで帰国した。ニューオーリンズに到着したときには、父親ふたりは死んでいた。毒ガスを吸って肺を痛めていたジュリアスも、流感にかかった。ジュリアスは、総合病院の医師の診察を受けるために、かつて訓練を受けたルイジアナ州ボーリガード駐屯地に搬送された。到着すると同時に、駐屯地は隔離された。ジュリアスは、アメリカの土を踏んでから一日とたたないうちに死んだ。十代だったジェシは、父親に二年会っておらず、小さな剣の葉《グラジオラス》がその名のごとく尖り立っている棺桶にはいった父親と対面した。

　ムーキーとバールは、流感にはかからなかった。父親、ジュリアスの父親、ジュリアスの葬儀に、つづいて参列し、墓掘り人がすべての死者の穴を掘ることができないので、墓穴を掘るのを手伝った。五日後には、前線に戻る支度ができた。ニューオーリンズの停車場で、ムーキーがジュリアスの遺品の拳銃着装帯《サム・ブラウン・ベルト》を締め、兄弟は雑嚢をかついで、母親にキスをした。母親は顔をハンカチで覆って泣いていた。汽車ががたごととホームにはいってきて、汽笛を鳴らしたとき、ムーキーが卒倒した。一見どこも悪くなさそうなのに、意識を失っていた。バールに助け起こされて意識が戻ったとき、まったく口がきけなくなっていた。口を言葉の形にすることすらできない。口は息をして、ものを食べるときだけに使われるだけで、ほかの機能はまったく失われたようだった。頭もおかしくなっていたようだった。馬鹿になった、と周囲はささやいた。ムーキーは、陸軍の軍医の診察を受け、戦争神経症と診断された。半年間の休暇をとり、駐屯地周辺の森での野外活動をするようにいうのが、軍医の下した治療法だった。

バールはエーヌの攻勢にくわわるべく前線に戻ったが、最初の晩に食堂で、兵隊数人がムーキーは前線に送り返されないように仮病をよそおったのだといっているのを耳にした。

「おれが聞いた話じゃ」と、ジェシは語った。ふたりはベッドで身を起こし、ディキシー・クレイはジェシの胸にもたれていた。新婚一年目だった。一年目の一カ月目だったにちがいない。夜のいとなみでもつれたディキシー・クレイの巻き毛を、ジェシが手でほぐし、ひっかかると指をひろげてもつれを解いていた。「バールはそいつらのテーブルに身を乗り出していった。〝おれのきょうだいをもう一度腰ぬけ呼ばわりしたら、舌を切り落としてやる〟。そいつらは顔を見合わせ、静かになったが、やがてニューヨーク州北部のオリスっていう、美男のでかい荒くれが、腕組みをして見あげ、〝腰ぬけ〟っていった。そこで、バールはいったとおりのことをやった」

ジェシは笑ったが、ディキシー・クレイは笑わなかった。部屋が寒くなっていたので、シーツを引きあげた。「バールはどうなったの？」

ジェシはまだにやにや笑っていた。「アンゴラでその日暮らしだ」

「アンゴラ？　なにいってんのよ、ジェシ」

「あのな、舌の事件で除隊させられたあと、バールはよくいうように、市民生活に順応できなくなったんだよ」

「それで、ムーキーは？　ムーキーはどうなったの？」

「ムーキーおじさんはボーリガード駐屯地にずっといた。ひとことも口をきかなかった。保養慰労休暇が終わった日に、箒を持って、それから夜勤の用務員として働きはじめた。ずっと駐屯地にいた」

ジェシにべつの夜の掃除を頼まれて、呼ばれるまでは、ということだ。

つぎの晩、ディキシー・クレイが蒸留所へ行くと、ムーキーが二十歩離れた木の蔭からすっと現われた。ジェシに人相風体を聞いていたので、すぐにわかった。

「禿げで、肥ってて、白い。森のなかで倒れた木を持ちあげると、その下でもぞもぞしてるやつに似てる」脇が窮屈になっているデニムのつなぎを着て、ボタンのあいだから三角形に白い肉が見えていた。太鼓腹を覆うために、胸当てが下に垂れていた。

「もしもし」ディキシー・クレイはいった。

ムーキーは、なんのしぐさもしなかった。頭を垂れ、てかてかの脳天で月光がぎらりと輝いた。

「あの……ムーキー……おじさん？」ディキシー・クレイはひと呼吸置き、鍵を握りしめてドアに向かい、ふりかえらずに掛け金をはずすと、急いでランタンをつけた。

ムーキーが、つづいてはいってきた。ジェシに指図を受けていたにちがいない。すぐに五十ポンドの砂糖袋を背負いはじめた。ディキシー・クレイがやるときは、そうはいかない。手押し車に袋の端を載せて、べつの端を苦労して持ちあげなければならない。ムーキーは、広口瓶の箱も積んで一度に四箱運んだ。ウィスキーを広口瓶に入れるときには、段ボール箱から一本出して、ディキシー・クレイが前の一本の縁まで注いだところで渡し、反対の手で受け取った瓶からは一滴もこぼさない。ふたりで働くと手ぎわよくて早かったが、ディキシー・クレイは不安だった。ムーキーはぜったいに目を合わせない。下を向いているときには、じっと見られているのを感じるが、顔をあげると、ムーキーはうつろな目で壁を見つめている。夜明け近くに、リスが一匹、大きな音をたててトタン屋根に跳びおりると、ディキシー・クレイはびっくりして、蓋をしていない広口瓶のウィスキーをこぼした。ディキシー・クレイが雑巾を取る前に、ムーキーがつなぎからバンダナを出して拭いた。

ドアの下から細い光がのびてきたときにはほっとした。ディキシー・クレイは立ちあがり、のびをした。

「さてと、寝る時間ね」

ムーキーが、ディキシー・クレイが吊るしてある箒二本のほうへ行った。サトウキビ箒と、柄に塵取りが吸盤でつけてある合成樹脂製の新しい箒。ムーキーはサトウキビ箒とでこぼこのブリキの塵取りを持った。

「いいのに」ディキシー・クレイはいった。

ムーキーは顔を伏せて立った。

「疲れているはずだから」

だが、ムーキーはそのまま掃きはじめた。箒が小さな埃の雲を起こすのを見てから、ディキシー・クレイは向きを変え、夜明けのなかに出ていった。

その晩、ディキシー・クレイが、ハムを焼いて、アプリコットを添えた食事を出すと、ジェシがいった。

「ムーキーおじさんにも用意してやれ。これから蒸留所に泊る」

「ジェシ」ディキシー・クレイはいった。「やめて。あのひと、気味が悪いの。ひとりで働きたい。お願い、ジェシ、あたし——」

「いいかげんにしろ、ディキシー・クレイ。あいつは家族なんだ」

そんなにだいじな家族なら、どうして蒸留所に泊めるのよ、とディキシー・クレイはいいたかった。だが、そうはいわずに、ひとつ息を吸った。「もっとすくないウィスキーで、もっとお金を稼ぐやりかたを考えているんだけど。もしも――」

「もっと金を稼ぐんなら、もっといっぱいウィスキーを造ればいい。それに、相棒がいると、どこかでしゃべらないともかぎらねえっていったのは、おまえだぞ。だから、口がきけねえやつを見つけたんだ」ジェシが鉢からリンゴを取り、かじりながら台所の自在扉をあとずさって抜け、居間からどなった。「早く食いもんをこしらえてやれ」ディキシー・クレイはハムを切って、楊枝を刺したアプリコット、デヴィルド・エッグ、馬鈴薯のサラダをいっぱい盛った。

蒸留所の戸口で、ディキシー・クレイは山盛りの皿をムーキーのほうに差し出した。ムーキーが皿を受け取り、壁に背中をつけたままずるずるとしゃがんで食べた――犬みたいだと、ディキシー・クレイは思いかけたが――だが、じっさいは、ディキシー・クレイがナプキンを持ってくるのを忘れていたのに、ムーキーはバンダナをナプキンにして上品に食べた。杭垣の形に楊枝が残っているだけで、なにもなくなるまで、ディキシー・クレイは腕組みをして待ったが、ムーキーは立ちあがって、瞬いている蛍のなかを支流のほうへ歩いていって、皿を洗い、拭いてから、ディキシー・クレイに返した。

その晩もおなじだった――口がきけないのがうつったみたいに、なにもしゃべらなかった。もちろん、ディキシー・クレイはふだんも無言で蒸留していたが、ムーキーがいると黙っているのが気づまりだった。なにかをいったとき、どのくらいわかるのだろうか？ディキシー・クレイが考え込んでいるあいだも、ふたりは肩をならべてきぱきと働き、トウモロコシ蒔きどきの月（五月の満月のこと）がトタン屋根の上を過ぎていった。ムーキーは巨体で、蒸留所の小屋は狭いのに、ディキシー・クレイの邪魔になることは一度もなかった。拳闘士か舞踏家みたいに、軽やかな足どりで動いた。

夜明けごろ、めったに来ないジェシがまた蒸留所に来た。帰ってきたばかりなのだろうと、ディキシー・クレイは憶測した。ドアをあけたジェシが、ランタンに照らされているきちんと片付いた工場を、目をしばたたいて眺めた。ムーキーの持ち物は、きつく巻いた寝袋と広口瓶に立てた歯ブラシだけだった。

「おや、おや、たまげた」ジェシがいった。「おまえたちふたりは、まるでこびとの靴屋だな。童話にあるだろう。靴屋が眠ってるあいだに靴をこしらえる妖精だよ。まあ、なんでもいいが」ディキシー・クレイは、いっぱいになった箱をジェシが数えるのを見守った。天井まで二列半、積みあげてある。ジェシがにんまりと笑った。「まいったな、ディキシー・クレイ。もう休んでいいぞ。うちまで送ってってやるよ」ディキシー・クレイが手を入れられるように、肘を曲げて突き出した。

ふたりが離れてゆくときに、サトウキビ箒が床を掃く音が聞こえた。合成樹脂製の箒よりも心地よい音だと、ディキシー・クレイは思った。木の柄は指の形にくぼんで、握りやすい。

三晩目もおなじだった。黙然と密造酒造りにはげんだ。

四晩目——ディキシー・クレイは、ムーキーの夕食を持ち、片手でドアをあけた。ランタンがついていなくて、欠けた月の低い蒼白い光を肩ごしに浴びて、広口瓶に自分のウィスキーを注ぎながらしゃがんでいたムーキーが立ちあがるのが見えた。ムーキーが蛇口をあけっぱなしにして、顔に涙を流し、よろよろと近づいてきた。涙にびっくりしたディキシー・クレイは、あとずさらなかったが、ムーキーが迫ってくるのに気づいた。ディキシー・クレイは皿を落とし、向きを変えて逃げようとしたが、ムーキーのほうがすばやく、両手をのばして腰から背中にまわした。ムーキーが顔をディキシー・クレイの首に押しつけ、生温かい涙と絞り出されるような熱い息が感じられた。分厚い唇がディキシー・クレイの肌の上でぶるぶるふるえた。ディキシー・クレイが悲鳴をあげると、ムーキーが顔を起こしたので、ディキシー・クレイはムーキーの顎に肘鉄を食らわした。ムーキーが腕を下げたので、ディキシー・クレイはさっと向きを変えて、家のほうへ駆けていった。

息を切らして家にはいり、ジェシになにがあったかときかれたので、一部始終を話した。

こんどはジェシが黙り込む番だった。襟からナプキンをむしり取り、銃架へ行って、ウィンチェスター銃を取ると、細道を走っていった。ディキシー・クレイは急に心配になって、跳びはねるようにあとを追い、軽はずみなことはしないで、あのひとは家族なんだから、馬鹿だし、酔っ払っていただけだと、ジェシをとめようとした。蒸留所が見えるところまで行くと、ディキシー・クレイはジェシの肘にすがりついた。ジェシが体をまわして、ウィンチェスター銃を持ちあげ、床尾でディキシー・クレイの肩を突いた。うしろによろけたディキシー・クレイは、尻もちをついて、尾骶骨をしたたかに打った。ジェシがドアを引きあけたが、もぬけの殻だった。ムーキーは逃げていた。ジェシがなかを横切って、ゴトゴト棒からなにかを取った。

「これを見たか？」ジェシがいった。

ディキシー・クレイは、膝をついて這いながら見た。ジェシが差しあげていた広口瓶には、ベランダのそばにあるディキシー・クレイの花壇でピンクの血管のような模様の花を咲かせていたダマスクローズが、何本もつっこんであった。「だからあいつは、コンコーディア郡でいかれた《クーキー》ムーキーと呼ばれてたんだ」ジェシが、瓶を持ちあげて、本塁に盗塁しようとした走者を刺す投手みたいに、壁に投げつけた。瓶が割れて破片が飛び、ひびのはいった単眼鏡みたいな厚い底が、くるくると飛んできたのを、ジェシが蹴飛ばした。それから、くるりと向きを変えて、トネリコの木につかまってのろのろと起きあがっていたディキシー・クレイのそばを、大股に通り過ぎた。ジェシの声が、尾根を越えてきた。「亭主持ちの女にその女のバラでいい寄るとは、あきれたな」

ディキシー・クレイはサトウキビ箒を釘から取り、皿とミートローフとサヤインゲンと広口瓶の破片とバラを掃き集めるしかなかった。それから、箒を壁に立てかけて、まんなかを蹴って折り、火にくべた。

家に帰ると、ジェシはいなくなっていた。ディキシー・クレイは、流れ込むようにベッドにはいった。翌日はずっと、尾骶骨と肩が痣になっていたので、横向きに寝ていた。鎖骨が折れていないようなのは、運がよかったと見なし、それを幸運と見ていることに苦笑した。ジェシはずっと留守だったので、ムーキーが、ジェシにつかまらずに逃げて、倒れた木の下でもぞもぞしているやつに似ているとジェシがいったとおり、森に隠れるか、ボーリガード駐屯地にたどり着いたことを祈った。

翌日、ふたつ折りにした毛布を鞍に敷いておそるおそる座り、チェスターで町へ行った。線路の枕木をまたぐときに揺さぶられ、歯を食いしばった。文房具屋の店員はもっと派手なものを勧めようとしたが、ディキシー・クレイが譲らなかったので、だいぶ不服そうだった。金曜日にまた行って（ジェシの姿はまだ見ていなかった）、レッテルを受け取った。灰色に黒の縁取りがあり、まんなかに小さな黒い稲妻が描かれていた。荒物屋にも寄って、注文しておいた肩が高いガラス瓶八箱を受け取った。代金は、オート麦の罐に詰め込んであった十ドル札や二十ドル札を抜いて、それで払った。計画がうまくいけば返せる。だめだったら、そのときはあとで考えればいい。

家に帰り、小麦粉を水で溶いて、鶏の胸肉にパン粉をふりかけるみたいに、レッテルにふりかけて、瓶に貼ったレッテルをならし、押して空気を抜いた。ぜんぶの瓶にレッテルを貼った。瓶にウィスキーを入れて栓をして、客が来るのを待った。客が来ると——州下院議員のロン・シャップだった——瓶を見せて、泡で濃さがわかるようにふった。気泡が小さく、なかなか消えない。栓を抜いて、切り子のグラスに指一本分注いだ。シャップがしかめっ面にならないで一気に飲み干し、灰色の頬髭へ流れたのを指で受けとめてなめるのを、ディキシー・クレイは見ていた。「こうしよう」椅子にそっくりかえったシャップが、赤いズボン吊りの下を親指でこすった。「じきに選挙だ。あんたのところにあるだけもらう」

「ありったけ買うお金はないと思うけど」ディキシー・クレイはいった。

シャップが笑い、眼鏡の上からディキシー・クレイのほうを見た。「いってみろ」

「一本四ドル五十セント」

「四ドル五十セントだと？」

「安すぎる？」ディキシー・クレイは小首をかしげて、指で頬を叩いた。「五ドルにすればよかったかな」

「ヘイズ船長のところで一本一ドルで買えるのを知らんのか？」

「知ってるよ。だけど、ヘイズが変性アルコールで原酒を薄め、神さまが石鹸を発明してからずっと洗ってないバスタブで混ぜてるのを、知らないの？ 飲んだら、目が見えなくなるか、死ぬか、それともその両方よ。たった一ドルで買ったせいでね」

「いいかげんにしろよ、奥さん」

ディキシー・クレイは、口と瓶の両方に栓をした。

シャップが、口調を和らげた。「ジェシにそうふっかけろといわれたのか？　なかをとろうじゃないか。ここだけの話で。二ドルでどうだ？　一週間ずっと活動写真を見にいけるぞ。そのきれいな巻き毛用のカーラーも買える」

「一本四ドル五十セント。あんたが買わないんなら、ライト・トーマスが」――トーマスは対立候補だ――「買うだろうね」

ロン・シャップが口ごもっていると、ディキシー・クレイはウィスキーを箱に戻して、立ちあがった。「再選されるといいね」

シャップがズボン吊りをパチンと鳴らし、どたどたと貨物自動車のほうへ歩いていった。運転手が後あおりをおろして待っていた。シャップがタイヤを蹴って助手席に乗ってドアをバタンと閉め、こんどはおりてドアをバタンと閉めてからまたタイヤを蹴り、拳を空に突きあげ、ふりおろすのが、硝子ごしに見えた。

「ライト・トーマスのくそったれめ！」やがてベランダの階段を登ってきて、八箱ぜんぶを買った。

そして、再選された。

その日から、ディキシー・クレイは一回の生産量を減らし、べらぼうな高値ではないが、言い値で売った。ジェシは二度と、調合を変えろとか、相棒を使えとか、せっつくことはなかった。ブラック・ライトニングはきわめて有名になり、金に糸目をつけていないことを自慢するために、結婚式や大会やKKK団の集会の招待状に、黒い稲妻の印が描かれることもあった。

ムーキーおじさんはどうしたかというと、二度と姿を見ることはなく、話にも出なかったが、ディキシー・クレイはよく彼のことを考えた。それに、この三年のあいだに、ムーキーの態度と自分の態度について、ちがう見かたをするようになっていた。ディキシー・クレイはもう、かつての誇り高き少女ではなく、マツの茂る森林地帯きっての美女でもなかった。ひとびとがいったような、いちばんの美男と婚約した少女でもなかった。ジェシのきれいな面しか知らないで結婚したのだと、いまでは悟っていた。本ばかり読んでいたせいで、あとの面については素朴に思い込んでいたのだ。

だが、ディキシー・クレイは、その報いを受けた。一生報いを受けつづけるだろう。それに、孤独はいい勉強になり、すこし頭がよくなった。だから、いまはムーキーのことを考えるとき、おかしなところの奥を見通して、友だちになる方法を見つけていたら、どんなによかっただろうと思う。あんなに怖がらず、もっと大人で、賢く、やさしければよかった。ありがとう、バラをありがとう、といえればよかった。

9

ハムがシャワーから出てくるのを待つあいだ、インガソルはひざまずき、昨夜にハムがヴァタロット夫人の長尺絨毯につけた泥の乾いたのを拾った。当番が終わってようやく帰るときにジェシとばったり会ったあと、ハムはまだ帰っていなかった。ドアに但し書きが留めてあった。〝あすの果物サラダがいかなるものでもバナナはございません！　スタンリー・R・ヴァタロット夫人〟。最初の朝にバナナを食べたのがだれで、きのう朝食を食べそびれたときにも鉢のバナナを平らげたのがだれかを、夫人が見抜いていなかったとしても、ブーツの足跡の主はわかるにちがいない。左よりも右のほうが小さな足跡が、ハムの部屋までつづいている。

インガソルは、泥のかけらを拾いながら、ドーナッツの屋台のそばでジェシが〝おれの女房〟といったことを思い出した。あの晩、レストランで、聞き逃したのだろうか？　ジェシは話のどこかで女房の名前をいったただろうか？　いや、あんな名前を聞き逃すはずはない。ディキシー・クレイ。そもそも、ジェシは女房がいるようなことをいっただろうか？　思い出せなかった。ひどく酔っ払っていて、憶えていない。しかも、酔っ払ったのは、あの女を忘れたかったからなのに、たまたまその女と寝床をともにしている男が、目の前にいた。ちくしょう。胸が悪くなった。ジュニアを連れて町に着くとすぐに、店に寄って、赤ん坊を引き取ってくれる家族はいないかときくと、店の女が、ディキシー・クレイがいいと教え、結婚しているといった。ディキシー・クレイが結婚している男は、酒場の主、大物のペテン師で、おそらく密造酒の売人だし、ことによると殺人犯かもしれないということが、頭から抜け落ちていた。くそ、くそ、くそ、くそ。

面目ないことをしてしまったが、人妻に手を出してはいないし、これからもそんなことはやらない。

ハムが、腰にタオルを巻いて廊下をやってきた。麦酒の樽みたいな巨大な胸が、ごしごしこすったために赤く、胸毛がねじれた模様をこしらえていた。「偉いな、イング」インガソルの横を通りながら、ハムがいった。「けさこの泥を見て思ったんだ。くそ、大理石の床の猫の糞みたいに目立つってな」くすくす笑って、部屋にはいっていった。「すぐに話をしよう」

堤防の巡回でほとんど収穫がなかったのをハムに話すのに、インガソルは乗り気ではなかった。新しい歌を憶えていた。

堤防で働いてるんだ、ママ、夜も昼も
水が出ないように、一所懸命働いてるんだ

意地悪なおんぼろ堤防に泣かされ、うめいてるんだ
いとしい彼女や愉しい家をあとにして

インガソルは、ジェシの蒸留所で造られたサルサパリラ風味のうまいウィスキーを味見し、ホレスにずっと乗っているせいで鞍ずれができ、塹壕足が再発しかけているが、それだけだった。

ハムがもっといい働きをしてくれたことを、期待するしかない。インガソルが空振りの三振でも、ハムがうまくやることがある。その逆もある。だからこそ、有能な二人組なのだ。ハムは、ずる賢く、おどけ、愛想をふりまいて、茶化しながら相手の秘密を聞き出す。インガソルは姿を見えにくくして秘密を知る。一本の槲《オーク》みたいに森に溶け込み、オークに耳があるのを忘れさせる。ふたりいっしょに、べつべつに動きながらいっしょに、腐ったリンゴを見つけ、腐ったリンゴのなかの腐ったウジムシを見つける。そしてまたあらたな仕事に取りかかる。新聞記者が写真機やフラッシュを用意して駆けつけるころには、ふたりはプルマン寝台車に乗って何マイルも彼方にいて、地元の密造酒取締官の顔写真と斧が樽板に食い込んでいる写真が新聞に載る。大団円を逃したことにハムがぶつぶつ文句をいい、窓硝子に畝織《うねおり》のようなトウモロコシ畑に重なって淡く映っている自分の横顔を見つめる。「いつだって記者たちが来る前に、おれを町から追い出そうとするのさ」——そういいながら、打ち壊した蒸留所から持ってきた記念の一本をふくれっ面でぐいと飲む。「どうしてかっていうと、ねたんでやがるのさ。そういうこと。ウィスキーを嗅ぎつける猟犬の鼻がうらやましいだけじゃなくて、このおぐしと頬髭がうらやましいのさ。ミス・タルサに、八月の夜明けっていわれたっけ」

インガソルは、顔に帽子をかぶせ、座席の布カバーに頭をもたせかけてつぶやく。「そうだな、ハム。な

んでもいいさ。ちょっと眠ろうぜ」

「頭にくるじゃねえか。酒場禁止と女性解放を唱えてるご婦人がたが、感謝のあまりご自分のをご解放して、おれにすりすりしてくれたはずだと思うと」

「わけのわからないことをいうなよ、ハム。黙れ。いいな？　黙って眠ろうぜ」

そしてまたべつの土地へ行く。ところは変わっても、やることはおなじだ。じつのところ、いいウィスキーをだめにするのは惜しい。ほかのだれかが、また一から造り直さなければならない。それに、取締官は自分たちが刑務所に送り込む連中よりも悪いことをしていると、もっぱらの評判だ。インガソルは、賄賂を断る取締官には、一度もお目にかかったことがない――ハムだけはべつだ。自分たちは買収されないことを誇っている。まったく。賄賂を受け取れば金持ちになれるのに。それがどうした。どうせ稼いだ金を使うひまもないのに。

戦後、自分にうってつけの仕事は、密造酒取締しかなかったような気がする。休戦になり、インガソルは英国船カルパチア号でアメリカに送り返された。かつてタイタニック号の生存者を救いあげた船だ。航海のあいだ、インガソルは乗組員とブラックジャックをやり、一九一二年当時に乗り組んでいたものたちから、救助の物語を聞いた――数日後にニュージャージー州ホーボーケンに上陸した。孤児院に戻る？　だめだ。復学して、母親の膝から離れたばかりで、訳知り顔で眼鏡をかけ、ミルクセーキのにおいのゲップをするガキどもといっしょに学ぶのか？　ありえない。悪臭の漂う肉缶詰工場に戻るのか？　だめだ、塹壕とおなじくらいひどいにおいだし、そういう工場では罷業《ストライキ》が起きそうだと、新聞に書いてあった。では、おれにはどういう技倆があるだろう？

ふむふむ。一度聴いたブルーズの歌は、そのままねることができるが、五秒以内にガスマスクをつけて、一分で八インチの的に距離三百ヤードから速射で九発を金的に命中させることもできる。しかも、ライフル銃の五発入り弾倉を交換する時間もふくめてだ。ほかには？　塹壕にこもり、敵味方の中間地帯を見張り、水がなくなって、ビーカー一杯分の砂を飲まされたみたいに喉がからからに渇く。そんなとき、戦友のクリストファー・タッフォが小隊全員の水筒を持ち、川へ水を汲みにいった。全力で駆け戻るとき、太腿に当たって水筒が跳ねた。フランス軍支給の水筒一本がぴかぴかで、太陽の光を反射し、狙撃兵の目に留まった。クリスは塹壕の二百ヤード手前で撃たれ、案山子みたいに踊ってから、鉄条網にひっかかり、案山子みたいにぶらさがった。暗くなるまで待たなければならない。そうして待つのも技倆のひとつだろうか。クリスが何時間も呼びつづけた。「助けにきてくれ、みんな。おれが水を取ってきた。ここに水がある」クリスのところへ走っていって、鉄条網から体を引き離し、ベルトでクリスを背負い、水筒を持って、タコ壺にひきかえす。クリスはそこでインガソルの膝の上で、きれいな水をたっぷり飲みながら失血死した。そういうことなら知っている。嫌というほど経験してきた。

そんなわけで、ニューヨークに着いたインガソルは、あちこちのブルーズ・クラブをうろついて、なにかが起きるのを待った。そこへハムが登場した。それから、どういうわけか十年近く、密造酒取締の仕事をいっしょにやっている。新聞に載らないように気を配ってはいたが、去年、プロテスタントの聖職者でKKK団員でもある最悪の犯罪者ボビー・ゲイト牧師を相手にまわしたときには、危険を承知で正体を明かした。KKK団はゆるぎない禁酒主義者だが、ゲイトはインディアナ州で最大の密売業者だった。あらゆることを見てきたつもりのハムとインガソルにとっても、この三位一体は驚きだった。ゲイトはふたりが宗旨替えを望んでいると思い、実戦経験があると知ると、自分の教会とKKK団に引き込もうとした。軍服を着たままの有色人種の歩兵を私刑《リンチ》にかけたと、ゲイトは自慢した。これにまさるものがあるか！　まだ軍服を着ていた！派手な勲章をいっぱいつけて！　ゲイツは耳障りな笑い声をあげた。米兵の軍服を着たニガーめ、銃を渡すのを拒んだ！

ハムとインガソルは、あまり打ち合わせをしなかったが、翌日は日曜日で、朝早く起きて、家の裏の森で独り切り株に立ち、説教の練習をしていたゲイツを見つけた。蒸留所の労働者たちの名前を、ゲイツはいおうとしなかった。私刑に手を貸した連中だ。インガソルとハムは、ニワトリの羽根がくっついている斧を俎板に叩きつけて、ゲイツを説得しなければならなかった。

町を出る前に、ふたりはインディアナポリス・タイムズ紙の支社に寄って、写真、ゲイツのKKK団の寛衣、見返しにKKK団の仲間の名前が書いてある聖書、ゲイツが印刷所に出す前の校正をやっていた、『説教師および第二回KKK団国際集会の霊感に満ちた演説集、および団員の埋葬儀式要領、屋内地方支部集会への指示、階級と学位の向上を目指すものへの団員技倆試験』という三巻本のゲラ刷りを入れた段ボール箱を置いていった。それから、ゲイツの小指も。

そのあと、一週間浮かれ騒ぎをやってから、北のサウスベンドへ行き、ノーターデイム教会の陽気な大男の聖職者たちのためにジンを製造していたナンニ兄弟の組織に潜り込んだ。そのときに長官に呼び戻されて、その任務からはずされ、フーヴァーに貸し出されて、洪水に見舞われている南部へ行った。じっさい昨年の八月からずっと、ネブラスカ、カンザス、サウスダコタ、オクラホマの四州の上で、汚れた布巾の色の雲が雨を降らしつづけ、国のパンどころのアイオワ、イリノイ、ケンタッキー、オハイオの四州はびしょ濡れになって、ばらばらになりかけていた。九月にイリノイ州北部のピオリアで、増水した川が氾濫し、四人が死んだ。さらに雨が降り、七人が死んで、テレホートとジャクソンヴィルを結ぶ橋が流された。ネオショー川が岸を乗り越えて、カンザス州を奔流が駆け抜けた。流木が石油パイプラインを破り、十人が死に、川が火の川になって、何百万ドルもの損害が出た。アイオワ州では九月に三日で十五インチの降雨があり、スーシティ周辺の五万エーカーが浸水した。

十月の乾季が来ても雨はまだ降りつづけ、イリノイ川が史上最高の水位を記録した。雨が雪に変わり、モンタナ州ヘレナでは一日に三十インチの降雪があった。クリスマスには川を渡る鉄道は運行停止になり、ミシシッピ州ヴィクスバーグでは例年ならゼロの水位が四十フィートになった。

そして、やがて雪が解けた。一月二十八日、オハイオ川がシンシナティで氾濫した、二月初旬には、アーカンソー州でホワイト川とリトルレッド川が溢れ出して、アーカンソー州で十万エーカーが浸水した。ニューオーリンズでは二十四時間で六インチの雨が降り、ミシシッピ川流域の各地の洪水で三十二人が死んだ。三月にはロッキー山脈からオザーク高原にかけて、また雪が降った。三月十七日から二十日にかけて、ミシシッピ川流域を竜巻が三度襲い、四十五人を殺し、牧師は記録破りの商売繁盛だった。われらが罪になんたる天罰を下されるのですか、主よ、主よ、慈悲を垂れたまえ。

慈悲は得られなかった。すべての地で、すべての流れが強大なミシシッピ川に注ぎ、川はどんどんひろがって、沖積河床、土取り場だった空濠、土手道を呑み込んだ。ミシシッピ川管理委員会は、一マイルあたり四十二万千百立方ヤードの土を使っている堤防千百マイルは、浸食や激流に耐えると主張していたが、川沿いの町々はおそれおののいていた。テント群を設営し、見張りを置いた。堤防にテントを設営する場所がなくなると、艀に突撃部隊が乗り、大戦の帰還兵が舵をとった。すべての人間に食事を出すために、アメリカ在郷軍人会が堤防で厨房を運営した。もちろん現場の親方は白人で、撃ち殺されたり、逃げたり、水にさらわれたりしないようにしながら、堤防を高くして、土嚢の壁をこしらえたり、歩道の板でそれを補強したりするのは黒人がやった。

下宿屋の廊下を男がふたり突っ走ってきたので、インガソルは立って脇にどいた——人相風体からして、ハムがおしゃべりをしたアトランタの技師にちがいない。ひとりは服を着て帽子をかぶり、旅行カバンを提げていた。もうひとりはバスローブのままだ。インガソルは、泥のかたまりをヴァタロット夫人の鉢植えに投げ込み、手をはたいた。ハムの部屋から聞こえていた、しわがれ声の鼻歌がやんでいた。喉の髭を剃っているにちがいない。ゲールズバーグで歌いながら剃って喉を深く切ってしまい、白い絆創膏を牧師の襟みたいに巻いて、朝食にやってくると、ぶつくさいった。「喉ぼとけをひどく切っちまった。一週間は喉から赤いサイダーが出てくるぞ」

技師ふたりが、どたどたと階段をおりていった。踊り場の下で、服を着ている技師がドアをあけ、ふりむいてもうひとりにいった。「おまえは馬鹿だ、ケネス。どうしようもない馬鹿だ」

見あげて、ハムの部屋の前に立っているインガソルに気づくと、大声でいった。「おまらみんな！　馬鹿ばかりだ！」くるりと背を向けて、ドアを叩きつけた。

騒ぎを聞いたハムが、首についた石鹸の泡を手拭でそっと拭きながら、部屋から出てきた。あまり新しくない服を着ている。ケネスと呼ばれた技師が、のろのろと階段を昇ってきて、ふたりに目を向け、肩をすくめた。

「あいつのいうとおりかもしれない。女房はカンカンに怒るだろうな。だけど、一度はじめた仕事をほうり出すなんて、おれにはできない」

「あいつがどう関係あるんだ?」ハムがきいた。

「おれはあいつの妹と結婚してるんだ。おれが吹っ飛ばされたら妹の面倒をみなきゃならないっていうんだ」

「吹っ飛ばされる?」

「ああ。聞いてないのか? 爆薬のことを?」

「なんの話だ?」

「昨夜、グリーンヴィルで、私服警官が停車場を包囲した。ルイジアナのボーリガード駐屯地でダイナマイト五十ポンドが盗まれ、列車でグリーンヴィルにひそかに運ばれたからだ」

「なんてこった。で、どうなった?」

「グリーンヴィルで警官が列車に乗り込んだときには、爆薬はなかった。前の停車場でこっそりおろされたんだ」

その意味を考えるあいだ、三人は黙り込んだ。

「警察は犯人の目星がついているのか?」

「だれが盗んだのか、だれにもわからない。だれが受け取ったかもわからない。でも、ダイナマイト五十ポンドで破壊活動家が堤防をどうにかするんじゃないかと、みんなが恐れおののいている」ケネスが、廊下を歩いていった。「破壊活動家が雲に隠れられないように、晴れた夜になるのを願うしかない」立ちどまり、首をふった。「ああ、おれは馬鹿だよ」といい、自分の部屋に歩いていった。

ハムがドアをあけ、インガソルはつづいてはいっていった。「まいったな」

「まったくだ。フーヴァーに連絡したほうがいい。どのみち電話して、一週間では片がつかないといおうと思ってた。もっとかかる」

インガソルはうなずいた。

「こんな事件があったら、フーヴァーは当然、調べろという、だろう」ハムがつづけた。「おれたちの仕事の内容は見直されることになったようだな。破壊活動家を捕らえるのも仕事のうちだ」

「フーヴァーになにか報告できるものがあるといいんだが。リトルとウィルキンソンのことでなくても、蒸留所について」

ハムはずっと居残り組について探っていた。ジェシの側だとわかっているからだ。しかし、親たちが苦労して耕して死んでいった土地で、おなじように苦労して死ぬべきだと考えている不運な農民しか、見つけられなかった。「ほとんど全員と話をしたが、連邦政府の取締官を殺すほど無鉄砲な人間はひとりもいなかった」ハムがいった。「おまえはなにを探りあてた、イング？」

たいしたことはわかっていない。ただ、床屋にいたときに警察署長が、新車のパッカードに乗って通り過ぎた。タイヤのスポークが赤く、車体に〝警察〟と書いてある。床屋の客のひとりが、それを見て鼻を鳴らした。

「貧乏な町なのによう、署長が高級な新車に乗ってるぜ」

「署長は買収されてる」インガソルは、籐椅子をまわして、脚をのばした。「そこまでは察しがつく」

フーヴァーのことで心配がつのり、ふたりは黙り込んだ。下の電話は使えない――共同加入線で、呼び出し音三つだとこの下宿屋宛てだとわかる。専用回線を見つけなければならない。郵便局にあるだろうが、視察旅行中のフーヴァーが、どこかの駅に着くまで待たなければならない。

ハムが、寝台脇の小卓の抽斗をあけ、革の洗面用具入れを出した。洋品店で買ったにちがいない。それを〝S・R・ヴァタロット夫人蔵書――盗むなかれ〟と書いてある聖書の上に置き、小さなハサミと象牙の櫛を出して、顔が映るように髭剃り用の丸鏡を立てかけろう。首を左右にまわして、ごわごわの赤い頬髯よりも、もっとごわごわしている白髪のほつれ毛を切り整えた。それから、顎髭に櫛をかけはじめたので、どうすべきかを考えているのだと、インガソルにはわかった。

「よし」ハムがいった。「さっさとことを進めたほうがいい。蒸留所がジェシの土地にあるのをつきとめ、だれが動かしているのかを調べて、そいつらにしゃべらせる潮時だ。おれたちのどっちかがそれをやり、もうひとりが電話をかける」

籐椅子はほつれかけていたので、インガソルははずれた籐を編み目に戻そうと押し込んだ。どちらの仕事もやりたくなかった。

「おれがフーヴァーに電話する」と、ハムが決めた。ハサミをかちりと鳴らして閉め、洗面用具入れに差し込んだ。

それだと、インガソルはジェシの家――ディキシー・クレイの家――に行かなければならない。「いや、おれが電話を見つける。あんたがジェシの家へ行ってくれ」

「だめだ」ハムがいった。「馬に乗りあきた。きんたまがつぶれてかなわん」ハムがズボンに手をつっこんで、睾丸をゆさぶった。「おれはラバみたいに種なしになって、この世にちびのハムが生まれなくなる」手を出して、鏡を持ち、身だしなみのぐあいをほれぼれと見た。「おまえが馬で行け。だが、用心しろよ。ジェシが外套預かり所の女の尻をいじくってるあいだに、だれかが密造をやってる。そいつはバーベキューの炉の前にいるブタみてえに神経をとがらしてるはずだ」

「みんな神経をとがらすだろう。爆薬の話がひろまったら」

「フーヴァーに連絡がとれたら、おれは堤防へ行く。フーヴァーが応援の捜査官をよこすまで、霧が出ないことを祈ったほうがいい。くそ、イング、ダイナマイト五十ポンドだぞ。陸軍の装備だから、かなり古いだろうな。おがくずをニトログリセリンにひたして、蠟紙に包んだ代物だ。染み出して結晶化してるだろうし、箱をひっくりかえして検品したことはないにちがいない。そんなものがここに持ち込まれた」ハムが寝台に腰かけ、灰色の目が鋭くなり、世界の終末の大決戦《ハルマゲドン》の光景が映写されているとでもいうように、壁を睨みつけた。ミズーリ州ドリーナで堤防が決壊したあとの写真を、ふたりとも見ていた。コンクリート・ブロックの土台に載っていた家が、あっさりと押し流された。基礎に乗ったままの家は浸水した。ひとびとは屋根裏部屋に逃げて、しまいには天井を斧で破り、屋根に出て、そこで助け出された。というより、助け出されたものもいた。しかもそれは、ミズーリ州での話だ。もっと下流のここでは、水位は五十四フィートに達し、洪水の最高水位点が迫っている。はるかにひどい事態になるはずだ。

「おまえは、ジェシの住処をつきとめなきゃならねえ」ハムが、なおもいった。「町の南の山野のどこかだとわかってる。シュガー・ヒルっていうところだ。もう家で売るようなことはしてねえが、おれたちがそれを知ってるのは知らねえだろうから、見つかったら、ウィスキーを買いにきたといえばいい」

ハムが、洗面用具入れを抽斗にしまっておらず、鏡を見ていたら、インガソルの困り果てた顔に気づいていたかもしれない。ジェシの家を知っていて、女房を知っているのをどうしてハムにいわないのか、インガソルにはわからなかったが、一週間前にそこへ行き、こっちの肩にも届かない爆竹みたいな女に撃たれそうになったことは、伏せておいたほうがいいという勘が働いた。いや、肋骨にも届かないと思い、ふたりで体を近づけて立ち、ジュニアの顔を見おろしていたことを思い出した。

インガソルは、手持ちぶさただったので、ハムが切った頰髭を寝台から手の甲で払いのけ、窓ぎわへ行った。ふたりとも二階の部屋で、広場がよく見える。下では何人もが仕事場へ急いでいた。新聞が強い風に飛ばされて、背広の男の顔にテントみたいにくっつくのが見えた。男が払いのけると、新聞はうしろの男の顔にぶつかった。

インガソルは、身を起こした。「晩飯のときに会おう」

堤防がひづめの下でふるえていなければ、ホレスは落ち着いた馬だった。細い分流のようになっている溝で水を跳ねかしながら、インガソルを乗せてとぼとぼと歩いていた。町役場のそばで下水の排水口にたまった水を跳び越すときだけ、大股になった。水溜りでカメがなすすべもなく輪を描いている。インガソルはそれを見たくなかったので、顔をあげると、電話線にけたたましいカラスの群れがとまり、まるで楽譜の音符のように見えた。嫌になる。ギターがないのが淋しい。

何年かいっしょに働いたあとで、インガソルとハムはフォードを一台手に入れた。密売業者から押収した自動車で、ウィスキーを隠すために予備のタンクが取り付けてあった。インガソルは、走れる距離を倍にするために、そのタンクを改造した。見知らぬ土地で、ふたりは幾夜その自動車を走らせたことだろう。ハムがたいがい助手席で護衛をつとめたが、ときには運転を代わり、インガソルは窓から腕を出して、屋根にくくりつけてあるギターを取った。棹《ネック》を窓から出して弾けるように、左手で弦をはじくのを憶え、時速五十マイルで流れる空気のなかにブルーズをかっ飛ばした。いまそのギターを抱いていればと思った。美しいスリンガーランド・メイ－ベル・スタイル#5のギター。

そのほかにも、抱いていたいものがいくつもある。

舗装と電話線がとぎれて、トウモロコシ畑が点々とある森にさしかかると、突風が一段と強まり、ホレスの目から涙を吹き飛ばした。インガソルは、一本十セントの葉巻に火をつけるのをあきらめた。ナチェスのこのタバコは、悪天候向きじゃない。なんといっても箱がいい。アルカサルという名の美しい競争馬が描かれている。「悪く思うなよ、ホレス」といって、インガソルはホレスの首をなでた。箱を取っておいて、間に合わせのギターをこしらえればよかった。

馬の律動に誘われて、インガソルは物思いにふけり、新しい服でディキシー・クレイとふたたび会う光景を描いていた。私道を馬で進んでいくと、ジュニアを抱いたディキシー・クレイが駆け寄ってきてありがとうをいう。それに応えて——。

警笛の音にはっとして、首をふると、一台のフォードがホレスをよけて通りすぎた。おれが新しいシャツを着ていようと、あの女は亭主持ちだし、自分にもジュニアにもふさわしくない男と結婚している。いや、ジュニアはもうジュニアではないだろう。どういう名前がつけられたのか？

インガソル自身も、かつては赤ん坊に名前をつける名人だった。最初にそれをやりたくなったのは六歳のときで、メアリ・ユーニス修道女が新生児を受け入れたときに、たまたまその場にいた。前の晩に赤ん坊は医師の黒い革カバンに入れられて、玄関前の階段に捨てられていた。ユーニス修道女のそばに、修行中の見習い修道女がいた。インガソルはまだ背が低かったので、診察台でふたりがなにをやっているのかは見えなかったが、ユーニス修道女のそばに立っていた。「六ポンド六オンス」修道女が見習いにいうのが聞こえ、見習いが帳簿に鉛筆で記入した。巻尺のぱちんという音も聞こえた。「身長二十インチ」また鉛筆で書く音、パチンという音。「頭囲十三インチ。名前は……」

黄色い巻尺を診察台から取って巻きながら、ユーニス修道女は口ごもった。診察台のほうに身を乗り出した。「ピーターは？」

メアリ・ユーニス修道女は、つぎに赤ん坊を抱きあげて、唇を尖らせて鉛筆でそこを叩いていた見習い修道女のほうに向けた。

「ええ、いいと思います」見習いがいった。

「それじゃ、決まりね。ピーター」

また鉛筆でさらさらと書く音。

翌日、休み時間にインガソルはキックボールのボールを追いかけていたときに、メアリ・ユーニス修道女の膝頭にぶつかった。巨大な黒い法衣ごしにまともにぶつかり、その下には脚があるのか、それとも車輪しかないのかという、男の子たちの議論に決着がついた。修道女が膝をさすり、インガソルも泣き声を出さないようにしながら膝をさすった。

「ここにお座りなさい」ユーニス修道女がいった。

インガソルは座った。空気が澄んでひんやりしていたが、修道女の脚でベンチの板が温まっていた。乾いた葉っぱがアスファルトの面をカニみたいに横這いするのをふたりは見ていた。やがて修道女が脚をさするのをやめて、インガソルの肩に腕をまわした。

「仲良しね?」

だが、インガソルはべつのことを考えていた。「修道女さま、きのうのお医者のカバンにはいっていた赤ちゃんですけど、どうして名前がわかったんですか?」

「あら、最初はわからなかったのよ。でも、ちょっとお祈りをすると、ふさわしい名前が浮かんでくるようなの」

「ピーターがふさわしい名前?」

「赤ちゃんを見たでしょう、テディ?」

インガソルはうなずいた。寝台に寝かされているのを、あとで見た。

「ピーターというふうに見えたでしょう?」

「はい、修道女さま」

ユーニス修道女が、にっこりと笑った。ふたりはキックボールの試合を何回分か見ていた。

「修道女さま」

「なあに、テディ?」

「ぼくの名前も、そうやって思いついたんですか? どうしてぼくはテディなんですか?」

「ええ、おなじよ」

ゴム毬が弾んで足もとに来たので、インガソルは受けとめて試合のほうに投げた。「修道女さま、それはだれにでもできるんですか? その、ぼくにもできますか?」

「赤ちゃんに名前をつけること?」

インガソルはうなずいた。

「もちろんよ。つぎの赤ちゃんには、あなたが名前をつけなさい」

インガソルは待ったが、つぎの赤ん坊が来るまで、三週間近くかかった。それまでにいろいろな名前を考えていたが、名前がにじり寄ってくるたびに追い払った。肝心の赤ん坊に合っていることが肝心だとわかっていたからだ。そこで、赤ん坊が来たときに、そうした。しわくちゃの顔をじっと見た。赤ん坊によくある、年寄りみたいな顔だった。黒い産毛がもみあげみたいに顔を縁取っていた。インガソルは目を閉じて、短く祈った。「神さま、この子の名前を教えてください」

すると、神さまがいった。「ブレンダン」

そこで、インガソルはいった。「ブレンダン」

つづいて、ユーニス修道女がそれを認めた。「ブレンダン」いいながらうなずいた。「力強い名前よ、テディ。航海者の名前。そう、聖ブレンダンは海を越える七年の冒険の旅の末に、北アメリカを発見したの」

聖ブレンダンの伝説のことをなにも知らなかったインガソルは、かわいそうに、修道女さまはコロンブスのことを知らないのだと思った。だが、名前が気に入ってもらえたのがうれしかった。それに、その名前は定着した。孤児院ではだれもが赤ん坊をそう呼び、それを聞くたびにインガソルは鼻高々だったし、赤ん坊は三日とたたないうちに養父母にもらわれていった。さようなら、ブレンダン、ちっちゃな航海者。

ほかにも名前をつけさせてもらった。大胆になったインガソルは、つぎの赤ん坊をアイヴァンホー三世と名付けた。修道女たちもその名前を気にいった。どこへ行っても、その名前を修道女たちがいうのが聞こえた。「この子はとっても想像力が豊かなんです」赤ちゃんをもらいにきた、揃いのツイードの外套を着た夫婦に、修道女のひとりがいった。インガソルの髪をなでて、夫婦のほうに押し出した。「頭のいい子です。着たばかりの赤ちゃんに、アイヴァンホー三世という名前をつけたんですよ」

「赤ちゃん？　赤ちゃんがいるのね？」ツイード姿の女がいった。修道女は溜息をついて、先に立ち、廊下を案内していった。

インガソルは気にならなかった。ぼくは命名係だ。それに責任を負っている。大きな男の子の大きな仕事だ。どういう人間に成長するか、人間にとって名前はだいじだ。

つぎの赤ん坊は、〝フィーリクス・ザナドゥー（桃源郷のフィーリクス）〟と名付けた。メアリ・ユーニス修道女が手をとめて、帳簿から顔をあげ、こういった。「長すぎないかしら、テディ」

「はい」インガソルは、重々しくいった。「わざと長くしました。でも、愛称もありますよ。XXです」

「XX、それが愛称なの？　それなら、この子が子供のときも書きやすいわね」

まもなく、その愛称に愛称がつけられ、赤ん坊は〝二十《トゥエンティ》〟と呼ばれるようになった（Xはローマ数字の十）。

やがて、オショーネシー司教が来て、トウェンティという赤ちゃんのことを聞きつけ、メアリ・ユーニス修道女にいった。「かわいそうな捨て子を冗談にするのが、適切なことだと思っているのかね」

それでインガソルの名付け遊びは終わり、すこし気がとがめた。名前をつけるのは冗談ではないと、インガソルは納得した。

歳を重ねながら、そういった名前のことを考えた。八歳になると、六歳のときに選んだ名前は馬鹿げていたと気づいた。一生ずっと、〝アイヴァンホー三世〟という名前に縛られるようにして赤ん坊を世間に送り出したことは、ちょっぴり申しわけないと思った。〝三世〟というからには、父親と祖父もおなじ名前でなければならないからだ。十歳になると、自分のつけた名前にはだれも縛られていないとわかった。養子にした親は、赤ちゃんにあらたな名前をつけていた。修道女たちは、はじめからそれを知っていたのだ。だから、インガソルの責務、雄大な仕事は、ほとんどなんの意味もなく、三日間、赤ん坊をどう呼ぶかを決めたにすぎなかった。それに、だれも養子にしたがらない幼い男の子の気をまぎらすためでもあった。インガソルは、あらためて情けなくなった。二十八になったいまも、それらの名前と、自分が名付けた赤ん坊のことを思い出す。いまどこにいて、どんな人間になったのか？　いっときべつの名前をつけられたことがあるのを知っているのだろうか？　インガソルの洗っていない耳に、じかに神がささやいてあたえられた名前を。それに、だれにも打ち明けたことがないし、ましてハムには黙っていたが、フィーリクス・ザナドゥーという名前は、いまだに気に入っていた。

道路が山道に変わり、この道すじでジュニアを抱いて馬を進めたことを思い出し、もうすぐだとわかった。四番目の峠に差しかかると、尻尾の短いずんぐりした雑種犬が現われた。ボラと思われる長い魚をくわえていた。インガソルは口笛を鳴らしたが、犬は脇にそれて、行き先が決まっているというように歩きつづけた。体はずぶ濡れで、尻尾が垂れ、魚が天神髭みたいに見えた。

五番目の峠を登るとき、長らく見られなかった太陽が顔を出したので、あとは歩いたほうがいいと、インガソルは判断した。ホレスをハコヤナギの木立に行かせて、男の子がぶらんこ遊びに使いそうなヤマブドウの蔓につないだ。そばの溝にザリガニがうようよいた。エビみたいな透明なザリガニだった。ハムがそれをドロムシ《ドバグ》と呼んで、くどくどと説明したことがあった。ルイジアナではそいつを食べる。泡がぶくぶく噴き出している穴から、紐の先にベーコンの餌をつけておびき出すんだ。おもしろおかしくするための作り話かもしれない――ハムのいうことは本気か嘘かわからない。

インガソルは、方角を見定めようとして、あたりを見まわし、ウィンチェスター銃を持って歩きだした。雑種犬の魚市場が見つかった。インディアンがグーガ・なんとかと名付けた支流だ。船着き場を見つけ、ジェシがどういう船を持っているか見届けて、それから川をたどれば、蒸留所が見つかるはずだ。夫が密造酒密売人だというのを、ディキシー・クレイは知っているのだろうかと思った。女房がなにも知らないこともある。

音をたてることは心配していなかった。足の下の松葉は濡れて弾力がある。じきに支流の音とにおいがした。おがくずに氷を埋めてある暗くてひんやりする氷室みたいに、さわやかで冷たく、それでいて森のにおいがしている。うなじを日射しが温めるのが心地よく、緑色の苔の上に立つ水玉が陽光を分散していた。

その支流にはもともと岸があったにちがいないが、いまは水嵩が増して、沼のようになった叢を流れていた。進むのに足を高くあげなければならず、太陽という変わり者が照りつけているおかげで、暑くなってきたので、モミジバフウの蔭で外套のボタンをはずし、コマツグミが靴紐みたいに長いミミズを地面からひっぱり出しているのを見ていたとき、ディキシー・クレイの声が聞こえた。

ディキシー・クレイの声。歌に歌詞はなく、ただ音階を滑っていて、高く透き通った声が、川の流れとほとんど和音をなしていた。これはすごい。インガソルは、モミジバフウの蔭に体を押しつけた。だが、その声に顎の下をつつかれでもしたように、跳び出して、もっと近いモミジバフウの蔭にしゃがんだ。

あそこだ。ディキシー・クレイが、元気のいい曲に合わせて、ジュニアを頭の上に高く持ちあげていた。

おじさんの馬が駈歩《かけあし》自慢なら、ジョーおじさん
おじさんの馬が駈歩自慢なら、ジョーおじさん
おじさんの馬が駈歩自慢なら、ジョーおじさん
風さえ強くなければ、天気なんて気にしないで
ぴょんぴょん駈歩して、あたしのいいひと、三度つづけて

ジュニアをふんわりとほうりあげながら、最後の歌詞を二度くりかえした。ジュニアが、うれしそうにヒーッという声をあげ、まばらな髪が風で持ちあがる。ディキシー・クレイは、ジュニアを受けとめて、また投げあげた。エプロンをかけた地味な茶色のワンピースを着ていて、森の妖精のように見える。ディキシー・クレイが雌鹿に変わり、跳びはねて姿を消しても、インガソルはたいして驚かなかっただろう。だが、ディキシー・クレイは赤ん坊を肩に載せてくるくると踊り、上下に揺れながらそばを飛んでいった黄色い蝶々を指差してから、石に跳び移ってジュニアを受けとめ、またつぎの石へと跳んでいた。

蝶々が飛ぶのを見守っていたのは、ディキシー・クレイとジュニアだけではなかった。支流には流れてきた太い木がつかえていて、しゃがんでいたインガソルのところから、カワウソが流木の蔭から一匹、顔を出すのが見えた。そして、男性四部合唱《バーバーショップ・カルテット》よろしく、あと三匹がつるんとした頭を流木の上に出した。ディキ

シー・クレイが笑い、向きを変えて、赤ん坊にそっちを見せた。黄色い蝶々が水面の上を低く飛んだり、踊ったりするのを見ているカワウソの細長い鼻が、右や左に、いっせいに動いた。蝶々が飛び去るとき、ディキシー・クレイがうれしそうな顔で、森のなかにふんわりと遠ざかる蝶々のほうに向けられ、そのときにインガソルの上を視線が流れた。インガソルは、もうしゃがんでいないのも忘れて、馬鹿みたいにあけっぴろげな顔でにやにや笑っていた。ディキシー・クレイがひと声叫び、とうていありえないような早さで顔をひきつらせ、うしろによろめいたので、カワウソが跳びのいた。石の上でディキシー・クレイが片足をすべらせて、水しぶきがあがり、空いた手を上にのばして、赤ん坊をしっかりと押さえた。

インガソルは、片手をあげて大声でいった。「待って。心配しないで」

だが、ディキシー・クレイはつまずきながら走って、ライフル銃を立てかけてあった苔むした岩棚へ行き、空いた手でつかんでほうりあげ、すぐに撃てるように握り直した。反対の手では赤ちゃんを抱いていた。

息を切らしてふたりが対決するのは、この七日間でこれが二度目だった。

「ディキシー・クレイ」インガソルはどなった。「おれ……おれは、赤ん坊のようすを見にきただけだ」

「銃を持って?」

ウィンチェスター銃を手からぶらさげていたことを、インガソルはすっかり忘れていた。

「ちがうよ、おれ……ほら」大声でいい、数フィート向こうにウィンチェスター銃をほうって、わびるように肩をすくめた。

だが、ディキシー・クレイは銃の狙いをそらさなかった。「ここでなにしてるのよ?」

インガソルは、もうすこし自信をこめて、おなじことをいった。「赤ん坊のようすを見にきただけだ」

「どうしてこっそり見ていたのよ？」

「こっそり見ていない。そんなつもりはなかったんだ。あんたがあんまりうれしそうだったから。カワウソを見ていたとき――」

「カワウソを罠で捕まえられるからうれしかったのよ。毛皮が売れるから」

「そう」ディキシー・クレイの顔はあいかわらず険しかった。「その子を見てもいいかな」

ディキシー・クレイが、口ごもった。「わかった。でも、流木のそっち側から出ないで」

インガソルは、つかえている流木の山の手前にさがり、自分が馬鹿みたいに思えた。赤ん坊のようすを見にきたといったが、赤ん坊は見るからに元気だった。元気なだけではない。ディキシー・クレイは、赤ん坊を腰で支えるようにして、脇でかかえていた。赤ん坊の脚のいっぽうが前に、もういっぽうがうしろにあった。生まれたときから赤ん坊がそうしてまたがっていたように見えた。

「どうしてようすを見たいのよ？」ディキシー・クレイは、笑みを浮かべていなかった。

だが、赤ん坊はにこにこ笑っていた。「ほら、見ろ。その子はインガソルおじちゃんを憶えてるぞ」

ディキシー・クレイは、そんなことはないというように顔をしかめたが、赤ん坊はインガソルのほうに身を乗り出した。インガソルは流木の山の横をまわって、手をのばそうとしたが、ディキシー・クレイが腰をまわした。「これでいい？」赤ん坊をすこし高く持ちあげた。髪は洗ったばかりのようで、ふわふわしていた。赤ん坊が、エプロンの胸ポケットをつかんだ。

インガソルは肩をすくめた。頬が赤くなるのがわかった。

「取りにきたんじゃないっていうのはわかる」ディキシー・クレイはきっぱりといったが、インガソルが首をふると、肩の力を抜いた。

「取りにきたんじゃないよ」

「わかってる。そういったじゃないの」

インガソルは、どう答えればいいのか、わからなかった。ディキシー・クレイに話をつづけさせたかった。いくつか気づいたことがあり、それを考えて、そうではないと心のなかで否定していたので、間がのびて、長くなればなるほど、耐えるのがつらくなった。

赤ん坊が沈黙を破り、甲高い声をあげて、片腕をディキシー・クレイの顔のほうにふりまわした。人差し指がディキシー・クレイの唇にひっかかった。その指をディキシー・クレイがはずして、赤ん坊の手を下に押したが、また手がさっとあがってきて、また唇に指がひっかかった。

インガソルは笑い、赤ん坊が首をまわして、また憶えているようなようすを見せ、身を乗り出した。

「おい、坊主」インガソルはいった。こんどはディキシー・クレイも赤ん坊を遠ざけようとはしなかった。


「赤ちゃんのようすを見にきたんなら」ジュニアの指がひっかかって、ちゃんとしゃべれない口で、ディキシー・クレイがいった。「どうして家のほうに来ないの？」

インガソルは、肩をすくめた。空を見た。「いい日になったからね。このあいだいつお天道さまを見たか、憶えてないよ。陽が出たときには——トウモロコシ畑やあんたの家のそばを通り過ぎていて、陽が出たときには——」

「うれしくなった」

インガソルは、肩をすくめた。この女の前では、間抜けな木のあやつり人形みたいに、肩をあげたり下げたりすることしかできない。

ディキシー・クレイが、赤ん坊の指を口からはずして、うつむき、指にキスした。

口がうまい人間だったら、インガソルにいえることはいくらでもあっただろう。ディキシー・クレイ、あんたを見たからうれしくなったんだ。

ディキシー・クレイが、インガソルのほうへもがいている赤ん坊の上から、インガソルを見た。「そうね、邪険にされることはないだろうし」といった。渡そうとはしなかったが、あらがいもしなかった。やがてジュニアはインガソルの腕に抱かれ、なつかしい感じがした。ジュニアのほうがインガソルを抱こうとしているのに、腕をどう使えばいいのかわからないというように、インガソルの胸に顔をくっつけた。

「あんたが好きなのね」ディキシー・クレイがいった。

「おれたちは旧い戦友さ」赤ん坊の首に顔をくっつけているので、インガソルの声はくぐもっていた。ジュニアの息のにおいがした。「なんて呼んでるんだ?」

「名前はウィリー」

「ウィリー・ホリヴァー」

「そう」

「ああ……いいね」

ディキシー・クレイが向きを変えて、歩きはじめた。インガソルも向きを変え、歩調を合わせて歩いた。

「来てくれてほっとした」ディキシー・クレイがいった。「だって、知りたかったのよ——このあいだは、あんまり急だったから——なにもきけなかった。どうやって見つけたとか。それに、どこにいたの?」

インガソルは、ジュニアを腕のなかではずませ、ふたりで支流の脇を歩きながら話をした。自分とハムの技師ふたりが馬で旅していると、よろず屋があって、ベランダに死体が転がっていて、店のなかで店員が死にかけていて、最初は赤ん坊をグリーンヴィルの保安官事務所に連れていってから、孤児院に行き、でもそこではだめだと思ったことを。

インガソルは、ディキシー・クレイにじっと見られているのを知っていた。ちらりとディキシー・クレイの顔を見ると、興味ありげで、考え込んでいたが、赤ちゃんを探しまわって取り返しにくる母親がこの世にいないことをあらためて聞き、すこしほっとしているように見えた。

「でも……どうして助けたの？」

三人はブラックベリーの茂みを通っていて、茂みがディキシー・クレイを通すまいとしたが、ディキシー・クレイは裾をひっぱってふりほどいた。インガソルが言葉を見つけるまで待っているようにも見えた。インガソルは、すっかりおとなしくなっているジュニアを見た。眠りかけているのか、深く息をしていた。やがて、インガソルは語った。「みなしごになるのがどんなふうか、おれにはわかっている。おれも――おれもそうだった。孤児院で育てられたんだ」

ふたりはそのことについては話をせずに歩きつづけ、支流からななめに離れて森にはいった。ひらけたところに来ると、足をとめた。うっとりとさせる濃密な陽光と、立ち昇りながらひらひらと浮かぶ霧と、そばをひゅんと飛んで、空中で停止し、またひゅんと飛んでいったトンボのせいで、インガソルは自分たちが水中にいるような不思議な心地を味わった。ふたりは赤ん坊をあいだに挟み、寄り添うように立っていた。天地のすべてが身を乗り出し、耳を澄ましていた。

「ほんとうはなにをしていたの？」ディキシー・クレイがきいた。

「どうしてもあんたに会いたかった」そういうまで、インガソルはそのことに気づいていなかった。

ふたりとも口をつぐんだ。ディキシー・クレイがゆっくりと両腕をのばして、インガソルを見つめたまま、赤ん坊をインガソルの手から持ちあげた。ウィリーを肩に抱くと、インガソルの強いまなざしと結ばれたままであとずさり、また一歩さがってから、向きを変え、足早に森へはいっていった。たしかではなかったが、姿を消す前に、ディキシー・クレイが小さな手をあげたような気がした。雌鹿の尾のようなその白いひらめきは、別れと警告のどちらかだった。

首をブユに刺されて叩いた拍子に、インガソルは我に返って、ライフル銃を取りにいくためにひきかえした。流木の山のそばに、そのままあった。負革を肩にかけ、ディキシー・クレイが戻ってくる前に、急いで蒸留所を見つけようと決めた。

厩があった。よく掃除され、耳がよくまわるラバのとなりの馬房に、食い戻しの長い緑色のよだれをしたたらせている乳牛が一頭いるだけで、あとはがらんとしていた。厩の裏手からななめにのびている細道があったので、そこをたどると、ひと匙のひまし油のような甘くて金臭いにおいを、風が運んできた。はじめてここに来たときに嗅ぎ分けられなかったのが、不思議だった。理由はいろいろこじつけられるだろう――たとえば、風が西から吹いていたとか――だが、抜かりがあったのは、膝で赤ん坊がむずかり、斑点のある青い目がベランダの階段をあがってきたせいだとわかっていた。青い双眸のあいだには、ライフル銃の銃身があった。もちろん、ディキシー・クレイの夫が密売業者だと、そのときに知っていれば、ウィリーをここに置いてはいかなかっただろう。

小さな尾根の向こう側の窪地に小屋があった。蒸留所というよりは、妖精の家みたいだ。利口な鳥が巣を隠すように、マツ林にひっこんで建てられ、斜めの屋根はマツの枝を平行にならべて葺いてある。

インガソルは、ライフル銃の安全装置をさっとはずした。カンムリキツツキが〝コン、コン、だれかいますか?〟の冗句をひとりでやっているほかには、なにも聞こえなかったが、風の見えない手が尾根の長い草をなでつけていた。だが、ドアのそばの草は長くない――貯蔵小屋とおぼしいところまで、踏みわけ道ができている。地面に手押し車の細い線が刻まれ、そこに水が溜まっている。もう一本の道は支流に通じているにちがいない。そこに船着き場があるはずだ。ジェシの密造と密売の全貌が、頭に浮かんだ。

しばらく待ってから、ドアに向けて駆け出し、耳を当てたが、物音は聞こえなかった。板の隙間から覗いたが、なんの動きも見えない。ドアには鍵がかかっていた。拳鍔《メリケンサック》つきの古い白兵戦用短剣《トレンチ・ナイフ》のことを思った。ハムといっしょにあわてて出かけなければならなくなったので、〝神は我等と共にあり《ゴット・ミット・ウンス》〟という字が彫られたドイツ軍のバックルとともに、ジャージー・シティのホテルに置いてきた。いま持っているのはトレンチ・ナイフではなく、いくつも刃がある万能ナイフで、それが役に立った。ライフル銃の銃身でドアをさっとひらき、あるだろうと予想していたものを見つけた。大きなドラム缶と金属製の小樽が、管、漏斗、らせん管でつながっている。

だが、予想していなかったものも目にした。戸口からもれる光だけでも、きちんと片付いているのがわかった。土間には箒目が残っているし、陽光が届くところでは金属製の小樽が光り輝いていた。瓶がならんでいる棚は、数種類がきちんと列をなし、ななめの黒い稲妻がぴったりそろっている。どこか不釣り合いな感じがした。奥の壁には地図か帆布が掛けられ、なにかを隠しているふうだった。暗がりを進んで、銃身で布をめくったが、壁があるだけだった。布がふんわりとおりたとき、それがなんであるかがわかった。カーテン。緑の格子縞のカーテン。その横の小卓に本が何冊か重ねてある。いちばん上の本を取った。『エリザベス・バレット・ブラウニング十四行詩集』。その下は、『愛唱秀詩集』。壁の煤からして、灯油ランプがいつもどこに置かれているかがわかる。

なんてこった。これはディキシー・クレイの蒸留所だ。逮捕すべきなのはジェシではなく、ディキシー・クレイなのだ。よろよろとドアに向かったときに、それが目に留まった。ゴトゴト樽の上に、ジュニアのために買ってディキシー・クレイに渡した乳首付き哺乳瓶があった。

ディキシー・クレイは、赤ん坊といっしょにこの蒸留所を動かしている。

密造人の妻に赤ん坊をあげるよりも、もっとまずいことをした。密造人に赤ん坊をあげてしまった。

ドアをばたんとあけると、壁にぶつかって跳ね返り、閉まった。インガソルは、とてつもなく厳しい陽射しを浴びて立ち、ハムにいわざるをえないと悟った。苦い笑い声を鼻からもらした。グリーンヴィルの保安官事務所や混乱のさなかの孤児院に、赤ん坊を置いてこなかったのは、ちっぽけな御灯かりみたいな、無意味な思いあがりだったのだ。いやはや、失敗したな、みなしごの守護聖人、社会ののけ者のインガソル。赤ん坊を密売人に渡してしまった。ひょっとする殺人犯かもしれない。そして、赤ん坊はまたみなしごになるだろう。ディキシー・クレイは刑務所か墓場へ行くと決まっているから。

10

ディキシー・クレイは、シャベルを砂利につっこんだような雷鳴に、悪夢から引き戻された。目の前の光景に度肝を抜かれて横たわっていた。見えていたのは、恐ろしい真っ黒な汽車だった。窓のない長い列車が、背中を丸めるようにしてセヴン・ヒルズの七つの峠を越え、蒸気の音を響かせて迫ってくる。轟音がどんどん大きくなり、線路もないのにディキシー・クレイを攫いにくる。私刑《リンチ》の木に連れていくために。行方不明の取締官ふたりが、窓から身を乗り出した。だからディキシー・クレイは揺りかごからウィリーを抱きあげ、森を抜けて、尾根を登った。ふりかえると、汽車が私道で速度を落としてから、急に曲がり、なおも追ってくるのが見えた。蒸留所に案内してしまう、と思った。どうでもいい。あたしたちは逃げよう。そこで、蒸留所のそばを駆け抜けたが、汽車は走りつづけ、追いついてきた。ディキシー・クレイは森を出て、支流へ行き、ウィリーを高く持ちあげて渉《わた》り、流れにつかえた倒木にひっかかっている、雌鹿と仔鹿のふくれあがった死骸の横を通った。汽車が煙を背中に吐きかける。そのとき、汽車が追っているのは自分でも蒸留所でもなく、ウィリーだと気づいた。

雷も雷雲も雲も大嫌いだったが、雷鳴で目が醒めてほっとしていた。雷雨はあまりにも頻繁にあるので、恐ろしいだけではなく、うんざりしていた。それでも、眠っていてあの夢を見るよりは、雷雨のなかで起きているほうがましだった。闇のなかでじっと横になっていると、またシャベルを砂利につっこむような音がしたが、こんどは表ではなく、部屋のなかで聞こえた。ウィリーがたてている音だった。

午前三時ごろに蒸留所から帰ってきたとき、ウィリーに夜のミルクを飲ませたが、そのときにもウィリーは咳き込んだ。ミルクをいっぱい飲みすぎたのかと思った——食いしん坊の赤ちゃん!——息が苦しそうだった。いつもの甘い空気の球を吐き出す咳ではなかった。紅茶茶碗の大きさで、ランプをつけるマッチをするようなやわらかな音の咳ではなかった。ブリキの皿をナイフでこそげるような咳だった。夜明け前のいまも、またウィリーがそういう咳をした。

ディキシー・クレイは起きあがって、柳編みの揺りかごにかがみ込み、暗い明かりのなかでウィリーを見た。顔色はよく、元気そうだった。頰が赤く、目を閉じている。ディキシー・クレイが大きく息を吐いて、自分の寝台のほうへ一歩ひきかえしたとき、またウィリーが咳をした。ふりかえると、咳の勢いで体が叩かれたようになり、細くあいた目が薄暗がりで光るのが見えた。

うーん。ウィリーは風邪をひいた。そう決めると、気が楽になった。赤ちゃんは風邪をひく。かわいそうに。風邪をひいてつらい思いをするけど、じきによくなる。

ウィリーが来てから十一日になるが、鼻がぐずぐずするくらいで、ぐあいが悪くなることはなかった。しかし、この天気にはだれでも参る。きのうは煙突と壁のあいだの目地に、傘が帽子掛けみたいな形のキノコがずらりとならんでいた。ジェシなら、カワウソのポケットみたいにびしょ濡れだというだろう。ジェシはどこ？　インガソルと支流で会った日から、ずっと見ていない。もう四日前のことだ。

だいじょうぶ。今夜は蒸留はやらない。蒸留所に走っていくときに、ウィリーが雨を一滴でも浴びることがないように。ゴトゴト樽の上に危なっかしく置いて、ぽっちゃりした脚を手拭で拭かずにすむように。考えてみると愉しくなった。きょうは一日、赤ちゃんを甘やかそう。

ディキシー・クレイは、ウィリーをかつぎ、ミルクと自分のコーヒーを温めるために台所へ行った。まだ暗かったので、電灯をつけた。薬缶に水を入れるときに、流しに映ったウィリーの体を見た。首のうしろがまだらになっているように見えた。ウィリーをおろしてよく見ると、頬の赤みが額と首までひろがって、ぼつぼつができていた。手の甲をウィリーの額に当てると、熱かった。かなり熱い。熱が出ている。それどころか、寝巻ごしでも熱があるのが感じられた。おむつを換えるのに使うためにタオルを敷いてある、大理石の天板の低い戸棚に、ウィリーを運んでいった。いつもなら、そこに置くとウィリーは脚を高く曲げ、手で自分の足をつかむこともあるのだが、いまはぐったりと横になっていた。泣きはしなかった。おむつも濡れていない。ディキシー・クレイは眉根を寄せて、おむつをつけ直した。

台所で哺乳瓶を用意して、ウィリーを抱き、揺り椅子へ行った。いつもなら、哺乳瓶をかざすとじっと見つめて、口をあけ、腕をばたばたさせることもある。哺乳瓶を吸いながらディキシー・クレイの顔をじっと見て、気まぐれにふった手で鼻を叩くこともある。だが、いまはゴムの乳首をくわえている口に、締まりがなかった。乳首をつまんで絞ると、舌がだらんとして、ミルクがこぼれた。呼吸も荒いようだった。ディキシー・クレイは哺乳瓶を置き、またかついだ。首に当たるウィリーの額が、汗ばんでいた。体のまわりに熱気が漂い、背中をなでると、炎に手を近づけたり遠ざけたりするような心地がした。荒い呼吸は、どこかくぐもっている感じだった。ウィリーが、またひどい咳をした。恐怖の大きな翼が、ディキシー・クレイをじたばたと叩いた。

やめて、神さま。二度としないで。あんたはあたしの最初の赤ちゃんを奪った。こんどは手を出さないで。

この子を連れていかないで。このままいさせて。

入道雲の向こうで、空がほんのすこし明るくなった。ディキシー・クレイはウィリーを揺すり、祈ったが、それは祈りというよりは脅しだった。約束と脅し。悲嘆と脅し。喉をぜえぜえ鳴らして吠えるような咳をするたびに、ウィリーの胸が痙攣した。ジェシは自動車で出かけている。いてほしいときに限って、家にいない。

この子が死んだら、ジェシを殺す。そうなったら、神さま、あんたのせいよ。

吹き降りの雨になっていた。赤ちゃんの濡れた頭の上から、台所の窓越しに見えた。雨の幕が左から右へ吹き流れ、窓の向こうを通り過ぎた。まるで雨でできた硝子窓みたいだった。絵も台詞も消された漫画のコマみたいに見えた。ディキシー・クレイはウィリーを抱き締め、椅子を揺り動かした。

そうよ、神さま。あたしに男の子をくれて、その子を生贄にするなんてひどい。

十歳の誕生日にディキシー・クレイはルシアスといっしょに納屋の屋根裏で遊んでいた。くるくるまわる木のおもちゃのことで口喧嘩をして、ディキシー・クレイがルシアスの眼鏡を隠した。追いかけるときにルシアスが屋根裏の端までの距離を見誤り、落ちて足首を折った。背骨を折らなかったのは奇跡だと、父親がいった。「母さんには、うっかりして落ちたのだといおう」父親はそう決めた。「もうすぐ生まれるし、気持ちをかき乱されないほうがいい」だが、ルシアスがいいつけて、母親は気持ちをかき乱され、二週間後に骨盤位分娩で死んだ。ディキシー・クレイは父親に、自分のせいだった、母さんと赤ちゃんが死んだのは自分への罰だったと打ち明けたが、父親はディキシー・クレイの両頰にそれぞれ手をあてて、ちがう、そうじゃないと、きっぱりいい切った。おまえとはなにも関係ない。そして、この世がたくらんで仕返しをしたり、ほうびをくれたりする、といった考えかたを捨てるよう約束させた。この世はあるがままのもので、お祈りをすればいいことがあるかもしれないが、郡の共進会がいい天気になるようにと祈るようなとき、いいことばかりを期待してはいけない。

父親の言葉は正しかったと、ディキシー・クレイにはわかっていた――自分は神のたくらみの対象になるような偉い人間ではない――でも、ウィリーの病気は、取締官ふたりが子供のもとへ帰れなくなったことに対する仕返しだと、見なさずにはいられなかった。

その一日は一千時間前にはじまったが、炉棚の置時計はまだ午前十時を指していた。ディキシー・クレイはウィリーを揺すり、熱が落ち着き、雨がやみ、ジェシが自動車のドアを閉める音が聞こえるのを待った。この部屋から医者に電話をかけられたらと想像した。ここまで電話線を引くという話もあったのだが、本通りと旧厩通りと大通りに引いたところで、町の予算がなくなった。町長は大通りに住んでいる。ディキシー・クレイは町長を呪った。助けを呼びにいくことも考えたが、ウィリーを嵐のなかに連れ出すと、もっとぐあいが悪くなるのではないかと心配だった。そのときまたウィリーが、巻紙になっている肉の包み紙を引きちぎるような音の咳をした。ディキシー・クレイはウィリーを抱いたまま、ドアに向かった。雨が小石みたいにぶつかってふるえている窓からは、ベランダの向こうのマツ林すら見えなかった。ディキシー・クレイはきびすを返し、揺り椅子に戻った。

よし、と自分にいい聞かせた。正午まで待って、ウィリーがよくならなかったら、馬でお医者のところへ行く。地獄が来ても出水になってもかまやしない。どうせその両方にはまり込んでいるのだ。

時間を区切ったことで、苦しい決意が生まれ、揺り椅子が、だれも聴きたくない歌の拍子を刻むメトロノームみたいにカチカチと鳴った。ウィリーの目は細い隙間となり、ぎらぎら光っていた。瞳孔がすぼまっているように見えた。ミルクは飲まないだろう。泣いてはいなかった。ウィリーの額を肩から離すとき、濡れた音がした。おむつを見ると、汗で濡れているだけだった。ディキシー・クレイのワンピースに、赤ん坊の形の染みができていた。ディキシー・クレイは冷たい水にひたした海綿で、ウィリーの体を拭いた。

ようやく置時計が十二時を打つと、ディキシー・クレイはネズミ捕りがはじけるみたいに立ちあがった。そして、戦《いくさ》に出かけるような身支度をした。ある意味では、そうにちがいない。ウィリーをエプロンにくるみ込み、ジェシの古いつばの広い革帽子をかぶって、ウィリーを雨から守る庇にした。服を通して、ウィリーの体が烙印こてみたいに熱いのが感じられた。ディキシー・クレイは、エプロンにくるんだウィリーを体で守るようにしながら、水しぶきをあげて厩へ駆けていき、眠っているチェスターに鞍を乱暴に置いた。チェスターがいななき、横に踊った。ディキシー・クレイは腹帯を締めながら、自分たちがやらなければならないことを、チェスターに語りかけた。そして出発し、道路を覆いつくしている泥水のなかを進んでいった。マツの列とマーヴィンじいさんの郵便箱だけが、道をはずれていないことを示す目印だった。

セヴン・ヒルズを下りはじめてまもなく、横殴りの雨が正面から叩きつけるようになり、茶色のクライスラーが道路で横向きに曲がろうとしているのが見えた。エンジンのたどたどしい音は、暴風雨にかき消されていた。運転していた男が肘で窓をあけた。

「ホリヴァーの奥さん！」ディキシー・クレイがチェスターをそばに寄せると、運転手が叫んだ。「品物を受け取りに来たが、行き着けなかったと、ジェシにいってくれ」

その男のつぶれた鼻に、見おぼえがあった。どこだったか？　私道に立ち、クライスラーの前照灯の明かりでドル札を数えていた。

「ひきかえす。ジェシに――」

「町まで乗せてって。お医者に行かないといけないの」

「なんだって？」

「赤ちゃんがぐあい悪いの。熱があって」

「赤ん坊？　赤ん坊がいるのか？」

ディキシー・クレイは、エプロンの胸当てをおろしてみせた。汗で濡れた髪がウィリーの頭にへばりつき、ぎゅっとつぶった目が、ジンジャーブレッドに押し込んだ干しブドウみたいにくぼんでいた。

「ちくしょう」運転手がいった。「乗れ」

だが、乗っていた男ふたりのほうを運転手がふりかえると、なにかやりとりがあった。その男は、ラバをおりたディキシー・クレイのほうを向いたが、目を合わせようとはしなかった。

「悪いな、ホリヴァーさん。ジフテリアをうつされるのが心配だ。医者をよこすよ」

「うしろに乗せてくれればいい」ディキシー・クレイは頼んだが、運転手はすでに窓を閉めていた。ディキシー・クレイは叫んだ。「百ドル出すから。ひとりずつに。ウィスキーをひと箱――」

だが、男はクライスラーの変速機をバックに入れて、タイヤがラバに水をはねかした。「デヴァニー先生を呼んでやるよ」窓硝子の隙間から叫んだ。「うちに帰んな、ホリヴァーさん。先生に往診してもらえば、あんたの子はお茶の時間には、元気いっぱいになるだろうさ」その言葉とともにクライスラーが急発進し、数フィート遠ざかるともう、姿も音も、果てしなく降りつづく雨に呑み込まれた。

午後十時に近かった。ディキシー・クレイが、大きな酒杯を抱えるみたいにウィリーを前で抱いて歩きまわっていると、ドアを強く叩く音がした。ディキシー
・クレイは駆け出して、ほとんどわめきながら、門をはずした。「ああよかった、来てくれて。ほんとうに――」
だが、黒いカバンを持ったデヴァニー医師ではなかった。インガソルが雨合羽をベランダに脱ぎ捨て、帽子を脇にほうった。足を進めて、戸口をふさいだ。ディキシー・クレイがまだおろおろしているあいだに、インガソルが赤ん坊を取りあげ、そのときに落とした鞍袋から雨が流れ落ちた。

「待って」ディキシー・クレイがいった。「だめ。ぐあいが悪いのよ。ひどい熱があるの。お医者を待って――」

「医者は来ない」インガソルは、ディキシー・クレイのほうを見ず、ウィリーをランプのほうへ連れていった。片方の掌に載せ、反対の手でウィリーの顎を左右に動かした。親指と人差し指でまぶたをあけて、覗き込んだ。

「来ないって? でも――」

「来ない」インガソルは、赤ん坊のまだらになった顎を押しさげて、喉の奥を覗いた。「アルコールがいる。飲むんじゃない。熱を冷ますためだ。アルコール、冷たい水、手拭い。早くしろ」

ウィリーが咳をした。一度、二度、三度、吠えるみたいに。ウィリーの胸が、釣り糸にひっぱられるみたいに踊り、ディキシー・クレイは口に手を当てた。

「早く!」インガソルはどなった。それでディキシー・クレイは向きを変えて、食料庫のそばの木箱をあけ、ウィスキーのポケット瓶を出して、大股で台所にはいってきたインガソルに渡した。ディキシー・クレイがあとをついていくと、インガソルはガス台の取っ手にかけてあった布巾をつかみ、コルク栓を歯で抜いて吐き出した。流しで深鉢を見つけ、ウィスキーを半分まで入れてから、蛇口をひねり、水で倍に薄めた。

「持っててくれ」インガソルはそういって、ウィリーの片腕をおくるみから出して、布巾を深鉢に浸けてから、肩から手首まで、薄めたウィスキーを塗った。それから、力の抜けているウィリーの腕を、プレッツェルの生地をのばすように、大きな両手に挟んで揉んだ。その腕をおくるみに戻し、反対の腕を出して、おなじことをやった。てきぱきとした、自信に満ちた処置だった。

「なにしているの――そんなこと――」

「アルコールは蒸発する」こんどは脚に取りかかりながら、インガソルは説明した。「それで体を冷やす。それに、さすってやることで、血を体表近くに戻す。熱を冷ます。体温を下げる。まず高熱を冷まさないといけない」

インガソルは、反対の脚と上半身も処置し、ディキシー・クレイからウィリーを受け取って、うつぶせにした。「吸入用の薬缶はあるか?」

ディキシー・クレイは首をふった。

「それじゃ、薬缶で湯を沸かしてくれ」

ディキシー・クレイがガス台のほうへ走っていき、インガソルは大股の三歩で台所を通って、正面の部屋の揺りかごのところへ戻った。それをガス台の前に持っていき、ディキシー・クレイに大声で指示した。

「シーツを一枚くれ。ベッドのシーツだ」ディキシー・クレイが、急いで自分の寝台へ行ってシーツを引きはがし、戻ると、インガソルがウィリーを揺りかごに寝かせていた。ふたりがその両側でひざまずき、インガソルがウィリーの顔の上にシーツをかぶせて、薬缶から噴き出す湯気がシーツの下に流れるように、シーツの端を持った。

「つぎは？」ディキシー・クレイはきいた。

「つぎは湯気で追い出す」

「湯気で追い出すって？　ジフテリアを？」

「赤ん坊はジフテリアにはならない。たしかそうだと思う。扁桃ができる喉の奥の皮膚が、まだ厚くないからだろう。赤ん坊は肺炎になって、上気道閉塞《クループ》を起こす」

ふたりは薬缶から出る雲のような湯気につつまれて、かがみ込んでいた。インガソルはウィリーの胸をさすったり、薄めたウィスキーでまた拭いたりした。ディキシー・クレイは薬缶に水を足したり、シーツをぴんと張ったりした。湯気が濃くなり、耳障りな金属音のような咳がひどくなると、ウィリーの体が恐ろしい拳につかまれてでもいるように、ひくひく揺れ動いた。ディキシー・クレイはウィリーの濡れた頭を掌でさすり、まだそこにひよめきがあるのがわかった。落盤を起こした炭鉱に土が落ちてゆくように、その隙間が深く陥没していくような気がした。ミルクを飲ませようとしたが、体にはいるものは咳とともに投げ返された。息をするたびに、ウィリーはひどく精を失っていくように見えた。ウィリーの代わりに息をして、咳をして、病気を自分の肺で引き受けられればいいのにと、ディキシー・クレイは願った。「お願い神さま、お願い神さま」声に出さずにいった。ひょっとして、声に出していたかもしれない。自分たちがこしらえている霧のなかで、インガソルはぜえぜえ鳴っているウィリーの胸に耳を当て、長い茶色の髪の房から汗をウィリーにしたたらせていた。ディキシー・クレイも雨を降らせていた。シーツに火がつかないように気をつけながら薬缶を囲むためにかがみ込み、床とウィリーに汗と涙がぽたぽた垂れていた。

神さま、お願い。この子がいなかったら、あたしには生きていく甲斐がないの。

神さま、あんたは母さんを奪い、ジェイコブを奪った。この子は奪わないで。

もっと湯気を、もっと湯気を。一時間たち、二時間たった。咳がすこしおさまったのでは？　そうだ。がらがらという恐ろしい音が弱まっている。巨大なマメの莢がからからからと鳴る程度だ。力ない手足にふたりが手当てをするあいだ、頭上では嵐で投げ出されたマツの枝が屋根のお相手をして、やがて枝が窓にぶつかるのがまばらになり、煙突から暖炉に落ちてくる雨滴がまばらになり、風がすぼんで、ウィリーの息遣いが聞こえるようになり、まちがいなくよくなっていた。喉が張り裂けるような咳は減った。目は閉じていたが、つらそうにそわそわとまどろんで、眼球が動いていた。

ディキシー・クレイとインガソルは、もうひざまずいておらず、揺りバスケットのそばであぐらをかいていた。午前三時三十分になっていて、家の裏の森でフクロウが鳴いた。インガソルは、はじめてウィリーとは関係のないことを口にした。

「ハム——おれの相棒——は、フクロウが大嫌いなんだ」

「どうして？」

「いおうとしない。というより、いってもいつもちがう話をするから、ほんとうのわけがまだわからない」

「フクロウを怖がることはないよ。ヤマネでないかぎり」ディキシー・クレイはそういって、フクロウがまた八音で鳴くのを聴いた。「コミミズクよ。コミミズクはね、〝だれがあんたのために料理してるの《フー・クックス・フォー・ユー》？だ《フー》れがあんたのために料理してるの《・クックス・フォー・ユー》？〟って鳴くの」

フクロウが三度目に鳴いたとき、インガソルは耳を澄ましていった。「ああ、そう聞こえる」薄れかけているガーゼみたいな湯気を透かして、ディキシー・クレイの顔を見た。

ディキシー・クレイは、ウィリーのほうを見おろした。さっきよりも静かになり、上下している胸もふるえていない。まるでさっきまでのことが嘘のようだ。

「ほら、だいぶ落ち着いた」

インガソルはうなずき、身を乗り出して、人差し指をウィリーの手に差し込んだ。手が指に巻きついた。「それに、熱くない」

「握る力がある」インガソルはいった。

ディキシー・クレイは、ウィリーの反対の手を取った。平熱に戻ったように思えた。

薬缶がカタカタ鳴り、ディキシー・クレイは立ちあがってガスを消し、薬缶にカミツレ茶のティーバッグを二個入れた。そのあいだに、インガソルは洗面所へ行った。ふたりとも揺りかごのそばに戻ると、カップを渡しながら、ディキシー・クレイがきいた。「どうしてこの子がぐあいが悪いってわかったの？」

爆薬が盗まれ、破壊活動家のことが心配なので、堤防を警備するためにハムを探していたのだと、インガソルはディキシー・クレイに話した。その途中で、お医者かジェシ・ホリヴァーをどこかで見かけなかったかと叫んでいるハーパー・ボーイ——小荷物の配達もやるメッセンジャー——がそばを走っていった。ジェシの奥さんが見慣れない赤ん坊を家に置いていて、ジフテリアで赤ん坊が死にそうだという。堤防の労働者のひとりが、ジェシはグリーンヴィルにいると叫んだ。

「グリーンヴィル」ディキシー・クレイは、吐き捨てるようにいった。「お医者は？」

「ブラッドフォード農場で、ブラッドフォード夫人の瘧《おこり》の手当てだ」

ブラッドフォード農場は、ホブノブの三十マイル南にあり、バリー・ブラッドフォードは郡でいちばんの大地主だ。デヴァニー医師は禁酒主義者で、その妻のジェニーは酒場禁止同盟の理事長をつとめている。ディキシー・クレイはいまそれに気づいた。デヴァニー医師は、ブラッドフォードの沼で鴨撃ちの特権を得ている——死病をうつしかねない赤ん坊の手当てをするために、密造人の家に駆けつけるわけがない。

でも、この男は来た。お茶を吹いて冷ましているインガソルを、ディキシー・クレイはじっと見た。茶色の髪が楔形になって額にかかり、茶色の目を隠している。赤いシャツは袖口が汚れている。がっしりした上半身、厚い肩、長い脚を組んでいる。たっぷりの食事を愉しむような男だ。だれがあんたのために料理してるの？

ディキシー・クレイはきいた。「手当てのやりかたを、どこで憶えたの？」

「戦争だ」インガソルが肩をすくめた。「衛生兵と仲良くなって、いろいろ教えてもらったが、そいつは一九一八年九月に、ムーズ‐アルゴンヌで戦死した。大隊のほとんどが殺られた。よその大隊が大幅に規模を縮めて、衛生兵を何人かよこしたが、その前におれたちはみんな医療をすこし身につけていた。憶えたくないようなことまで含めて」

インガソルは黙り込み、ふたりはお茶をゆっくりと飲んだ。ウィリーが目をあけて、か細い声をあげ、首をまわした。ディキシー・クレイを見つけると、じっと見つめた。ディキシー・クレイは見つめ返した。赤ちゃんにはあらゆることを教えないといけないけど、愛しかただけは教えられない、と思った。ウィリーが大好きなブブブブブという音をたてた。それから、ミルクを作り直し、口もとに当ててやると、ウィリーがくわえてすこし吸い、やがて口がだんだんゆるみ、死ではなく眠りが忍び寄ってきて、口が哺乳瓶を離し、それでも舌が一度か二度動いた。

インガソルはいった。「今回のことはべつとして、あんたたちふたりは元気にやっているみたいだな」

ディキシー・クレイは、肩をすくめた。「この子は最高よ」また沈黙が流れた。やがて、「アミティは、あたしが最初の赤ちゃんを亡くした話をしたんでしょう」はっきりした答をもとめていたので、インガソルはうなずいた。

ディキシー・クレイは、なおもいった。「猩紅熱で死んだの。ジェイコブは。あたしは二十歳だった」こういうふうに話すことや、話をするのに慣れていないので、ひとことずついっては間を置いた。ウィリーの額に手を当ててると、もう髪の毛はくっついておらず、乾いて房になり、耳のあたりが長かった。

「ジェイコブが死ぬ前」ウィリーの頭をなでながら、ディキシー・クレイはいった。「あたしはあまりにも強くあの子を愛してた。怖いくらいに。かじりたいのを歯を食いしばって我慢するってようなぐあいに。それに、赤ちゃんをもらった女のひとたちの話も聞いていた。自分と血がつながっている赤ちゃんとおなじように愛せるはずはないと思っていたの。でも、いまよくわかった」ゆっくりした話をウィリーの顔に向けて語っていたが、こんどはインガソルの顔を見あげた。むさ苦しい頬に小さな星のようなえくぼができている。孤児院で育てられると、人間はどう変わるのだろうと、ディキシー・クレイは思った。

数分たってから、ディキシー・クレイはつづけた。「母さんがよくおもしろい話をしてくれたの。あたしが四歳のとき、母さんは弟のルシアスがおなかにいたんだけど、おまえは自分がどこから来たかときいたの。

あたしは母さんにいった。〝あたしが仲間の赤ちゃん天使たちと雲に載ってたら、神さまが母さんを指差していったの。あのひとをお母さんにしたいものはいるか？　それで、あたしは手をあげた〟」

　インガソルがくすくす笑い、ディキシー・クレイはにっこり笑って、首をふった。ジェイコブの話をするのがはじめてだというだけではなく、アラバマをあとにしてから、ジェシ以外と長話をするのもはじめてだと気づいた。網を綯《な》うみたいに、こんなに多くの言葉を口にしている。

　曇った夜明けの光が部屋を明るくしたので、ディキシー・クレイは立ちあがって電灯を消した。まだ温かいもとの場所に戻ったとき、インガソルが座っている場所はじきに冷たくなるだろうと気づいた。独りぼっちになるのが、いまから身にしみた。

「インガソル――」ディキシー・クレイは、ウィリーに目を向けたまま、歯切れ悪くいった。「考えてたんだけど、マンドリンはあんたが持ってったほうがいい。あたしは弾けない。あんたは弾ける。持ってってよ。あたし」――天井をちらりと見た――「あたし、なにかお礼がしたいの。あんたがいなかったら、どうなってたかわからない。あたし――」言葉を切り、息を吸ったとき、眠っている赤ちゃんがおならをした。おとななみの大きなブーッという音だった。ふたりともびっくりして、ディキシー・クレイの引き結んだ口から、空気が勢いよく吐き出された。それでインガソルが笑い、ディキシー・クレイも笑い、またインガソルが笑った。薄闇でなにかが破裂し、張りつめたものが笑い声のなかにもれ出した。それが舞い戻って、ちいさな楽節みたいに立ち昇った。輪唱みたいに、ホーホーと鳴くフクロウの鳴き声みたいに。ディキシー・クレイは笑ったのをあやまりたかったが、あまりひどく笑っていたので、それができなかった――インガソルはよく響く声で大笑いし、まるで小学校の教科書で笑いかたを習ったとでもいうような、音楽的なハッハッハという声だったので――ディキシー・クレイはずっと笑いつづけた。なにも可笑しいことがないのが、よけい可笑しくて笑い、ふたりとも泣き笑いしていた。インガソルは太腿を叩き、ディキシー・クレイは体をふたつに折り、腹の力が抜け、感情に身をまかせ、しまいには揺りかごに額をくっつけて、喉を鳴らし、くすくす笑いに落ち着いて、静かになってから、またくすくす笑った。

　ディキシー・クレイが顔をあげられるようになったとき、インガソルが見つめていて、揺りかごの上から手をのばし、指先でそっと頰をなでた。涙をひと粒すくうと、インガソルは指をひっこめた。

「せっかくそんないいお母さんになれるのに」インガソルがいった。

「なんですって？」ディキシー・クレイの声から笑いが消えていった。

「この子はどうなる？　それが心配じゃないのか？」

「なに――いったいなにが……」

　インガソルは、マグカップに目を落とし、頬髭の下でえくぼが動いていた。まるで自分の考えを嚙んで飲み下そうとしているみたいだった。「あんたに渡すんじゃなかった。知っていたら」

「なにを知っていたら？」

「とぼけるなよ、ディキシー・クレイ」

「なにをいってるのか、さっぱりわからない」

「あんたは密造酒造りだ」吐き出すようにインガソルがいった。「かわいそうだとは思うが、正しいことじゃない……勝手だ。赤ん坊と別れなければならなくなるのに引き取るのは――」

「別れなければならなくなるって――？」

「刑務所にはいったら、育てられないだろう、ディキシー・クレイ――」

　ディキシー・クレイの嘘は、本人にも破れかぶれに聞こえた。「それは――ジェシのことを聞いたんじゃないの。あたしじゃなくて。あたしは知らない――」

「見たんだ、ディキシー・クレイ、おれは蒸留所を。それがなにか、おれにはわかる。あれがだれの仕事場なのかが――」

「あんた――あんた――覗き見するなんていったいどういう了見――」

「おれは取締官だ」――ディキシー・クレイは息が詰まった――「だから、あんたみたいな人間を逮捕するのは、おれの仕事だ」

「あたしみたいな人間」ディキシー・クレイは、とげとげしく鼻でせせら笑った。「あたしのことなんか、なにも知らない癖に」

「もうじゅうぶんにわかった。ずっと育てられないとわかってるんだから、赤ん坊を引き取るべきじゃなかったということが」

「これ、どういうことなの――あたしを脅してるの？　わかった。ジェシに買収されたけど、もっとお金がほしいんだろう？」

インガソルはたじろいだ。

「密造酒取締官なんて、みんなおなじだ。腐敗したろくでなしだ」

「帰るよ」

「いいよ、出てけ」

インガソルは、脚をかかえるようにして、ぎくしゃくと立ちあがった。

「あたしの家から出てけ！」

インガソルは、ドアに向かい、しゃがんで、何時間も前に家にはいったときにほうり出した鞍袋を取った。ここへ来たのが遠い昔のように思える。ディキシー・クレイはあとをついてきて、ウィリーを起こさないように鋭く叫んだ。「出てけ！　出てけ！　出てけ！」

ディキシー・クレイがドアをあけると、インガソルがくるりと向きを変えて出そうになったが、そうはせずに肩をそびやかした。だれかがいるのを見たのかと、ディキシー・クレイは思った——やっとジェシが帰ってきたのか？——だが、インガソルの向こうには、はっとするようなものはなにも見当たらなかった。地物の上を霧が渦巻き、棺にかける布のように垣根を覆っているだけだった。

つぎにインガソルがやったのは、ディキシー・クレイにはまったく予想もつかないことだった。大男のインガソルが、クマみたいに両方の拳をふりあげて、叫びをひとつ発した。言葉にならない苦しげな叫びが、結晶をちりばめたような大気に反響した。インガソルがふりかえって、ディキシー・クレイに面と向かい、やはり罠にかかった野獣のような目をきょろきょろ動かして、手をのばした——手首をつかまれるのかと思って、ディキシー・クレイはひるんだが、インガソルがつかんだのは、ドアの支柱の脇に立てかけてあったマンドリンの棹だった。それを木樵が斧をふるうみたいに高々とふりあげて、床に叩きつけた。喉からもれるうめき声みたいな音をたててマンドリンが割れた。インガソルがさらに二度、叩きつけ、牙みたいな形のマホガニーの破片が、ディキシー・クレイの顔のそばを飛んだ。しまいには反った棹と、テールピースに取り付けたたるんだ弦だけが残った。その残骸を、インガソルは壁に投げつけた。

そして、ベランダを横切り、帽子と雨合羽を拾って、階段を駆けおり、昨夜から鞍をつけたまま、トネリコの木の下で前脚を折って休んでいた馬に向かった。馬が霧のなかでいななないた。

11

「おまえ、どこ行ってたんだ?」ハムがきいた。広場を見おろす窓に向かい、寝台に腰かけていた。

インガソルは部屋にはいり、荷物を床に置いて、ドアを閉めた。ハムはまだふりかえらない。肩をそびやかし、下着のそこが水平な線になっていた。

インガソルは、どう答えようかと考えた。「おれ……」勝ち目はない。ハムがやってきた訊問をすべて見ている。相手はみんなすくんで、しまいには白状する。いま打ち明けるしかない。

ディキシー・クレイの家を出たとたんに、胸のうちに怖れが生まれた。水びたしの雲や、破壊活動家が待ち構えていた霧のなかに踏み出した。前腕の毛が逆立ったのは、寒さのせいではなかった。

ホレスに跳び乗り、あばらを蹴った。鞍に水がしみていて、上り坂で馬が登りやすいように、インガソルが身を乗り出すと、ホレスの脇腹を水がなだれ落ちた。ぬかるんだ道路でインガソルが馬をどんどん責めたせいで、何度か転びそうになった。太陽が昇ると、霧がすこし薄れはじめたが、インガソルの怖れは薄れなかった。ホブノブに午前七時ごろに着くと、店はまだ閉まっているはずだが、広場には黒い雨合羽のひとびとが集まり、まるでカラスの群れみたいに、雨合羽をばたばたさせ、手ぶりをして、わめき、ぴくぴく動いていた。「保安官がいうには——」「パーチマンの囚人を突撃部隊にして艀に詰め込もう」「でも、州兵の宿営に貨車を割り当てたら、こっちは——」「中国まで穴があいちまう」それだけで、インガソルには事情がわかった。

「おれ……」インガソルはもう一度いった。

「おまえが、なんだよ?」ハムがいった。

「堤防へ行ったんだ。あんたを探しに」インガソルはいった。「そうしたら、赤ん坊が病気だと、だれかにいわれた」

「どこの赤ん坊だ?」

インガソルは答えなかった。ハムが向いている窓の外で、町役場の旗が風で鳴っている。綱がゆるみ、留め金が旗竿に当たっていた。

「ああ、まったくもう、インガソル。あのみなしごの赤ん坊だな? グリーンヴィルに置いてきたんじゃなかったのか」

「置いてこようとしたけど、できなかった。ホブノブではほかの人間にあげた……それで……なあ、ハム、行けないってあんたに伝えるよう、ボーイに頼んだんだ」

「どこの子供《ボーイ》だ? 子供なんか来なかったぞ」

「ハーパー・ボーイだ。ハム、赤ん坊が病気だったんだ。どうすればよかったっていうんだ?」

「おまえは医者か、イング?」

「医者は行ってくれない」

「それがおまえにどう関係がある?」

「行かなきゃならないと思ったんだ、ハム」

「で、どこの馬の骨ともわからねえ赤ん坊を救うために、町全体を危険にさらしてもいいと思ったのか?」ハムが立ちあがった。顔が頬髭とおなじくらい真っ赤になっていた。ハムが吠えた。「町全体をだ」

インガソルは黙り込んだ。自分がどうしてそうしたかを、説明することはできない。

ハムの巨大な手から、くぐもったバキッという音が聞こえ、掌をひらいて見た。象牙の櫛がまっぷたつに折れて、ハムのピンクの掌であわれな残骸になっていた。ハムがそれを壁に投げつけると、跳ね返って床に落ちた。

「堤防でなにがあった?」

ハムが、インガソルをじろりと睨んだ。

「頼むよ、ハム」

ハムは考えあぐねているようだったが、話したいのだと、インガソルは見てとった。やはりハムは話しだした。暗くなると、馬で堤防へ行った。てっぺんの泥道は幅が十二フィートほどで、三百ヤードごとに見張りが配置されていた。昼間だと間隔が短いように思えたが、いまはランタンの丸い後光のような光も遠い星のようだし、咳やつまらないことを大声でいうのも、川の轟音とくらべるといかにも弱々しかった。ハムは在郷軍人会やエルクス慈善保護会がほとんどを占める志願者たちの列に沿って、馬を進めた。クラブ23からも早々と何人か来ているのがわかっていた。だれもが紙巻タバコをふかして背を丸め、水しぶきを避けるために襟を立て、長靴をはいて足踏みをしながら、ときどき携帯水筒からウィスキーをちびちび飲んでいた。身を切るような風だった。すさまじく冷たい風が、波の指先から泡をはじき飛ばしていた。

午前三時ごろに霧があたりを包んだ。インガソルがこっちへ向かっているものと思っていたハムは、持ち場を守った。一級射手のインガソルが、ちゃんと近づいてくると思っていた。霧が濃くなり、馬を進めているとき、技師のふりをするのではなく、戦時中のように、命令に従う部下がいる少尉だったらよかったのにと思った。町で好かれているイタリア人のロベルト・グッチョーネが番をしている駅舎の上の持ち場に、ハムは近づいていた。グッチョーネは愛玩動物とおなじように英語はほとんどできないが、レストランでは堤防の労働者にただでスパゲッティを食べさせる。霧の門を透かして、三つのぼんやりした人影が見えた。ひとりしかいないはずのところに、三人がいた。馬腹を蹴り、ウィンチェスター銃に手をのばしたとき、ぞっとするようなくぐもった悲鳴が聞こえ、小柄な人影——ロベルトだ——が倒れた。体が地面にぶつかるドサッという音がした。

　ハムは馬をとめ、脚を馬首の上にふりあげて滑りおりると、馬に蹴られないようにそっと離れた。腰をかがめて、肥った濃い灰色の人影に狙いをつけた。

　そのときですらためらいがあったと、ハムはいった。インガソルがすぐそばに現われて、最初の一発を放ってくれると思っていたからだ。だが、インガソルは現われなかった。そこでハムは、ふたつの人影のうちの近いほうにウィンチェスター銃を向けて撃ち、レバーを押し下げてまた撃ち、レバーを押し下げて三発目を放って、そこでようやくひとりの体が跳びあがり、おかしな高い音を喉から発して、闇で横ざまに倒れた。

　もうひとりは一発目と同時に川に跳び込み、ハムが駆け出したとき、船外機の音が、音を大きくする霧のなかで、不気味なくらい近くから聞えた。船外機の回転があがってバタバタという音が響くと、ハムの側からも対岸のアーカンソー側でも、おおぜいが恐怖と怒りにかられて、わけもわからないままライフル銃を撃ちまくった。なにかを狙っているわけではないのに、弾薬がなくなるまで撃つのをやめなかった。

　ハムは、ロベルトのランタンを杭からはずして、自分が撃った男のほうへ行った。顔の下半分が吹っ飛び、大きくせり出した腹を押さえているベルトに、輪胴式拳銃《リヴォルヴァー》が窮屈そうに挟まっていた。ハムはその拳銃を抜いて、自分のベルトに挟んだ。死んだ男の体温で、表面がまだ生温かい。つぎに、ロベルトを見た。喉が切り裂かれ、口を大きくあけて笑っているみたいな傷口から、いびきみたいな音をたてて血が泡立ち、見る間に流れ出す勢いが弱まり、とまった。

　ハムはそういうときに見つかった。銃を持った男たちが走ってきて、ことによると発砲し、その場でハムを殺していたかもしれなかったが。だれかが「撃つな。おれたちの仲間だ」と叫んだので、そうはならなかった。

ランタンに照らされたハムの十一号のブーツのそばに、四つの包みがあった。ぜんぶで三十二本のダイナマイト。それに雷管と導火線。

インガソルは目を閉じた。ハムに平手打ちを食らったような衝撃を感じた。「待ってくれ――包みが四つ――ということは――」

「引き算を手伝ってやろう、イング。盗まれた箱の爆薬のうち、三十ポンドがまだ見つかっていねえ。つまり、またやれる」

「ああ、なんてこった」

「そこへトルード署長が、息せききってやってきた」ハムが、話をつづけた。「〝貴様は何者だ?〟とききやがった。

〝技師だ〟といってやった。〝堤防を救おうとしてる技師だ〟。そこへ、クラブ23でおれがポーカーで勝ったことがある痩せた背の高いやつが進み出た。〝ほんとうだ。こいつは技師だし、相棒もそうだ〟。みんながうなずいた。それでどうなったか、知りてえだろう? 肝心なときにだれが来たか、知りてえだろう? 二十七、八の相棒だったかな? いや、二十七、八の相棒じゃねえ。町から道路を走ってきて、堤防へ斜めに登ってきたのは、一台のフォードだった。ジェシ・くそ・ホリヴァーがおりてきた」

インガソルは、うなだれて両手に顔をうずめ、指で頬をぎゅっとつかんだ。

ハムが話をつづけた。「ジェシ・スワン・ホリヴァー。あのちび……」――ハムは、言葉に窮していた。どれほど腹が立っているかがわかる――「伊達男、めかし屋、お稚児が、フロックコート姿でいった。〝グリーンヴィルから戻ってきたところだ。なにがあった?〟。ポーカー男が、こいつは技師で破壊活動家を撃ったと教えた。するとジェシがいった。〝そいつはどうかな、タッカー。どうしてこいつがただの技師だといい切れる? こいつは爆薬のことにずいぶん詳しいようじゃないか〞。みんな黙り込んでおれのほうを見た。ジェシがタッカーにきいた。〝こいつはいつからいる?〞。タッカーが考え込んで答えた。〝二週間もたっていないだろうな〞。ジェシがいった。〝それじゃ、どういうやつか、わからねえだろうが〞。〝そうだな〞と、タッカー。そこでジェシが、署長のほうを向いた。〝こいつの相棒はどこにいるんだろうな〞、そして、堤防の上から身を乗り出して、くだんの舟が行っちまったほうを覗き込んだ」

インガソルは、しきりと首をふった。また顔を両手でつかんだままだった。

「それで、署長はおれのほうを向いた。〝相棒はどこだ?〞。そうきかれても困るぜ」

どこか下のほうで、たぶん台所だろうが、皿が落ち、なにかが割れる音がした。インガソルは、怒られていると思わずにはいられなかった。泥のかたまりを残してしまっただろうか? たまたまバナナを食べただろうか? 恋に落ちただろうか?

「で、トルード署長がいった。〝あんたをブチ込む〞」

インガソルは、自分の指の網から目をあげた。

「で、手錠を出した」

「まずい」

「まったくだ。やつは手錠を出した。おれに手錠をかけて、堤防を下らせ、駅舎へ行くと、ジェシがどなった。〝ちょっと待て〞」

ハムが言葉を切った。インガソルは、そのあとが知りたくてたまらなかったが、それでいて知るのが怖く、その間合いがつらかった。とはいえ、ハムの話術のテンポの巧みさには感心させられた。

ハムが話をつづけた。「で、署長は手錠をひっぱって、おれを立ちどまらせた。すると、ジェシがいった。〝あんたはこいつをたいそうやさしく扱ってるが、おれはこいつの本名を知りたくてたまらねえんだ〞。署長がいった。〝簡単にたしかめられる〞。おれの尻ポケットに手を入れて、おれの財布を出した」

「なんてこった、ハム」

「で、おれはいった。〝わかったよ、ジェシ。白状する。ひとの財布を覗き見するこたあねえだろう。ハムっていうのは――〟」

インガソルは、思わず身を乗り出しているのに気づいた。

「そのとき署長がおれの財布をぱたんとあけた。〝たまげたな。こいつは連邦政府の密造酒取締官だ〟」

「なんてこった」

「すると、まわりの男たちがいっせいにひいた。タッカーはポケット瓶からぐびぐび飲んでいたのに、飲みかけで叢に落としちまって、ウィスキーがどくどくと流れ出した。おれがまわりを見ると、みんな顔の前にカーテンを引いたようだったぜ。もちろん、ジェシだけはべつだ。もとから顔にカーテンがかかってて、なにを考えてるかわからねえ。トルード署長は、おたおたしてたが、おれを逮捕できないのは分かり切ってた。それで鍵を出して、手錠をはずし、こういった。〝このあたりで蒸留所を見つけたのか？　そうきくのは、どこにもないからだ。あればおれが知ってる〟。で、おれは答えた。〝いや、見つけてねえし、見つかるとも思ってねえ〟。そのころには、みんなひそひそしゃべりながら、離れてった。署長がいった。〝われわれのなかに潜入捜査官がいるとは知らなかった。前もって報せてくれてもよかった。正体をばらすようなことはしない〟。よけいなことをいってもしかたがねえから、〝もっともです。申しわけない〟っていった。トルードがうなずいた。〝それでも、あんたの相棒、もうひとりの捜査官と話をしなきゃならない。署へ来るようにいってくれ。まず、きちんとしたアリバイが聞きたい〟」

ハムの灰色の目が、赤茶色のもじゃもじゃ眉毛の下で、球軸受《ボールベアリング》の鋼球みたいだった。「さあ、どうなんだ?」

インガソルはひとつ息を吸って、そもそものはじまりから話した。ディキシー・クレイが密造人だとは知らずに赤ん坊をあげたことを、ハムに打ち明けた。ジェシがディキシー・クレイの夫だというのを、あとで知った。支流のそばでまたディキシー・クレイと会った。蒸留所を見つけた。ディキシー・クレイが蒸留所を動かしているのをつきとめた。

ハムが、しきりと首をふった。「たまげたな。どうしていわなかったんだ?」

「わからない。悪かった。でも――この事件を公にしたら、赤ん坊がどうなるか、考えるのも恐ろしくて」

ハムが窓のほうに向き直って、指先を硝子に当てた。

「くそっ、イング」

インガソルは、寝台覆いの丸い房をいじりながら、九年前にハムと知り合ったときのことを思った。インガソルの大隊は、ムーズ-アルゴンヌ攻勢の最初のころに甚大な打撃を受け、他の大隊の生き残りが合流した。新しい小隊長が来て、それがハム・ジョンソン少尉だった。インガソルはそのころには伍長に昇級していて、もっと上に行けるかもしれなかったが、高校よりも上の教育を受けていないことが、ときどき明るみに出てしまった。部隊機動や射撃訓練の三点監査法や暗号解読がわからないわけではなかったが、将校が自慢する進学校のことをなにも知らなかった。

新しい小隊長は、到着するとすぐに、塹壕にうずくまってノミ取りをしていたインガソルに伝令をよこして、〇六〇〇時にジョンソン少尉の天幕《テント》に出頭するよう命じた。まずいことをやったのだろうかと思いながら、インガソルは出頭し、長方形の緞通に置いた野戦椅子に座った少尉が、ナイフでリンゴの皮をむくあいだ、気をつけの姿勢でいた。リンゴをむき終えると、少尉は皮を緞通の上に捨てて、真鍮のボタンとボタンのあいだにナイフを差し込んで掻いてから、インガソルに値踏みするような目を向けた。インガソルは、ジョンソン少尉の頭の上のほうに視線をまっすぐ据えていた。テントの奥のほうでは、歩兵がひとり、蚊帳を巻いていた。

少尉がボタンのあいだからナイフを抜き、しげしげとそれを見てから、ズボンで刃を拭いて置いた。そこでようやく口を切った。「で、射撃達人《オール・デッドアイ・オーファン》のみなしごとは、おまえか？」

「そうであります、小隊長どの」遅かれ早かれ、みんなが知るはずだった。他の下士官とともに基本訓練のためにキャンプ・グラントへ行ったインガソルは、練兵場で教官の軍曹に引き合わされ、ライフル銃の可動部分について軍曹がどなり声で教えた。槓桿《こうかん》、遊底、上部と下部の負革環。汚さず、すぐに取れるように、小休止のときにライフル銃を円錐形に組む叉銃《さじゅう》を実際にやってみせた。それから射撃訓練をやった。インガソルの番になると、距離百ヤードで土嚢の陣地から撃ち、十発（と銃身を温めるための三発）すべてが的に当たった。カーコフ軍曹は、訓練を中断してどなった。

「おまえらサルは、だれひとりとして的に当てることができん！　この兵隊だけが、半径六インチに集中させてる。これが射撃っていうもんだ、野郎ども！」

「目立とうとするなよ」二段寝台の相棒、ウィスコンシン州の酪農家が、便所へ行くときにいった。「ガキのころに狩りをしじゅうやってアライグマを撃ってても、ドイツ野郎を撃てる度胸があるとはかぎらねえんだぞ」その兵隊は翌日に謝り、その後、ふたりは友だちになった。インガソルはぜったいに打ち明けなかったが、狩りにいったことはおろか、政府に押しつけられるまで銃を持ったことすらなかった。でも、持つとぴったりだった。ボルトアクション、十インチ・ツイスト（旋条［ライフル］リングの回転を示す単位で、十インチで一回転するものを十インチ・ツイストという）、星型径《スター・ゲージ》（おおまかにいうと銃口の内側が六芒星にカットされている）のスプリングフィールド銃――渡すときに軍曹が説明したそれらの特徴も気に入り、忘れずにいた。その銃はギターと似ていた。まんなかに空洞があるから、強い力を持っている。それをいうなら、インガソルもそうだ。

基本訓練は六週間つづいた。五週目にインガソルが食堂で薄いコーヒーを水筒に入れていると、演習は予定されていないのに、空襲警報のサイレンが聞こえた。テントから駆け出して、空を見あげた。爆撃機も甲高くうなる砲弾も見えなかったが、将校たちは、駐屯地司令を中心に固まって、しきりと手ぶりをしていた。

「どうなってるんだ?」インガソルのうしろにいた二等兵が、電報線巻き枠を持って将校用テントから走ってきたべつの二等兵にきいた。「あそこだ!」巨大なキノコみたいにそびえている給水塔のほうを顎で示しながら、二等兵が叫んだ。「だれかが登ってる。水に毒を入れるつもりだ!」インガソルに黒い形が見えた。背嚢を背負って鉄の階段をよじ登っている男の夕闇に浮かぶ影法師を見て、メアリ・ユーニス修道女が幼い子を寝かしつけるときに、指を曲げてクモの巣を登るしぐさをしながら歌う「ちっちゃなクモさん」を思い出した。

駐屯地司令が叫んだ。「カーコス」軍曹が急いで走ってゆき、すぐにインガソルが名前を呼ばれた。呼ばれるだろうとにわかに気づくと同時だった。インガソルは早くもライフル銃を肩からおろして進み出ると、折り敷いた。カーコスがそばに来ていた。「落ち着け」と注意した。「塔には当てるな」インガソルは、カーコスの手が肩に置かれるのを感じていた。兵士たちが叫び、指差し、背後の野戦照明が地面にインガソルの影を映していた。ライフル銃を構えて、安全装置をはずし、右目を細めた。「撃て」カーコスが命じた。インガソルは撃たなかった。静かな場所にはいり込んでいた。メアリ・ユーニス修道女を転がしてどかし、そばでうろうろしているカーコスを遠くへ押しのけ、兵士たちを黙らせ、カーコスが躍起になって「撃て!」と命じるのを聞かなかった。風速と千五百ヤードという射程を計算していたからだ。右目をあけたあと、クモがべとつく巣から飛び離れ、落ちながらクモの悲鳴をあげているのが見えた。引き金を絞った記憶がなかったが、兵士たちがインガソルの名を叫び、背中をどやしていた。

駐屯地司令が、人だかりをかきわけてきて、片手をあげた。「カーコス」軍曹に命じた。「野戦電話機をここへ持ってこい。この二等兵が、ジョン・J・パーシング大将（一九一七年八月―一九一八年十月海外遠征部隊司令官）の陸軍で一級射手の資格を得たことを家族に報せる電報を打てるように」

電話機を持たされても、インガソルはなにもいわなかった。司令が肩をぎゅっとつかみ、さあ、交換手に家族にどういいたいかをいうんだと促した。インガソルは送話器を見た。周囲で沈黙のかたまりになっている兵士たちのことが気になり、破壊活動家を撃たなければ、よけいな詮索をされずにすんだのにと思った。司令の口の端から笑みが消えた。「どうした、おまえは電話をかけたことがないのか?」

「そうではありません」それもほんとうだと思いながら、インガソルは答えた。

「では、なんだ?」

「電報を打つ家族がおりません」

「家族がいない?」

「そのとおりです、司令どの」

「おまえは――みなしごなのか?」

「はい、そうです」

「ふむ、神の名において」司令がいった。「おまえはもう、みなしごではない。アンクル・サムの養子だ」司令がインガソルの背中を叩くと、うしろでまた歓声と笑い声があがり、見知らぬ男たちに名前を連呼されるのが、インガソルには奇妙な響きだった。

司令が将校用テントのほうへ離れていき、カーコス軍曹の前で足をとめた。「まさにこういうやりかたで、戦争に勝たねばならない。安定した技倆で狙いが正確《デッド》な《アイ》一級射手のみなしごをまた見つけたら、わたしに教えてくれ」

そこで綽名が生まれ、身上調書にも記されているので、ジョンソン少尉はにやにやしながらその綽名を口にしたわけだった。少尉がリンゴをかじり、舌の上でリンゴが氷山みたいにぱっくりと割れた。それをむしゃむしゃ嚙みながら、少尉がいった。「一週間以内に、フレンチ七五《ナナ・ゴ》が一門届く」

この少尉はとんでもないことを口にすると思ったが、インガソルは正面を見据えたままでいた。少尉の歯がまたリンゴをぱっくりと割る音がした。「扱いかた、知ってるか？」

「いいえ、知りません」

「知ってるふりはできるな？」

どう答えればいいのかわからず、インガソルは口ごもっていた。「楽にしろ、伍長《アット・イーズ》」ジョンソン少尉がいい、インガソルは足幅をひろげた。

「休めといってるんじゃねえよ。ほんとうに楽にしろ」ジョンソン少尉がいった。

インガソルは、やっとジョンソンの顔を見た。回転鋸みたいに顎を動かしている。大きな音をたててリンゴを飲み込むと、肩ごしにどなった。「マローン！　椅子を出してやれ」

野戦椅子が差し出されたので、インガソルは座った。

「リンゴは？」

「いいえ、結構です」リンゴは何週間も見ていなかったが、インガソルは断った。

「よく聞け」片手を膝に置いて、ジョンソンが身を乗り出し、反対の手のリンゴの芯をふった。「おまえを呼んだのは、手を貸してもらいてえからだ」ジョンソンが、芯を口に入れて、端を嚙み切った。「フレンチ七五を一門支給してもいいといわれた」——また芯をかじり、食べながらしゃべっていた――「曳く馬数頭、強力爆薬メリナイトもいっしょに。操作の経験がある砲兵学校出の将校がいれば、という条件つきだ」飲み込む音が聞こえ、ジョンソン少尉の喉を芯がおりてゆくのが見えればおもしろいのにと、インガソルは思った。「おれはその大砲がほしい。どうしても必要なんだ」

　インガソルはうなずいた。前の小隊長にも、そう進言したことがある。見晴らしのきくところで波状攻撃をかけてくるドイツ軍歩兵部隊を粉砕できる野砲が、なんとしても必要だったし、フレンチ七五と呼ばれる七十五ミリ野砲は、駐退復座機をそなえているので反動で後退することがなく、撃つたびに照準を修正する必要がないので、一分間に十五発を発射できる。自分が前の小隊長におなじ意見をいったことを、新任の小隊長は知っているのだろうかと、インガソルは思った――先週の火曜日、一分に二発しか発射できない扱いづらい野砲の照準を修正しているときに、小隊長が撃たれるまで、インガソルはそれをいいつづけてきた。

「だがな」ジョンソンが話をつづけた。「おれのところには砲兵将校がいねえんだ」大きな首を傾け、茎をつまんで芯の残りをぶらぶらさせ、落とした。「どっこい、おれにゃ奥の手がある。なんだか知りてえか？」芯をごりごりと噛みつぶした。

「知りたいです、小隊長どの」

「射撃達人のみなしご《オール・デッドアイ・オーファン》だ。それでじゅうぶんだと思わねえか？」そうきいたとき、ジョンソンの南部なまりがあらわになった。

　インガソルは、肩をすくめるでもなく、うなずくでもなくいった。「はい、小隊長どの」

「よし」最後の芯を飲み込んだ。「それで決まった」

ハム・ジョンソンが、ポケットナイフを太腿から取って、緞通に落ちているヘビみたいな皮に突き刺した。そして、ナイフでひっかけた皮をむしゃむしゃ食べはじめた。「七五《ナナ・ゴ》が届いたときには、おまえが指揮しろ。扱いかたを知らないのを気取られるんじゃねえぞ。助手を四人、馬方をふたりつける。迷いを見せたら怪しいと思われる。そうなったらふたりとも降級だ」

そんなわけで、七十五ミリ野砲が届けられ、インガソルは検査しているふりをしながら仕組みを見破って、ジョンソン少尉の指揮下で使用し、五マイルも離れたドイツ軍の鉄条網の防御帯に通過できる場所をいくつもこしらえた。九月下旬、ムーズ-アルゴンヌ攻勢のさなかに、重要戦線四カ所のうちの一カ所だったヒンデンブルク線を突破した。それが休戦につながったと、のちに戦争分析の専門家たちが述べている。

やがて、ハムとインガソルは、十四年先任の上官と部下という立場でありながら、友だち同士になった。インガソルにスタンフォード・ビネー式知能検査を受けさせたのはハムで、インガソルは百十二点を取った。インガソルが射撃の名人だというのは、だれもが知っていた。頭もいいというのを見抜いたのは、ハムがはじめてだった。結果が出るまで、インガソル本人も気づいていなかった。それが重要だったことに、インガソルはあとで気づいた——ハムではなく、自分のために、後日それが役立った。

それがいま、こうしてハムを裏切った。かかわってはならない人間とかかわりを持ち、いくつもの事実を捜査から隠した。合わせる顔がなかった。

ハムは、戦争のことも考えていた。窓に向かい、そっといった。「おれは憶えてるよ——あの日のあと——おまえに勲章をあたえるよう推薦状を書いた。敵との戦いにおいて、求められる使命をはるかに超える、卓越した勇猛果敢なふるまいに鑑みて、というように」

ふたりはヴァタロット夫人の猩々紅冠鳥《カーディナル・スイート》の間にいたが、激戦地ヴェルダンにもいた。八百人からなる大隊の黄土色の塹壕に、その八百人の大半が死んだあとに。

フランス守備軍のニヴェル将軍が唱えた隊是「敵を通《イル・ネ・》すまじ《パセロン・パ》」が招いた結果だった。馬と砲撃の甲高い叫び、糞尿、血、腐りかけた肉、浮きかすに覆われた水のなかでふくれている死体。飲める水はそこにしかない。まるでしこたま水を飲んだみたいに、死体の腹はふくれている。ハムがあらたな命令を受けた。両軍が争奪しているサン・クエンタン運河を夜のあいだに泳いで渡り、防御を強化した機関銃陣地を殲滅しろという命令で、ハムは志願者を募った。大隊全員に向かっていったが、インガソルだけに頼んだのとおなじだった。インガソルもそれは呑み込んでいて、志願した。これまでも頼まれたことはやってきた。ふたりは部下三十七人を率いて、ヴェルダンから出発した。それ以来、いままで何年も、その話をしたことはなかった。

ハムが窓から指先を離すと、くっきりした五つの輪ができていて、やがてそこも曇った。

「八年、相棒だった」ハムが首をふった。「八年の……友情」

「すまない、ハム」

「あの赤ん坊のせいだな」ハムがふりむいた。「シャツを換えて、髪をとかせ。警察へ行って、きのうの晩、どこにいたかを署長にいえ」

「いえない、ハム」

「いえる。いわなきゃならねえんだよ」

「ホリヴァーが留守のときに家にいったなんていえない。赤ん坊がいるのを、みんな知らないんだ。とんでもない誤解をされる」

「それじゃ、なにが誤解じゃねえんだ、イング？」

「やめてくれ、ハム」

「なにをやめろっていうんだ？」ハムが、寝台をよけて、インガソルのほうへ数歩進んだ。「埒を越えちまった部下に、もう取り返しはつかねえかもしれねえってさとすのを、やめろっていうのか？」

インガソルは、脇で拳を固めた。

ハムが、インガソルの前で立ちどまった。「出ていけ」ドアのほうへ腕をふって、どなった。声を荒らげないように我慢しながら、つづけた。「舟でずらかったやつを見つけ出せ。密造の取締がまだできねえ理由を、なんとかフーヴァーに説明しなきゃならねえが、町の住民の目の前で破壊活動家をひとり殺した。そいつの仲間のでぶは、夜明けに向けて出帆しちまったけどな」

インガソルは、ハムの部屋を跳び出して、ヴァタロット下宿屋の階段を駆けおり、森へ行って蒸留所をぶち壊してから、もうひとりの破壊活動家を見つけ、ホブノブから永久におさらばしたかった。二度と近寄りたくない。この水びたしの町にやってきてから、なにもかもが狂いはじめた。

だが、自分が望むことは、なにひとつかないそうになかった。

ハムの部屋から追い出されて向きを変えたとき、ものがぶつかる音が聞こえた。手摺から下を覗いた。ヴァタロット夫人とアイルランド人の小女が、階段の踊り場で大きな衣装簞笥を抱えて、にっちもさっちもいかなくなっていた。

「ノーラ・キャノン、おまえを馬鈴薯農場へ帰したほうがいいみたいだね」

「でも、奥さま――」

小女が唇を嚙みしめ、両腕をうしろにのばして、前で衣装簞笥を持ちあげていた。ヴァタロット夫人は数歩うしろで、下から支えている。上から見ていたインガソルには、そのままだと踊り場をまわるときに、手摺子に脚がひっかかってしまうとわかった。もっと高く持ちあげなければならないが、ふたりにはそれがわかっていないし、わかっていても、持ちあげられないだろう。手伝うのはまっぴらごめんだったので、召使い用の階段はあるだろうかと思ったが、そんなものは望めないと、すぐに気づいた。溜息をついて、大声でいった。「そこでじっとしてて。おれが行くから」

簞笥は重かった――どちらかが気を利かして抽斗を抜いていたが、それでも重い――それに、馬鹿でかかった。しかも、下で女ふたりが脚を持つと、よけい動かしにくくなった。しまいには、インガソルはかすれた声でいった。「おれが持つ」うめいて肩にかつぎあげ、階段をよろよろと昇った。

「どこへ持っていく？」

「右側の三番目の部屋。マネシツグミの間。だいじなものは高いところへ運ぶよういわれたの」

インガソルは、女ふたりが追いついてくるのを待たなかった。閉まっているドアに簞笥をもたせかけて、下からドアノブを手探りし、ねじると、勢いあまってよろけながらはいっていった。足をふんばって、簞笥の鉤爪形の脚をどすんとおろした。

バタロット夫人が、下から抽斗を持ってくるようノーラに指図してから、せかせかとはいってきた。「あらまあ、インガソルさん、あなたがいらしたのは、神さまのおぼしめしですわ。天佑ですわ」

「お役に立ててうれしいですよ、奥さん」

「そういっていただけるとうれしいわ！　とても、とても、とてもうれしいわ。わたくしの主人スタンレー・R・ヴァタロットが――安らかに眠りたまえ――存命でしたら、うちも万事こぎれいにできるんですけど、あいにく」――首をふった。「寡婦《やもめ》には厳しい時代です。貧しくて身を守るすべもないやもめには。お聞きになったでしょう」――声をひそめた――「昨夜の破壊活動家のこと」

インガソルは、抽斗を小女から受け取りながらうなずいた。

「密造酒取締官だったそうよ！　考えられないわね」

インガソルは、長方形の抽斗を傾けて、角を差し入れた。

「買収されていたんでしょうね。あの連中はみんなそうよ」

インガソルは、ジェシに買収されているとディキシー・クレイになじられたことを思い出し、抽斗を乱暴に押し込んだ。口惜しかった。眠れない夜に、インガソルは持ちかけられて断った賄賂の金額を合計し、あまりにも大きい額だというのに驚く。だが、正直な取締官がいるとは、だれも思わない。ハムただひとりしかいない。そのハムを自分は裏切った。

「避難するように勧められたんです。水位は五十四フィートです。でも、家を捨てることはできません。きのう何インチ雨が降ったか、ご存じ？」

インガソルは、つぎの抽斗に手をのばした。

「十五インチですよ！　十八時間で十五インチ！　パイン・ブラッフで決壊があって、百五十エーカーが水没しました。ここの堤防がもつと思いますか、インガソルさん？　洪水の最高水位が来るまでまだ何日かありますけど、水位はどんどんあがっています。堤防はもちますか？」

もたない、といいたかった。逃げろ、といいたかった。ハムがやっとフーヴァーと連絡をとると、盗まれたダイナマイトのことはあまり騒ぎ立てず、できれば、事実無根に見せかけろと命じられた。ハムの予想どおり、ハムとインガソルは破壊活動家の捜索も担当することになったが、それをやり遂げる方法について、フーヴァーからはなんの指示もなかった。ふたりがどういう危険に立ち向かっているのか、上層部はまったくわかっていない。ヴァタロット夫人に向かって、インガソルはいった。「どうして避難を考えないんですか？」

「わたくしの美しいものをみんな置いていけというの？」とんでもないというように舌打ちして、ヴァタロット夫人はエプロンの裾を持ちあげて舐め、箪笥に彫られた渦巻き装飾を磨いた。「これはお母さまのお母さまの簞笥だったのよ。ベルギーのゲントからニューヨークに取り寄せたのよ」

「簞笥はもう心配ないでしょう。二階にあげたんですから。あなたもそうすればいい。まあいいでしょう、用が済んだようなら、おれは――」

「まあ、モーラ時計も運んでくださるの。ほんとうにやさしいのね。だってスイス製ですのよ」

インガソルは、廊下の先の部屋にいるハムのことを考えた。もうとっくに逃げた破壊活動家をひっとらえて事情を聞いていると思っているにちがいない。

「お願い、インガソルさん」

どうにも断れなかった。

振り子時計は高さ六フィートもあったが、ふたつに分解して運ぶことができた。硝子の盤面と、派手な色に塗られた基部が分かれている。息を切らしてそれをマネシツグミの間に運び、条彫りのはいった柱を胸で押して戸口から入れるときに、手の甲をすりむいて、歯の裏を叩いている悪態を嚙み砕いて呑み込んだ。ようやく下におりて、そっと玄関に向かうとき、ヴァタロット夫人が蓋に額縁入り写真をいっぱいならべたピアノをなで、探るような目を向けたので、インガソルは怖い顔で首をふった。

「あなたはほんとうにすてきな紳士ね」ヴァタロット夫人が、そういってインガソルの腕を叩いた。「ご褒美をあげられるといいんだけど。バナナはいかが？」

冗談なのかどうかわからなかったが、疲れていてそれを読み解く気にもならなかった。「奥さん」帽子の縁を傾けて、大股にドアを出ていった。

通りに出ると、シャツが汗で背中に貼りついていたので、着替えればよかったと思った。だが、また雨が降っていたので、そのうちにどうでもよくなるはずだった。荒物屋のそばを通ると、注意書きがあった。

〝傘、雨合羽、オーバーシューズは品切れです〟。その下に、べつの人間の字で、〝アセチレン・ランプとランタンの灯油も品切れ〟。その下にまたべつの人間が〝希望も品切れ〟と書いていた。

町はまるで蟻の巣だった。家具店のラヂオ受信機の前にひとだかりができ、肩に材木をかついだ連中がせかせかと通り過ぎ、二階の窓へサイドボードを運びあげているものが歩道をふさいでいる――女はほとんどが避難して、男ばかりになっていた――何人かが、インガソルのほうを指差してからそっぽを向き、鋭い声をあげたり、ささやいたりした。新聞売子が大声でいう。「カイロの水位計は五十六フィートになった！　新記録だ！」トルードを見つけて、汚名を晴らさなければならない。だが、ヴァタロット夫人から、ハムが撃った破壊活動家の死体は、葬儀屋のショーウィンドーに横たえられていると聞いていた。なにかわかるかもしれないので、まず死体を見て、それを見物している野次馬を見ることにした。

建物のぐるりに列ができていたが、順番を待っているひまはなかったので割り込み、ぶつぶついわれるのを聞かないふりをした。六フィート三インチの長身が、こういうときには役に立つ。爪先立つと、かなりよく《プレティ・ウェル》見えた。見たものはきれい《プレティ》でもよく《ウェル》もなかった。かなり肥った男の顎を、ハムは吹っ飛ばしていた。あの巨体では、その顎がもっとも小さい的だったにちがいない。でかい胴体をはずしようがない射撃で、どうして狙いが上にそれたのか？　そうだ。おれが現場にいたら、いくつもの事柄がまったくちがっていただろう。こいつを撃って、殺さない程度の怪我を負わせ、自白させて、破壊活動家たちを逮捕することができたはずだ。密造人の逮捕はそのあとでいい。破壊活動家さえいなくなれば、堤防が決壊しても、それは自然の力によるものだから、こっちとは関係ない。こっちはとうに遠ざかり、ふるえる堤防や指を握りしめる赤ん坊や結婚している密造人とのあいだには、果てしない赤い粘土《レッド・クレイ》の土地がある。どれも自分の知ったことではない。なんの責任もない。新しい仕事、新しい町、新しい顔。インガソルは、死体から顔をそむけた。

「あんたの知っているやつか?」

床屋の三色縞の円柱看板にトルード署長がもたれ、タバコを巻いていた。

「いや」

「知らないのか?」

「知らない。だが、おれはこの辺の人間じゃないからな」

「そうだってな。真っ先におれを見つけて、供述しろっていわれてないか?」

「いわれた」

「これを見るのが先っていうわけか?」

インガソルは、葬儀屋のショーウィンドーをちらりと見た。傾けた板に載せられた死体は、雨がしたたっているだれかの傘の蔭になっていた。インガソルは、トルードのほうをふりむき、肩をすくめた。

トルードが、巻紙の縁をなめ、タバコを押し固めて閉じると、口にくわえた。ポケットに手を入れてマッチ入れを出し、親指を使って一本抜き、擦って、制帽の広いつばの下に持っていくあいだ、インガソルを値踏みするように見ていた。

「行こう」円柱看板を押すように離れながら、トルードがいった。「署で供述をとる」

ふたりは、バルコニーが雨除けになっている歩道を歩いて、雨のなか、本通りを横切った。正面に堤防がある。三階建ての高さで、土嚢の壁で補強されている。土嚢の上に波が打ち寄せているから、川の水位は堤防を数フィート超えているとわかる。川の急な曲がりの部分では、もっと高く土嚢を積んであるが、それでも波が上を越えて跳ね、土手に叩きつけ、泡立って渦巻いているのが見えた。やがて一本の流木が、空を爪でひっかくような恰好をして、曲がりでじたばたと暴れた。ニューオーリンズはまもなく、ホブノブを破壊活動家に爆破してもらう必要もなくなるだろう。破壊活動家も、そう予想したにちがいない。だから、銀三十枚（ユダがキリストを売った報酬）を手に入れるために、急いで母なる自然をだしぬこうとしたのだ。

「ここだ」トルードがいって、町役場の階段を示した。

ふたりは二段ずつ階段を昇った。なかにはいると、外套をかけ、インガソルは帽子を脱いで、ドアの外に差し出し、雨水を切った。向きを変えたとき、つるつるのタイルでブーツが滑って、インガソルがトルードの肘をつかもうとすると、トルードが拳銃に手をのばした。インガソルは股が裂けそうになったが、なんとか立ち直った。こいつは神経をとがらしている。悪い兆候だ、と思った。

インガソルは、トルードにつづいて、憂い顔の警官ふたりが詰めている受付の前を通り、雨もりを受けとめているバケツが仕掛け爆弾みたいにあちこちにある廊下を進んで、広い部屋にはいり、奥のタイプライターと電話機と山のような書類が置いてある机と椅子の前で立ちどまった。左右二房ずつが向き合って留置場があったが、寝台とバケツがあるだけで、だれも入れられていなかった。かすかに小便のにおいがしていた。

トルードがいった。「座れ」くたびれた革の安楽椅子を指差した。インガソルは腰をおろし、立ったままで茶色い書類つづりをひらいているトルードを眺めた。トルードが片方の蔓を持って眼鏡を鼻にかけ、書類をしげしげと見た。やがてバタンと閉じて、机に置いた。

「ここになにが書いてあるか、わかるな？」割れた眼鏡で書類をつつきながらいった。「昨夜の出来事の書類だ。報告を出さないといけない」蔓を持って眼鏡をふり、書類挟みの上にほうると、机の前にまわって、ちょこんと腰かけた。

「おれは物事を考えてまとめるのが苦手なのかもしれない」トルードはつづけた。「それとも、言葉を飾るのが苦手なのかもしれない。事実を曲げるのに慣れてる、お偉い連邦政府の潜入捜査官とはちがって」

そういうことか。ここでなにが起きようが、地元警察と連邦政府の永年のうらみつらみに毒されることになる。

「だが、細かい部分がどうにもわからなくてね」

口をきけばこじれるだけなので、インガソルは黙っていた。

「まず、はじめに、偽の技師・志願者・堤防の見張りがいる。そいつが地元のイタリア人の死体と、射殺されたよそ者のでぶの上に立ちはだかってるのを、何人もの目撃者が見ている。そうそう、ダイナマイトの包み四つも忘れるわけにはいかない。そうそう、発動機《モーター》・船《ボート》で逃げたやつも忘れるわけにはいかない。そして——ここからが見せ場になるわけだが——その偽技師・堤防の見張りは、おしのびの連邦捜査官だとわかった。われわれには知らされていなかった。署長どのにすら内緒だった」

トルードが眼鏡を持って、また何度かまわした。

「それから、ほかになにか……そう、そうだった。その偽技師・実は密造酒取締官は、こういうんだ。〝おれには相棒がいる。身許を請け合ってくれる〟。〝そいつは結構だね〟と、おれはいう。〝どじで間抜けで蚊帳の外に置かれてた地元警察は、そのご立派な相棒をどこで見つけられる？〟。その答を知りたくないか？」トルードが言葉を切り、顔がくっつきそうになるくらい身を乗り出して、どなった。「〝知らねえ〟」

インガソルはじっと座ったまま、それに耐え、耐えたことがものすごく不愉快だった。キャンプ・グラントで、寝棚の相棒が長靴を磨くのを忘れたせいで将校に叱りつけられたときとおなじだ。だが、基本訓練は大戦では役に立った。これはもうひとりの破壊活動家がまた爆薬を仕掛ける前に捕らえるのを遅らせるだけで、なんの役にも立たない。

黙って聞いていろ、インガソル、我慢しろ。すぐにここから出られる。両手を膝に置いたが、ドア枠で擦りむいた手の甲にすじが残っていたので、太腿の下に挟んだ。血がついた拳をふって、ひとを殺していないというのはまずいと思ったからだ。

声から怒りを吸いだすために、大きく息を吸った。

「署長。ハムがいうのはほんとうだ。ハムは連邦捜査官で、禁酒法を執行するためにここに派遣された。おれはハムの相棒だ。もう何年も組んでいる。堤防を守るためにハムは巡回していた。おれも合流する予定だった——ちょっとよんどころのない用ができた」

「どんな用だ？」

インガソルは、雨が幕のように流れている窓に目を向けた。「友だちが、助けが必要だった」

「どの友だちだ？」

「いえない」

「いえないのか？　いわないのか？」

インガソルは、肩をすくめた。

「立て、インガソル捜査官」

インガソルは立った。

「あそこの監房にはいれ」

「なんだって？　本気か——洪水が起こりそうなんだ。おれの助けが必要——」

いちばんいってはいけないことだった。トルードが、机を押すようにして立った。「おまえの助けなんかいらない。ごたくはたくさんだ、インガソル捜査官。アリバイをいえ」

「署長、誓う。おれは堤防の近くにはいなかった。無茶をいうな」

「これにそういってみろ」トルードが拳銃を抜き、インガソルの胸に向けた。

トルードが撃鉄を起こすよりも早く拳銃を抜いて撃つ自信はあった。だが、それでは厄介なことが増えるだけだ。それに、トルードはほんとうにこちらが破壊活動家だと思い込んでいるわけではない。怯えているだけだ。買収されていて、それを取締局に知られているかどうかがわからないのが、不安なのだ。

だが、なにしろインガソルは疲れていて、さっさと終わらせる気になっていた。

「着装武器《サイドアーム》を渡してくれ」

インガソルは、拳銃を机に置いたが、トルードは身体検査はせず、ブーツを脱がせようともしなかった。

「それじゃ、事情をすっかり聞かせてくれるまで、あっちにはいっていてもらおうか」

「こんなことをやっているひまはないんだ」インガソルは、口から長い息を吐き出した。「相棒のハムは堤防にいて、おれもいないといけなかったんだが、ホリヴァーの家に行っていた。ホリヴァーの奥さんの赤ん坊が病気だと聞いたからだ」

「ホリヴァーの奥さんの赤子は、二年前に死んだ」

「新しい赤ん坊だ」

「どうやってもらった」

「おれが持っていった」

「あんたが、赤ん坊を持っていった?」

「そうだ。それで、ようすを見にいった」

「ホリヴァーさんは、そんなことはいわなかった」

「おれが赤ん坊を持っていったとき、ホリヴァーさんはいなかった」

「それじゃ、ご亭主が家にいないときに、あんたはホリヴァーの奥さんを何度も訪ねたんだな」

「聞いてくれ――」

「くそ」トルードは、首を横にふった。「くそたまげた」肝をつぶして、椅子にもたれ、拳銃を革鞘にしまった。「あんたがしゃべりたがらないのも、もっともだ。くそ。あの男の女房にちょっかいを出すとは。くそ」またそういって、陰気な笑い声をもらした。

「ちがうんだ――」

「わかってる、ロメオ、わかってる」トルードが手をふって、インガソルを黙らせた。「だが、あの女はヤマネコだぞ」

「思いちがいするな。おれは――」

「おい、ちょっと黙ってろ」トルードが、グラバフォンの一体型送受話器《ハンドセット》を取った。「ホリヴァーの女房があんたの話を裏付ければ、あんたへの容疑はなにもない。郡保安官事務所に電話して、あんたを釈放することになるだろう。だが、おれがあんたなら、おとなしくしてるね。ジェシが聞きつけたら、あんたは外にいるよりブチこまれていたほうが安全だ」壊れた眼鏡をダイヤルに近づけて、まわしはじめた。「ジェシはまちがいなく聞きつける」

インガソルは、安楽椅子にどさりと背中をあずけて、待った。トルードが交換手と話をしてから、送話口に向けて小声でしゃべれるように椅子をまわして、インガソルに背を向けた。トルードが言葉を切り、インガソルが見ていると、トルードの背中が緊張するのがわかった。ようやくトルードが送受話器を架台に戻し、椅子をまわして向き直ったとき、考え込む目つきになっていた。

「保安官は、まだ釈放しないほうがいいといってる。あんたとおなじ名前の人間が、二週間ばかり前に、死んだ店員と死んだジプシーふたりのことを通報したそうだ。あんたの行く先々で死体が現われるというんだ。酒類取締局に問い合わせるあいだ、あんたを足止めしたほうがいいというんだ」

「冗談じゃない。おれには仕事がある」

トルードが薄笑いを浮かべて、留置場のほうを示した。仕方がないのでインガソルはそこにはいり、ドアが閉まる音を聞いていた。

12

ウィリーが命を取りとめた夜の翌日、ディキシー・クレイはエプロンの下にウィリーをくるみ込んで、チェスターで町へ行った。インガソルが出ていったあと、ウィリーを膝に載せて揺り椅子を揺すり、ふたりともうとうとしながら、しじゅう目を醒ました。胸の上の赤ちゃんはちっぽけで弱々しかった。ウィリーが咳をすると、ディキシー・クレイははっとして背をのばし、咳の音に耳を澄まして、インガソルとの口喧嘩を思い出した。インガソルは密造酒取締官だった。はじめは、ジェシに報せたほうがいいと思った。やがて、知っているにちがいないと気づいた。そこでつぎに思ったのは、インガソルに報せたほうがいいということだった。

しまいには、ふたりともどうなってもかまうものかと思った。でも、ディキシー・クレイは怯えていた。

自動車がかなり近くを通ったので、チェスターが横に跳びはねた。自動車が通るたびに緊張するのがわかった。ひょっとして警官が乗っているかもしれない。インガソルはどうするつもりだろう？　支流のそばで会った日に、蒸留所を見つけたにちがいない——あの日、あのひとにキスしたかった。あのひとが立っていた日向のほうに体を傾け、あのひとの顔のほうに顔を仰向けたかった。どうしてもあんたに会いたかった、そう彼はいった。なんて馬鹿なの。あたしは三文小説の女主人公じゃない。ギブソン・ガールとはちがって、髪を頭の上に高く盛ったりしていない。ウィリーにひっぱられないように、ウィリーの腕くらいの太さのお下げに編んでいる。エプロンをかけている。密造ウィスキーが香水の代わりだ。あたしは密造人。インガソルは取締官。どうにもならない。

そうだろうか？　それじゃ、どうしてあたしを逮捕しなかったの？　あのあと、どうして逮捕しにこないの？

でも——蒸留所を見なかったふりをして、目をつぶるだけではすまない。取締官ふたりが行方不明になっている。インガソルとその相棒は、その穴を埋めるために派遣されたにちがいない。インガソルは、あたしを逮捕しなければならなくなる。そうするしかない。それとも、相棒がやるだろう。それも当然の報いっていることは、だれにも話していないかもしれない。疑が、疑いは強まるばかりだった。ジェシはようすがおかしい。神経をぴりぴりさせていて、突然、わけありげに、おかしな時間に家を出ていく。

わずか数週間前には、刑務所行きになることを思うとぞっとしたが、ここでの暮らしは刑務所と変わりがないし、たいして恐怖もなく、ぼんやりと考えただけだった。いまでは、刑務所へ行くことは考えられない。

ウィリーをまたみなしごにするなんて、できない。数時間前に雨がやんだとき、ディキシー・クレイはウィリーを肩にかついで揺り椅子から立ち、逃げようと決意した。だから、まだ弱っているウィリーをエプロンの下に入れて、町に出てきたのだ。

ウィリーを連れて艀に乗り、グリーンヴィルへ行けるはずだ。グリーンヴィルには、赤十字の救護所が五カ所にある——一カ所は黒人向けの窮屈な大規模救護所、メキシコ人向けの小規模な救護所、そして白人向けの給食所と病院つきのすこしましな救護所が三カ所。インガソルと喧嘩する前にも、町の女たちといっしょに避難しようかと思ったことがあった。だが、すさまじく混雑しているグリーンヴィルにいるよりも、シュガー・ヒルに身をひそめているほうが、洪水をやり過ごすには安全だろうと判断し、やめることにした。救護所は荒れている。グリーンヴィルは綿花栽培地で、ニグロの小作人が、親やその親が奴隷だった土地にいまも住んでいる。話によれば、また奴隷時代のようになっているそうだ。ワタ畑が水に浸かり、小作人は小作料を払えずに、北部へ逃げた。だが、地主は来年にワタを摘む人間がいないのではないかと心配になった。そこで一日七十五セントで労働者が土嚢を積み、それを州兵が監視して、土嚢積みを拒むものがいれば撃ち殺し、死体を川に投げ込んでいる。そのため、暴動が起きるのではないかとささやかれている。それだけではなく、救護所で黄熱病が発生したという噂もある。

だから、グリーンヴィルへ行くという方法はとれない。それに、グリーンヴィルではすぐに見つかってしまう。パイン・グローヴまで船でいくことも考えた。何度もやったことがあるが、きまって浅瀬に乗りあげてしまう。弟は結婚したし、ブルーは死に、父さんは腰痛と痛風に苦しめられている。もう何年も狩りをやっていない。いちばん最近の手紙には、禿げあがったくたびれた男の写真がはいっていた。それじゃ、どこへ行けばいい？ チェスターが、尻をもぞもぞさせ、尻尾をあげたので、楽に脱糞できるように、ディキシー・クレイは鞍にかけた体重をゆるめた。どこだろうとかまいはしないと、心に決めた。逃げることさえできれば。必要とあれば野宿する。なにを買わなければならないか、考えた。灯油、蠟燭、食料——このあいだジェシが補給品を買ってきたときには、蒸留所で使う原料しか買ってこなかった。ウィリーのためにエバミルクがいる。弾薬もいる。

技師たちは堤防についてどういっているのだろうと思い、技師たちがいっていることをみんなはどういっているだろうと思った。きのうの暴風雨で屋根板がはがれ、鍋はみんな雨もりを受けとめるために駆り出された。台所の窓に吸盤でくっつけてある雨量計は、あふれていた。十六時間に十インチ以上降った。そんなにいっぱいの雨を、雲はよく口のなかに溜めておけるものだ。

ホブノブへの道は縮んで、水をたたえた雨裂のあいだをのびる細長い泥の岬でしかなかった。マーヴィンじいさんの土地はもとから沼みたいだったが、いまでは水が玄関に達している。馬に蹴られた日にマーヴィンじいさんが農業をあきらめ、ウィスキー密造をはじめたときから放りっぱなしになっている錆びた農器具が。芝生にできた大きな池から突き出していた。凧はなく、牽引自動車《トラクター》と藁梱包機が、水面のそれぞれの双子の影像と向き合っていた。

エプロンの胸当てのなかで眠っているウィリーの首が、あぶなっかしく斜めに傾いていた。ディキシー・クレイは、ウィリーの頭を持ちあげて、胸を枕にしてやった。ラバはとぼとぼ歩きつづけ、左右の鏡のような水に積雲が映っていた。頭上ではマツの枝が、ジッパーみたいにぴたりと合わさっている。嵐が過ぎたあとの静けさで、それなりに美しかった。一羽のチャックウィルヨタカが鳴き声とともにマツのなかから現われて、悠然と、数フィート離れたべつのマツへ飛んだ。バーナデット・ケイプスが、その鳴き声のことを教えてくれた――〝チャック・ウィルのやもめ《ウィドウ》!〟――母鳥が地面に巣を作ることも教わった。母鳥が狂ったようになっているのは、そのせいかもしれない。十インチ以上の雨で、雛が溺れたのだろう。

ウィリーが猫の鳴き声のような声を出したので、ディキシー・クレイは身を乗り出して、頭のてっぺんにキスをした。ウィリーの病気で、たいせつなことがひとつわかった。それまで以上に、ウィリーが自分のものだとわかった。ウィリーが来てからの十二日間、求愛を深めるように、ウィリーの機嫌や見かけや手足や体のあちこちに慣れ親しんできた。頭のにおい。洗ったあとの髪は仔ガモの綿毛みたいにふわふわだし、やわらかな耳を口に含むと、ひらきかけたバラの花みたいだ。おむつを汚したときには、ちびの裁判官がじっくり考えているみたいな、真剣な顔になる。陰部の赤くかぶれたところには、ワセリンを塗ってやる。顎の下を布巾で拭いてやると、吐き戻しの酸っぱいにおいが気持ちいい。ある日、それを味わったこともあった。高い高いをしてからおろし、自分のにこにこ顔に近づけたとき、お祭りの射的で狙いすましたみたいに、ウィリーのげっぷが口に命中した。軽石を粉にして歯磨きをこしらえているときに、友だちに話しているところを想像したが、友だちはいない。きょうあたしの赤ちゃんがなにをやったか、とても信じられないでしょうね！

あたしの赤ちゃん。あたしの赤ちゃん。ウィリーと呼ぶのも大好きだったが、他人でもそう呼ぶことができる。あたしの赤ちゃんといえるのは、あたしだけだ。でも、もとからあたしの赤ちゃんだったのか、膝をついて夜通し看病し、呪い、祈り、泣き、哀願し、もっとも深くて暗い場所に落ち込んだあと、ことさらその言葉が真実味を増した。インガソルもいっしょにそういう心境になったようだった。でも――あたしを逮捕して、ウィリーを連れ去ろうとしていたのなら、わざわざ馬でやってきて、ウィリーを助けたのはなぜだろう？　インガソルのことをどう思えばいいのか、まったくわからなかった。赤ちゃんが好きなのは本心で、それはわかる。ウィリーがぐあいが悪かった長い夜のあいだ、ガタガタと鳴る薬缶の湯気のなかで、シーツのテントのなかでふたりは顔を近づけていた。インガソルの顔からしたたっていた水が、汗だけではなかったのを見ている。

チェスターがセヴン・ヒルズの泥道から、舗装された大通りに出た。ひづめの音が、ズボズボではなく、パカパカになった。舗装してある道は中ごろが通りやすかったが、水の逃げ道がないので、ひどく細くなっていた。大通りと旧厩通りの角に、屋根つきの馬車寄せがある、三階建てのデヴァニー医院がある。水がじわじわとカシワバアジサイの茂みと蔓バラの拱門《アーチ》を過ぎて、クローケー場の半分を覆っていた。胸まである土嚢の壁が、家をしっかりと囲んでいる。一分の隙もないようだったが、幅二十フィートの切れ目があって、疲れた作業員みたいにだらしない恰好で、土嚢がいくつか崩れていた。柱に囲まれた広いベランダが二カ所にある。いつもは籐の椅子とテーブルに、酒場禁止同盟の面々が集《つど》って、甘い紅茶を飲んでいる。きょうは両方のベランダに自動車が一台ずつ載っていて、建造されたばかりの船が柱にもやってあった。

ディキシー・クレイとウィリーは、大通りから本通りに出て、やがて、驚くべき光景を目にした——馬とラバと自動車が、中央の車線にひしめき、運河では男の子たちがカヌーを漕いでいた。ディキシー・クレイはアミティの店の前でチェスターをとめたが、杭は水に囲まれていたので、階段の手摺につなぎ、段を昇っていった。ドアに書き置きがあった。〝ようすを見にいってくる。三時にあけるので爽やかなコカコーラをお楽しみに〟。両手を丸めて硝子戸の奥を覗くと、陳列棚が木挽台の上にあげてあるのが見えた。

店が閉まっていて、だれもが広場に走っていき、町はまるでお祭りみたいな異様な雰囲気だった。ディキシー・クレイは、チェスターをアミティの店につないだまま、先へ歩いていった。広場に近づくと、やかましい音が大きくなり、本屋のそばの角を曲がると、おおぜいの人間が目にはいった。だが、うろうろ歩きまわっているのではなく、広場の南端に立つ南部連合軍兵士の像のほうを向いていた。列ができているのだとわかった。横に四人ずつならんで、のろのろと進んでいる。その両側にかしましい連中が集まっていた。風船売り、オレンジ箱に立って黙示録を引用している説教師。犬が何匹も、人だかりを走り抜け、吠えている。靴磨きが、木の道具箱を持って、列のそばを進む。

「故人に敬意を表しましょう!」と、歌うようにいう。「靴磨き十セント! 十セント玉一枚で、ぴかぴかになりますよ、旦那！」

ディキシー・クレイは、そのひとだかりに混じった。両腕でウィリーをかばい、押してくる肘や葉巻の灰を防いだ。どういうことなのか知るために、知り合いを探していた。ディキシー・クレイは背が低いので、背中や肩しか見えない。文房具屋のそばの角に青い郵便ポストがあり、双子の男の子がそこに座って、アイスキャンディをなめていた。体裁を気にしなければ、あそこによじ登れるのにと、ディキシー・クレイは思った。

「失礼、ホリヴァーの奥さん」上のほうから声が聞こえた。銀行家のジョー・アダムズが、ディキシー・クレイの足を踏んだのを謝ったのだ。

夫人はいっしょではなかった。だから声をかけられたのだろう。ローリーン・アダムズは、リトル・ロック出身の禁酒主義者で、ササミを〝胸肉〟というくらいお高くとまっている。だが、ジョーは二五年の銀行五十周年行事のために、ブラック・ライトニングをこっそり三箱買った。

「なにがあるの？」

「聞いていないのか？」

ディキシー・クレイは、首をふった。

「堤防を爆破しようとしたやつがいた」アダムズは、前にならんでいた男に呼びかけた。「おい、エース、モクを一本くれ」手をのばし、紙巻タバコを受け取った。

「堤防を爆破？」

「ああ、ダイナマイトでふっ飛ばそうとした」ふたりは、うしろの人間から押された。

「いつ？」

「昨夜」ひとの群れが、ぎゅうぎゅう押してきた。

「さあ」アダムズがうながした。「順番を抜かれたくない」

アダムズがポケットを叩いてマッチを探すあいだに、

ディキシー・クレイは前に進んだ。「だれ？　だれがやったの？」

「だれも知らない」タバコに火をつけるために、アダムズが顔を伏せてから、爪先立ちして、ディキシー・クレイには見えないものを覗き込んだ。「だが、もうじきそいつが見える」

「見えるって？」注意を引き戻そうとして、ディキシー・クレイはアダムズの肘を押さえた。「どこで？」

「ホッブズの葬儀屋」アダムズがいった。「死体を陳列している。爆薬を仕掛けて逃げようとするところを見つけた密造酒取締官に撃ち殺された」

「なんてこと《オー・マイ・ゴッド》」ディキシー・クレイはいった。

「そうだな」アダムズが、また紙巻タバコを吸った。

「ただ、神《ゴッド》はこの際、関係ない。そいつは堤防の見張りの喉を切り裂いた。町を洪水で水浸しにしようとした」

ひとの波に押されて角をまわり、不意にホッブズ葬儀店のショーウィンドーの前に出ていた。アダムズと数人が前に出て、黒い背広を着た死体の前に立ちふさがった。ふたりとも帽子を脱がなかった。

「醜い野郎だな」ひとりがいった。「顎があってもひでえ醜男だろう」

「デブだし」もうひとりがいった。

「コンクリートに足跡ができるくらいデブだ」アダムズがいうと、あとの男たちが笑った。アダムズが、吸殻をはじき飛ばした。「棺桶をかつがなくてすんでよかった」

「見たことのないやつだな」

「そうだな」

「おれも知らない」三人目がつけくわえた。「だが、このあたりの人間には見えない」

ディキシー・クレイは爪先立ちしたが、見えなかった。男たちの上から、ショーウィンドーのなかの掲示二枚が見えた。一枚にはこう書いてあった。〝この遺体の支度と防腐貯蔵処置には十四ドルかかります。これはホブノブの善良な皆様のためにホッブズ&息子《サン》葬儀店の経営者がお勉強する特別なお値段ですので、皆様に害をなそうとしたこの男をどうぞご覧ください〟。

もう一枚には活字体で、〝なんぞエジプト人をしてかくいわしむべけんや、曰く彼は禍《わざわい》をくだして彼らを山に殺し、地の面《おもて》より滅ぼしつくさんとて彼らを導き出せしなりと。されば汝の烈《はげ》しき怒りを熄《や》め汝の民にこの禍をくださんとせしを思い直したまえ〟（出エジプト記三十二・十二）とあった。

人の列がアダムズたちを進ませようとしたが、三人は動かなかった。

「ダイナマイトが四袋だそうだ。三十二本あった」ひとり目がいった。

もうひとり――エースと呼ばれた男――が口笛を吹いた。「おれたちみんな、天国までふっ飛ばされちまう」

「顔がぐちゃぐちゃなのは残念だな」最初の男がいった。「どこのだれだか、つきとめにくい」

「どこのだれだったか、だ」三人目がいった。「死んでるんだから、ラリー」

「たしかに」と、ラリーがいった。「こいつは下働きだろう。肝心なのは、だれの手先かっていうことだ」

三人目がいった。「人相書きが出てる。画家が顎をつけ足して書いたんだ」

「賞金千ドルだってな」

「二千って聞いたぞ」

また人波に押された。「早くどけよ！」だれかがどなった。

アダムズがごぼごぼという音をたて、背をそらしたので、ショーウィンドーに唾を吐こうとしているのだと、ディキシー・クレイにはわかった。「地獄で焼かれろ！」

男たちがどいたが、ディキシー・クレイは押しのけられる前に硝子のショーウィンドーの前に跳び出した。どろりとした痰が流れているショーウィンドーの向こうには、知っている顔があった。顔の下半分がなくてもわかった。

ムーキーおじさんの顔。

はっと声を出しただろうか？　あとでディキシー・クレイはどうだったろうと思った。くるりと向きを変え、身を躍らせて逃げようとした拍子に、男の丸い胸にぶつかって跳ねかえった。肩にかついだウィリーが、体と体のあいだにはさまった。ディキシー・クレイは仰向けによろけて、勢いよく倒れそうになったが、男が身をかがめて両肘を力強い腕でつかみ、ひっぱって立たせた。ディキシー・クレイが顔をまわしてウィリーを見ると、ひいひい泣いていた。

「ああ、あたしの赤ちゃん。怪我はない？　だいじょうぶ？」

ウィリーが指を二本口につっこんで、しゃぶりはじめた。まだ泣いていたが、声はくぐもっていた。ディキシー・クレイは、ウィリーの肘にキスをした。「ごめんなさい、ウィリー。ごめんなさい」

ウィリーを肩にしっかりと抱くと、肘を脇にひっぱられた。「ちょっと！」くだんの男が、葬儀店の脇のほうへひっぱっていって、路地に連れ込もうとしたので、ディキシー・クレイは叫んだ。まるでフォークダンスでも踊っているみたいな恰好だった。「ちょっと！　やめて！」煉瓦の壁に背中を押しつけてとまり、肩ごしに見た。アダムズやさっきの男たちはどこにいる？　ひとの群れがやかましく、小突きあっているので、ディキシー・クレイが連れていかれたことに、だれも気づいていなかった。路地の奥で、男がひとり、ゴミ容器のそばで立ち小便をしていた。腰をちょっとふり、そそくさと角をまわっていなくなった。

ディキシー・クレイは、自分をここへひっぱってきちがいない。大男で、豚の毛みたいなごわごわの赤茶色の髪がふさふさしていた。赤い頬と赤茶色の髪という組み合わせは、道化た感じでもあったが、灰色の目には物事を見抜く鋭さがあった。

「おまえのことはわかってるんだ」男が、うなるようにいった。

「あんたには一度も会ったことがない」

「おまえがなにをやってるか、わかってる」男が詰め寄った。

「あのね、なにをいってるのか——」

「黙れ。あの男はおまえのせいで撃たれた」葬儀屋のほうに親指をしゃくって、男はいった。「おれが撃った。おれが殺した。訊問してだれに頼まれたかを聞き出すことができなくなった。あいつが撃たれたのはおまえのせいだ。おれの相棒がその赤ん坊をおまえに渡して、猫かわいがりするために持ち場を離れたせいだ」


「あんたの相棒？　その——相棒って——インガソルのこと？」

「そうだ。だが、相棒とはいえねえな。だろう。あんたの家へ行くために、おれを堤防に置き去りにしたんだからな」

ディキシー・クレイは、その継ぎはぎ模様の断片をつなぎ合わせようとした。インガソルの相棒がハムで、きのうの晩、ムーキーおじさんを撃った取締官はハムだった。そのときインガソルはあたしの家にいた。

「それで、さっきあんたをじっくり見ていたんだ、お嬢ちゃん。じっくりとな。あんたが死んだ破壊活動家をじっと見ているのを、じっくりと見て、知ってるんじゃねえかとピンときた」ハムの目が、煉瓦に打ち込むしろめの釘みたいに、ディキシー・クレイを釘づけにしていた。「あんたがなにかしゃべってくれるんじゃねえかと思ったのさ」

あたしが密造人だというのを、ハムは知っているにちがいない。逮捕するつもりだろうか？　ウィリーが身を縮めた。あまり強く抱きしめていたからだ。

ハムが足を進め、ディキシー・クレイの顔と、ディキシー・クレイが抱いている赤ちゃんと顔がくっつきそうなくらいに近づいた。「いえ」とハムがいった。「だれなのかいうんだ」

路地の外のひとだかりから、ふたりは十ヤードしか離れていなかった。ディキシー・クレイが悲鳴をあげれば、だれかが聞きつけるはずだった。だが、ハムは脅しつけるように、ディキシー・クレイの肩のそばで壁に手をついて、逃げ道をふさいでいた。

「知らない」ディキシー・クレイはいった。「だれだか知らない。なにも知らないよ」

ハムの目が、ディキシー・クレイの顔を探るように見ていた。ディキシー・クレイは、顎を突き出して、視線を受けとめた。路地の奥でだれかが立ちどまって、こっちを覗き、離れていくのがわかった。赤ん坊がひとつ咳をした。

ずいぶん長いあいだ、ハムは動かず、ディキシー・クレイも動かなかった。ネズミが一匹、腐った野菜のにおいがする路地をさっと走っていった。ようやくハムが腕をおろして、一歩さがった。ディキシー・クレイが見ていると、ハムの表情がゆるんで、のろまな大男のようになった。唇がだらしなく突き出し、錐をもんでいるような目よりも肉付きがいい頰のほうが目についた。まるでゴムの仮面でもかぶったようだった。

「まあいい」頰髭に手をやりながら、ハムがいった。「それがあんたのいい分だ。なにも知らないっていうのが」

頰髭を掻いてから、路地の口のほうを向いた。体が小さくなったように見えたが、それでも胸は分厚かった。だが、自分の力を引き出すことができないかのように、足が重たげだった。ペンキを塗った煉瓦壁の〝ピンカムおばさんの特効薬〟の広告のそばを通っていた。

「あんた、ほんとうは何者なの？」ディキシー・クレイは大声をあげた。心底ききたくてきいたわけではなかった。

ハムが、背を向けたままで立ちどまった。「おれのことを、インガソルはどういった？」答を聞くために向き直った。

「なにもいわなかった」

「なにも？　なにひとつ？」

「ああ、ひとつだけ。フクロウが鳴くのを聞いたの。そうしたら、あんたがフクロウを嫌ってるって」

「フクロウ」ハムが、馬鹿にするように鼻を鳴らした。

「ああ、たしかにフクロウは大嫌いだ」

「あんたがわけはいわないって」

「前触れなんだ。フクロウが鳴くのを聞くと、なにか悪いことが起きる」

「もうとっくに起こってたよ。あたしの赤ちゃんはクルップを起こしかけて死にそうになった。それにあの男が」——葬儀屋のほうを親指で示した——「撃たれた」

ハムがあまり長いあいだ黙っていたので、返事しないのかと、ディキシー・クレイは思った。ハムが路地の口のほうを向き、ディキシー・クレイに背を向けたままでいった。「悪いことは終わっちゃいねえ」といい捨てて、ぶらぶらと離れていった。「終わりのはじまりすら、まだ見ていねえんだよ」

13

インガソルは、寝台に腰かけて、向かいの監房を眺めた。まるでそこにないものを、鏡で見ているようだった。トルード署長は、机に向かって、ニワトリが餌をついばむみたいにタイプライターを叩き、インガソルを無視していた。屋根を叩く雨のニワトリが餌をついばむみたいな音がやみ、監房の窓から弓形の堤防が見えた。雨合羽を着た男たちが背をまるめて、意志の力で水を撃退しようとしている。だれかが残りのダイナマイトを持っている。堤防が爆破され、このまま監房から出られなかったら、どうなる？

「電話をかけさせてくれ」

「保安官から連絡があるまでだめだ」

ここにいるのをハムがつきとめるまで、どれくらいかかるだろう？　ヴァタロット夫人の家具を動かすのに、三十分はかかった。それから、死体を見るのにも三十分くらいかかって、それからトルードと三十分くらい話をした。もう帰ってくるだろうと、ハムは当てにしているにちがいない。しかし、ハムはもう、当てにしないことにしたかもしれない。

トルードが、机の抽斗から巻いた紙を出して、書類つづりに入れた。

「葉巻を吸っていいか？」

「保安官から連絡があるまではだめだ」

馬鹿、馬鹿、馬鹿野郎。

トルードの電話が鳴り、出るとインガソルのほうをちらりと見てから、椅子をまわし、背中をまるめた。

「だめだ」ちょっと相手のいうことを聞いてからいった。「ここで手が離せない。おれ抜きではじめてくれ」受話器を置くと、鼻から息を吐き出した。おれにもうここにいてほしくないんだ。おれがここにいたくないのとおなじように。それでインガソルはいいことを思いついた。

　鉄格子のあいだから手をのばして、壁に立てかけてあった箒の曲がった藁一本をつかんだ。ひっぱると箒が倒れて、コンクリートの床にぶつかり、やかましい音をたてた。だが、トルードはじろりと睨んだだけで、またタイプライターに向かった。そこでインガソルは箒をなおもひっぱって、監房のなかに入れた。手に入れると、万能ナイフを出した——ディキシー・クレイの蒸留所の錠前をあけるのに使ったのとおなじ刃で、巻いた針金を箒の柄に固定している又釘をこじった。又釘を抜いて、針金を数フィートほどいた。トルードが、見ているのを気づかれまいとしながら見ているのがわかった。インガソルは、針金の端を鉄格子に巻きつけ、反対の端を寝台の脚の下に結び付けて、ななめにぴんと張った。

　トルードは我慢できなくなって、タイプライターから突き出して、視界をさまたげていた紙を叩いて折り曲げた。「首をくくるつもりなら、もっと高いところに針金を結ばなきゃだめだ」

　インガソルはかがみ、鉄格子のあいだから腕を突き出して、廊下のドアをあけておくための木の楔をつかんだ。鉄格子ごしに楔を引き抜くと、ドアがばたんと閉まった。寝台の脚のそばで、インガソルは針金の下に楔を差し込み、張りを強くした。

「いったいなにをやろうっていうんだ?」

　インガソルは、ディキシー・クレイの家で使って、ポケットに入れたままになっていた、ブラック・ライトニングのポケット瓶を出した。それで針金をはじくと、硬い澄んだ音が出た。そこで、演奏をはじめた。針金の上で瓶をスライドさせて音を変えながら、反対の手で弾いた。刑務所の歌を、馬鹿でかい声で歌った。インガソルがにわか造りの一本弦ギター《ディドリー・ボウ》をかき鳴らすあいだ、トルードはタイプするふり、読むふり、考えるふりをしていた。インガソルは、一日でも刑務所の歌を演奏できる。フランスで会ったニグロの兵士から、しこたま教えてもらった。相棒といっしょに週末の外出許可をもらい、パリのル・グランデュークへ行き、ヨーロッパ戦線での人生で最大の驚きを味わった。モンマルトルで最高の音楽が、そこで聴けると聞いたのだ。葡萄酒一本とずんぐりしたグラス二客を持って腰を据えたとき、特徴のあるギターの節のくりかえしが耳にはいり、さっと首をまわすと、あろうことか、べつの人生でギターを教えてくれたスキニー・ネリーがそこにいた。シカゴでリジー・ルーイのバンドにいたスキニー。休憩時間にふたりは抱き合った。シカゴのランタンでもめったにやらなかったことだ。フランスは楽なんだよと、クラブの裏をぶらぶら歩きながら、スキニーが打ち明けた。路地の煉瓦壁にもたれ、〝お茶の葉っぱ〟だとスキニーがいう一本の大麻タバコをいっしょに吸った。大きく吸ったあとで、スキニーが煙を吐き出して、肩をすくめた。「こっちじゃ、白人も有色人種を好きになれるのさ。おれがソロを弾いて、テーブルをまわるとき」にやりと笑った。「白人の女たちは痩せた《スキニー》ケツをずらして、席をこしらえてくれるんだ。スキニーおじさんのワンちゃんにちょいと寄ってもらおうと思ってね」

ふたりは笑い、のんびりした気分になった。パンクした自転車が足もとに転がっていた。スキニーがぺしゃんこのタイヤをはずし、ふたりでしゃべっているあいだにナイフで鉄線を取り出して、裏口ドアに打ちつけてあった釘に結んだ。インガソルは、はじめてのギターを手に入れる前に、その一弦ギターを弾いたことがあったが、何年も作ったことがなかったので、念入りに見ていた。スキニーは、昔の弟子に最後の手ほどきをしているのだとわかっていたにちがいない。几帳面に手を動かして、もういっぽうの端を結びつけ、嗅ぎタバコの缶を駒にした。そして、ディドリー・ボウを弾きながら、パリとその音楽業界について話をしたり、シカゴを懐かしんだりしたが、リジーの話はしなかった。インガソルはきかなかったし、知りたくもなかった。やがて二度目の出番の時間になり、スキニーがお茶の葉っぱを何本か巻こうかといったが、インガソルは断った。スキニーがインガソルの肩を軽く殴り、なかにはいっていった。インガソルはしばらく路地に残って、世界は広いようで狭いなと考えていた。

いま、インガソルはスキニーの曲を演り、分署長めがけてわめいていた。「ここから出してくれ――」

ああ、おいらはまっとうな人間、ブチこむのはまちがいだ

なのに、州はおいらをム所に入れた

トルード署長が電話に出て、話が聞こえるように大声を出した。共鳴器に使えるペンキ缶があればいいのにと思いながら、インガソルはいっそうやかましい音をたてた。フランスで、爆撃された家の地下室で見つけた自転車の車輪と焼き菓子の缶を使い、ディドリー・ボウ・バンジョーを作ったことを思い出した。ボウ-ジョーと呼んだ。でかい音がするかって？　ウギャギャー、あれは馬鹿でかい音が出た。ギュイーンといううつんざくような音。最高の音なのかひどい音なのか、なんともいいかねた。ある晩、砲撃を受けているときに、兵士たちのためにそれを弾いた。空が悲鳴をあげて髪をむしっているのを打ち消そうとして、それを弾き、歌った。もっとでかい音を出せ、とひとりがわめいた。もっとでかく。インガソルはもっとでかい音を出した。夜明けになり、生き延びたとわかったとき、みんな生きていたが、耳が痛くなっていた。インガソルは二日のあいだ声が出なかった。

「ウワーオ、ロージー」興奮して酔ったようになり、

甲高くわめいていた――いつから眠っていないんだろう？　堤防、病気の赤ん坊、ブタ箱――「ウワーオ、ロージー」署長の背中に向けて、好きな歌詞を二度くりかえした。
おまえがおれにした約束を守れ
おれがム所を出るまで結婚するな――ウワーオ、ロージー
彼女は尻をぶらぶら揺らして歩く
鉄格子のなかにいると、それだけで気が気じゃねえんだ
インガソルがまた「ウワーオ、ロージー」と歌いかけたとき、ロビーに通じるドアが細めにあいて、受付の警官たちが首をひょっこりと覗かせた。「ウワーオ、ロージー、ウワーオ」トルードが受話器を架台に落として、タイプライターから紙を引き出し、両手で丸めた。インガソルが〝朝も早から〟をはじめて、さわりの「二十五セント玉のワシさん、立ちあがって飛んだとさ」を歌ったとき、トルードがなにかを抽斗からわしづかみにして、椅子から飛びあがるように立ち、すたすたとインガソルの監房に近づいてきた。やっとだ、とインガソルは思った。だが、ギラリと光った金属は鍵ではなかった。ヤットコだった。それでトルードが箒の針金を切り、ヌママムシみたいに針金がしなって
インガソルの頭に跳びかかった。
インガソルは、顎を両手で抱え、寝台にふくれっ面で座っていた。疲れがヴァタロット家の簞笥みたいに肩の上でしゃがみこんでいるのがわかった。家具を動かした疲れ、病気の赤ん坊の上に星のない暗い天井みたいにかがみ込んで徹夜した疲れ、ディキシー・クレイをどうしようかという迷い、行方不明の密造酒取締官を探す苦労ばかりではなかった。必要とあれば、ミシシッピ川を自分の両腕で押し戻さなければならない

という思いが、肩にのしかかっているような気がした。「来てくれたか」

ハムが、トランプで独り占いをしていたトルードのほうを向いた。「あいつはどれくらい眠ってた?」

トルードが、カードの動かしかたを考えるふりをした。「六、七時間かな」

「出してくれ。おれが殺せるように。そのあとでおれをブチこめばいい」

「べつの監房にしろ」トルードが、カードを叩きつけながらいい放った。「連邦内国歳入局が身許を保証したと保安官がいってくるまでは、はいっていてもらう」

「その電話をよこせ」ハムがいい、地元の交換手に長距離電話の交換手に代われとどなった。監房のなかからでも、交換手の「お待ちください」という冷たい声が聞こえた。電話がつながり、インガソルは顔を伏せて、ほどけて積っていた箒の藁を爪先でいじくった。

ダムの割れ目に指を入れた少年の話を、おぼろげに思い出したが、あまりにも疲れていたので、どういう結末だったかは思い出せなかった。吐き気にも似た疲労の荒波を感じ、目をつぶって横になったら思い出すだろうと思った。

目が醒めたとき、窓の外は暗く、部屋のなかは明るく、ハムの怒りをたぎらせた灰色の目が、燃えるような赤い頬髭のあいだで鋭く細められ、陰気にギラギラ光っていた。「おまえ、ずっとここにいたのか? 一日中?」

インガソルは寝台から脚をおろし、奇妙な夢のディキシー・クレイは煙みたいに消え失せた。みんなが無事でいられるように、川を魔法で密造酒に変えて、町のひとたちに飲ませるあいだ、ウィリーを抱いていてくれと、ディキシー・クレイは頼んでいた。

だれかが編んで黄金にするといい。

内国歳入局長官が電話に出て、すんなりとインガソルの身許が確認され、トルードがトランプを置いて、鉄鍵を出し、ハムに渡した。ハムが錠前をはずして、鉄格子がばたんとひらき、インガソルは出た。

「あんたの着装武器」ドアに向かいかけていたインガソルのうしろからトルードがどなり、インガソルはとって返して、机から拳銃をひったくり、トルードが巻いた紙巻タバコ二本を取って、一本をハムに渡した。ふたりがまだロビーに行かないうちに、トルードが受話器をあげて、架台がカチリと鳴るのが聞こえた。だれに電話をかけようとしているのか、インガソルには察しがついていた。ジェシはトルードに怒りをぶつけるだろうが、トルードにしてみれば、精いっぱいインガソルを足止めしたのだ。いくらジェシでも、それぐらいのことはわかるだろう。

14

オートミールの缶がふるえる手から滑り落ち、身を乗り出して空をつかみ、それを受けとめようとした拍子に、ディキシー・クレイは食料庫の踏み台から落ちそうになった。つるつるの棚をつかみ、息を切らして体を支えてから、あわてて床におりて、ドル札をわしづかみにして、ズックの袋の奥につっこんだ。数えはしなかったが、かなりの大金だった。どこへ逃げるにせよ、金が必要になるはずだ。

「ウィリー！」ディキシー・クレイは叫んだ。「ちょっと待ってね。すぐに行くから！」声がふるえていた。自分の寝台に置いてきたのだが、離れているのが嫌だった。でも、いまようすを見にいくひまはない。

ハムに見逃されたあと、ディキシー・クレイはウィリーとともに路地を脱け出して、アミティの店があくのを待たずに、チェスターに乗った。チェスターの腹を蹴って急がせ、自分が知ったことをつなぎ合わせた。ムーキーおじさんがキスしようとしたあとで森に逃げてから、一度もおじさんの噂を聞いていなかった。不思議に思ったが、思い切ってきくことができなかった。ウィンチェスター銃をドアの脇の銃架から取り、蒸留所へ向かったときの、ジェシの怒り狂った顔を、いまも憶えている。

でも、ムーキーおじさんは森のなかでジェシに殺されたのではなかった。きのうの晩まで生きていた。堤防にダイナマイトを仕掛けているときに撃ち殺された。ムーキーおじさんの頭がどのくらい働くのか、はっきりとはわからなかった――それでも、そんな計画を立てられるとは、とうてい思えない。

ジェシが計画を立てたのだ。

そうではないと思いたかった。ジェシはほんとうに町をあとかたもなく破壊して、友だちや自分の妻を死なせるつもりなのだろうか？　それに、シュガー・ヒルも――密造にあれほど適した場所はめったにない――蒸留所を水没させたくはないだろう。自分を大金持ちにしてくれた蒸留所を。

でも、ジェシは逃げ出す用意をしているように見える。禁酒法はじきに廃止になると、しょっちゅういっている。もちろん、まだ廃止されていない――まだまだ稼げるのではないか？　それなのに、ジェシがいったのを憶えている。「最後の大攻勢だ」といったのを憶えている。「もっとおれの野心にふさわしい土地に行かないといけない」そして、「おれはもっとちがう人間になれたかもしれないんだ」

ジェシは、自分の家も蒸留所も、水没させるつもりなのだ。そしてニューオーリンズへ行く。いまはそれがはっきりとわかる。電話や電報。ジェシは、ニューオーリンズの銀行家たちに会いに行き、ホブノブの堤防管理委員会に提案を伝えるよう頼まれた。だが、委員会が五万ドルの提案を蹴ったあとも、ジェシは銀行家たちに会いにいった。それに、ジェシは秘密主義で、ウィスキー密売の配下をひとりも連れていかなかった。ディキシー・クレイが知っているのは、新しい帽子のラベルを見たからだ。〝フレンチ・クォーター、ハバダッシュリー〟。紙にくるまれたカシューナッツは、パイレーツ横町のデサルヴォ惣菜店の品物だった。たいへん、ジェシは銀行家と取り引きをした。

だから、居座り派だというのをおおっぴらに、おおげさにいい立てていたのだ。隠れ蓑として。

ジェシは、町を洪水で沈めようとしている――あたしたちをひとり残らず滅ぼそうとしている――蒸留所の取締官の死体、法律を破っていた証拠はすべて流されてしまう。

ディキシー・クレイはチェスターを蹴り、びっくりしたチェスターがいなないたので謝った。家に帰り、隠してある金と銃を持っていくつもりだった。ウィリーといっしょに森に隠れればいい。テントはないが、洞穴を見つけるかどうかして、ウィリーが濡れないようにする。道路には近づかない。そのうちに知らない町を見つけて、名前を変え、髪を切り――ウィリーには女の子の服を着せる――夫が土嚢を積んでいるときに川に落ちて溺れたといえばいい。でも、その前に、逃げる前に、警察に電話をかけ、町の住民に警告してもらう。でも、トルード署長には電話できない。加担しているかもしれない――。

ありがたいことに、家は暗かった。ディキシー・クレイはチェスターがとまる前に滑りおりて、つなぎもせずに、ウィリーといっしょに家に駆け込んだ。

金を袋に入れたら、こんどは弾薬だ――どこにあるんだろう？　ジェシの抽斗――寝室に走っていって、抽斗をあけ、指がふるえていて、滑りやすい弾薬がつかめなかったので、抽斗を抜いて、ズック袋の上でひっくりかえした。

外套を取りにいこうとしたとき、雨でぼやけている窓から自動車の前照灯の光が見えた。まずい。ディキシー・クレイは、外套から離れて、寝台からウィリーをすくいあげ、裏口へ駆け出した。そのとき玄関のドアがバタンとあいたので、ズック袋を食料庫のほうへ投げた。

「淫売」ジェシがうなるようにいった。

ディキシー・クレイは身をこわばらせ、丸まっているウィリーを波打つ胸に抱えてふりむいた。

ジェシはキャメルの長外套を着ていた。二カ所が雨樋のようになって、水がしたたっていた。その下は牡蠣色の背広、サーモンピンクのネクタイ。奇妙なことに、オペラレングス（改まったときにつける。長さ八十センチ）の真珠の首飾りを垂らし、それが胸の上ではずんでいた。ドアを押しあけた手をそのままドアについて、体を支え、すこし息を切らしていた。ジェシの肩の向こうにフォードが見えていた。前照灯の円錐形の光芒二本が、雨をダイヤモンドのように輝かせていた。写真家がフラッシュをたくように稲妻がその場面を照らした。自動車にだれかが乗っている。ジェシがドアから手を離して、口を拭い、よろけながら部屋のなかへ数歩進んだ。ひどく酔っ払っている。

「淫売」居間をディキシー・クレイのほうへ近寄りながら、ジェシがくりかえした。「きたねえ淫売。おめえ」――ろれつがまわらず、〝おめ〟と聞こえた――「おれにばれねえとでも思ったのか？　よりによって取締官と。なんて間抜けだ」

「知らなかった――」

ジェシの手が、ディキシー・クレイの肩に載っていたお下げをつかんだ。拳をひねって巻きつけ、自分の胸にぎゅっと引き寄せた。ディキシー・クレイはジェシのウィスキー臭い息を嗅いだ。

「おれのうちでもてなしてやったのか？　おれの仕事場で？　股をおっぴろげて——」

「ちがう」ディキシー・クレイは叫んだ。ジェシの唾が顔にかかる。インガソルが家に来たことを、ジェシは知っているのだ。ムーキーと爆薬のことを知っているのがばれる前に、ここから逃げ出さなければならない。ジェシを捨てて逃げるつもりでいるのがばれる前に。

「だまれ、おめえは——」

「ジェシ、ベイビー」甲高い声が聞こえ、ふたりがドアのほうを見ると、背の高い金髪女が、おちょこになった傘をくるくるまわしていた。ディキシー・クレイは、月刊誌のマッコールズでフラッパーの写真を見たことはあったし、町でも何人か見かけたが、こんなに間近で見るのははじめてだった。それに、その女はナイフの刃みたいに鋭利な美人だった。管玉のビーズをちりばめた黒いワンピースを着て、腰の低いところでベルトを締めていた。

「自動車のなかにいろっていったはずだ」

「退屈しちゃったのよ、ジェシ、ベイビー」すねたように、女らしい声でいった。「お金を持って、さっさと出かけましょう。あら」——はじめてディキシー・クレイに気がついたふりをした——「このひとがそうなの。名前、なんだっけ、あほ泥んこ《ディプシー・ダート》？」帽子掛けのそばに傘をほうり出し、気取った歩きかたでディキシー・クレイに近づいた。危なっかしい足どりだった。女に品定めされるあいだ、ディキシー・クレイもまっこうから女を品定めした。ワンピースの裾は膝までない。肌色のストッキングをはいているが、巻きおろしている。膝の皿がむき出しになっていた。ないオーバーシューズをはいている。左右の腕に腕輪を三つずつつけ、ビーズのハンドバッグの紐を手首にかけている。模造ダイヤの留め金がある、ぴっちりした釣鐘形の帽子をかぶっている。シャンパン色の髪は耳の下で切り、雄羊の角みたいに曲がって頬にかかっている。ジェシとおなじ二連の真珠を首にかけていた。女は三人――ジェシ、その握り拳の上で背をそらしているディキシー・クレイ、その肩で手首を吸っているウィリー――のまわりを歩いた。

女が立ちどまり、仰向いているディキシー・クレイの顔を上から覗き込んだ。目の横のカラスの足跡におしろいが溜まっているのを見て、女はジェシよりだいぶ背が高いだけではなく、齢もだいぶ上だと、ディキシー・クレイは見抜いた。三十はとうに過ぎている。女は赤い口紅をつけ、緑の目の虹彩は小さく、ほんの数インチにまで顔を近づけたときに、息を吸った。一瞬、キスされるのかとディキシー・クレイは思った。そのとき、電撃が頬を襲った。びんた。

「おまえ、川の浮きかすみたいに臭いね」女がいった。びんたの音に驚いたのか、それともディキシー・クレイが強く握りしめたせいか、ウィリーが泣きだした。

フラッパーが、ジェシのほうを向いた。「このちびが？　田舎の女教師みたいにさえない女が？　あんた、こんな女に不貞されたの？」空気銃みたいな音で女が笑い、歯に口紅がついているのが見えた。笑い声が弱まって咳になった。フラッパーがハンドバッグの留金をはずして、チェスターフィールドを出し、一本ふり出した。もう一本が床に落ちたが、気づいていないようだった。酔っ払ってる、とディキシー・クレイは思った。ジェシとおなじくらい酔っ払ってる。

ジェシがお下げを握っていた力をゆるめたので、ディキシー・クレイは首をのばして、横顔を見た。口髭の下の唇が愉しそうにゆがみ、うるんだ緑の目のふちにもしわが寄っていた。瞳孔が豆粒くらいに縮んでいる。酔っ払ってるだけじゃなくて、もっと強いものをやっているのかもしれない。「ジャネット」ジェシが溜息をもらした。「ジャネット」

ジャネットと呼ばれた女が、爪を赤く塗った手で紙巻タバコを赤い口にさっと持っていき、ジェシをじろりと見た。ジェシがポケットに手を入れて、マッチ箱を出したが、びしょびしょに濡れていた。とまどった顔で、ジェシがマッチ箱を見た。

「もう、いいわ」ジャネットがいい、口をあけたままぶらさげていたハンドバッグに手を入れて、ライターを出し、蓋をあけ——チンという音がした——親指でやすり車をまわして火をつけると、チェスターフィールドに近づけた。深く吸い、タバコを持った腕をのばすと、煙を吐きながら、タバコに話しかけるようにいった。「あたいには、もっと男らしい男が必要ね」

まだ泣いているウィリーを、ディキシー・クレイは燃えるように痛い頬に、湿布みたいに当てた。表の嵐が家をふるわせ、家のなかでも嵐が脈打ち、不吉な音をたてていた。表の嵐のほうが恐ろしくない。ジェシの手をふりほどき、ウィリーといっしょに裏口から逃げ出すことができれば、こいつらには、風が荒れ狂っている森であたしたちを見つけることなんかできない。ジェシは、インガソルが家にきたということばかりに気をとられている。ジェシはもとから嫉妬深かったが、この怒りかたは度を過ごしている。

あたしを殺す口実になっている、とディキシー・クレイは思った。

ジャネットが、タバコを口に戻して吸い、火がついたまま絨毯に落として、オーバーシューズでさっと蹴飛ばした。手を打ち、ディキシー・クレイのほうに両手を差し出した。「その赤ちゃんを見せて」

「だめ」医者に膝を叩かれたときとおなじで、反射的だった。ディキシー・クレイはウィリーをいっそう強く抱きしめた。

「なんで？」

「泣いてるのよ」わかりきったことをいった。

「母ちゃんが淫売じゃ、あたいだって泣くよ」ジャネットが手をのばして、ウィリーの顔の近くで指をもぞもぞ動かした。ウィリーが赤い爪に見とれて、哀れっぽい泣き声がすこしおさまった。すると、ジャネットはウィリーの左手首から腕に向けて指を歩かせながら歌った――「あんたの母ちゃん汚い淫売、汚い淫売、汚い淫売、股を閉じてられない！」赤い爪が、腋の下でV形に盛りあがっている、いいにおいの脂肪のひだまで行くと、パン生地の練りぐあいでもみるようにぎゅっとつまんだ。「うーん」ジャネットがいった。

ジャネットが、ウィリーを取ろうとして手をのばしたので、ディキシー・クレイは肩をまわしたが、ジェシに髪をつかまれているので引き戻された。それでジェシは目が醒めたようだった。あぜ溝に引き戻された目の見えないロバみたいに、うなり声でまたいいはじめた。「おれの家で！」顔が真っ赤になっていた。

「おれの寝床で！」

「ジェシ」ジャネットがいった。「やわらかいね」

「ジェシ、ウィリーは病気で、お医者に診てもらわないと――」

「ジェシ」フラッパーのジャネットが、ディキシー・クレイのそばで、ウィリーの足をなでていた。「この爪先、まるでスイートピーみたいじゃない？」

「それじゃ、赤ん坊のせいだっていうのか？」ジェシがきいた。

「ちがう、この子のせいじゃない」ウィリーの泣き声よりひときわ高く、ディキシー・クレイはいった。

「ジェシ、お願い」ジェシと目を合わせられるように、顔をななめにしようとした。「インガソルが――」

「やつの名をいいやがったな？」

「ジェシ」ディキシー・クレイは、ジェシが自分に目を向けるよう祈りながらいった。左右の色がちがうあの目は、もうアラバマ州パイン・グローヴのディキシー・クレイ・マーチンソンを見られないのか？

だが、ジャネットが、絨毯に裸の膝をついていた。

ジェシはそっちを見おろして、猫なで声でいった。「ジャネット、ジャネット、ジャネット」空いた手でポケットから携帯水筒《スキットル》を出して、口にくわえ、まわしてキャップをあけた。携帯水筒が落ちて、ネクタイとジャネットの肩にこぼれたが、ジャネットは気づいていないようだった。ジェシがキャップを吐き出した。「ちくしょう」といって、ジェシがネクタイを持ちあげ、ウィスキーがしたたっている口髭と顎を拭いた。

ジェシの顔はゴムみたいに見え、片手で胸の長い真珠の首飾りを持ちあげ、放した。ディキシー・クレイは、いままでジェシをちゃんと見ていなかったのだという気がした。じっさいそうだった。ジェシが悪事をはたらき、密造酒取締官ふたりもたぶん殺したとわかっていながら、洪水で町を沈めることができるとは、夢にも思わなかった。この男のことが、まったくわかっていなかった。

ジャネットが、ウィリーの大きな爪先を握っていた。「この仔豚ちゃんは市場へ行く」と歌い、くすくす笑ってから、「この仔豚ちゃんはおうちにいる。この仔豚ちゃんはローストビーフが好き」ジェシの握り拳がお下げから離れるのがわかり、ディキシー・クレイはその瞬間に身をよじって離れた。ジャネットがウィリーの小指をぎゅっと握っていなかったら、そのまま身を躍らして逃げていたはずだった。ディキシー・クレイは向きを変えて、体勢を崩し、うしろ側の脚が曲がって、尻もちをつき、はずんだが、ウィリーは胸から落とさなかった。

ジャネットがいった。「仔豚ちゃん、家までずっとおしっこ垂らしっぱなし!」きんきん声で笑った。ウィリーもきんきん声で泣いていた。一度も聞いたことがないような泣き声で、赤ちゃんの泣き声とも思えなかったので、ディキシー・クレイがウィリーの足を持ちあげて見ると、ジャネットの爪がウィリーの丸めた爪先の上にホチキスで留めたような青い穴をあけていた。ウィリーの目から涙が噴き出し、びっくり仰天して見つめているようだった。あんたの腕に抱かれているのに、こんな目に遭うの？

「あんた、脳みそが腐ってるよ！」ディキシー・クレイは、ジャネットに向かってどなった。「出てけ！この子に触らないで！」

ジャネットが、急に笑うのをやめて、しゃがんだ。

「ジェシ、ベイビー」帽子をかぶった頭をかしげた。

「この女がいったのを聞いたかい？　あんたの淫売女房。あたいの脳みそが腐ってるっていったんだ。ジェシ、あたいがどういう気持ちか、わかるだろ」

ディキシー・クレイは身をよじり、ウィリーを抱いたまま立ちあがろうともがいた。ジェシが腰に手をまわして、ディキシー・クレイをひざまずかせた。ウィリーの上にならないように、左手をついたが、なにかが破裂するのが感じられた。

「赤ちゃんを怪我させちゃう」ジャネットが、鼻を鳴らした。「赤ちゃんを育てる資格ないね」

ディキシー・クレイは、台所にナイフがあるのを思い出した。ドアのそばの銃架のウィンチェスター銃。インガソル。

「赤ちゃんをよこしな」ジャネットがいった。「ジェシ、ベイビー。あの赤ちゃんがほしいよう」ぎこちなくコーヒーテーブルに腕をついて、立ちあがろうとした。

「淫売女房」ジェシがいい、ディキシー・クレイの背中のまんなかを肘打ちした。ディキシー・クレイの左手首から腕にかけて、激痛が走った。ウィリーを右手でつかんだまま、ディキシー・クレイは横倒しになった。ジェシが手をのばして指をこじあけ、指が折れるのではないかとディキシー・クレイは思った。そのときジャネットが前に来て、ウィリーをもぎ取ろうとして揉み合った。ジェシがディキシー・クレイの腕を押さえつけるために跳びかかったとき、食料庫のドアが

あいていて、ふくらんだズック袋が敷居に転がってい
るのを見た。蓋があいたオートミールの缶もある。

「これはなんだ？　よくもやってくれたな、この——」ジェシはあわてて食料庫へ行こうとして、肩をドアの枠にぶつけ、かがんでズック袋の端を持った。袋をふると、弾薬がガタンガタンと音をたてて転げ落ちた。

神さま、どうかジェシが袋を落としますように。ディキシー・クレイは、腕の上で体を縮め、注意をそらそうとした。「ジェシ、帰ってきてくれて安心——」

だが、ジェシは袋の端を持ちあげ、弾薬としわくちゃの札と、抽斗にはいっていたその他のもの——ペン、赤いポーカーチップ、タイヤゲージ——が、やかましい音とともに床に落ちた。ジェシは、ぺしゃんこになった袋を手にして立ち、やがて向きを変えて突進し、脚を大きく引いて、ディキシー・クレイを力いっぱい蹴飛ばした。肋骨が砕けるような心地がして、息が詰まり、ディキシー・クレイは床に顔をぶつけた。

「かわいそうな赤ちゃん、冷たくなってる！」ジャネットが、まだ泣きわめいているウィリーを顔に近づけ、鼻にしわを寄せて眺めた。「ジェシ、この子はみなしごだっていったよね」

ジェシが、またディキシー・クレイを蹴った。ディキシー・クレイが身を縮めて逃げようとした。

「淫売！」ジェシがわめいた。「裏切り者！」またディキシー・クレイを蹴った。肩にブーツが命中し、ディキシー・クレイの腕の力が抜けた。

「あんたの新しい母ちゃんになってもいいよ」ジャネットが、ウィリーにいった。

ジェシが、お下げをつかんでディキシー・クレイを立たせた。「おれから逃げようっていうのか。おれのもんを盗もうっていうのか」

「どう、いいでしょ」ジャネットが、なおもいった。

「どう？」

ジェシが、ディキシー・クレイを台所へひっぱっていき、籐椅子に押し込んで腹をブーツでぐいと押してから、流しのそばに結んであった物干し綱を取った。そのときに椅子の背柱に首飾りがひっかかり、ぴんと張って、ちぎれ、真珠がばらばらと落ちて跳ねた。

ジャネットが、ウィリーを抱いてついてきた。「まあ、たいへん。それはママのよ、ジェシ。代わりのを買ってくれなきゃだめよ！」

ジェシは答えず、ディキシー・クレイの手をうしろで縛るのに必死になっていた。ジェシが左手首をつかんで、ねじあげ、物干し綱で両手を縛ろうとしたとき、ディキシー・クレイは悲鳴をあげた。

「おれから逃げられるとでも思ったのか、恩知らずの雌犬めが！」

表で稲妻がひらめき、ディキシー・クレイは活動写真の登場人物になったみたいな気がした。恐怖映画。だれかがピアノを弾きはじめ、だれかが照明をつけ、だれかがフィルムを巻き枠にかける。

ジャネットがウィリーを調理台に座らせ、手を打ちながら唱えた。「代わりのをー、代わりのをー、代わりの真珠をー」ウィリーは鼻をぐずぐずいわせていた。手を打つのに気を惹かれ、馬鹿でかい甲高い泣き声が、哀れっぽい泣き声にしずまっていた。ジャネットが手をおろして、調理台の縁にウィリーを座らせたまま、脚を高くあげた。太腿の中ごろの靴下留めに挟んであった銀の携帯水筒《スキットル》を抜き、蓋をあけて、顔をのけぞらせ、飲んだ。

ウィリーはすこしのあいだしかお座りしていられない。落ちて頭をぶつけるかもしれない。ディキシー・クレイは肩ごしにふりかえった。「ジェシ、お願い、無茶はやめて」うしろでジェシが荒い息で綱を結び、立ちあがった。一カ月前、取締官に手錠で椅子につながれていたのはジェシのほうだった。あのときジェシが撃ち殺されていればよかった。撃ち殺されるのを黙って見ていればよかった。

「ジャネット」ジェシがいった。「金を持ってこい」

ジェシが椅子の脚につまずいて、転びそうになり、雨で濡れた床と真珠で滑りかけて、体勢を立て直した。

「ジェシ！」ディキシー・クレイはもう一度いったが、ジェシはふりかえらなかった。ジェシはようすがおかしい。なにかおかしなことが起きている。

ジャネットが、丸く巻いた札束をハンドバッグに詰め込んで、台所に戻ってきた。ディキシー・クレイが見たこともないような大金で、どこに隠してあったのか、想像もつかなかった。ゴムバンドでまとめてあり、いくつかが床に落ちて、拾おうとしてジャネットがかがむと、ハンドバッグのなかの束も落ちた。「よこせ」ジェシがいってかがみ、札束を拾いあげて、ポケットにつっこんだ。ジャネットが調理台のウィリーのほうを向き、携帯水筒を置いて、両腕で抱きあげた。

「赤ちゃんが冷えてる！」ジャネットが、大声を出した。「ディプシー・ダートは母性本能がないのよ」

ジェシが、やっとのことで立ち、ポケットに札束を詰め込んだまま、食料庫にはいっていき、アイロン台を吊るしてある片隅で立ちどまった。アイロン台を取って、そのままガタンと倒した。

ジャネットが、ウィリーを自分の顔に近づけて、首にキスをした。「おいしい。赤ちゃんはこうでなくちゃ！」

ジェシは、ふたりに背を向けて、電灯の配電盤をいじくっていた。ディキシー・クレイの前でジャネットが天井に向けてウィリーをふりあげ、ぎゅっと抱きしめた。ウィリーは、ジャネットのけばけばしい赤い唇を見て、片手をあげ、さわろうとした。「投げキッス」ジャネットがいい、首をぶるぶるとふって、フーッと息を吐き、ウィリーの掌のやわらかいまんなかに鼻をすりつけた。ジャネットが顔をあげると、ウィリーが手を遠ざけ、また口をぱたんと叩いて、鼻をすりつけてもらい、しゃっくりみたいな笑い声をあげた。

「ほら」ジャネットがいった。「この子、あたいが好きなのよ！」またウィリーの手に鼻をすりつけ、ウィリーがまたうれしそうにヒックヒックという声を出した。「ジェシ、この子、あたいが好きなのよ」

ジェシが、勝ち誇った叫びをあげ、金属製の扉があいた。

「ジェシ、そのうち子供をつくろうっていったじゃん」

「いいとも、ベイビー。でもいまはだめだ」

「でも、子供ができないかもしれない――あの、手術したから。医者がいったのを憶えてるでしょ。この子をもらおうよ。この子、あたいが好きなの。ほら」また鼻をすりつけ、ウィリーが喉を鳴らした。

ジェシは、肩と頬を壁に当てていた。「だめだ。ここを出たらどこへ行くか、知ってるだろうが。ああ――ここにある」

「いっしょに連れていこうよ！」

「かわいこちゃん、だめだ。ムーキーが死んだから、おれが準備しなきゃならねえ。待て――あった！」ジェシが叫び、水が吸い込まれるような音がしばらくつづいてから、ジェシが腕を引き抜いた。本の束みたいなものを握っていた。平たい紐が長い尾みたいにぶらさがっていた。

「ねえ、こんなにかわいいのよ。死んだらかわいそうよ」

ディキシー・クレイが声を出し、そこにディキシー・クレイがいるのを思い出したジェシがどなった。

「黙れ！」向きを変え、ジャネットをどなりつけた。「だから自動車で待ってろっていったんだよ！」

「この女にわかっても、どうでもいいじゃない。かまやしない。どうせ夜明けには死んでるんだから」

ジェシが包みを口に近づけ、紐を嚙み切ると、札束がこぼれ落ちた。それを見て、ジェシが笑った。

だれかかり、両腕を首に巻きつけた。「おねがーい。ねーねー、おねがーい」耳もとで甘い声を出した。「すごーくすごーく感謝しちゃうから」

ジェシが頭をジャネットの肩にあずけた。「かわいい彼女に嫌だなんていえないはずでしゅよ」とからかい、ジャネットが鼻をジェシの首にこすりつけた。

ジェシが、とろんとした顔を起こしてにやりと笑い、おぼつかない手で乱れた口髭の端をはじいた。「ああ、かわいい彼女に嫌だなんていえねえな」

ジャネットが雀躍《こおど》りして手を叩き、くるりと向きを変えて、ウィリーに跳びかかった。

ディキシー・クレイは叫んだ。「渡さない！　あたしのものよ――あんた、脳みそが腐ってる――あんた――」

ウィリーを抱いたジャネットが、ディキシー・クレイを見おろして舞った。やたらと興奮し、身の毛がよだつ。

ジャネットが、ウィリーを床におろし、ディキシー・クレイの籐の洗濯物かごを調理台から取って、ジェシに渡した。ジェシが札束をかき集めて、そのバスケットにほうり込んだ。「連れていこうよ」ジャネットがいった。「ニューオーリンズへ着いたら、洪水から救いだしたっていうのさ。切り株に立ってあんたが演説するときに、けっこういい話に聞こえるじゃん。洪水から赤ちゃんを助けたんだよ！　あたいたちが結婚したら、ちゃんと養子にすればいいさ」

ジェシは黙って顔の半分で笑ったが、やがて首をふった。「だめだ、ベイビー。ややこしくなる」

「それじゃ、あたいはこの子を連れてグリーンヴィルへ行くよ。父ちゃんに運転をうんとこさ教わってるし、腕前を見せたげるよ。あっちで落ち合おう。あんたはバールの自動車を使えばいいじゃん」

ジェシがまた首をふって、札束に手をのばした。

ジャネットがジェシのうしろへ歩いていって、しなだつ光景だった。

「あたいはこの子を助けるんだよ」ジャネットが金切り声でいった。「あたいがいなかったら、この子はあんたといっしょに死ぬのよ」

ジェシが前に来て、ウィリーが見えなくなった。

「おれがこれからなにをやらなきゃならねえか、おめえにはわからねえ。ここから逃げ出すために、やらなきゃならねえんだ。おれの蒸留所に取締官が来やがったからだよ！」鉄のフライパンを流しから取り、荒々しくいった。「おめえにはわからねえ」ディキシー・クレイの頭をフライパンで殴りつけた。椅子が床に倒れ、ディキシー・クレイが最後に見たのは、闇に転がっていくひと粒の真珠だった。

15

その夜、堤防で歌は聞かれなかった。ギターも弾かれなかった。インガソルに火を貸してくれといったり、ちょっとおしゃべりをしたりする人間は、ひとりもいなかった。土嚢を積んだ堤防を夜に見廻るのは、土嚢を積んだ塹壕で夜に巡回するのと似ていると、インガソルは気づいたが、ここでは自分がよそ者だという点がちがう。堤防の上をホレスに乗って進み、志願者の見張りのそばを通るとき、背中に的でも貼りつけているみたいに、うしろから銃で狙われているのが感じられた。撃たれるのを待ってるようなもんだぜと思い、そこに南部のいいまわしが忍び込んでいるのに気づいた。〝もんだぜ〟か、フン。

空が白みはじめて、夜明け前の青みがかった黒に変わっていた。物の形が見え、インガソルはランタンで堤防の町の側を照らし、噴水が起きておらず、よじ登ってくる人間がいないことをたしかめた。つぎに川の側を照らし、小舟にうずくまっている人間はいないかと目を光らせた。

インガソルを留置場から出させたあと、ハムは足どりも荒くヴァタロット下宿屋に戻り、インガソルは数歩遅れてつづき、そのしるしに泥のはねをかぶった。夕食の時間だったので、食卓につらなった。破壊活動家は明るいうちはなにもやらないはずなので、腹ごしらえをしておくほうがいい。食事をして、馬に餌をやり、ライフル銃と輪胴式拳銃の手入れをした。そのあいだにかわした言葉は、せいぜい十数語だろう。父親の期待を裏切るとこういうことを味わうんだろうなと、インガソルは思った。ハムと仲直りしたかったが、この期に及んでもなお、ディキシー・クレイがこれまでやってきたことはさておいて、彼女の家のドアをあけ、「ウィリーを連れて、荷物をまとめろ。出ていく潮時だ」というのが、自分がやるべきことだと思っていた。その思いが強かった。これほどの葛藤や迷いを抱くのは、生まれてはじめてだった。

これでもう四時間か五時間、ライフル銃を横抱きにして、馬に乗り、堤防を見廻っている。ホレスは持ちあげたひづめを、堤防が縄の吊り橋でもあるかのように、おそるおそるおろしていた。なにが起きようと堤防の見廻りをやるようにと、ハムに厳しく命じられていた。ハムは郵便局へ行って、フーヴァーに電話をかけ、射殺した破壊活動家のことを報告する。前にも電話をかけようとしたが、嵐のせいで通じなかった。今回もだめなら、あきらめて電報を打つ、とハムはいった。それでインガソルは埋め合わせをする時間が何時間かできた。だが、死人を生き返らせることはできない。ディキシー・クレイのことも、取り返しがつかない。破られた誓い、犯された法、血、職場放棄、金はもとに戻せない。

奇妙なことに、ジェシ・スワン・ホリヴァーがインガソルの思念のなかに現われると同時に、本人が堤防に現われた。ディック・ワースがいつもなら見張っている場所で、キャメルの外套姿で二輪の荷車の上にかがみ込んでいる。土嚢をそっと持ちあげているようだった。インガソルは馬を寄せながら、ジェシのビーバーの毛の帽子の上から荷車を覗き込んだ――びしょ濡れの土嚢が六個とブラック・ライトニングがひと箱。

「手伝いか?」インガソルはきいた。

ジェシが跳びあがって、胸をつかみ、さっとふりむいた。「ちくしょう!」わめいた。「なんだってこそこそ近づくんだ。脳卒中を起こしかけたぞ」

きのうの事件のあと、だれもが神経をぴりぴりさせているが、そういうジェシを見るのははじめてだった。目を血走らせ、肩で息をしている。「こそこそ近づいたわけじゃない」インガソルは、間を置き、鞍の角の上で両手を交差しながらいった。「ワースのようすを見にきた」

ジェシが、堤防に視線を走らせてから、重いものでもまわすように首をめぐらし、インガソルのほうを向いた。「交替してやった」

ジェシのピンクのネクタイに、泥がはねていた。どうしてわざわざ深夜から夜明けまでの番を引き受けたのか? そもそも番をしているのか? 「ウィスキーを配ってるのか?」

「かもな。逮捕するか?」

インガソルは答えず、ハムを見つけられるかどうかと、肩ごしに視線を投げた。弱々しい太陽が、懸垂でなんとか顎を持ちあげようとして、地球の縁に細いすじが現われていた。ふたりがいたのは、川がもっとも猛威をふるっている曲がりのきつい部分で、土嚢に水が押し寄せ、水しぶきが輪縄の形になって、ホレスの脚をつかもうとしていた。

　ジェシが身を乗り出し、叩きつける川に唾を吐いた。あたりが明るくなり、ジェシの顔がくっきりと照らされ、口髭の先が乱れていた。風があっても、酒のにおいをインガソルは嗅ぎとった。ジェシが下の町を眺めた。通りの突きあたりに堤防はあり、通りの向こうに、店舗、ビル、敵意に満ちた赤ら顔のマクレイン・ホテルがある。町役場のそばに屋台が出て、労働者にコーヒーを配っている。朝陽が昇ると、堤防の青い影が建物と溶け合った。「美しい町だな、ホブノブ・ランディングは。だろ?」

　インガソルは黙っていた。

「まあ」ジェシがいった。「どれだけ美しかろうが、もうどうでもいいな」

「なにがいいたい?」

　だが、ジェシは背を向けて、持ち場を離れ、荷車もウィスキーの残りもそのままにして、大股で遠ざかっていった。

「おい」インガソルは呼んだ。「ワースの持ち場はどうする?」

「あんたが見張れ」ジェシが、片手をひらひらふり、肩ごしにいった。「おれは行くところがある」

　そこでジェシが帽子を脱ぎ、おおげさな別れの挨拶をするようにふったので、インガソルは不思議に思った。ワースがブラック・ライトニングをラッパ飲みしながら、水をはねかし、堤防をひきかえしてきた。ジェシが滑りやすい革靴で下ってゆくのを、インガソルはじっと眺めた。半分下ったところで、ジェシが滑って仰向けになったが、すぐに立ちあがり、膝を高くあげて横跳びするような恰好で下り終えた。道路に出ると、あたりをきょろきょろ見まわしてから、濃い緑のT型フォードのドアをあけた。いつも運転している黒いフォードではない。

　フクロウのホーホーという鳴き声がしてふりむくと、

二百ヤードほど離れたところで、ハムの朝焼け色の頬髭を、朝陽がいっそう赤く染めていた。ハムがジェシのほうを親指で示したので、インガソルはホレスの首を坂の下に向け、見張りのそばを通り、馬をおりて、ランタンの杭につないだ。

ハムとインガソルは、それぞれべつのブロックから通りに出て、横切り、ホテル脇の路地の暗がりで落ち合った。角から身を乗り出すと、ジェシがハンドルの上にかがんで、手動ブレーキをはずし、キーをまわして、スロットルを調整しているのが見えた。発動機《エンジン》の回転がつっかえて、かからなかった。

「点火栓《プラグ》がかぶっちまうぞ」インガソルはいった。

「いや、そうはならねえ」ハムが手をあげた。ごつごつした電線と、配電器の蓋を握っている。

インガソルは苦笑いした。「ハム、やつはなにをたくらんでるんだ？」

「わからねえ」ハムがいった。「だが、そいつを探り出す。命に換えても」

ジェシがあきらめ、すこし間を置いてから、またエンジンをかけようとした。またつっかえただけだった。

「ずっとやつを見張ってたのか？」インガソルはきいた。

「だいたいは」ジェシがハンドルを叩き、天を仰いで、おそらく悪態をついているのを、ふたりは眺めた。

「さっきやつを探していて、あの自動車を見つけた――」ジェシがまたエンジンをかけようとして、ガリガリという音がして、つっかえるあいだ、ハムは言葉を切った。「防水布をかけた小舟を積んだ牽引車を曳いて、のろのろ通り過ぎるのが見えた。おれはホテルのロビーを出たところだった。不審なことがないか、帳場のやつとしゃべっていたんだ。おかしな客はいねえかってな。〝いるよ〟と、そいつがいった。〝おかしな客がひとり。名前をきいたら、すぐに答えないで考えてた〟」

ジェシが自動車からおりて、ドアをバタンと閉じ、小走りにフロントグリルの前に行ったので、ふたりは煉瓦の壁にへばりついた。ジェシは、手まわしのクランクでエンジンをかけようとしていて、かなりうろたえたようすだった。

ハムが話をつづけた。「そこで、この路地でタバコを吸ってると、フォードが牽引車ごと後進ではいってきた。だが、運転してるやつのハンドルの切りかたが足りなくて、舟が縁石に乗りあげ、ゴミ容器にぶつかって、路地の野良猫の群れがちりぢりに逃げた。そこで見にいくと、運転してたのは、ほかならぬわれらが友人だった」

「まさかそんな」

「そうなのさ。で、隠れて見てると、自動車はようやく路地にはいっていって、十分たって反対側の角から出てきた。牽引車と舟は消えてた」

「どうしたんだろう?」

「さあな。舟を探すより、やつから目を離さないほうがいいと考えた。やつがフォードをとめて、トランクをあけ――」

ジェシが苦しげなガラガラ声を出して、自動車の前から離れ、また乗り込んだ。

「――荷車を取ってきて、ウィスキーひと箱と土嚢をいくつか積んだ。それから、日曜日に教会へ行くみてえな晴れ着のまま、百歳のじいさんみたいにのろのろと荷車を上まで曳いてった。そこでおれはフォードのエンジンをいじくって、部品をちょろまかし、ジェシが見張りにウィスキーを配って、土嚢をいくつか積むのを見てた。そこへおまえが馬で来た」

ふたりが見ていると、ジェシがまたハンドルを殴りつけた。ジェシがドアをバタンとあけて、ホテルのほうを向いたので、ハムとインガソルは路地の奥にひっこんだが、ジェシはまたフロントグリルに向かった。

インガソルは首をふった。「妙だな……」

「しかし、法律は犯してない」ハムが結んだ。

「ああ、法律は犯してない。でも、どうもようすがおかしい」

ジェシがまたかがんでクランクをまわした。乱暴にまわしたせいで、クランクが逆転し、はっと身を引いた。ついに自動車から離れて、堤防を半分駆けあがり、ホテルのほうを向いて、帽子をふった。「待て！」口に手を当ててメガホンのようにして、甲高く叫んだ。

「だめだ！　おれが――」

「なんだ――？」ハムが不思議そうにいいかけた。

一発目が聞こえた。川の音よりもけたたましい。ライフル銃の音だと、インガソルにはすぐにわかった。

二発目が放たれたとき、わけがわからず立ちすくんでいた土嚢積みの男たちが、左右に逃げ出し、物蔭に跳び込み、叫んだ。だれが狙い撃たれているのか、インガソルにはわからなかった。インガソルもハムも、ライフル銃の安全装置をはじいてはずし、三発目が聞こえたときには、死んだ男がひっくりかえって川に落ちるのが見えるはずだと思ったが、そうはならなかった。ほとんどが物蔭に隠れて、堤防の見張りはひとりもいなくなった。いったいなにが狙いだ――狙撃手が援護射撃をするあいだに、破壊活動家が導火線を敷いて、起爆装置を置き、耳に指をつっこみながら逃げるのか？　つじつまが合わない。さらに一発が、上のほうから放たれた。インガソルとハムが、煉瓦に体を押しつけていた路地から跳び出すと、ジェシだけが身を縮めて物蔭に隠れることなく、外套の裾をはためかせて通りをひた走り、遠ざかっていた。

「ハム――」

「おれが捕まえる。おまえは狙撃手を捕まえろ」

また銃声が二発響き、インガソルは角をまわって、ホテルのドアに近づき、大きな鉢植えの木にぶつかりそうになった。帳場係は机のうしろにしゃがんでいて、インガソルが滑りながら角をまわり、「どの部屋だ？」とどなると、すぐに呑み込み、「三一六号！」と叫んだ。インガソルは広間《ロビー》を抜けて、三段ずつ階段を駆け昇り、角をまわるときには手摺をつかんで体を支えた。

三階でドアを押しあけて、長い廊下に出ると、赤いゼラニウムが飾られ、濃紺の絨毯が敷いてあった。インガソルは、音をたてないように、するすると進んだ。絨毯がありがたかった。また銃声が聞こえた。インガソルは、その部屋の外で足をゆるめ、ライフル銃を置いて、腋の革鞘から拳銃を抜いた。ノブを握って、ねじり、ドアがぱっとあくと同時に、くるりと体をまわして、なかにはいった。ライフル銃を窓枠に載せて窓ぎわで折り敷いている、ひどく肥った男の背中が、目の前にあった。インガソルが狙いをつけて撃つあいだも、男は撃ちつづけていたが、インガソルの放った弾丸が頭に命中し、どさりと倒れた。

その瞬間、すさまじい爆発音が轟き、あたり一面が真っ白になった。インガソルは、揺れる壁に叩きつけられた。薄紙のような熱い火花の波がすぐそばを飛び、地獄の膜を突きぬけて投げ出されているみたいな心地がした。床がふるえ、電灯がショートして、濁った闇に包まれ、世界の底が抜けた。

インガソルは、熱に灼かれてぼうっとしていた。電気スタンドがそばの床で砕け、鏡が割れ、肥った男の下半身がぶらさがっている窓の外で、川が火山みたいに炎を噴きあげていた。脚の下の床が、早駆けの馬みたいに上下に揺れていた。インガソルはあたふたと立ちあがり、奇妙な角度でぶらさがっているドアを抜け、奇妙な角度でぶらさがっている壁にぶち当たった。地球上のあらゆる生き物が吠えているみたいなやかましい咆哮のなか、体を傾けて廊下を進んでいた。びっくりハウスみたいになっている階段を昇り、非常口を通って、タール紙の上で豆粒大の砂利が踊っている屋上に出た。終わり、終わりのはじまり、終わりの終わり、幾日も幾夜も怖れ、いまかいまかと待っていた大洪水が起きた。

よろめきながら、屋上の縁を囲んでいる波形のテラコッタの腰壁に近づいた。壁がふるえている。劇場の緞帳を思わせる水の幕が、破壊された堤防からナイヤガラの滝みたいになだれ落ちていた。早くも中心から百ヤードまでが突き崩され、その左右の堤もジッパーをあけるみたいに崩れていった。汚い茶色の奔流が、まるで固体のように見えた。下のほうでは水が建物に叩きつけ、壁を登っていた。荒物屋がゆがみ、ひざまずき、巨大な獣が撃たれたみたいな、異様な甲高いうめきを発した。荒物屋がひっくりかえり、電柱から電線が引きちぎられたとき、閃光が走った。電柱が松明みたいに燃えあがり、やがて倒れた。

ハム、とインガソルは思った。

ディキシー・クレイ。ウィリー。

泡の渦と押し寄せる波のなかで、荒物屋がバラバラに崩れた。インガソルは、きのう広場にいた男たちの姿を思い描いた——店にいったい何人いただろう？それに答えるかのように、木のドアにしがみついて浮き沈みしつつ通り過ぎた男の怯えた白い顔が、目にはいった。ドアは男をふり落とそうとするかのように、いっぽうの端を持ちあげていた。つぎの大波が来ると、男は見えなくなり、取り乱した男《アンヒンジド・マン》を蝶番《ヒンジ》からふり落としたドアは、してやったとばかりに、くるくるまわりながら水から飛びあがった。

インガソルが屋上から眺めていると、濁流はどんどん深くなって、大通りの建物を押し流し、建物が順序よくならんで動き、まるで階段をおりてゆくみたいに、ゆっくりと沈んでいった。一台の貨物自動車——半分にちぎれた残骸、A字形の梯子、格子造りのあずまや、樽がいくつか——荒物屋のはらわただ、と気づいた——そして、波のなかから、一本の腕が現われた。中折れ帽のつばを握りしめたまま、沈んで見えなくなった。

ひっこ抜かれた木々が腕をふりまわし、タマーレの屋台とロバが二頭、流されていた。

北のほうでは、人形の家みたいに小さく見える一軒家が裏返しになり、大柄な十代の少年が、その上を走りまわっていた。樽を馬でまわる競技みたいにまわりつづける家の上を、走りつづけては、角で跳んでいた。インガソルが見ていると、少年は命からがらすばしっこく走っていたが、窓に脚をつっこんでしまい、ひっくりかえった家が横倒しになって、少年を深みにひきずりこんだ。

堤防のべつの場所が破れて、波がホテルにぶつかり、インガソルは倒れ込んだ。転がって膝をつき、腰壁にしがみついて立つと、掌から血にまみれた砂利を払い落とした。目をあげたとき、吠えている黒い犬が流されていくのが見えた。つづいて、魔法の絨毯よろしくマットレスに乗った男が、くるくるとまわりながら、落ち着いて紙巻タバコをくわえていた。消防署のサイレンが、水の悲鳴よりもひときわ高く叫びはじめた——高いところへ逃げろと、住人に警告している——だが、このうえ警告されるまでもないだろう。

大小さまざまな板きれや柱をいっぱい浮かべて、激しく打ち当たっているどす黒い本流を、いったいどれくらいのあいだ眺めていたのか、見当がつかなかったが、やがて筏が十フィートも離れていないところで、角をまわろうとしていた。人間が三人と犬が一匹乗っていた。インガソルは叫んで、屋上の縁へ走っていった。ひとりが櫂《オール》を差し出したが、届かなかったので、インガソルは屋上にあった縄を煙突に結んで、反対の端を投げた。縄が受けとめられ、インガソルは掌に焼けるような痛みを感じながら、重い筏を屋上にたぐり寄せた。乗っていた男たちを腰壁の上から屋上にひっぱりあげると、男たちが腑抜けになって、息を切らし、横になっていた。やがてインガソルは男たちをうながして、筏も引きあげさせた。おなじ縄を使って、こんどはカヌーをたぐり寄せた。黒人が三人乗っていて、ひとりは妊婦だった。これで六人を水から助けあげたことになり、ホテルからも十数人が登ってきて、恐怖のあまりわけがわからなくなって、屋上を走りまわった。くだんの犬が、そばで跳び、吠えた。黒人のひとりが、激しく揺れ動く大樽にまたがっている少年を見つけたが、だれかが強く引いたせいで、少年がもんどり打って落ち、インガソルは腰壁に向けて駆け出し、跳び込もうとした。そのとき縄をつかんだ少年の拳が水のなかから出たので、みんなで屋上にひっぱりあげ、少年が水を吐いた。「父ちゃんが！」呟き込みながらいい、指差した。みんながそっちを見たが、少年が指差した方角にはなにもなく、少年は手を脇におろした。

インガソルは、火の手が点々と見える、逆巻く大海原に視線を走らせた。黒っぽい船みたいに水から突き出している建物は、いくつもなかったが、町役場の屋根には二十数人以上がひしめき、だれかが手拭か毛布をふっていた。飛行機が見えたにちがいないと、インガソルは気づいた。そうだ。飛行機がじきにくる。木の上にいるもの――大通りの高いオークの並木に、何人かの人影が見えた――と、屋根にいるものは、助け出されるだろう。しかし、あとのひとびとは――。

堤防からあらたなうめき声がしぼり出され、川の水がどっと流れ込んで、泥のかたまりが吐き出された。屋上が揺れ、だれもが身をかがめたり、膝をついたりしたが、前ほどすさまじい衝撃ではなかった――割れ目がひろがるにつれて、なだれ落ちる水の勢いが吸いとられていた。腰壁のそばにしゃがんでいたふたりの男が、どなり合っていた――銃声を聞いたか？　爆発は？　そのそばで、ひとりの男が、哀れっぽい声で鳴いている犬にすがりつき、毛皮に顔をくっつけて泣いていた。

おかしなことに、堤防が破れた個所は、曲がりのもっとも弱い部分ではなく、ホテルの真正面だった。ホテルの屋上という特等席は、洪水にも持ちこたえていた。

インガソルは、煙突の裏へ歩いていき、先ほど目に留まった黒い防水布をめくった。長さ十フィートほどの木の小舟がその下にあった。漕ぎ座が二カ所にあり、船外機が一基ついていた。市販の組み立て式のボートのたぐいだ。船底に巻いた縄があり、櫂が交差させて置いてあった。ガソリンの缶、缶詰、水筒。インガソルは防水布を戻し、腰壁のほうへひきかえした。泡立っている水をじっと見ながら、ジェシが組み立てた計画を、あらためて組み立てていった。肥った破壊活動家は、射撃が下手なのではなかった——人間を狙ってはいなかった。土嚢を狙い撃っていたのだ。おれが馬で近づいたときに、ジェシが積んでいた土嚢。ダイナマイトを詰め込んだ土嚢。狙撃手はそれを銃撃で起爆した。なんてこった。インガソルは感心しそうになった。離れてゆくジェシの背中が目に浮かんだ。派手なしぐさで帽子をふっていた。いまわかった。合図だったのだ。

「見ろ」だれかが叫んで指差した。水の音のせいで、ブーンという爆音は聞こえなかったが、小さな複葉機の翼が見えた。航空母艦に載っているのをインガソルが見たのとおなじような型だった。ひとびとが手をふり、跳びはねている町役場の上を、旋回していた。もう一機が、地平線に現われ、ハエのように見えていた。

木がめりめりという音をたてたので、インガソルがそっちを向くと、水に倒れるところだった。助けを待って樹冠にしがみついているものがいないことを祈った。建物六棟と、遠くの教会の尖塔ふた棟に、飛行機の注意を惹こうとしているものや、ただしがみついている人間が見えた。

ハムとジェシはどうした？　かいもくわからなかった。土嚢にダイナマイトが詰めてあったことを、なんとかしてハムに教えたかったが、ジェシのおかしなふるまいについてハムがいったことを思い出した。「そいつを探り出す。命に換えても」そうなってしまったかもしれない。だが、だれかがこの洪水を生き延びられるものなら、ハムは生き延びるだろう。これまでずっとそうだったのだ。

ディキシー・クレイとウィリー。ふたりはシュガー・ヒルにいるだろうか？　本流と支流に挟まれた低い土地に。南に顔を向けると、どこまでも水がとぎれなくひろがっていた。インガソルは大股で屋上を横切り、小舟のところへ行って、防水布を引きはがした。

16

ディキシー・クレイは、痛みの大波に乗って、目醒めの世界へと持ちあげられていた。どろりとしたものがにじむ暗くて温かいところへ、また運ばれていきそうになったが、ひとつの思いつきを思いつき、考えなければならないことがいくつもあったおかげで、ディキシー・クレイはくるくるとまわって押し出され、堤防に打ちあげられて死にかけている雑魚みたいにあえいだ。

意識が変だった。曇っていて、そこを活動写真が稲妻みたいに貫いた。白い歯に赤い口紅。床にどさりとほうり出された汚い札束。目をあけようとした。睫毛がへばりついていたが、はがれた。ぼやけた窓を通して、外を見ていた――いや、ぼやけているのは窓ではなく、目だった。横倒しになっていた。それがいまわかった。床に倒れている。頭をあげようとした。すごく痛い。抽斗を乱暴にひっぱり出し、ナイフがあちこちにぶつかっているみたいだ。そのとき気づいた。ウィリーは？　ウィリーはどこ？

動けという電報を、体が受け取らなかった。どうしてか。動けない。どうしてか。縛られている。ウィリー。声に出していったが、声にならず、聞こえなかった。物音がなにも聞こえない。ウィリー、ディキシー・クレイはもう一度いった。目が上下に揺れなくなるまで見つめていると、台所の壁紙の果物かごの模様を見ているのだとわかった。ウィリー、ウィリー、ウィリー、ウィリー。脚をじたばたさせ、肩を前にひっぱると、脇が烙印こてを当てられたみたいに痛んだ。椅子を床にぶつけて、転がせるはずだと思い、転がした。そう。物干し綱だ。そう。ジェシに手首を縛られた。うしろで手をひねり、太すぎてしっかりとは縛れない物干し綱を手探りした。綱の端をつかむと、右手を丸め、左手で綱をしっかりと握ったまま、結び目をこじった。よじったり引いたりしながら、右手でこじった。結び目に指が一本はいったので、ゆるめ、両手を引き抜いた。しびれていて、なにも感じず、やがて感じるようになると、熱いタールの手袋をはめているみたいになり、千本の針が手袋に刺さっているみたいになった。床に手をついて体を起こそうとすると、左腕の力が抜けて倒れた。転がって膝をつき、脚をのばし、ガス台につかまってよろよろと立ちあがった。頭に手を当てると、ねばねばするものがにじんでいて、血だとわかった。

ウィリー。ガス台を押して離れ、居間のほうを向いた。ウィリーはいない。長椅子にアフガン編みの毛布が折って置いてあった。それをひっぱったが、ウィリーはいない。籐の洗濯物かご、ウィリーはいない。桃のかご、ウィリーはいない。寝台にウィリーはいない。がくんと膝をついて、寝台の下を覗いても、ウィリーはいない。いまはまだいっしょに寝ているが、そのうちに赤ちゃんの部屋にしようと思っている部屋にもいない。居間で書き物机の小さな抽斗を引きあけ、赤ちゃんがそんなところにはいれるはずがないのに、頭がどうかしていると思った。ベランダ。ウィリーはベランダにいる。ドアの枠にぶつかり、おちょこになった傘に蹴つまずきそうになった——ベランダはがらんとしていて、風のなかで揺り椅子が亡霊のように揺れていた。その向こうは不気味な薄い黄緑色の空、ヤマユガの色。雨がばらばらと家に叩きつけ、真珠の首飾りがばらけたような音をたてていた。

そのとき、自分が悲鳴をあげているのを聞いてわかった。あいつらがウィリーを連れていった。ジェシとあの女がウィリーを連れていった。

砂利の私道に自動車はなく、タイヤの跡に水が溜まって斜めの線ができているだけだった。きのうの晩、雨のなかを前照灯が近づいてくるのを見たことを、思い出した。あれがきのうの晩なら、いまは朝のはずだが、空は暗かった。ジェシはホブノブに行く。きのうの晩、ジェシはそういっていた。ジェシはホブノブに行き、女はウィリーを連れてグリーンヴィルへ行く。

ディキシー・クレイは、厩に向けて駆け出し、細道を突っ走って、尾根を下った。大きな枝にぶつかって倒れ、ぬかるみでもがいて、また駆け出した。長く咆えるような声で、ウィリーの名を呼んだ。ノウサギが一列になって足もとの細道を走り、つづいてオジロジカが一頭、その上を跳び越し、ディキシー・クレイにぶつからないように跳びながら向きを変えた。ディキシー・クレイは大股で走るのを片時もやめなかった。チェスターを出して町へ行く——。

厩の扉を引きあけた。風があらがって邪魔をした。木の葉がらせんを描いて舞いあがり、膝に向かって鋭い音を発した。と、ほんもののヘビ、クロムチヘビが、足首のあいだをさっと通って闇に消えた。地面がふるえているようだった。頭の傷のせいでふらふらしているにちがいない。厩のそばの木立がゆさゆさ揺れ、木の葉が落ちていた。なかではチェスターが後脚で立ち、早駆けするようにじたばたしてひづめを馬房の扉に打ち当てた。雌牛はうめいていた。

警察が来るのかもしれない。インディアン製のオートバイが百台、板張りのレース場を突っ走っているみたいな音がしている。出迎えようとして厩の扉を閉めたとき、あわてふためいて森から逃げ出してくる動物たちに踏みつぶされそうになった。シカ、ジャコウネズミ、ビーバー、ネズミ、アライグマ。頭上では鳥がはばたき、木々から水がふり落とされ、なにもかもが細かくふるえていた。やかましい音が、機関車が驀進してくるような、腹に響く轟音に変わった。悪夢に出てくる黒い機関車。そのとき悟った。ああ、あたしは知っていたんだ。機関車みたいな音をたてるモノのことを、何度も聞かされていた。そのモノとは、洪水だった。

ディキシー・クレイは悲鳴をあげ、風がその音をさらった。向きを変えて、家の裏手の斜面を駆け登り、尾根の頂上へ行くと、ふるえているすべりやすいトネリコの木に跳びついた。轟音は左手から来る。音の壁が。家のほうを見おろし、音の方角に目を向けると、何本もの木が見えた。持ちあげられ、倒れていくありさまが、まるでこちらに向けて行進しているみたいだった。木をなぎ倒しているものが見えた。小さな山が転がりながら進んでいる。いや、山ではなかった。丸太、鶏小屋、雌牛、巻いた鉄条網、柵の一部が沸き立つようにうごめいている茶色の水が、そういった残骸もろとも、転げ、ぶつかっていた。悪意を抱いた、生きているモノが、ディキシー・クレイの家がある窪地に殺到して、激しくかきまぜ、やがて家があった窪地を洗い流した。そう、家はなくなった。トネリコにしがみついたディキシー・クレイが見ていると、水が家にぶち当たり、家が破裂し、ねじ曲げられ、バラバラになり、生きている濁流がそれを呑み込んで、なおも驀進した。

ディキシー・クレイは、ふるえているトネリコから離れて、尾根でいちばんの大木に向けて走った。その槲《オーク》は、樹齢が百年ほどにちがいない。高さが百フィートある。もっとも低い枝でも、跳びつかなければならなかった。跳びついてぶらさがると、左腕が灼けるように痛んだので、枝を離して落ちた。脇腹が裂けそうになり、気抜けして揺れる地面に横たわり、向きを変えて肘をつき、下を見ると、家があった窪地の山のような水が、甲高い叫びをあげながらぐんぐん増え、窪地を突進するいっぽうで、ディキシー・クレイのいる尾根に向けて登ってきた。ディキシー・クレイは地面をひっかいて起きあがり、また枝に跳びついて、体の重みで腕がきしり、裂けそうになって、悲鳴をあげたが、手を離さず、右脚を蹴りあげて、枝の股に足をかけてよじ登り、折れた左腕を胸にくっつけて、空に向かって咆えた。神の名を呼んだのか、ウィリーの名を叫んだのか、わからなかった。いまとなっては、どちらでもおなじだし、どれだけ高く登れるかということのほうがだいじだ。リスみたいに上の枝に跳びつき、ぶらさがって体を揺すり、ぶらんこの要領でよじ登る。濡れた樹皮が口にはいってざらざらした。袖が裂けた。また上の枝めがけて跳び、幹に足をかけてもがき、足を枝にひっかけ、勢いをつけてよじ登った。

やがて、こんもりした樹冠のなかにいた。樹皮に指を食いこませ、片手でよじ登った。枝が三本、ひろがっている上で、ディキシー・クレイは登るのをやめた。二本が背中の支えになり、下の一歩が足を置くのにちょうどいい。強風で枝が揺れていて、水嵩を増しているチョコレート色の水はときどきちらりと見えるだけだった。首をのばしたが、厩も蒸留所も見えなかった。泡立つ波にチェスターが跳び込む恐ろしい光景が、目に浮かんだ。ガウィワチーはうしろにあって見えないはずなのに、見えていた。水面が沸き立ち、どこかが変だった。やがて、逆に流れているのだと気づいた。ミシシッピ川に流れ込むのではなく、ミシシッピ川から流れてくる。いや、流れるのではなく、ぐるぐるまわっている。細流が川と化し、水ではないものであふれている。教会の尖塔。ラバをつなぐ馬具。郵便箱。木、木、また木。持ちあげられ、投げ出され、やがて一本がロケットみたいに水から飛び出した。ディキシー・クレイとガウィワチーのあいだにもうひとつ尾根があり、水から突き出していた。見ていると、コヨーテが一匹、シカのあとから泳いでそこによじ登り、向きを変えて、顔を見合わせた。洪水が尾根を島に変えていた。

ディキシー・クレイの木の根元にも、水が登ってきた。根の盛りあがったところが水の下になり、やがて太い幹も水に浸かった。じっと見ていると、さきほど跳びついて落ちたいちばん低い枝が、沈みはじめた。ヌママムシがそこでとぐろを巻いていて、拳みたいな鎌首を持ちあげ、Sの字になって幹を登った。ディキシー・クレイは気にも留めなかった。木の看板が水から飛び出した。昔懐かしい甘草味のブラックジャック・ガム。

ディキシー・クレイは、下を見た——水の二十フィート上にいる——上を見た——木のてっぺんまで、あと二十フィート以上ある。三本枝のところから起きあがって、登った。枝が跳ねてぶつかる。体を支えられるもっとも高い枝、男の太腿くらいある枝に、息を切らしながらしがみつき、両腕と両脚を巻きつけた。木が体の下で船みたいに揺れ、檣頭《マストヘッド》のディキシー・クレイは、風とまともに向き合っていた。泣き叫ぶ水よりも大きな音が聞こえ、歯が鳴っているのだとわかった。雨、冷たい雨、ブラウスが濡れたつるつるの石膏となり、ウールのスカートとエプロンはそれぞれ数百ポンドもある。

　左側の木が、砲声のような音をたてて、水のなかに轟然と倒れ、巨大な波がディキシー・クレイのところまで登ってきて、枝がすさまじい波をかぶった。ディキシー・クレイはぎざぎざの樹皮に巻きつけた太腿に力をこめ、目をぎゅっと閉じて、あけたとき、水がまた高くなっていた。製材所の煙突らしいものが、さっと流れていって、渦巻きに捕らえられ、プロペラみたいにまわった。ミシシッピ川にどれくらいいっぱい水があるにせよ、まだ流れ込みつづけていた。ディキシー・クレイがさっきまで休んでいた三本枝まで、水が届いていた。近くの枝にいたキツネが、鳥のさえずりみたいな変な声で吠え、水に跳び込んで、きれいな黒い足袋をはいた足で掻き、尻尾を疑問符の形にして、水から突き出した。シカとコヨーテがいる島までたどり着けるかもしれない。ディキシー・クレイはそっちを向いたが、二匹の姿は見あたらず、島は影も形もなかった。

　神さま、あたしは生き延びなければならないのよ。あたしの赤ちゃんを見つけるために、生き延びなければならないのよ。

　水は木を登ってこなくなったが、下りもしなかった。ディキシー・クレイは、枝のあいだから、まったくべつの世界のような地形を覗いた。いや、地形じゃない。海景だ。方舟に乗っているが、オリーブの小枝をくわえたハトは来ないし、番《つがい》ではない、独りぼっちだ。

　自分で自分を救うのよ、あんた。でも、どうやって？　泳げる。水面は落ち着いて、大きな波はなく、雨粒が叩いているだけだ。やってみるべきかもしれない。しかし、そう考えているあいだにも、泡立つ茶色の水が左からディキシー・クレイの木にぶつかった―

——また堤防の一部か道路が、水に負けて、崩れてしまったのだろう——ディキシー・クレイの枝が、ふり落とそうとするかのように、水に浸かった。全身でしがみついていると、横向きになって、目をむいているブラーマン牛が流れていった。モーッと鳴くときに、こぶのような首の腱がよじれた。ジョー・ヨークの品評会向けの牛だ。大きな樽のような横腹が上になって、Y印の烙印が見える前から、ディキシー・クレイにはわかっていた。セヴン・ヒルズで、この牛のそばを何十回も通り、長い草を舌で口に入れるのを眺めたものだ。ジョー・ヨークの牛だ。でも、ジョーはどこにいるのだろう？　やがて、牛もどこにいるのかわからなくなった。

だめよ。この木を離れて泳ぐことはできない。

曲がったカヌーみたいなフロートのある海軍の水上機が、頭上を飛んだ。密造をやっていたときには、この手の飛行機に見つからないように気をつけていた。

いまは痛めた腕でしがみついて、反対の腕を頭の上でふり、叫んだが、ディキシー・クレイを守ってくれる木のせいで見えないだろうし、水上機はかなり高いところを飛んでいて、そのまま通り過ぎてしまった。家がなくなってしまったいま、苔みたいに木にへばりついている人間を探そうとは思わないだろう。赤十字もこんな遠くまでは捜索しないかもしれない。かつかつの暮らしをしている密造人の土地、目印になる電話線もない。

濡れた樹皮に額を載せて、目を閉じた。お下げが片方の肩にかかって、むき出している首を、冷え冷えとする雨が勢いよく流れた。飛行機の音が聞こえたような気がして、首をもたげたが、こんどは穴だらけの空のもっと高いところを飛んでいた。ディキシー・クレイの上で、木のてっぺんの枝にヤドリギが群がっていた。娘のころ、よく木の上からヤドリギを撃ったので、ある年のクリスマス会で、ルーベン・リッペンズが文句をいった。「ディキシー・クレイはヤドリギの下でキスをしないで、ヤドリギを撃つんだ」どうしていま、そんなことを思い出すんだろう？　もっと落ち着かないといけない。頭の怪我がうずいたので、血でべとべとする傷口に指を当てた。

「ヤッホー！」

ディキシー・クレイは、さっと顔を起こした――風か、男の声か？　「こっち！　ここよ！」

「だれの脚かな？」

「ディキシー・クレイ・ホリヴァー！」

「そうか、あんたか」水に浸りそうになっている枝の下に、小舟がはいってきた。身をかがめていた人影が起きあがり、帽子のつばの下にはマーヴィンじいさんの顔があった。

「マーヴィン、ああよかった」

マーヴィンの舟は、ウィスキーの箱をしこたま積んでいるせいで、だいぶ船足が深かった。マーヴィンは黄色い雨合羽を着て、そろいの帽子をかぶり、火をつけていないパイプをくわえていた。パイプから水がしたたっている。舟を漕ぎ寄せたマーヴィンが、木の下にはいると片腕で木をつかんだ。馬鹿な心配だとわかっていたが、ディキシー・クレイは、スカートを覗かれないように脚をずらした。

マーヴィンがパイプを口から取った。「ディキシー・クレイ！　堤防を査察したやつらは、とんでもない嘘つきどもだったようだな」

「マーヴィン、助けて。お願い」

「まあ、助けてやれねえこともねえんだが、あんたを舟に乗せるには、ちょいと儲けを減らさなきゃならねえ。洪水が来たとき、ちょうど積み込みをやってた。家は土台ごと持っていかれた。ウィスキーを積んでなかったら、家にいたところだ。ウィスキーが命の恩人だ！　しかし、櫂なしで川に出るはめになった。ほら」操っていたシャベルを見せて、にやりと笑った。

それくらい離れていても、歯に茶渋がついているのがわかった。

ディキシー・クレイは、しかたなく笑みを返した。この木からおりて、マーヴィンの舟に乗せてもらわなければならない。

「グリーンヴィルへ行く」マーヴィンがいった。「赤十字の救護所がある」

「グリーンヴィルは水が出なかったの？」

「とんでもない。水は出た。なにもかも水びたしだ。だが、こっちにくらべればずっとましだと聞いた。全長二十二フィートでT型フォードの発動機《エンジン》を積んだ救助艇に出会った。いやはやすごい船だ。郵便配達が舳先に座って、操縦手に自分の配達の道すじの家を教えてた。木に登ってる連中を助けようっていうわけだ——」

「グリーンヴィル」ディキシー・クレイは、さえぎった。「みんなそこへ行くのね？」

「ああ。グリーンヴィルは水をかぶってるが、堤防に天幕《テント》を張って、食料やなにかを配ってる。洪水救難本部がある。この辺がいちばんひどいんだよ、お嬢ちゃん。ミシシッピとガウィワチーに挟まれた逆三角形地だし——」

「グリーンヴィルに連れてって。お金は払うから——」

「お嬢ちゃん、この世にゃなにひとつ残っちゃいねえだろうが。おれだっておなじだ。このウィスキーがあるだけだ。だが、そんなことはどうでもいい。連れてくよ。助けた甲斐があるってことになるかもしれねえし」両方の眉毛をあげて、にやりと笑い、片手を幹から離して、ディキシー・クレイのほうにのばした。

ディキシー・クレイが、腕がパンクしたタイヤみたいになって、樹皮に血の跡をのこし、枝から離れようとしたとき、近づいてくる水のうめき声が聞こえた。沸き立っているあらたな流れが北から押し寄せ、一本のオークをふたりめがけて飛ばし、その枝がマーヴィンの舟の舳先をひっかけた。「ちくしょう！」マーヴィンが叫び、幹をぐるりとまわった。「こんちくしょう！」魂消《たまげ》た声を出した口からパイプが飛び、マーヴィンが木から引き離され、肩を押さえるのを、ディキシー・クレイは見た。舟が勢いよく離れていった。マーヴィンが見えなくなったが、金属がぶつかる音が聞こえ、舟が見えたときには、ディキシー・クレイがいる木の樹冠から出て、流れのなかで大揺れし、横向きになっていた。マーヴィンが右側でシャベルを漕ぎ、こんどは左側で漕いだ。まだ四十ヤードしか離れていなかったが、粗織りの布みたいな雨が、すでにマーヴィンの姿を青く、ぼんやりしたものに変えていた。

舟がまわって、マーヴィンがディキシー・クレイのほうを向いたとき、また木が流れてくるのをディキシー・クレイは大声で知らせたが、間に合わず、マーヴィンは船底に押し倒された。

「マーヴィン！」ディキシー・クレイは叫んだ——もうぼんやりした背中しか見えない——「マーヴィン！」

「シャベルをなくしちまった！」マーヴィンがどなった。「だが、きっと迎えにくる！」

「待って、お願い。置いていかないで」

「戻ってくる。それとも、だれかを見つける」

「マーヴィン、お願い——」

「戻ってくる！　いつだってあんたにやさしくしてやっただろうが、ディキシー・クレイ！」

すさまじいめりめりという音がして、五十ヤード離れたところの木がおそろしいうめきを発し、倒れた。ディキシー・クレイは、ふるえる枝にしがみつき、しぶきから顔をそむけて、向き直ったときには、独りぼっちになっていた。

ディキシー・クレイは、疲れ果てていた。飛行機が何度か通ったが、手をふりもしなかった。眠りたかったが、眠ると死ぬとわかっていた。筏か舟が流れてこないかと思い、数分ごとに顔をあげた。そうすれば、跳びおりて、漕ぎ、ウィリーを探しにいける。

午後にはときどき雨がやんだが、そういうときでも、太陽は濃い灰色の空のすこし薄い灰色の環にすぎなかった。やがて、なにかが一本の木から離れるのが見えた。犬小屋か小さな物置かもしれないと思い、雨のなかに目をこらした。ドラム缶かもしれない。もしそうなら、木から離れて、泳いでいき、浮きに使おう。それが近づいてきた。小舟だった。

ディキシー・クレイは、金切り声で叫んでいた。片腕で枝をつかみ、もういっぽうの腕をふった。小舟の動きはのろく、邪魔なものをよけながら進んでいた。見つけてもらえたのかどうか、わからなかった。男がひとり、乗っているように見えた。うしろに手をのばし、濡れそぼったエプロンの紐を解いて、脱ぐためにに、腰を浮かし、それをふりはじめた。枝の上に出るように、高々とふりあげ、そのあいだずっと叫びに叫んでいた。そのうちに枝の上で体が傾き、突然、ぶらさがる恰好になったので、エプロンから手を離し、両手で枝をつかんだ。首をまわすと、つかのま小舟が見え、人影が手をふったような気がしたが、また見えなくなった。しがみついていたが、腕が痛かった。小舟は見えず、木の皮が前腕を切り裂き、手が離れそうになっていると気づいて、力いっぱいしがみつき、幹に顔を押しつけた。ようやく、水面に洞窟のような空間をこしらえていた広い樹冠が、船外機のバタバタという音を閉じ込めた。

「ディキシー・クレイ！」インガソルだった。ディキシー・クレイの肩ごしに、赤いシャツがひらめいた。小舟が真下に来ていた。

「見つけたぞ」インガソルが叫び、両腕を差しのべた。ディキシー・クレイは枝から手を離した。

五時間後、日が暮れてから一時間たつと、インガソルは水面から十五フィートの高さに盛りあがっている円錐形のインディアン塚に舟を引きあげた。てっぺんが平らな草地になっていて、インガソルが舟をひきずりあげると、ヘビがちりぢりになって逃げ、孵化したばかりの長さ一フィートのワニがずるずると川にはいっていった。ふたりは苦労しながら、ガウィワチーを遡り、節くれだった指みたいなしぶきのあがる早瀬を渡ってきた。ディキシー・クレイは漕ぎ座に片手でつかまり、もういっぽうの手でインガソルのベルトをつかんでいた。体が浮きあがって、尻が漕ぎ座にぶつかると、腰と肋骨に激痛が走った。やがてミシシッピ川の川筋を見つけ、グリーンヴィルに向けてだいぶ進むことができた。

ホブノブを目指してもなにもない。ディキシー・クレイは、そんなことがあるはずがないというように、何度もきいた。「食堂は？」

インガソルはいった。「流された」

「図書館は？」

「流された」

ディキシー・クレイは、図書館でリンカーンの演説について調べたことがあった。その本ももうない。

「美容院は？　ホブノブ中学校は？」

「流されたと思う」インガソルはいった。

さいわい、学校は数週間前に休校になり、生徒はすべて家に帰された。その家々もいまは水に沈んでいる。だが、たぶん避難していただろう。「店——アミティの店は？」

「気の毒だが、ディキシー・クレイ」

「でも、アミティはきっと——」舟のなかで向きを変え、インガソルの厳しい表情を見て、もうきかなかった。

向き直ったときに気づいた——ジェイコブのお墓。

ジェイコブのお墓もなくなった。

ふたりは十数艘の舟に出会ったが、すべてグリーンヴィルを目指していた。ミシシッピ川が堤防の裂け目に流れ込み、思いがけないところに早瀬ができて、それがべつのところで決壊を引き起こしていたため、航行がなかなかはかどらなかった。やがて、突き出した堤防のてっぺんを見て、川の本流を見分けられるようになった。まるで群島みたいに堤防の小島が点々とあり、動物が寄りかたまっている。そのうちに差し渡し数フィートの堤防が両側に見られるようになった。川はまんなかが深いはずなので、インガソルは、そういう左右の島の中間を通るようにした。だが、それでもアカミグワの木にひっかかってしまった。ハート形の葉の樹冠を見おろすのは、不思議な感じだった。その木が舟に穴をあけかねなかったので、インガソルは舵をいろいろ動かしたが、しまいには跳び込んで、舟の下にもぐり、木をはずさなければならなかった。インガソルがそれに苦労しているあいだに、ディキシー・クレイは身を乗り出して、まだ熟していない渋い実を摘んだ。ふたりは一日それを食べ、舟を見つけたときには食料も積んであったのだと、インガソルは説明した。だが、ディキシー・クレイを助けにいくときに、流れで舟がまわり、根こそぎになった木が飛びあがってきた。身をかがめてよけることができたが、木が舟の向こう側に落ちて、大きな波が食料品をさらっていった。

「そもそも、あたしがいる場所が、どうしてわかったの? 道がないのに、どうして見つけたの?」

「救助艇と行きあったとき、そこに指を怪我した年寄りが乗っていた。その年寄りが、助けを呼びにいったんだ。おれがどっちに向かっているかを見て、ディキシー・クレイという女を助けてくれといい、あんたのオークの木がある場所を教えてくれた」

ふたりはフラナリーという町があったところへ着い

た。そこの堤防は、橋を支えるために幅が広く造られていたが、橋は流されていた。堤防の上に有蓋貨車が一両残されていて、白いハンカチをふる手が突き出していた。ディキシー・クレイは舟をとめたくなかったし、さいわい救助艇が機関音を響かせて、そこへ向かっていた。

「食料かガソリンはないか？」インガソルは、救助艇の甲高い音のなかで聞こえるように叫んだ。舟には燃料が必要だということを、ディキシー・クレイはうっかりと忘れていた。

「わけてやる分はない」艇長がどなり返した。「満タンにしたら出動するという手順なんだ。貨車に何人もいるし、製油所の上のほうの階にも六人いるはずだ。あんた、そいつらを見かけたか？」

「いや」インガソルはいった。「幸運を祈る。おれたちはこのまま進む」

闇がおりると、舟をとめないといけないとインガソルがいったが、ディキシー・クレイは、ジャネットがウィリーを連れていったグリーンヴィルまでこのまま行きたいと必死で頼んだ。しかし、また舟がひっかかり、こんどは納屋の屋根に載ってしまった。インガソルはやむなく跳び込んだが、穴のあいたトタン板からスクリューをはずせなかったので、納屋にもぐり込んで、下からはずさなければならなかった。だいぶ長いあいだ、インガソルは浮かんでこなかった。ディキシー・クレイは、傾いた舟の上で揺れながら、怯えていた。ようやくインガソルが水から跳びだして、船べりに両腕をかけ、息を切らしてぶらさがり、かなりつらそうに片脚を持ちあげて、舟にあがった。濡れた赤いシャツの背中に、筋肉のすじが浮かびあがっていた。インガソルは、どす黒い水がぴちゃぴちゃ音をたてている船底で、しばらくのびていた。

ディキシー・クレイは、インガソルの顔の上にかがみ込んだ。唇が青く、目を閉じている。胸が大きく上下していた。「インガソル、だいじょうぶ?」

インガソルが目をあけた。「こんなふうに進みつづけたら、おれたちは死ぬ。転覆する、ディキシー・クレイ。そうしたら真っ暗ななかで溺れる。ウィリーを取り戻せなくなる。こんど舟をとめられるところがあったら、とめよう」

ディキシー・クレイはいい返さなかった。やがて、つぎの曲がりの先に、インディアンの遺跡の塚があった。

そしていま、ふたりは見えているたったひとつの陸地に、ならんで座っていた。円錐台形の塚は、天に向けて突き出していた。舞台みたいだ、とディキシー・クレイは思った。それとも手術台か。祭壇か。雨がやんでいて、地面が最初は冷たかったが、舟をおりてほっとしていた。それに、土が温まるにつれて、体の緊張がやわらいだ。三倍の速さで流れ過ぎる川の音に、ふたりは耳を澄ましていた。

木がきしみ、いななき、砲声のような鋭い音とともに折れる。あとの音はなんだかわからず、この世のものとも思われなかった。

「ディキシー・クレイ」インガソルはいった。「朝になったら、あんたの腕の骨を接ぐ」

「だいじょうぶ」ディキシー・クレイはいった。「だいじょうぶじゃない。折れてる」

インガソルは、ディキシー・クレイの手首に指を当てて、親指と指で輪をこしらえ、ブラウスの袖に沿い、腫れている肘に向けて、ものすごくゆっくりとその輪を動かしていった。ディキシー・クレイがはっと息を呑み、インガソルは輪をひらいた。

「肘のすぐ下のふくらんでいるところだ。そこが折れている。単純骨折だと思う」インガソルはいった。「それならいい。朝になって、見えるようになったら、曲がったまくっつかないように、骨を接がないといけない」

「骨を接ぐ？」

「そうだ。やったことがある。ハムの骨を一度接いだ。ちがうのは、あいつが酔っ払っていたことだけだ」

「痛くないように酔っ払ったの？」

「いや、ハムはハムだから酔っ払っていた」

「戦争中に？」

「ちがう。おれたちはクライスラーに乗っていた。アラバマのワタ畑で密売人を追っていた。あぜ道が大きく曲がっているところで急ハンドルを切ったとき、ロックされてなかったドアにハムがぶつかって、そのましばらく走りつづけた」

「うまくいったの？」

「ああ、密売人を捕まえた」

「ちがう、ハムのことよ」

「ああ。でも、そのあと、ハムはテキサス・ホールデム（ポーカーの一種）に勝てなくなったといってる」

「うーん。あんたも酔っ払ってたの？」

「おれは運転していた」

「それじゃ答にならない」

「ああ、酔っていた。でも、ハムほどじゃない」

「そう」

「そういう心配は朝になってからでいい。まず副木を当てておこう」

インガソルはインディアン塚をあるきまわって、枝を拾っては捨て、ようやく長い枝二本を選んだが、じっとりと濡れていた。それから、インガソルはディキシー・クレイのそばに座り、ブラウスの袖をまくろうとしたが、へばりついていたので、ディキシー・クレイが小さな悲鳴をあげた。

「引き裂くよ。いいね？」

ディキシー・クレイがうなずいたので、インガソルは身をかがめて、歯でブラウスの肩の縫い目をくわえ、噛みちぎって、布地を裂いた。異様なけたたましい悲鳴に、もうひとつの異様なけたたましい悲鳴が混じった。つぎに、インガソルは右手で自分のシャツをめくって頭から脱ぎ、下着のシャツを左手でめくって脱いだ。「濡れたのを脱ぐと気持ちいい」とつぶやきながら、ディキシー・クレイのブラウスの袖の端に、自分の下着を結びつけた。その吊り包帯を、前に倒したディキシー・クレイの首に、美人コンテストのたすきみたいにかけ、長い枝を一本ずつ腕の両側に差し込んで、副木にした。「これでしばらくは安定する。グリーンヴィルでギプスをしよう」

「ありがとう」

インガソルは、肩をすくめてディキシー・クレイのお礼を軽くしりぞけ、ふたりは川に向かって座った。雨はやんでいて、インガソルはY字形の枝を地面に刺して、シャツを干した。ディキシー・クレイは、自分も服を干せればいいのにと思った。まもなく暗くなって、なにも見えなくなった。星座が語る物語を雲が消して、光の点がいくつかあるだけだった。その下では、水に映る星を流れが切り裂いているところだけが光っていた。

「横になったほうがいい」とインガソルがいい、仰向けになるのが、音でわかった。まもなくディキシー・クレイも仰向けに寝た。痛みが体のあちこちにはいってくるのがわかった。まず頭からはじまって、はいってきてから、出ていった。やがて左腕、右の肋骨、みぞおち、脚、心、心、心が痛んだ。ウィリー。

「眠れるんなら眠ったほうがいい」インガソルがいった。

ディキシー・クレイは首をふったが、インガソルに見えるはずがない。だから、こういった。「あんたは眠って。平気。あたしは眠れない」

「おれも眠れない」ふたりはなんだかわからない物音を聴いていた。金属と金属、どこかでなにかが引きちぎられる。しばらく間を置いてから、インガソルが話をつづけた。「もともと眠れないほうなんだ。眠る習慣があったとしても、音楽屋の時間に合わせているうちになくなった」

「あたしは密造人の時間に合わせているうちに、習慣がなくなった」

沈黙が深まり、轟々と流れる水に囲まれて、そこだけがぽつんと沈黙していた。とてつもなく暗い。黒い猫が寄りかたまっているみたいに真っ黒だ――と、ジェシならいうだろう。ジェシが死んだかもしれないというのが、おかしな感じだった。破壊活動家の銃撃のことと、その直前にジェシが堤防の上で土嚢を積んでいたことを、インガソルから聞かされていた。「それじゃ、ジェシが堤防にダイナマイトを仕掛けたのね」ディキシー・クレイが結論をいうと、インガソルは否定しなかった。

「ダイナマイトは、どこから持ち出されたの?」そのときにディキシー・クレイがきくと、インガソルは教えた。

「陸軍駐屯地」ディキシー・クレイはオウム返しにいった。「ボーリガード駐屯地?」

「どうして知ってる?」

ムーキーおじさんと、おじさんがそこで夜勤の用務員だったことを、ディキシー・クレイは話した。

「まいったな」インガソルはつぶやいた。「ムーキーおじさんか」

ジェシが死んだということを、ディキシー・クレイは深く考えて、悲しみに襲われるのを待ったが、そうはならなかった。インガソルがそばにいること、なめらかなよく響く低い声が、やみのすぐそばにあることを深く考えて、うしろめたさに襲われるのを待ったが、そうはならなかった。

痛みが体の奥にまた滑り込むと、そうした考えも心の奥に滑り込んだ。沈んでいる自動車にぶつからないように右に舵を切れ、枝でとぐろを巻いているヌママムシをよけるために風下に寄れ、とインガソルにどいなっていたときには、じっくり考えているひまがなかった。事実については、すでにおたがいに大声で伝えあっていたが、痛いところを追及する時間はなかった。

「ジェシとハムがどうなったのか、ずっと考えているの」

「おれもだ」

「怖い」ディキシー・クレイがいった。横に置いた手をインガソルの手が握った。

「おれもだ」といって、インガソルが手を放した。しばらくして、インガソルがいった。「葉巻があるといいのに」

しばらくして、ディキシー・クレイがいった。「あんたにマンドリンがあればいいのに」

インガソルの胃が、からっぽだといっているのを、ディキシー・クレイは聴いていた。

丸一分、ふたりはなにもいわなかった。ザアザアという水音よりひときわ高く、猫の鳴き声が聞こえた。


ピューマかもしれない。インガソルの手は大きくて温かかった。頼りがいがある。

「インガソル」

「ああ」

「あたしたち、どうするの？」

「おれたちはウィリーを見つけにいく」

「ふたりで？」

「ふたりで。ジャネットを見つけて、ウィリーを取り戻す」

「グリーンヴィルで、あすの朝」

「そうだ。グリーンヴィルへ行く。もしジャネットがそこにいなかったら――」

「どういうことよ、いなかったらって？」ディキシー・クレイは、折れていないほうの腕をやわらかい地面について、体を起こすともがいた――「みんなグリーンヴィルに避難してる。ホブノブの人間はみんなグリーンヴィルに避難してる。あんたがそういった――」

「ああ、最初はね。でも、そこから川の蒸気船がメンフィスやナチェスにもひとを運んでいる。ジャネットがそういう船にもう乗っているとしても」――インガソルも起きあがって、片手をディキシー・クレイの肘に置き、向き合っていた――「どこへ行ったか突き止める――」

だが、ディキシー・クレイはよろよろと立ちあがりかけていた。長靴がスカートにひっかかる。身を躍らせて立った。「ああ、舟に乗らなきゃ、行かなきゃ、行かなきゃ――」

「ディキシー・クレイ、行けない。行ったら死ぬ。死んだら赤ちゃんを助けられない。夜が明けたら――」

ディキシー・クレイはもう舟に駆けよっていて、いいほうの手でもやい綱をつかむと、塚の斜面をひきずりおろそうとした。インガソルは前に立ちはだかって、もやい綱をひったくり、灼けるように痛むディキシー・クレイの手を胸の前でつかむと、自分の言葉を強めるためにその手をふった。「だめだ。だめだ。落ち着くんだ」インガソルが腕を離すと、ディキシー・クレイがその腕をふって、インガソルを叩いた。頬にしっかりした平手打ちが決まった。ディキシー・クレイの一日で、はじめてのしっかりしたものだった。ディキシー・クレイの荒々しさのすべてがそれにこめられていた。ディキシー・クレイはまた舟のほうを向いたが、インガソルが跳びかかって肩をつかみ、無理やり塚の上へひっぱっていった。ディキシー・クレイがじたばた暴れて、肩をひねり、腕を激しい痛みがひらめいた。インガソルがぬかるみに足をとられて仰向けに倒れ、ディキシー・クレイはインガソルの胸に背中をつけて、いっしょに倒れた。

「やめろ」インガソルが叫んだ。「やめろ」インガソルに抱きしめられて、ディキシー・クレイはふりほどくことができず、体をよじっても抜けられなかった。左右に体をふってから、急に、そのまま頭をインガソルの肩にあずけて、めそめそ泣きだした。

意識を取り戻すとウィリーがいなくなっていたときから一日ずっと、彼女は何事もゆっくりと感じているひまがなく、いまは恐怖だけを感じていた。彼はまだ彼女を押さえていたが、そんなにきつく押さえてはいなかった。彼女が泣きながら体をうねらせ、彼が彼女の髪に口を押しつけてささやいた。「ごめん。ごめん」しゃべるのをやめたが、口は襟首に押しつけたままだった。その口が彼女の頬にあがってきて、キスで涙を吸った。「ウィリーをふたりで見つけよう」彼がきっぱりといった。「約束する。ふたりで見つけよう」彼女が顔を向けてなにかをいおうとしたが、そのとき彼の唇は頬ではなく彼女の口に重ねられていた。彼女がキスを返し、目からまだあふれ出していた涙で、彼の口がしょっぱかった。

彼女は肩をまわし、折れた腕を胸に引きつけたまま、転がった。痛かったが、痛みがありがたかった。彼の両腕が彼女の腰をしっかりとつかみ、引き寄せた。彼のキスは温かく、腕と厚い胸板は温かかったし、彼が忘れさせようとしていることが、信じさせようとしていることが、彼女には必要だった。顎の下と、それから首へのキス、キツネの足跡みたいなキス。鎖骨に唇が押しあてられると、そこで翼がひるがえり、くぼみで樹液があふれ、琥珀色に輝いた。ああ、すごい。彼女の右手の指が彼の首をおりてゆき、掌が彼の胸に当てられ、張りのある胸毛を指が滑りおりて、その下の硬いものをつかんだ。キスしたままで、彼の大きな手が腰から脇腹へとあがって、やがて乳房に置かれた。彼女はいいほうの手を前にまわして、小さなボタンをはずそうとしたが、もたもたしてしまい、やがて彼の指と彼女の指が出会って、マンドリンをつま弾くように彼がブラウスの前をひらき、彼女がいいほうの腕をふって脱ぎ、反対側でブラウスが吊り包帯にひっかかったが、それはどうでもよかった。彼女の両方の乳房とクワの実のような乳首がキスされ、彼女はうしろに手をのばして、肩にかかる長いお下げをひっぱり、ゴムバンドをはずして、頭をふり、彼女がいいほうの腕で体を支えて彼の上にかがむと、ぐっしょりと濡れた髪が波のようにふたりにふりかかった。彼が彼女のスカートを上にずらし、彼女が片手でズボンをひっぱっておろし、やりやすいように彼が腰を浮かすとき、泥がガボガボと音をたてた。

ふたりは押し寄せる水の流れに両側を囲まれた、古代の地球の塚にいる、ちっぽけな人間ふたりで、彼女の涙が彼の胸にこぼれ落ち、ふたりの顔を彼女の髪が、子供のころに彼女がアラバマ州パイン・グローヴでぶらんこを漕いだシダレヤナギみたいに隠していた。ふたりの目は紐で結ばれ、これをけっしてやったことがなかった彼女が、いまは手をのばして彼のものをつかんで、自分のなかに収めようとしていた。こういうふうに芯を持って満たされたことは、一度もなかった。

ふたりはつながって、救助艇も言葉も、そしてやがて天地も遠のいて、人間の体が登っていける黄金の光へと突き抜けていった。ふたりはそこにいて、ずっとそこにいた。高みの静けさのなかに。

やがて、ゆっくりと滑りおりて、ディキシー・クレイはどうしたことか、また自分の体に戻り、いろいろな痛みがぶりかえしたが、解き放たれてもいた。自分の胸とおなじように上下している彼の胸に心地よく身をゆだねていた。耳たぶのなかで彼の血が歌っていた。

「愛している、ディキシー・クレイ」

「わかってる」

17

ふたりは、インディアン塚のそばを流されていった雌牛のモーモーという鳴き声で、夜明け前に目を醒ました。おたがいの温かい腕と脚から身をほどき、霧に包まれて起きあがった。インガソルが立ちあがって、ディキシー・クレイの濡れた服を拾い集め、着るあいだ背中を向けていたが、小さな叫びを聞いて、さっとふりむいた。白い霧に囲まれたディキシー・クレイの顔が真っ蒼で、副木を当てた腕をブラウスの裂け目に入れようとしていた。インガソルは青くなっているディキシー・クレイの指のほうにかがんだが、ディキシー・クレイは一歩さがった。「そんなにひどくない」

「嘘つき。ものすごく痛いはずだ」

「あとでいいから。出発しようよ」

ディキシー・クレイは骨を接がれるのが怖いのだと、インガソルにはわかっていたが、やらなければならない。副木のなかに手を差し入れて、前腕を握り、折れているところを探った。折れた骨が斜めになって、ふくれている。怪しむふうもないディキシー・クレイの顔をちらりと見てから、思い切りひっぱって、骨をもとの場所にはめ戻した。恐ろしい音がすることを、インガソルはうっかりと忘れていた。骨がきしむ音は、ディキシー・クレイの悲鳴よりもすさまじかった。ディキシー・クレイがインガソルの腕のなかに倒れ込んだ。インガソルはそれは予想していたが、ディキシー・クレイは気を失いはしなかった。一秒のあいだ、インガソルにもたれていたが、やがて体を起こして、足に体重をかけた。いいほうの腕をインガソルがささえると、ディキシー・クレイはまっすぐに立ったが、目は閉じたままだった。

「断りもなしにやったのね。いきなり」

「ああ」インガソルはいった。「悪かった」

ディキシー・クレイは目をあけた。「いいえ、そのほうがよかった。でも、もう一度やろうとしたら」笑いながらインガソルを見あげた。「殺す」

「わかった。ぐあいはどう？」

ディキシー・クレイは、おずおずと指を動かした。

「よくなった。ほんとうによくなったよ」

インガソルは、舟を斜面からおろして、水面に映る雲が襟巻みたいに渦を描いている水におろし、ディキシー・クレイのために押さえた。それから舟を押し出し、編上靴が脛まで泥に沈むと、乗り込んで、艫《とも》の漕ぎ座に腰かけ、艇尾肋板《トランサム・ボード》ごしに手をのばして、始動紐を引いたが、エンジンのうなりは聞かれなかった。もう一度やったが、エンジンはかからなかった。もう一度紐を引くとき、ディキシー・クレイが見ているのがわかったが、三度目でエンジンがかかった。

「どこか悪いの？」ディキシー・クレイがきいた。

「燃料がなくなりかけている」

ふたりの舟は、波立つ川をグリーンヴィルへと縫うように進んでいった。曲がりを抜けるとき、インガソルはインディアン塚を見たくて矢も楯もたまらなくなり、首をまわして、ふたりが契り合った先史時代のこんもりした遺跡を眺めた。脈打つものを入れたとき、身をゆるしたときの痛みに、ディキシー・クレイが小さな拳で三度、胸を叩いたのを憶えていた。彼女の顔が上にあり、インガソルはそれ以外の空はもうほしくないと思った。塚が見えなくなると、インガソルは前を向き、ディキシー・クレイと目が合った——ディキシー・クレイも向きを変えて、インディアン塚を見ていたのだ。ディキシー・クレイが恥ずかしそうにほほえみ、インガソルがもうすこしはっきりとほほえむと、不意にディキシー・クレイがにやにや笑った。歯を見せて、あからさまに笑っていた。ディキシー・クレイ。

なんて女だ。

そのあとは、木が突き立っている早瀬と、押し流された川沿いの町の残骸があれこれかきまぜられているだけで、なにも見るものがなく、すべて剣呑な霧に包まれていた。船外機は十五馬力で、十ノットで進むことができたが、インガソルはその半分の速力に落としていた。「歩いたほうが速い」と文句をいったが、それはほんとうではなかった。見張りのディキシー・クレイは、流木がつかえているところ、渦巻き、水に沈んだ小作人の小屋、ワニに目を光らせていた——そのなかでは、ワニがいちばん恐ろしくなかったかもしれない。指差すとき、ディキシー・クレイがそろそろと手を動かし、脇にそっと触れるのをインガソルは見て、肋骨も折れているのかもしれないと思った。包帯を巻ければいいのだが、と思った。眠る前、静かに横たわって、小さな声で話をしていたとき、くしゃみをすると痛いのか、ディキシー・クレイはそのたびにインガソルの指を握った。

一マイルほど進んだところで、やはりグリーンヴィルを目指しているべつの舟を見つけた。男がひとり、妻と子供ふたりを乗せて漕いでいた。新しい報せをやりとりしたいのか、男が櫂を持ちあげてみせたが、インガソルはうなずいて、帽子のつばがあるはずのところに指を当てただけだった——新しい報せなどないし、食料もない。ひたすら進みつづけなければならないという思いがあるだけだった。つぎの一マイルでは、手漕ぎの舟二艘に出会い、どちらもトランクや旅行カバンをいっぱい積んで、船足が深かった。消防署の近くに住んでいて、サイレンを聞き、堤防が決壊したのを知ったのだろう。一度だけ、逆方向に向かっている舟と行き会った。全長二十フィートの発動機船《モーター・ボート》で、右側を通りかかった。補給品を山ほど積んでいる。インガソルは、操縦していた牧師を大声で呼び、たがいにエンジンを切った。教会を設置しようとして、グリーンヴィルの天幕村《テント》にいった帰りだと、牧師がいった。

「出ていきたいと思ってる白人は、もう出ていった。ニグロは残るしかない。そいつらはテントで赤十字の補給物資を運んでいる。どっちの岸でもニグロの牧師がおおわらわで働いているよ」といって、牧師が、タバコみたいに茶色い水に、嚙みタバコの汁を吐いた。

「わしは用なしなんで、セムズヴィルの自分の教区に補給品を持って帰るところだ」

インガソルは、牧師の舟をじろじろ眺めた。防水布の下に箱や包みがあるのが輪郭でわかった。「赤十字が補給物資を配っているのか。それはよかった」インガソルはいった。「この舟はガソリンが足りないんだ。残りの燃料では、グリーンヴィルまで行けない。すこし分けてもらえないか？」

牧師がいった。「ガソリンは不足しているし、これからもっと不足する」

「だろうな」インガソルはいった。「だから、あんたに会えてよかった。分けてくれないか？　そこの容器から、十ガロンでいいから」防水布から突き出しているガソリン容器の赤い筒口を顎で示した。

牧師はなにもいわず、黒い襟巻をしたマキバドリがいっぱいたかって心配そうにさえずっている、水に浮かんだニレの樹冠をじっと見ていた。「あの小鳥を見ろ。ミミズはどこへ行っちまったんだってわめいている」くすくす笑った。

「ガソリンはただでもらったんだろう？　また行けばもらえるんだろう？」

牧師がにやにや顔のまま、襟元に手を持っていって、二重顎を締めつけていた襟をゆるめた。襟に挟まれていた肌が赤くなっているのを、インガソルは見てとった。こいつは偽牧師だ。ディキシー・クレイをちらりと見ると、やはりそれを見抜いているとわかった。

「いくらで買える？」インガソルは、すこし不機嫌さをにじませていった。

「十ガロンっていうのは、帽子ですくうにしたって、タンクに入れるにしたって、たいそうな量だ」

「駆け引きしてる時間はないんだ」インガソルは、長身ですっくと立ちあがった。それで話し合いの流れが変わることがある。「いくらだ？」

「いくら持ってる？」

かき集めても、ほとんど話にならなかった。ディキシー・クレイはポケットに入れてあったロングフェローの薄い詩集が一冊で、ぐしょぬれになっている。インガソルの財布には八ドルしかない。それを見て、偽牧師が大笑いした。

インガソルが舟べりに足を進めると、偽牧師が笑うのをやめて、舟を動かしはじめた。

インガソルは、嫌でたまらなかったが。偽牧師の背中に向けてどなった。「待て」

偽牧師がふりむいたが、速力を落とそうとはしなかった。


「いいものがある」インガソルがどなった。

偽牧師はもう四十フィート離れていたが、エンジンを切った。「ほんとうにいいものだろうな？」

「連邦政府の密造酒取締官の徽章《バッジ》だ」

「見せろ」

インガソルは、ポケットに手を入れて、白い裏地をひっぱり出した。片足を漕ぎ座に載せ、かがんで、留め金をポケットの内側からはずし、ポケットをズボンのなかに押し戻して、裾をふった。ズボンの内側からバッジが落ちて、船底で水しぶきをあげた。インガソルは、銀色の楯のバッジを拾いあげて、水がしたたっているそれを、舟を寄せてきた偽牧師のほうに向けた。

「こっちへほうれ」偽牧師がいった。

「ガソリンはどこだ？」

偽牧師が、スロットルをすこしあけて、足で防水布をめくった。容器や缶がいっぱい積んである。偽牧師が、小ぶりな容器を持ちあげて、インガソルのほうに見せた。「バッジを投げろ」

「そっちが先だ」

「同時だ」

インガソルはうなずいた。

「いち、に、さん！」

インガソルは、バッジを投げると同時に、容器をつかんだ。バッジは偽牧師の手ではずんで、船底に落ち、カタンという音をたてた。偽牧師がしゃがんで、にんまり笑い、掌の上で裏返して見た。

「食料もほしい」

偽牧師が、バッジをポケットに入れて立ちあがった。

「取り引きはこれでおしまいだ」といい、防水布をもとに戻した。「それじゃ、神のお恵みがありますように」舵柄に手をかけた。

「待て」

偽牧師の目が鋭くなり、口を引き結んで、じろりと見た。インガソルは反対側のポケットを引きだして、またごそごそとやり、裾をふって、かがんだ。水がしたたっている、青銅の小さな円盤を差しあげた。

「それはなんだ？」

「武勲章。ヴェルダン」

「見せろ」

「食料が先だ」

偽牧師がまた防水布を蹴ってめくり、ごそごそと包みをかきまわして、座席に積みあげた。「塩味クラッカー……缶詰の肉……モモの缶詰……シュレッデッド・フィート」立ちあがった。「勲章をよこせ」

インガソルは首をふった。「食料が先だ」

偽牧師が、食料を投げた。インガソルは受けとめて、ディキシー・クレイに渡した。最後の箱を置いたディキシー・クレイが、インガソルのほうを見あげた。勲章を手でいじくっている。インガソルは勲章を握ると、親指の爪に食い込ませて、はじき飛ばした。勲章がくるくるとまわりながら高く昇り、それが描く弧を三人とも顔を仰向けて眺めた。曇った天頂に青銅のきらめきが達したと思うと、落下してきて、偽牧師の掌に落ち、ぴしゃりという音がした。偽牧師がそれを握りしめ、歓声をあげた。

インガソルは早くも舟をグリーンヴィルに向けていたが、船外機の音も偽牧師がぎこちなく読みあげる声を打ち消せなかった。「ヴェルデンの英雄の功績を称え《ア・ラ・グロワール・デ・エロス・ドゥ・ヴェルドゥ》て」それからまたべつの言葉を唱え、ようやく流木の島をまわって、声が届かなくなった。

「インガソル」ディキシー・クレイは、漕ぎ座でふりかえったが、インガソルはディキシー・クレイの頭の上から川と逆巻く渦に目をこらしていた。

「いいんだ」インガソルはぶっきらぼうにいった。

「勲章がなくても忘れはしない」

「でも、バッジは?」

インガソルは、小さく肩をすくめた。「おれはもう、その暮らしは終わりにする」そこではじめて、ディキシー・クレイの仰向けた無邪気な蒼白い顔に視線を落とした。そばかすが目立っている。生えぎわに血が固まっている。インガソルがもう一度、こんどはもっとやわらかくいった。「その暮らしは終わりにする」

ふたりは打てば響くように働いた。ディキシー・クレイがインガソルに、面舵、身をかがめてと指示する。もっとゆっくり、インガソル、この流れはようすがおかしいから。インガソルは一度、浮いているものを見て、近づいてよく見ようと舵をとり、指差してディキシー・クレイに教えようとしたとき、死体だと気づいた。アシの茂みにはまり、格子縞のシャツを着た男の背中が見えていた。逆の岸のものをインガソルは指差そうとしたが、間に合わず、ディキシー・クレイはすでにそれを見ていた。

「あたしたち……?」問いかけて、自分で答えた。

「だめね」そして、さらに四人の死体と、渦のなかでまわっている壊れた丸太舟のそばを通り過ぎた。

話はあまりしなかったが、ディキシー・クレイが自分とおなじように結びつきを感じているのを、インガソルは察していた。川に目を配るとき、油断ないディキシー・クレイの姿を目におさめるようにした。頭の傷口のまわりでゆるめに片手で編んだお下げの先から、巻き毛の房が突き出している――その太いお下げや、その左右の肩甲骨がいたいけで、守ってあげたいという気持ちが強まった。

なんとも不思議な気分だった。戦争で戦い、撃たれ、撃つために大海原を渡った二十八歳の男が、大海原を渡って帰り、べつの戦争で戦い、撃たれ、撃ちつづけ、何度となくぎりぎりの瞬間にはしっこく身をかわして、死の突撃をなんとかやりすごしてきた――それなのに、ようやく、かけがえのないものが危険にさらされていると感じている。そうだ、おれは――馬鹿げているが、馬鹿げているからといって、真実ではないとはいえない――生まれ変わった。

もっと前にこの女と出会えなかったのが残念だった。二十八になったいまではなく、十六のときに会っていたら、どうだっただろう。そのころ、彼女は十歳だった。いや、十六のときではなく、もっとあとでもいい。でも、もっと早く彼女をおれの人生に迎えることができていたらと思う。こんなふうに感じたことは、一度もなかった。こんなふうに、根を張り、いつまでも変わらないという気持ちになれたことはなかった。もっと早く会っていれば、彼女が味わったような苦しみを、味わわせずにすんだはずだ。ジェシの左右色がちがう目に惹かれることもなく、密造酒造りになることもなく、自分たちの血がつながったウィリーを生むことができただろう。

馬鹿げている。ウィリーのことだけではなく、ほかのこともすべて。年頃がうまく合い、出会っていたとしても、ディキシー・クレイに好かれるはずがない。

ありえない。無理だ。こんなに可愛くて、頭のいい女の子は——どのみちジェシのような世慣れた男を選んでいたにちがいない。美男子で、女をうっとりさせる、口のうまい男を。自分の夢がまちがっていたとディキシー・クレイが悟るには、その夢が現実になる必要があったのかもしれない。そこではじめて、おれみたいな男のことがわかるようになるのだろう。指で目の下をさすっていたことに気づいて、インガソルははっとした——イチゴ状血管腫があったでこぼこの皮膚。手を脚におろした。血管腫は遠い昔に消えていたが、自分はまだ醜いと思っていた。服にもかまわない。それに、不器用だ。銃かギターがないと、手をどうすればいいのかがわからない。言葉というビーズをつなぐ紐には、ながい沈黙の隙間ばかりがある。

それだけではなかった。インガソルは一種のへだたりを感じていた。つねに自分は通り過ぎてゆく人間だと思っていた。上を通り、下を通り、通り過ぎる。ときどき、みんなもこういう気持ちなのだろうか？　と不思議に思った。いや、そうではないにちがいない。情が深いひとびとがいる。それを馬鹿にはしなかったが、そこにくわわれなかった。どうして、これまではひととのつながりを感じなかったのだろう？　べつの道を選んでいれば、もっとよかったのか？　なんともいえない。おれは、この子もすぐにもらわれていくはずだと思っていた修道女たちのなかで育った。そのあと、こいつもすぐに死ぬかもしれないと思っていった連中とともに戦った。そのあとは、たえず二週間取り組み、二週間ひとと交わることを求められる仕事についた。その仕事で、他人に勇敢な偉業だと思われることをやってきたが、自分は勇敢だとは思わなかった。なぜなら、自分という存在を軽く見ていたからだ。自分はかりそめの存在だ。修道女たちが受け入れるときにつけた、テディという名前もそうだった。セオドアとはしない。三日間だけの名前だからだ。もらわれていくまで呼ぶための名前だった。

そんな暮らしに、赤ん坊がはいってきた。赤ん坊の母親も。ふたりとも、ちっちゃくて軽い。でも、おれの暮らしはずっしりと重くなった。ホブノブの留置場をまた思い出した。向かいにまったくおなじ監房があり、鏡を見ていて、自分の姿だけが映っていないようだった。ウィリーとディキシー・クレイを見つけるまでは、自分の暮らしはそんなふうだったのだと、インガソルは気づいた。


川が穏やかになり、馬のたてがみを櫛ですいているみたいに、細い流れがおなじ方向へと進んでいた。そろそろ小休止してもよかったが、そこには着けるような岸がなかった。それでも、体は用を足さなければならない。インガソルは船外機を切り、ディキシー・クレイが舳先へ行ってうしろ向きになり、左右の船べりに足を載せてしゃがんだ。だが、スカートを片方の手でたくしあげながら、揺れる船体につかまらなければならないので、危なっかしい恰好だった。そこで、インガソルは舳先の漕ぎ座を越えて、ディキシー・クレイの背中に片腕をまわし、小便をするあいだ、ニワトリが一羽屋根に乗ってぷかぷかと浮かんでいる小さな家を、ディキシー・クレイの頭の上から見ていた。

ディキシー・クレイを船底に戻すと、インガソルは艫の漕ぎ座へ戻り、つかえている流木から突き出した枝をくぐるために身をすくめた。

「インガソル」

「ああ」

「ごめんなさい。あんたが買収されてて、賄賂をもらってるといったこと」

「なんだ、もういいよ」

「よくない。だから謝るよ。あたしはそういったんだから」

「もうそんなことは気にしないでくれ。いいね？」

ディキシー・クレイはうなずいた。

グリーンヴィルに近づくと、舟が増えた。川の飛び石みたいに見える。何羽もの溺れたガンのくすんだ茶色の胸。やがて、ねじ曲がった桟橋が見えた。インガソルは舟の速力を落とし、大きく迂回した。

「あれを見て」ディキシー・クレイがいった

インガソルは目をあげた。ワイアット橋が川に届きそうなくらい低くなっていて、標識があった。グリーンヴィルまで十マイル。

行き着けるはずだ。

インガソルは、鼻歌を歌いはじめ、やがて鼻歌の輪郭がはっきりして、言葉になった。

入れてくれよ、頼むぜ、チャーリー。ここにゃおれしかいねえ。
酒が飲みてえんだ。ハイボールを大コップでくれ。

だみ声のバリトンをとぎらして、きいた。「この歌、知ってるか、ディキシー・クレイ?」

ディキシー・クレイは首をふった。

「知っておいたほうがいい、バーベキュー・ボブの〝ブラインド・ピッグ・ブルーズ〟だ」

「もっと厳しく教えてちょうだい」

ブラインド・ピッグ、ブラインド・ピッグ、おめえにおれが見えなくてありがてえ。
見えたら、おれはめんどうなことになるからな。

「気に入ったか?」

「気に入った」

おいらはつるつる滑って、滑って、滑ってる。アメリカ合衆国の法から脱け出すためだ。

密造酒をしこたま飲んで、しゃれのめしてる若衆をわめかせてやるのさ。

インガソルは歌うのをやめて、船べりの上から手をのばし、梢から舟を押し離して、また腰を落ち着けた。

ディキシー・クレイが、舟の上でふりむいた。「いいことを教えてあげる」

「なにを？」

「あんたが来るって知ってた。どうしてかわからないけど、知ってた。あの木につかまってたとき、もう長いことつかまっていられないと思った。自分にいったの。〝つかまってなさい。あのひとが見つけにくる〟って」

「そして、おれたちはこれからウィリーを見つける。もうそう遠くない」

ディキシー・クレイはうなずき、流れに目を戻した。

「そのクラッカーをひと箱ちょうだい、インガソル。

あたしたちはウィリーを見つける」

18

ふたりがグリーンヴィルに近づき、太陽がワタみたいな霧を綿繰り機にかけるにつれて、ふたりは何機もの海軍の水上機と、何隻もの救助艇を目にするようになった。糖蜜運搬船が避難民をいっぱい載せていた。それでも、陸地は堤防しかなく、その両側は川に向けて落ち込み、人間と家畜がひしめいていて、堤防そのものは見えなかった。ディキシー・クレイとインガソルがまだ七マイルの距離にいたときに、現役に無理やり戻された外輪船デルタの佳人号が、竜巻みたいな黒い煙を吐きながら現われた。南のヴィクスバーグに向かっているのだと、インガソルはいい、デルタの佳人号が巻き散らす残骸がぶつからないように、木の幹が固まっていて危険な岸近くに舟を寄せた。そこで舟が上下に揺れ、インガソルは燃料を節約するために船外機を切り、のびをして、胴体をまわし、背骨が鳴る音がディキシー・クレイに聞こえた。荒々しいハクチョウ数羽がアシの茂みで喧嘩をしていたので、ディキシー・クレイは塩味クラッカーの残りを投げてから、外輪船が進んでゆくのを眺めた。

「子供のころ」揺れる船べりをいいほうの手でつかみ、ディキシー・クレイがいった。「父さんが、演芸船《ショーボート》の浮かぶ宮殿号を見にいくときの話をしてくれたの。蒸気オルガンを鳴らして、白い蒸気を吐きながら川の曲がりをまわってくると、すごくわくわくするって」漕ぎ座で向きを変えて、肉の缶詰の空き缶を取り、船底の水をかい出しはじめた。「演芸がはじまるのは夜で、みんな待ち遠しくてたまらない。みんなピンクのポップコーンを食べたんですって」父さんがトウモロコシの破裂する音をまねて、〝ポップ〟コーンといったのを、いまも憶えている。いま父さんのことを考えるのが、変な感じだった。あたしは父さんの想像力も届かないような世界にいる。

インガソルは、声にひそむ郷愁を察したにちがいない。ディキシー・クレイが目をあげると、じっとこちらを見ていた。ディキシー・クレイは片方の肩をすくめた。インガソルが船外機本体を支点から押しさげ、スクリューを水からあげて、木の葉や蔓をはずした。父さんはきっとこのひとを好きになるにちがいない。会えればの話だけど。でも、さんざん説明しなければならないだろう。インガソルの横顔と、目の上にかかるべっとりと濡れた髪と、折れた鼻のでっぱりと、がっしりした顎を眺めた。無精髭がのびているが、自分が好きではないにちがいないえくぼは隠せない。彼は長い時間をかけて親しくなればなるほど、好ましい顔に思えてくるたぐいの男だ。いっぽうジェシは、棚から取ったとたんに色あせ、薄汚れてしまう。顔形だけでディキシー・クレイが見損ねていた相手は、ジェシだけではなかった。ムーキーおじさんがしゃがんで食事をしているあいだ、自分が蒸留釜の前で腕組みをして立っていたことを思い出した。自分は足で土間をぱたぱた叩いていなかっただろうか？　いや、そんなにひどくはなかった。でも、いっしょにいるのが嫌だった。広口瓶にウィスキーを入れるとき、おじさんの毛のない肥った白い腕に触れたくないので、身を縮めていた。ホブノブで起きたこと、ムーキーおじさんが堤防を爆破しようとしたことは――いろいろな意味で、あたしにも責任がある。

デルタの佳人号が真横を通るときに、重たそうにひとつうめいた。薄汚れて元気のない白人の女子供をめいっぱい運んでいて、どこもかしこも荷物に埋め尽くされている。ひどく場ちがいなピアノの上に子供たちがたち、罐《かま》や操舵室の上にも人間があぶなっかしく乗っている。クレーンの門形支柱に、サルみたいにしがみついたみついているものもいる。堤防が決壊するまで避難できなかった、もっとも貧しいひとびとだ。ジャネットがあの船に乗っているはずはない。それははっきりしていた。

外輪船の前方に、太い切り株が浮かんでいた。切り株ではなく、クロクマの仔だと、ディキシー・クレイは気づいた。いっぽうの堤防から向かいの堤防に向けて泳いでいる。母グマはどこ？　ディキシー・クレイは、漕ぎ座から立ちあがって、おろかにも外輪船に向けて叫んだ。「気をつけて」船長に聞こえるはずはないし、たとえ聞こえても針路は変えないだろう。仔グマはせっせと生真面目に高くあげた手で水をかき、黒い鼻が水面から持ちあがった。外輪船の前を横切ったため、ディキシー・クレイは見失ったが、無事に通っただろうと思った。最上甲板の乗客数人が、下を見ていたので、クマを眺めていたにちがいないが、どうなったかがわかるような反応はなかった。子供ですら、気が抜けて、顔に表情がなかった。ようやく外輪船が通り過ぎると、インガソルが始動紐を引いて、船は外輪船の起こした波に乗り入れ、しぶきがふたりの顔を打った。

さらに一マイル行くと、堤防はもっと混雑していた。家畜としゃがんでいるニグロと、くっつき合って張られた古いキルトやワタ袋のテントがひしめき、どこにも隙間がなかった。ウィリーが高々と持ちあげられて、あたしの子供だと叫ばれるのを待っているとでもいうように、ディキシー・クレイは首をまわして、あちこちに視線を向けた。だが、目にはいったのは、あわれなひとびとだけだった。水びたしの粘土に浸かったような人間のかたまりは、ザリガニの塚みたいに形がはっきりしなかった。一頭のラバがいななき、泥のなかでもがいて、堤防に戻ろうとしたが、登れずにじたばたして、ますます深く川にはまっていった。だれも助けなかった。

ふたりの舟は、こうした異様なむごい活人画《タブロー》を横に見ながら進んでいった。ディキシー・クレイは、バーミンガムで巡業された、有名なミシシッピ川回転画《パノラマ》を思い出した。〝長さ三マイルの絵〟が、観客の前で展開された。だが、いま目の前で展開されているのは、その絵とはまったく逆の光景だった――インディアンとの戦いののんきで空想的な場面はなく、陰気な騒がしい場面をときどき変化させるのは、トランプを場に投げ込む茶色い腕や、子供の尻をぶつピンクの掌のひらめきばかりだった。

インガソルがまた蒸気船を避けるために堤防に近づき、蒸気船がけたたましい霧笛を鳴らしたが、ディキシー・クレイはそれが通るのを見ていなかった。ディキシー・クレイが見ていたのは、杖によりかかるようにして、ひっくりかえした餌かごに座っている、栗の実みたいに色が黒いしなびた女だった。女の目がディキシー・クレイに釘づけになり、杖に体をあずけ、両肘をハゲワシの翼みたいに突き出して、ぬっと立ちあがると、まだ憎々しげに睨みつけたまま、女が杖をふりあげて、ディキシー・クレイのほうにふった。インガソルが舟を進ませて曲がりを過ぎるまで、女は杖をふりまわしていた。ディキシー・クレイの腕に鳥肌がたち、だれかに自分の墓の上を歩かれたみたいにぞくぞくした。

体のぐあいが悪かった。病気だとわかっていた。一日ずっと骨の髄まで冷え、夜も、そのつぎの日も冷え切っていたのに、体が熱かった。腕がずきずき痛み、腫れた肉のなかで肘が肉を食らい、息をするのがつらかった。そして、こんどは目がかすんできた。子供のころに戻り、独立記念日に熱を出し、ルシアスとその友だちがホタルをつぶして、光るものを頬になすりつけるのを、寝室から見ていた。二階の窓辺でふらふらしていた。おりておいで、ディキシー・クレイ、おりておいで。階段の上でふらふらしていた。遊ぼうよ。

体がぐらりと揺れて、指が水に触れたときに、はっと我に返った。

頭が変になるのかもしれない。

だめ。ウィリーのことに集中して。

ウィリーの顔を思い浮かべようとしたが、なにも浮かばなかった。

どんな顔だったかも思い出せない。

「なんだ？　どうした、ディキシー・クレイ？」

インガソルにそうきかれて、肩が小刻みにふるえていることに気づいた。

「ウィリーを思い浮かべられないの」

「なんだって？」

「ウィリーを思い浮かべられないの！　顔が見えないの！」

舟の上で、ディキシー・クレイはさっとふりむいた。インガソルは、舟を着ける場所を探しているようで、堤防に視線を走らせていたが、そういう場所はなかった。インガソルはディキシー・クレイと向き合って、身を乗り出した。「目をつぶれ」

「なんてこと！　ウィリーを思い浮かべられないの！　だめなの――」

「いいから、目をつぶるんだ！」

ディキシー・クレイは、目をつぶった。

「頼むから、いうとおりにやってくれ。いうとおりにやってくれるね？　深呼吸するんだ」

吸った。吸ったつもりだった。

「ちがう。もっとゆっくり。五つ数えるから、鼻から息を吸う。それから五つ数えるから、口から息を吐く」

インガソルが数えた。ディキシー・クレイは息を吸って吐いた。

「よし。べつのことをやってくれ。ウィリーのくしゃみのことを考えるんだ。だめだ。目はつぶったままだ。よし。いいぞ。ウィリーがくしゃみをするときは、二度、たてつづけにするだろう。クシュといって、すぐあとにまたクシュ。そのあとなにか声を出す。溜息みたいなのを。それが聞こえるだろう?」

聞こえた。ウィリーがどんなくしゃみをするかを憶えている。つづけざまに二度、くしゃみをする。「クシュ! クシュ!」という心地いい高い音。首が前にぱっと動くのが見える。そのくしゃみを、ディキシー・クレイは取り戻した。そのあとで溜息みたいにウィリーが息を吐くのが聞こえる。その溜息も取り戻した。くしゃみをしたあと、ウィリーはいつもびっくりしたような顔になる。なにが起きたのかがわからず、また起きるかどうかわからないというように。

「憶えているだろう?」インガソルがなおもいった。「おむつを汚したとき、しわくちゃのおかしな顔をするのを」

憶えている。それが見えるし、においもする。ぬるま湯にひたした布巾をそこに当てる。小さな丸い砂糖のかたまりみたいなお尻に、石鹼水をつける。

「憶えてる」ディキシー・クレイは、きっぱりといった。目はまだ閉じていた。

洗いたてのおむつ。物干し綱で吹かれた風の匂いがする。口にくわえた安全ピンが冷たい。

「ほかになにを憶えている? いってみるんだ。ほかには、ディキシー・クレイ?」

いちばん小さなことからはじめた。ウィリーの膝。ウィリーが脚を曲げ、肥った肉が丸くふくれるありさまを思い描いた。まだはいはいもやろうとしないので、ほとんど役に立っておらず、膝頭はやわらかい。膝がもとに戻り、太腿に肥った肉の二重のひだができる。まるでだれかがそこにゴムバンドでも巻いたみたいに。足首にもひだ。だれかが足をひねったみたいに。ディキシー・クレイは、それをインガソルに説明した。

「ほかには?」

ウィリーの顎——ほんとうは顎がいくつもある。笑うと、ウィリーの首はパンケーキを重ねたみたいになる。いくつもの顎をひっぱって、そばかすのある上向いた鼻で嗅ぐと、ヨーグルトのにおいがする。そうディキシー・クレイは説明した。

「ほかには？」

ウィリーの〝バビブベボ〟と、ためしに出す〝アハーアハーアアアアアハ〟。くるくる巻きの飾りをこしらえるために、ハサミの刃でリボンをこするみたいに、ディキシー・クレイがウィリーの足の裏を下の前歯でこするときの、〝イイイイイ〟。

「ほかには？」

ディキシー・クレイのとがった顎で、ウィリーの肋骨の木琴を弾く。

流しの風呂から出すときに、ウィリーの脚に針で突いたような小さな鳥肌が立つ。手拭で拭くとあっという間に髪が乾き、はねてふんわりした束になる。

爪先の拇指と人差指のあいだのしわに、糸くずみたいなしわがある。どうしてそんなところにあるの、糸くずが？

ウィリーの手が、かじっているビスケットを握っている。いっぽうの端をかじり、手を裏返して反対の端をかじり、まんなかをかじるときも、ぜったいに手から離さない。とうとうディキシー・クレイがこじり取ったとき、べとべとのビスケットにはウィリーの指の跡が残っている。

そんなふうに、ディキシー・クレイはウィリーの像を言葉で彫っていき、そのあいだインガソルは川と戦い、ディキシー・クレイをうながし、ようやく赤ちゃんの姿がすべてできあがった。腕はまだ痛かった《エイキング》が、ウィリーの体を抱きたくてたまらなかった《エイキング》。この世のだれよりも自分が知り尽くしているその体を。

ディキシー・クレイがそこで目をあけて、ふりむいたとき、翅がステンドグラスみたいな一匹のカワトンボが舳先にとまってただ乗りしているのが目にはいった。もう目はかすんでいなかったし、ちゃんと呼吸していた。

インガソルのおかげだ。

このひとはあたしを助けてくれる。助けてくれる。あたしはそれをゆるしている。

どんなに長いあいだ、自分だけに頼ってきたことだろう。そうしなければならなかった。自分の心を土嚢で囲んでいた。それが力だと思えたたし、そうするしかなかった。強くなければならなかったから、強かった。でも、いまはひとを受け入れている。それは弱さに思えるはずなのに、そうは感じない。

もう一度、五つ数える深呼吸をした。

それから、「あんたを愛してる、インガソル」

「わかっているよ」

ディキシー・クレイはふりむき、インガソルはほほえんでいた。


埠頭に近づくと、遅ればせに霧笛を鳴らして出港してくるスタンダード石油の油槽船を避けるために、インガソルは大きく遠まわりした。針路をもとに戻したが、また錆びた油槽船をよけるために、遠まわりしなければならなかった。とうとう傾斜しているコンクリートの埠頭にじりじりと近づくのはあきらめて、ワシントン通りの突きあたりにある擁壁に寄せた。上に土嚢が積んである。インガソルは、てっぺんに座っていたニグロを大声で呼び、もやい綱を受けとめて結んでもらった。それから、ニグロが土嚢をどけて、通り道をこしらえてくれた。板を取ってきて、歩み板にすると、ニグロがいったが、ディキシー・クレイは首をふった。ぐずぐずしているひまはない。そこで、インガソルがディキシー・クレイの腰をつかんで、堤防のほうへ持ちあげた。ディキシー・クレイが脚をのばしたが、土嚢に届かず、長靴がつかのま宙に浮かんだ。すると茶色い手がのびてきて、足を支えてくれた。ディキシー・クレイはまだ吊り包帯をしていたが、土嚢から掌が差し出されて、いいほうの手と包帯をつかみ、ひっぱりあげてくれた。

インガソルも、おなじ手につかまれてよじ登った。

「助かったよ」インガソルはいった。

「これでだいじょうぶ。だけど、あんたたち、方角をまちがえてるぜ。白人はここから避難してるんだ。ここへ避難するんじゃなくて」

「ああ。だが、おれたちはひとを探している」

「ここじゃ、みんなひとを探してる」ニグロが手で示し、ディキシー・クレイは示されたほうに目をこらした。ニグロが数人、毛布や箱や箪笥に座っていた。ニワトリを抱いているものもいた。大小さまざまな大きさの籐椅子に子供を八人座らせている家族もいて、絨毯のまんなかに置いたテーブルを囲んでいた。まるで居間をそのまま表に持ちだしたみたいだった。ディキシー・クレイは、まだ腕を差しのべていたニグロを見た。目の下の肌が紫色だった。そのときはじめて思った。この偉大な劇、たいへんな悲劇の登場人物は、自分だけではないのだ。こうしたひとびとが何千人も何万人もいて、みんな苦しみ、探してる。自分の物語は、ただひとつの物語でしかなく、自分の失意はただひとつの失意でしかない。

ニグロが、ディキシー・クレイの視線を受けとめてから、目を伏せた。「赤十字のひとが、あっちにいる」肩ごしに親指をしゃくった。

ディキシー・クレイは、下の町を見やった。建物のいちばん下の階の半分まで水が来ていて、ベネツィアみたいに舟が通りを行き来している。手漕ぎの舟はまんなかを進み、発動機船はもっと深い縁石近くを通っていた。埠頭のそばの堤防では、男たちが木材を大槌で叩いている。牛乳配達の馬車が、そのそばでとまった。

インガソルは、馬車の御者にきいた。「なにを造っているんだ?」

「足場だよ」御者が答えた。「堤防から赤十字本部や在郷軍人会の二階や劇場やコーワン・ホテルに、水の上を渡って行けるようになった」

「グリーンヴィルにはだれが来ている? つまり、指揮している人間だ。クーリッジ大統領は来たのか?」

「いや」

「来る予定は?」

「来ないだろうな。でも、激励の電報はよこした」御者が、馬鹿にするように鼻を鳴らした。「足場を建ててるやつら、もうちょっと通れる場所を残してくれりゃいいのにな」御者が舌打ちし、作業をしている男たちをよけようとしている馬をうながした。滑りやすい堤防をひづめでかいて下るうちに、勢いがつき、川に向けて落ちはじめた。最初はけづめの毛が生えているところがはまり、やがて馬車の車軸まで水が来て、馬が目を剝いてもがき、馬車が浮きはじめた。御者が悪態をついて、手綱を離し、帽子を押さえ、馬車そのものがひっくりかえって、牛乳の缶がやかましい音をたてて水に落ち、ぷかぷか浮かんだ。

「行こう」インガソルはディキシー・クレイの手を取り、足場を造っている男たちを避けて、埠頭に向けて土嚢のきわを走りだした。切り抜き文字で非常用補給品と書かれた木箱をおろしているニグロたち、馬にまたがった州兵、煉瓦や残骸、くず材木で便所をこしらえている作業員、寝台に寝ている体の不自由なひとびとのあいだを抜けた。三人の男が、若い雌牛の死骸を防水布に載せていた。ひどい悪臭だった。インガソルが手を引いてくれているのが、ディキシー・クレイにはありがたかった。ようやく細くなっている土嚢の切れ目にたどり着いた。眼鏡をかけて紙挟みを持ち、赤十字の腕章をつけた管理主任が、女性乗客を記録しながら、粗い紡毛の背広を着て、馬鹿でかい銀の紅茶沸かしの左右の取っ手を握りしめている男といい争ってた。「そこで事件があったんだ。誘拐犯の特徴と、乗っていった車を説明できる。無線連絡する必要があるし、船の乗客名簿が見たい。汽車はまだ走っているのか？」

管理主任が首をふった。「線路の地盤が流された。レールは杭垣みたいに突っ立っている」

インガソルはうなずいた。「それから——おれは密造酒取締官だ。相棒のハム・ジョンソンを見つけたい。ここにいるかな？」

「なんともいえない。グリーンヴィルは通常、人口一万五千人だが、いまは二万五千人以上いる」

「わかった。電話は不通なんだろう？」

「ほとんどは。非常事態にそなえて、何本かは維持しているが、つながったり、つながらなかったりだ。救援本部へ行ってみるといい。コロンブス騎士会のポーカー室だ」

「保安官事務所は？」

「ホブノブから舟で来た」インガソルは、話をつづけた。

「それはたいへんだ」管理主任が、どす黒い血が髪にからまっているディキシー・クレイの頭を見た。

ディキシー・クレイはうなずいた。

「あなたの赤ちゃんが誘拐されたんですか？」

い言葉だった。それを聞くと、現実がわかった。

ディキシー・クレイは、はっと息を呑んだ。恐ろし

「誘拐された？」

主任が、ディキシー・クレイのほうを見あげた。

していいるし、赤ちゃんを誘拐されたんだ」

「いや、あんたはわかっていない。このひとは怪我をにしてくれ。番号を割りふられ、呼ばれたら——」

で順番を待ってもらわなければならない。要望を書類

主任は紙挟みから目もあげなかった。「列にならん

用がある」

インガソルは、前に割り込んだ。「保安官事務所に

いた。

管理主任が、首をふった。「行ってみてもいいが、保安官事務所は略奪を防ぐのに舟もない。密造人から借りようとしているよ。それに、保安官事務所ではだめだろうな」言葉を切り、吊り包帯をしているディキシー・クレイの腕を見て、何事かを決断したようだった。「パーシーのほうがいい」

「パーシー？　リロイ・パーシー上院議員か？」

「そうだ。自宅に行け。堤防管理委員会が置かれている。息子のウィルに会わせてもらえるだろう。彼が委員長だ。ウィルに——いや、こうしたほうがいい」——管理主任が、インガソルの耳もとでささやいた——「勝手口に行け。使用人の出入口に。ニグロの運転手を探して、見つけたら、パーシーの奥さんに急用があるというんだ。それから正面にまわって、奥さんに誘拐された子供のことをいうんだ。そうすれば、すぐにパーシーを呼んでくれるだろう」

インガソルはうなずいた。「そこへの道順は？」

「パーシー通りを行け」管理主任が、ペンで指示した。「電話もある。すぐにわかるよ。丘のてっぺんにある。テニスコートがある家はそこだけだ。水から突き出しているネットを探せばいい」

インガソルは手を差し出し、管理主任と握手をした。それから、向きを変えてディキシー・クレイの肘を取り、堤防の斜面を下って、鉄材を組んだ上に材木を敷いた板張りの歩道まで斜路を歩いた。二階の窓の高さにある板張りの歩道にあがると、水没した通りの上を進んでいった。下で少年ふたりが、それぞれの丸太舟を必死で漕いでいた。ディキシー・クレイはふたりを知っていた。ジョー・ジョー・メイジュアとジャック・ウィーラーだ。ホブノブの住民がすべて流されたわけではなかったのだ。ほかにだれが助かっただろう？　いつもなら通りのずっと上にある、グリーンヴィル・デルタの女王市と書かれた鉄の看板を、ジョー・ジョーが櫂をあげて、ジャックよりも数秒早く叩いた。競漕はジョー・ジョーの勝ちだ。看板が教会の鐘みたいに鳴り響いた。

ディキシー・クレイとインガソルは、一列になって足場の上を急いだ。向こうから走ってくる人間とすれちがうために、建物に体を押しつけなければならないこともしばしばだった。通りすがりに窓から覗くと、下の階から運びあげた絨毯や家具がびっしり置いてあった。ディキシー・クレイは屋根ごしに視線を投げて、ジャネットとウィリーを探し、それから下の往来を見た。腰まであるゴムの防水靴を身につけた少年が、角で叫んでいたが、ディキシー・クレイには意味がわからなかった。「猛打王《サルタン・オヴ・スワット》、シーズンで三度目の場外弾！」と少年がくりかえした。インガソルが、ディキシー・クレイの不思議そうな顔に気づいた。「野球だよ。ベーブ・ルースのことだ」少年が巻いた新聞を差し込んである袋をたすきがけにしているのが見えた。世間はいまもふつうに動いているのだ。

パーシー夫人にいうことを頭のなかで考えていたとき、ディキシー・クレイははっとして足をとめ、インガソルがぶつかりそうになった。

「どうしよう」ディキシー・クレイは、インガソルのほうを向いた。「ジャネットの名字も知らないのよ」

これまでずっと、ディキシー・クレイはグリーンヴィルにたどり着くことだけを考えていた。いま、それだけではなにも解決しないと気づいた。グリーンヴィルは大混乱で、避難民がなだれ込んでは運び出されていた。三階の窓からシャツ姿の男が身を乗り出し、「ジェレミー・イーライ！　ジェレミー・イーライ！」と叫んでいた。しわがれた声でひっきりなしに叫ぶ声に、ピーナッツ売りの声がときどき重なる。壁には一定の間隔で、〝黒人は午後八時以降外出禁止！〟と書かれた張り紙があった。下ではカヌーがひっくりかえり、警告の叫びがあがっている。こんなところで女ひとりと赤子が見つかるわけがない。蹴飛ばされたカボチャみたいに痛む頭に、ディキシー・クレイは手を当てた。

「おれたちは見つけるよ、ディキシー・クレイ。約束する。ウィリーを見つける」

犬がディキシー・クレイの膝をかすめて通り、ディキシー・クレイはあやうくバランスを崩しそうになった。腐った魚のにおい——なにもかもが腐っていた——が、耐えられないほどだった。インガソルは、ディキシー・クレイの腰のうしろに腕をまわし、板張りの歩道をいっしょに歩きながら、なおもいった。「おれの仕事には、あんたが知らないことも含まれているんだ。おれたちは密造酒取締官だが」——ディキシー・クレイが土管を乗り越えるのに手を貸した——「フーヴァーの密命も受けている。ハムとおれは。だから、精いっぱいコネを使うよ。パーシーが、おれたちのためにフーヴァーに連絡してくれるだろう。ハムもこのあたりにいるだろう。略奪を防ぐように命じられるはずだ——ハムも力になってくれる。ジャネットはニューオーリンズの出身だといったね？」

ディキシー・クレイはうなずいた。

「それじゃ、ナチェスに避難した可能性が高い。ハムがそこの現地事務所に連絡できる。ジャネットのことを洗いざらい調べて、書類から写真を見つけて、あちこちの警察に電報を打つ。必要とあれば、クーリッジ大統領にも電報を打とう」

印刷工が両腕に紙の束を抱えて突進してきたので、インガソルはディキシー・クレイをドラッグストアの煉瓦壁に引き寄せた。エプロンにインクの染みがある見習いが、あとにつづいていた。

ディキシー・クレイは、破裂しそうなくらい腫れあがっている左手の指を見た。結婚指輪がないと気づいた。木にしがみついていたときにはずれて、波にさらわれたのかもしれない。

「聞いて」ディキシー・クレイはいった。「新聞社や警察に通報すると……ややこしくなるのよ……あたしが禁酒法に違反してたせいばかりじゃなくて、その」――息を吸い込み、吐くときにあとの言葉を一気に口にした――「あんたが探してた取締官ふたりは、ジェシが殺したんだと思う」

怖れとうしろめたさが渦巻き、インガソルから顔をそむけたとき、ディキシー・クレイは、自転車に乗って走ってきた男の子の行く手をふさいでしまった。車輪が脚にぶつかり、ディキシー・クレイはよろめいた。吊り包帯が上にあがり、片脚で立って水のなかに落ちそうになったが、インガソルが両腕で抱きとめた。痛みがくすぶっていた折れた肋骨が、炎に包まれたように痛み、ディキシー・クレイは悲鳴をあげた。

「ディキシー・クレイ、だいじょうぶ?」

ディキシー・クレイは目をあけた。体を支えているインガソルの姿に色がなく、そのうしろの煉瓦壁が脈打っているように見えた。ディキシー・クレイは歯を食いしばって、うなずいた。

「あんたを病院に連れていかないといけない」

「だめ。ウィリーを探すのよ。パーシーや警察に頼んで」ひとことずつ息をしなければならず、ひと息ずつがナイフで刺されるようだった。肋骨が皮膚を切り裂くかもしれない。肺を風船みたいに破裂させるかもしれない。お誕生日のことを考えて、シアーズの目録の風船の頁を折ってあるのに、ウィリーに風船を買ってあげることができなくなる。

インガソルは、ディキシー・クレイの右腕をそっと取って、ちゃんと立たせたが、ディキシー・クレイはうめき声を我慢できなかった。

「なにをいっているんだ、ディキシー・クレイ。あんたを診てもらうのが先だ。それからパーシーのところへ行く」

ディキシー・クレイは反対したかったが、インガソルはすでに鉛筆を耳に挟んだ大工をとめていた。「このひとは具合が悪いんだ。赤十字の救護所はどこかな？　埠頭のそば？」

「そっちは黒人向けだし、予防接種がおもだ。腸チフスとかの。公園のそばの天幕へ行くといい。それとも、ひどいようなら病院へ」

「病院はまだやっているのか？」

「一階は浸水したが、二階から四階まではだいじょうぶだった。キングズ・ドーターズ病院だ」大工がインガソルの肩を持って向きを変えさせ、数ブロック先に見えているスペイン風の赤い瓦屋根を指差した。

「舟はあるか？」大工がきいた。

インガソルはうなずいた。

「だったら、舟で行ったほうがいい」煉瓦の壁にもたれていたディキシー・クレイを見て、大工がいった。

インガソルは、ディキシー・クレイの体に片腕をまわして抱きあげ、擁壁にひきかえして、グリーンヴィルの通りを舟で進んで、キングズ・ドーターズ病院へ行った。

病院の入口には、大きさも種類もまちまちな舟がひしめき、すべて舳先を入口に向けていた。だれも乗っていない舟もあれば、だれもいないように見えても、ニグロの召使いが居眠りしてならんでいる舟もあった。一艘には肥満した男が乗っていて、脇を押さえてうめくのと、「はいらないぞ」とどなるのを交互にやっていた。痩せた女房が、困り果てたようすで、道路標識に舟をもやっていたインガソルに向かっていった。

「どうせおなじよ。はいれても、診てもらえないもの」

「どうして？」インガソルはきいた。

女房が、肩をすくめた。「百五十マイルの範囲でやってる病院はここだけなのよ。診てもらえる時間なんかないわ」真っ蒼な顔のディキシー・クレイを、じろじろと見た。「そのひともまず無理ね。血まみれになっていないからね」

インガソルは女にうなずいて、船べりを越えた。冷たい水が腰まで来た。水のなかを歩いて舳先へ行き、またディキシー・クレイを抱きあげた。スカートが水のなかに垂れた。舟のあいだを縫って、病院の入口まで行くと、看護婦が白衣の尻でドアを押し、コーヒーの缶で水をかい出していた。ディキシー・クレイを抱えたインガソルが横向きにはいるあいだ、看護婦はドアを押さえて立っていた。「受付は三階に移ったのよ」看護婦がいった。「でも、エレベーターは動かない。階段で行かないとだめよ。番号が呼ばれてからね。あなたは四百九番」

「何番まで進んでいるんだ？」

看護婦が肩をすくめた。「あのひとにきいてごらんなさい」腰まである防水靴をはいて、暗い待合室の奥にいる看護婦のほうを指差した。インガソルは、ディキシー・クレイを抱いたまま、水をはねかして進んでいった。右で子供が甲高く泣き叫んでいる。左では男がうめいている。

「看護婦さん」インガソルは、看護婦の前に立った。「百十八番ね？　二度呼んだのに」

ほとんどためらわなかった。「ああ。百十八番。おれたちだ」

「あっちよ。三階」

インガソルは、ドアを通ってひきかえし、ディキシー・クレイを揺らさないように気をつけながら、鉄の階段を昇っていった。「だいじょうぶ？」

ディキシー・クレイは、インガソルの腕を握った。「もうちょっとだ。そのうちにエレベーターが直るだろう」――息があらくなっていた――「おれたちが帰るころには」

「エレベーターには乗ったことがないの」

「すぐにコツをつかむよ」最初の踊り場まで行って、インガソルは立ちどまった。

そのとき聞こえた。金属製のドアを通し、笑い声とはいえないような、とうてい忘れられない、耳障りなパタパタパタパタという音。

ディキシー・クレイは、音のほうにさっと顔を向けて、片手をあげた。「あの女、ここにいる」とささやいたが、そういうまでもなかった。子供用自転車の車輪の輻《スポーク》に洗濯ばさみで留めた野球カードがめくれるような音。「あの女、ジャネットよ」ふたりとも身動きせずにいた。そのとき――「あそこを通って」ディキシー・クレイが顎をあげて、分娩室・育児室・食事療法科と切り抜き文字で書いてあるドアを示した。

インガソルはきいた。「どうするつもりだ?」

「わからない」

ディキシー・クレイを抱いたままでは、非常口を引きあけることができない。インガソルはディキシー・クレイをそっと立たせた。ディキシー・クレイは顔をしかめないように我慢した。

インガソルは、ドアをぐいとあけた。タイル張りの廊下に、ごつごつした教室机がならんでいて、妊婦たちが、大きなおなかのせいでまっすぐに座れないので、ななめに座っていた。いちばん手前の女が顔をあげたが、待っていた相手ではないとわかると、またがくんと顔を伏せた。どこかから悲鳴が聞こえ、「氷、氷、この患者に氷を持ってきて!」という叫び声がつづいた。すこし離れたところに看護婦詰所があり、机のてっぺんからわずかに白い帽子が覗いていた。小柄な看護婦が、不意に立ちあがった。「なんなの?」

一瞬、だれも口をきかなかった。インガソルが進み出た。「ひとを探している……ジャネットというフラッパーなんだが――」

「わたしはほんとうにぐあいの悪い患者をかかえているのよ」机のうしろから小走りに出てくると、看護婦がしゃべりはじめた。帽子の下のふくらませた赤毛が、ちょうどインガソルの肘くらいの高さだった。「ここは緊急病棟なのよ。わかっているの? 急、患、の、ための。根太の下敷きになっていた患者がいるの」

返事をもとめられているようだった。「はい、看護婦さん」インガソルはいった。

「水に沈んだ自動車から助け出された患者がいるの」

「はい、看護婦さん」インガソルはいった。

「線路から押し流された汽車に乗っていた患者がいるの」

「はい、看護婦さん」

「足を押し潰されてモルヒネが必要な患者がいるの。押し潰されたのよ！　下手な堕胎手術のせいで中毒になったんじゃなくて」

「はい、看護婦さん」インガソルはくりかえした。

看護婦が、こんどはディキシー・クレイのほうを向き、全身がふるえるほど強く、指をふった。「あの女が財布から注射器を出して、薬戸棚のモルヒネを盗み、たっぷりと自分に注射したのを、わたしの助手が見たのを、あなた知っていた？」


「いいえ、看護婦さん」

「だから、この忙しいときに、わたしは薬戸棚に鍵をかけておかなきゃならないのよ」

「はい、看護婦さん」

「だから、頼んだわよ。あの女を連れてって。金持ちだろうが、ニューオーリンズの政治家の姪だろうが、かまやしない。その寝台がいるのよ。ほんとうにぐあいの悪いひとのために」

「はい、看護婦さん」

看護婦が向きを変えて、灰色のタイルの上をすたすたと歩き出した。

インガソルとディキシー・クレイは、合点がいかずに顔を見合わせて、白衣のあとについていったが、看護婦は立ちどまった。ふりむいてどなった。「茹でたチキンみたいに、裸同然なのよ！」

「はい、看護婦さん」ディキシー・クレイはいった。

だが、それだけではすまないようだった。

「申しわけありません、看護婦さん」

看護婦が堂々と歩きだした。だが、お説教はまだ終わっていなかった。両開きのドアの前で立ちどまった。

「こんなことのために看護婦になったんじゃないわ」

ドアを押してはいっていった。

その病室は薄暗く、ひんやりしていた。狭い通路の左右に十数台の鉄の寝台がならんでいた。すべて患者がいて、それにくわえ、床に荷捌き台を置き、間に合わせの寝台にしてあった。包帯を巻かれている女性もいて、ひとりが哀れっぽい声を出していたが、たいがい眠っているようだった。

「ストロム看護婦さん」最初の寝台の女性患者がいった。「あたしの番ですね！」

「あなたの番はずっとあとよ、ローラ」看護婦がいい、補給品の戸棚に近づくと、脚立に乗って、苦労しながら箱をかかえた。下におりて、ナイフを突き刺し、ごしごしと音をたてて切りはじめた。「眠りなさい」それから、声を殺して、「馬鹿」といった。

ディキシー・クレイとインガソルは、通路を歩いていった。どの寝台も上から十字架が吊られ、見知らぬ顔があった。左手のいちばん奥の寝台に、横向きになってこちらに背中を向けて体を丸めている女がいた。

はじめは赤毛かとディキシー・クレイは思ったが、ブロンドに赤い毛皮の襟巻をかぶっているのだとわかった。素足を体に引き寄せていて、爪が真っ赤だった。ディキシー・クレイがインガソルのほうを見ると、インガソルが肩でうながし、ふたりは寝台の向こうにまわって、女と向き合った。ジャネットと。ジャネットの目は夢見ているようにとろんとして、シーツの縁を指先でいじくっていた。レースの縁取りがあるスリップにキツネの毛皮の襟巻という恰好だった。キツネが尾をくわえ、脚がジャネットの胸に垂れていた。

「ジャネット。ウィリーがどこにいるか、知りたいの」

ジャネットは、驚きもしなかった。ただ目をあげて、片腕をだるそうにのばしただけで、腕輪がじゃらじゃら鳴った。「あらあら、だれかと思えば、ディプシー・ダートじゃないの。おちびのディプシー・ダート」言葉と言葉のあいだに長い間があり、のろのろとしゃべっていた。腕を敷布団にどさりと落として、顔をインガソルのほうに向けた。水のなかにいるような動きだった。「それで、こちらは？　おやおや、間男さんね？　ジェシのいないまにあんたとやったひとよね？」品定めするようにインガソルを見て、わざとらしくささやいた。「うまくやったわね、ディプシー。まんざら男を見る目がなかったわけじゃなかったのね」舌で歯をなめるしぐさをした。「足も手もすごく速そう」

「ジャネット」ディキシー・クレイはいった。「ウィリーはどこ？」

ジャネットが敷布団を腰のそばで叩いて、インガソルにいった。「ここへ来て、あたいに味見させてよ」

ディキシー・クレイは、寝台のほうに身を乗り出した。「ウィリーはどこ？」

「ほんのちょびっとでいいから、味見させて」ジャネットが、寝台から髪の毛を何本かつまみあげて、縁から落とした。「ウィスキーは持ってないだろうね？」

「ウィリーはどこ？」

「モルヒネでもいいよ。モルヒネおじさんは？　取り引きしようよ」

「ジャネット」ディキシー・クレイは、相手に見えるように顔を近づけた。「ウィリーがどこにいるか教えたら、なんでもほしいものを持ってくるよ」

「ウィリーなんかもういらない。自分の赤ちゃんができるんだもの。ほんものの赤ちゃんが。お下がりじゃなくて」

「わかった。ウィリーはどこ？」

「触って」ジャネットがいった。寝たままでディキシー・クレイの手をつかみ、冷たいシルクのスリップの上に押しつけた。「わかるよね？　赤ちゃんが蹴るのが」

ディキシー・クレイがインガソルをちらりと見ると、ジャネットがそれに気づき、手をさっと放して、敷布団を拳で叩いた。それから、機嫌がまたころりと変わった。にっこり笑って、ささやいた。「待って」スリップの端を持って、太腿から、腹、胸へとまくりあげた。靴下吊りのついた黒いレースの下ばきをはいていたが、靴下ははいておらず、靴下吊りがだらりと垂れていた。体は痩せて血色が悪く、腰に五十セント玉の大きさの緑がかった痣がふたつあった。

「もう一度触って」ジャネットがいった。ディキシー・クレイが動かないでいると、ジャネットが腕をのばしてディキシー・クレイの手をつかみ、自分の腹に押しつけた。ぺしゃんこの腹がじっとりとして、鳥肌が立っていた。


「わかるよね？」ジャネットが、強い口調できいた。「あたいのなかに命があるのが」

「ええ、ええ、わかる」ディキシー・クレイはいった。

ジャネットがにたりと笑い、目を閉じて、スリップを引きおろした。「だよね、だよね、ほんものの赤ちゃんができるのよ。男の子が」笑って、また「だよね」といい、枕に顔を向けてくりかえした。「だよね、だよね、だよね」声がくぐもっていた。やがて仰向けになり、子供みたいなずる賢い目つきになった。「あのね、ジェシがあんたと結婚したのは、あんたのほうが背が低かったからだよ」

ジャネットは、ディキシー・クレイをいじめて愉しんでいた。「ウィリーはどこ？」

「赤ちゃんにジェシっていう名前をつけようかな。父親の名前を」そういうと、ジャネットがまた枕に顔をくっつけた。笑い声はくぐもっていたが、それでもぞっとした。

向こうからくだんの看護婦が命じた。「そこのふたり！　さっさと出ていきなさい。三階へ行って、その患者の退院申込書に記入しなさい」

ディキシー・クレイは、インガソルの顔を見た。インガソルは、力をあたえようとするかのように、ディキシー・クレイの背中に手を当てていた。よし、ほかにどんな手があるだろう？　と思った。腰をあげて、ジャネットの寝台に腰かけ、ゆっくりと手をのばして、ブロンドの髪をなでた。がさがさの髪の房をなでながら、ジャネットの耳もとで甘くささやいた。「ジャネット、ジャネット、いい子ね」

ジャネットがディキシー・クレイに顔を向けて、鼻声のような溜息を漏らした。

「いい子ね」ディキシー・クレイは、なおも髪をなでた。「ほんとうにいい子。ね、ジャネット。それに赤ちゃんができるのね。おめでとう、ジャネット！」

ジャネットがほほえみ、目を閉じた。

「あんたはウィリーはいらないでしょう。捨て子なんか。みなしごなんか」

「あのぼろっちい子？」ジャネットが口から息を吐き、ブロンドの前髪がふわりとふくらんだ。「ぼろっちい子、泣きどおしよ。ブーブーブー！　泣き虫ったらないわ。あたいの赤ちゃんは泣かないよ」

また看護婦が向こうでどなった。「あんたたち！　面会時間じゃないのよ！　三階へ行きなさい」

ディキシー・クレイは髪をなでながら、ジャネットの耳に話しかけた。「いいのよ、ジャネット。いいの。ウィリーは泣きすぎだもの。どこにいるの？　グリーンヴィル？　だれかのところ？」

「あたいの赤ちゃんは甘い声よ。いつだって甘い声」

「そうね、ジャネット。あんたはいい赤ちゃんができて当然ね。前のぼろっちい悪い赤ちゃんはどこ？　ジャネット？」

ジャネットが仰向けになり、寝台の上で身をこわばりらせて、額に手を当て、インガソルに向けて敬礼の真似をした。そして、兵隊の歌を歌いはじめた。声は高かったが、意外にも通る声だった。「敵は彼方なり！」歌いながら、横のほうを親指で示し、キツネの頭が胸の上で跳ねた。「伝令を送れ、伝令を送れ、敵は彼方なり……北軍が来る、北軍が来る……太鼓がラッタッタ、彼方こなたで鳴っている！」

ディキシー・クレイがインガソルの目を見ると、インガソルが肩をすくめるようにして、ドアのほうを示した。インガソルになにかのもくろみがあることを願いながら、ディキシー・クレイは、あとをついていった。寝台の列を進むあいだ、ジャネットの声が追いかけてきた。「戦支度だ！　お祈りだ！　伝令を送れ、伝令を送れ、警戒せよ！」

「あの女を黙らせられないの！」ふたりが急いで通ったときに、ローラがいった。「あの女を思い切り叩きのめしてやりたいよ！」

下を向いて脈をみている看護婦には近づかないようにして、インガソルがドアをあけると、小児病棟という表示があり、矢印がジャネットの親指とおなじ右を指していた。

ディキシー・クレイはもう廊下を駆け出していて、角をまわり、台車にぶつかって、金属製の医療機器がやかましい音をたてた。ディキシー・クレイは、血相を変えて自在扉を押し通り、叫んだ。「ウィリー！」

ジャネットがいるのとおなじような病室だったが、もっと騒々しく、泣き叫ぶ声が幾重にも重なって空を機銃掃射し、子供用の低い寝台の列が左に、赤ちゃん用寝台の列が右にあった。いちばん手前の横木を通して見えたのは、毛布と足だけだったが、ディキシー・クレイにはウィリーの足だとわかり、木枠に駆け寄って見おろした。

ウィリーだった。ウィリー！　ああよかった。ウィリー。変わりないように見えた。元気そうだった。あたしのウィリー。眠っていたので、腕を差し入れ、ふるえる両手をウィリーの背中の下に入れて持ちあげた。とてもなじみのある重み。重い頭が胸にドンとぶつかって心地よかった。ウィリーのにおい。闇のなかでも探し当てることができる。

「奥さん?」そばに看護婦が現われた。

ウィリーが目をあけ、ディキシー・クレイを見て、驚きもよろこびもしないように見えた。また目を閉じた。眠たい赤ちゃん。眠たい赤ちゃんは、自分の身になにが起きているかも知らない。

「奥さん?」

ディキシー・クレイは笑みを浮かべ、ウィリーの頭のにおいを吸いこんで、うっとりとした。

「奥さん、なにかご用?」

ディキシー・クレイは、ウィリーを顎の下に挟むようにして、看護婦のほうを向いた。

「あなた、どなた?」

「この子はあたしの赤ちゃんです。ずっと探してて、見つからないんじゃないかと怖れていたけど、見つかった」看護婦に見えるように、ウィリーを自分の胸から離した。ウィリーは一段と愛らしくなっていた。大きくなったように見える。馬鹿げている。たったふつかで大きくなるはずがない。ディキシー・クレイはにっこり笑って、見あげたが、看護婦は眼鏡の奥で目を鋭く細めていた。あたしのことを気が触れてると思ってる、とディキシー・クレイは気づいた。

インガソルが、折れた腕をかばうために、ディキシー・クレイの体に腕をまわしていた。抱いていると痛かったが、ディキシー・クレイはウィリーの首から腕を放すことができなかった。

「夢じゃないのよ」ディキシー・クレイは、ウィリーに向かっていった。「ほんとうなの。あなたを見つけたの」抱き寄せてから、よく顔をみようとして腕をのばしたが、手がひどくふるえているせいで、ウィリーの顎の肌が細かくふるえていた。またウィリーの肌とくっつきたくなり、胸に抱きしめた。涙を浮かべて、インガソルに笑みを向けた。

看護婦が、ディキシー・クレイとインガソルと赤ちゃんを順番に見ながら立っていた。

「でも……その子の母親は入院しているのよ。ぐあいが……病気で。名前はジャネット・ラヴレディ。ほら、ここに書いてあるでしょう」ビニールケースに入れて、赤ちゃん用寝台の前に留めてある、四角いボール紙を指差した。それではっきり証明できるとでもいうように、指の爪で、二度叩いた。

インガソルはいった。「その女はこの子の母親じゃない。こっちが母親だ」

ディキシー・クレイは、ウィリーの頭のあちこちにキスをしていた。手で頭を覆った。汚れひとつない赤ちゃんの汚れひとつない頭の上に、乾いた血がつき、汚れ、傷だらけになっている、ディキシー・クレイのアライグマのような手があった。

「知らない」看護婦がいった。「そういうことは知らない——えー、ストロム看護婦に来てもらわないと。あなたたちはここにいて。すぐに戻るから」

インガソルはうなずき、看護婦が小走りに病棟を出ていくのを見送った。自在扉を通るときに、看護婦はこちらをふりかえっていた。

「どうするの？」ディキシー・クレイはきいた。

「よし」インガソルはいった。「逃げよう」

19

ふたりは走った。インガソルがウィリーを肩にかつぎ、ディキシー・クレイの手を握った。小児病棟を駆け抜け、混雑した廊下を進んで、漆喰の壁にもたれて座っている患者の脚をまたぎ、混雑した看護婦詰所の前を通った。薬戸棚の前を過ぎたとき、インガソルはひきかえして、絆創膏と鎮痛剤をちょろまかした。そのあいだ、ディキシー・クレイはストロム看護婦が来ないかどうか見張っていた。雨漏りを受けているバケツをよけながら走り、床に数インチ溜まった水を口髭みたいな長い箒で掃き出している用務員をよけて通り、階段をおりて、まだ膝までの深さの水に浸かっていて、怪我人がひしめいている待合室に出て、担架に載せられた男の顔から血まみれの手拭を取っている、防水靴姿の看護婦のそばを通ったとき、おなじ受付の看護婦がいまもドアを尻で押さえて水をかい出しているのが見えた。インガソルは、水が跳ねないように、ディキシー・クレイをゆっくりと歩かせた。看護婦が背すじをのばした横を、ディキシー・クレイはぎくしゃくと通った。インガソルが腹の前に抱えている赤ちゃんが見えないように、インガソルと体をくっつけていた。

「おやまあ、早かったのね！」看護婦が、甲高い声でいった。「よくなった？」

「ええ、はい、看護婦さん。よくなりました」ディキシー・クレイは、歌うように返事をした。

ふたりは舟に歩いていった。ほかの舟のために閉じ込められていたので、ディキシー・クレイとウィリーを乗せると、インガソルはもやい綱を持って、引き出した。ぜったいにはいらないと、まだいい張っている肥った夫を扇子であおいでいる、白髪の女のそばを通った。冠水している芝生の縁まで行くと、インガソルは舟に乗り込み、始動紐を引いた。船外機がかかり、一行はダダダダという音を響かせて、キングズ・ドーターズ病院から遠ざかった。ディキシー・クレイはエジプトの神像みたいに決然としゃちほこばって、ずっと前向きの姿勢でいたが、角を曲がってアーノルド通りに出ると、ずっとひやひやしていたと打ち明けた。ストロム看護婦が病院の窓をあけて、ものどもあいつらをひっとらえろと、臣下に命じるにちがいない。それが怖かった。

片側が足場を組んだ板張りの歩道になっている本通りに着くと、舟が混雑していて、速力が落ちた。だれも追ってこないようだった――ディキシー・クレイはさっとうしろを向いて、たしかめた。ウィリーが見つかった快感で、痛みが引いていたのが、ぶりかえしているようだった。インガソルは店のショーウィンドーに映っているディキシー・クレイの蒼白い顔を見た。その目が、バターミルクの桶にはいっているふたつのクリの実みたいだった。

「ディキシー・クレイ、ちょっと休んだほうがいい」

「その前にグリーンヴィルを出たほうがいいんじゃないの？」

「そうは思わない。休んで、食事をして、食料を手に入れないといけない。それに、ハムを見つけなければならない。でも、まずやるべきことをやろう。それから――そこを見て」

洋品店だった。ニールソン紳士・婦人・子供服。水が階段の四、五段目までしか来ていないので、営業していた。インガソルは舟を足場につないで、板張りの歩道からいちばん上の段に跳びおり、陳列棚へ行って、急いで必要なものを選んだ。ぜんぶまとめて紙に包ませ、インガソルは偽牧師に馬鹿にされたびしょ濡れの八ドルのなかから四ドル出して払った。試着室を使いたいと頼むと、鼻眼鏡を鎖から垂らした店員が、奥に案内して、婦人用をディキシー・クレイに教えてから、インガソルを紳士用に連れていった。店員の紐のない革靴が離れていくのを、試着室のドアの下から見届けるとすぐに、インガソルは通路を婦人用試着室へ行った。

「おい」拳でコツコツとノックしてからきいた。「はいってもいい？」

「そうね」ディキシー・クレイが答えた。「どうせブラウスが脱げないの」

インガソルは、ドアの上から腕をのばして掛け金をはずした。ディキシー・クレイは、寝椅子にパイル地のガウンを敷いて、ウィリーを寝かしつけていた。インガソルは、ボタンをはずすのを手伝おうとしたが、破れたブラウスが副木にひっかかったので、とうとう引き裂いて脱がせた。その音を聞いた店員がやってきて、「なんとまあ、いやはや」とつぶやきながらそそくさと離れていったので、ディキシー・クレイはくすくす笑った。

ディキシー・クレイがふりむいたとき、胸にブーツの形の痣があるのを、インガソルは見た。見るに堪えなかったが、見なければならなかった。そっと触れて、ただの痣だというのをたしかめた。腕は腫れて紫色だったが、骨はちゃんと接がれたようだった。

こんどは肋骨だ。インガソルはディキシー・クレイに息を吸って吐くよう頼み、胸の波打ちかたにむらがあることから、肋骨が二本折れているとわかった。病院からくすねてきたアスピリンの粉薬をポケットから出した。ほんのすこしだが、飲まないよりはましだ。袋をちぎり、ディキシー・クレイの掌にあけて、飲み込むのを見届けてから、絆創膏を腕の長さまではぎ取り――その鋭い音が、また店員のひまつぶしになった――歯で切った。

「痛いの？」ディキシー・クレイがきいた。

インガソルは口ごもった。「ああ」

「わかった」

「ここにつかまって」試着室の上の縁を叩いて、インガソルは命じた。ディキシー・クレイが縁をつかむと、インガソルはいった。「肺から息をぜんぶ吐き出せ」

そして、絆創膏の端を胸骨の上に押しつけてから、脇腹から背骨にかけて巻きつけた。ディキシー・クレイは声を出さなかったが、手の甲の皮膚が白い大理石みたいだった。もう一本の絆創膏を平行に貼り、さらに二本を貼って、それで手当てを終えた。ディキシー・クレイは、ふるえる息を吐き出した。

インガソルは、新しい硬い乳押さえを持ち、ディキシー・クレイがそれに腕を通した。インガソルはうしろにまわって、難しい仕組みを留めた。鏡でふたりの目が合い、インガソルは思った。この女はおれのすべてを引き出し、おれの幅をひろげてくれる。このしぐさにこれだけの感情がこめられているにもかかわらず、妹になることもできるだろうし、それもなかなかいい。

妹が持てるとは思いもよらなかったが、そうなのだ。

もうウィリーが目をさましていたので、病院のネズミ色の寝巻を脱がせて、新しい青い格子縞のはいはい着をポプリンのシャツの上に着せた。神の青い地球にこれよりもかわいい赤ちゃんはいまだかつていなかったし、はいはい着に八十五セント出した甲斐があったと、ふたりは意見が一致した。つづいて、インガソルは、それまで着ていたのとまったくおなじ赤い丸首シャツとデニムのズボンに着替えて、濡れてところどころ裂けている前の服は、試着室に置いてきた。頭にかぶった帽子も、洪水のさなかになくしたのと、まったくおなじ帽子だった。まだ硬い新しいカウボーイ・ブーツに足を突っ込んだ。ホブノブでゴミ入れにほうり込んだのとおなじブーツだ。試着室のドアをあけると、三人は店員には目もくれずに気取ってそばを通り、ディキシー・クレイは、インガソルの肩に顔を当てて、くすくす笑いを押し殺した。

表に出て、足場を越えるとき、インガソルはショーウィンドーに映る自分たちの姿を見て思った——まずまず、立派な恰好だ。つづいて、家族みたいに見える、と思った。

　矢印のついた吊り看板も映っていた。そこにあった四文字は、出エジプト記に出てくる燃え尽きない柴なみの奇跡だった——バラ肉《RIBS》。その横の窓に、二階営業中!!!という貼り紙があった。

　インガソルは、ディキシー・クレイの左右の肩を持ち、板張りの歩道から華奢な折り畳み式階段へとつながっている道板に連れていった。道板でドアを押さえて半開きにしてある。道板を渡り、階段をてっぺんまで登ると、やかましい音と熱気が高まった。落とし戸をくぐると、そこは食事をしている数十人の足首とおなじ高さで、豚肉を焼くいいにおいがしていた。ふたりが出たところは、たぶん食堂の屋根裏だったとおぼしい場所で、そろっていないテーブルや高さがまちまちの椅子がならべられ、肩に大きな楕円形の皿を乗せた給仕女たちがいた。どの皿にも骨付きのバラ肉が五本載っていた。インガソルは、肉を五本とも食べて、皿をデザートに食べられる気分だった。

　給仕女がそばをさっと通り、肩に載せた盆越しに、インガソルに向かっていった。「あんたたち、たいへんな旅で、雨に打たれて野宿してきたんだね」

　新しい服を着ていてもそう見える。「まあそんなところだ」と、インガソルは正直にいった。

「もうじき席があくから。ちょっと待ってくれれば片づけるよ」

　テーブルの準備ができると、インガソルはディキシー・クレイをそこに連れていった。そのとき、肉がどこから運ばれてくるかが見えた。給仕助手が窓から身を乗り出し、滑車に取り付けた肉吊り鈎から、骨付きのバラ肉をはずしていた。インガソルは、給仕助手がいなくなるのを待って、首を突き出した。焼肉の炉が古い機関車の罐だったので度肝を抜かれた。「見たほうがいい」とインガソルがいい、ディキシー・クレイとウィリーも窓ぎわに行って、赤い車輪と排障器と真鍮の鐘に見とれた。肉を焼く係は、シャベルで罐に薪をくべていた。太腿まで水に浸かっていたので、みんな腰まである防水靴を身につけていた。インガソルはまたディキシー・クレイを座らせ、庶民のこういうところが大好きだと思った――困ったときに根性を発揮し、創意工夫が生まれる。ミシシッピ州グリーンヴィルでは滑車で肋肉を運ぶ。フランスのパリでは、鉄線一本で音楽を奏でる。この世は驚きに満ちている。そして、いまはこのふたりと驚きをともに味わうことができると思いながら、インガソルはナプキンでウィリーの顔を拭いているディキシー・クレイを眺めた。

給仕女が、コーヒーを持ってきた。「バラ肉《リブズ》はいかが」といった、「お笑い付き《リブズ》きよ」

インガソルはうなずき、給仕女はウィリーをうっとりと眺めて、「この子には丸パンをあげてご機嫌をとってあげたらいかが」といって、離れていった。ちょっと出かけないといけないと、インガソルはディキシー・クレイにいった。急いで帰ってくるが、保安官のところへいって、ハムのことをきかなければならない。ウィリーといっしょにここにいて、体を休め、食事をしていてくれ。

ディキシー・クレイはうなずいたが、不安そうだった。

「すぐ近くだから」インガソルはいった。

「どうしてわかるの？」

「両親が撃たれたあと、おれはウィリーをそこへ連れていった。引き取ってくれる人間を探しにいったんだ。そこに預けようとした」インガソルは、首をふった。「不思議だな。遠い昔のように思える。たった二週間しかたっていないのに」

「二週間」といって、こんどはディキシー・クレイが首をふる番だった。「そのころのあたしはなんだったのかしら？」自分の質問にそっと答えた。「やっと人生がはじまろうとしていた、ひとりの女だった」

インガソルは立ち、ディキシー・クレイの肩に手を置いた。「まっすぐに戻ってくる。ウィリーがバラ肉の骨をしゃぶるのが好きかどうか、あとで教えてくれ。辛いのと辛くないのと、どっちか好きかも」

ディキシー・クレイは、インガソルの手に手を重ねた。そこでインガソルはするりと離れて、階段をおりていった。

インガソルは、保安官事務所へ行くのを怖れていたので、舟でそこに向かうあいだに、どういうことになるか、筋書きを思い描いた。受付へ行って、名前をいう——それすらやりたくなかった——自分が何者であるかを説明すれば、フーヴァーと酒類取締局長官と内国歳入局に電話がかけられて、数々の質問に答えることになる。答えたいのはやまやまでも、答えられることはほとんどない。いつもはハムが事情を説明した。それがいま、ハムは死んだかもしれない。インガソルは、そうは思いたくなかった。死んだのなら、それが感じられるはずだと思っていた——ハム・ジョンソンがいない世界は、ちがう世界、貧しくなった世界に思えるはずだ——だが、それをたしかめないで、保安官事務所をあとにすることはできない。

あっというまに保安官事務所の階段に着いてしまい、舟をもやって、せかせかとひとびとが昇りおりしている階段を、のろのろと昇った。なかにはいると、前とおなじ黒髪のかわいい受付がいて、電話をかけながら手をふり、インガソルのほうへ一本指を立ててみせた。「ふんふん」受話器に向かっていった。「ふんふん」インガソルに向けて、あきれたというように目を剝いてみせ、胸の谷間に指を入れて、レースのハンカチを出し、それで受話器を覆った。身を乗り出し、インガソルにささやいた。「町役場に黒人が五百人いて、食べるものがなくて、食肉処理場みたいに臭いんですって」ハンカチをはずして、受話器に向かい、きっぱりといった。「どうやって堤防まで行かせるんですか？」インガソルは帽子を脱ぎ、腕組みをして待ったが、気が急いていたので、勧められた椅子には座らなかった。受付の女は、この騒動を愉しんでいた。じっさい、事務所全体がすわ一大事とばかりの騒ぎで、だれもが駆けずりまわり、どなっていた。受付がまたハンカチを受話器に当てて、インガソルにささやいた。

「あなたを探しにきたひとがいた」それからまた電話に注意を戻した。「それで、町役場と堤防のあいだの水の深さは？」

いっぽうインガソルは、受付の女の言葉にびっくりして、机のほうに身を乗り出し、それがハムだといってくれと、心のなかで強く願った。

「そんなに深いの？　で、そのひとたちは泳げるの？」インガソルに向けて、肩をすくめてみせた。また人差し指を立てたが、インガソルは待ち切れなかった。

「だれだ？　だれが探しにきた？」

また人差し指。

「奥さん、お願いだ」

ハンカチを当てもせずに、受話器から口を離して、受付がささやいた。「来るはずだといってたの。赤ちゃんのことがあって、わたし、あなたを憶えていたのよ」

「だれだ？　そいつの名前は？」

受話器に向かって、受付がいった。「堤防に黒人五百人を収容する場所はないわ」

「頼む――」

人差し指。もう一度人差し指を空に立てたらへし折ってやる。と、指がおりて、机の抽斗の下へのびた。抽斗をあけた。「これを置いてった」受付がいった。

罫線がはいった手帳の頁で、肥った長方形にたたんであった。名前は書いてない。インガソルはひろげた。

ハムのごつごつした手書き文字だった。

バラ肉を食わせる酒場に来い、間抜け野郎

インガソルは、その紙をまるめて胸に押しつけ、保安官事務所を出て、階段を三段ずつ下り、舟に跳び乗って、水を渡り、板張りの歩道を横切って、食堂の階段を三段ずつ昇り、首を突き出して、客たちの脚の向こうを見ると、案の定、ハムの元気ではちきれそうな十一号と十二号の防水靴が見えた。

そして、インガソルとハムは抱き合った。あとで考えると、そんなことをしたのははじめてだった。長い付き合いなのに、一度もなかった。背中を叩き合い、また抱き合った。ハムが馬鹿笑いしても、まわりの客は目もあげなかった。ここ数日の悲惨な光景や叫び声に疲れ果てていて、ぎょっとするだけの元気もなかったからだ。

一時間後、古生物学者が発掘した化石みたいにつるつるの真っ白な骨の山が、テーブルのまんなかにできていた。ハムは赤い顔で汗をかき、新しい白のカウボーイハットで顔をあおいでいた。てっぺんが平らな中折れ帽のように型取りした帽子だった。ディキシー・クレイは、はじめのうちはハムに気おくれしていた。葬儀屋の前で出会ったときのいきさつがあるから無理もないと、インガソルは思ったが、そのうちに気持ちがほぐれたようだった。

ディキシー・クレイは、そっと揺らしている膝にウィリーを仰向けに寝かせていた。ウィリーがむずかり、ディキシー・クレイは哺乳瓶を持っていなかったが、給仕女がグラスに牛乳を入れ、紙のストローを添えて持ってきた。ディキシー・クレイがその慣れない道具を口に当てると、ウィリーははじめは噛んだが、そのうちに吸った。あとの三人は身を乗り出して、牛乳がストローを昇っていくのを眺めた。牛乳が口に届きそうになったところで、ウィリーが吸うのをやめ、水銀みたいに牛乳が落ちるのを見て、三人ともがっかりした。ディキシー・クレイがもう一度ストローをウィリーにくわえさせ、ウィリーが吸って、冷たい牛乳が舌に届くと、目を丸くした。三人が歓声をあげ、ウィリーが飲み、おなかがいっぱいになって、おとなしくなった。インガソルは、ディキシー・クレイが片手で食べられるように、バラ肉をナイフで切ってやった。それでディキシー・クレイは腹いっぱい食べ、男たちも肥った犬にたかったダニみたいに腹がふくれて、爪楊枝を使っていた。ハムが、肉の切れ端をほじくりだすのに、実況中継をした――「もうちょっとで捕まえるぞ、この野郎」――顔をあげて、にやりと笑った。

「失礼、奥さん」とディキシー・クレイにあやまり――やがて、「おお」と舌鼓を打った。「おれの歯のあいだで下味をつけたら、ずっと美味くなった」

三人は、それぞれの話を終えたところだった。まだバラ肉が来ていなかったし、来たらそっちのほうで口が忙しくなるとわかっていたので、インガソルが最初に話をした。ハムと別れ、狙撃手を見つけたところからはじめた。ディキシー・クレイが横から口を挟んで、インガソルがホテルで撃った肥った男が、ハムが堤防で撃った肥った男と双子みたいに似ていたわけを説明した――ふたりはバールとムーキーという双子で、ジェシが子供のころはおじさんのようだった。インガソルは、爆発の話をした――土嚢にダイナマイトを仕込むという巧妙なやりかたに、ふたりとも首をふった――それから、ディキシー・クレイを助けて、舟でグリーンヴィルにたどり着き、ジャネットと、そしてウィリーを見つけた。

骨付きバラ肉が来て、インガソルとディキシー・クレイが食べているあいだに、ハムが自分の物語をインガソルの四倍の時間をかけて語った。バラ肉を食うのはこれが二度目なので、あわてることはないと、ハムがいった。口のまわりの頬髭が、脂でぎとぎとになっていた。

「ふむ、おれはこれまで、途方もない物語を何度も語ってきた」襟からナプキンをさっと取り、口を拭きながら、ハムが切り出した。「自分でも信じられねえような話をな」インガソルは満足して椅子にゆったりと座り、脚がディキシー・クレイに触れると、電撃が腰から足首まで走った。ウィリーは膝に寝かされていて、吊り包帯がその脇に置かれ、呼吸にしたがって上下に揺れていた。

「そうなのさ」ハムが、こんどは額をナプキンでぬぐった。「それがまた、作り話じゃなくて――」

「ジェシは死んだの？」ディキシー・クレイは、話をさえぎった。

ハムが驚いて顔をあげた。大きな口をぴたりと閉じて、すこし顔を赤らめた。尋常ならざることだった。ハムは、ジェシが当然の報いを受けた悪党だということしか、考えていなかったようだ。

ディキシー・クレイは、強いまなざしを据え、居ずまいを正して座っていた。

「お気の毒です。死んだ。ジェシは死んだ」

ディキシー・クレイは、それまでずっとインガソルの手をぎゅっと握っていたが、放して、額に指を当てた。べつの報せを望んでいたのではないかと、インガソルは急に心配になった。ディキシー・クレイはなにもいわなかった。ようやく指のかごから顔をあげたときには、そばかすのある顔に涙はなかった。

「だいじょうぶ？」インガソルはきいた。

「だいじょうぶだと思う。変ね、だって――いつか悲しくなるはずだけど、いまは、ほとんど……ほとんど……ほっとしているの」

インガソルは、どうすればいいのかわからなかったが、テーブルの下でディキシー・クレイが手をのばして、また手を握ったのが答になった。それがおれにできることだ。

ハムは、ふたりの邪魔をしないようにと思ったのか、そっぽを向いていた。だが、ハムに向かってディキシー・クレイはいった。

「あのひと、いつでも悪い人間だったわけじゃない」

ハムがうなずいた。

「前はちがってた。はじめて会ったころは……」ディキシー・クレイの言葉が先細りになった。奥のテーブルの客が何人か、そばを通るときに肩に触れたので、ディキシー・クレイは椅子を引いた。そして、溜息をついた。「でも、ああいうひとになった。最後には。あの男が死んでよかった。あたし」――窓に目を向けた――「あたし、殺せるときがあったら、殺していたかもしれない」

男ふたりはうなずいた。ディキシー・クレイにもっといいたいことがあるのなら、聞くつもりだった。だが、それで終わりだった。「話して」ディキシー・クレイはハムにいった。「そのいきさつを」

ハムがディキシー・クレイのほうを見ると、ディキシー・クレイが首をかしげた。「こういうしだいだった」ハムが身を乗り出した。「銃撃がはじまると、こいつは狙撃手を追った。銃の腕前はこいつのほうがいい。とにかくそういう評判だったが、じつはその評判には根拠がねえようだな。だが、おれはジェシを追いかけた。おれのほうが一フィート上背があるが、やつは叱られた犬みてえに走ってた。

爆発音が聞こえて、ふたりともふりむいたとき、ジェシがいった。〝えい、くそ〟。失礼だが、奥さん、まったくくそだった。だって、道路だったところが、川になってた。まず堤防のてっぺんから流れてきて、でかいクマの手みてえに、町を浚っていった。ジェシとおれは、そのときにはもうどっちがどっちを追いかべつの箇所が崩れて、水がおれたちめがけて落ちてきて、教会のなかに精霊みたいに満ちあふれるのがわかり、奥の壁に水がぶつかると、鐘楼がぶるんとふるえて、十字架の奥の厚い壁板が、子供のお菓子の家のショウガ入りビスケットみてえに倒れて、どでかい波が四方にひろがった。クマの手なみの波が壁を破ったところにびんたをくれたときにゃ、おれたちはもうおしまいかと思ったね。

だが、おれたちはがんばった。ジェシは自分の鐘の引き紐にしがみつき、おれも自分の鐘の引き紐にしがみついた。どっちも銃を持ってなかった。どっちも、相手のことなんか心配してなかったと思うね。もっとでかい敵がいたからな。わかるだろ。教会が下で……身づくろいするのが……わかった。鐘楼が細かくふるえて、埃が落ちてきた」

ハムが、手の甲でげっぷを受けとめた。「しばらくして、教会が崩れるのなら、とっくに崩れていたはずだと思いはじめた。どこへ行こうとしているのかも忘れて、鉄砲玉みてえに駆け出し、行く手が登り坂で教会があったんで、こともあろうに、そこへ駆け込んだ。なかにはいると、ジェシがくるりと向きを変えて、鐘楼に昇ってった——で、おれはそのあとからちっぽけな木の階段を昇り、ぐるぐるまわりながら半分昇ったところで、洪水が教会に押し寄せる音がして、水の壁が教会のドアにぶつかるのがわかった。おれは床に倒れ、鐘楼そのものが、積み木の塔みてえに大揺れした。ジェシに何歩か遅れててっぺんによじ登り、踊り場を進んで、川のほうを見ると、どこもかしこも川で、川じゃねえところなんかなかった。つかのま、方角もわからなかった。だって、目印になる地形も建物も、なにもねえんだ。ジェシが鐘の下にもぐって眺め、おれはべつの鐘の下にもぐって眺めた——鐘は勝手に鳴ってたよ。おれたちは鎧戸の窓から身を乗り出して、町がバラバラになるのを見てた。家や人間が悲鳴とともに流れてった。そのうちに堤防のだと気づいた。ほかにもいくつか建物が残ってた——町役場、マクレイン・ホテル——どれも倒れていない。ジェシがずる賢い顔になって、こういった。〝ハム、だいぶ落ち着いて、状況を見きわめられるようになった。どうやら生き延びられそうだな〟。

おれもそう思うといってやった。

ジェシがいう。〝となると、おれが逃げるのを邪魔するやつは、あんたひとりってことになる〟。

そうだろうなといってやった」

ハムが、椅子をきしませて、脚を組んだ。「すると、ジェシがポケットに手を入れたんで、拳銃でも出すのかと思ったら、ブラック・ライトニングのポケット瓶を出した。それで、おれがどうしたと思う、イング？」

「乾杯した」インガソルはいった。

「当然だ。乾杯した。この世でいちばんうまいウィスキーだ」といって、ディキシー・クレイにウィンクをした。「それで、瓶をやりとりして、しばらく飲み交わした。のんびりと旅してるみてえに。おれたちの鐘楼がタイタニック号のマストを思わせるのも忘れてな。それで、最後にジェシがいったんだ。〝ハム、あんたに賄賂がつかえればいいんだが〟」

給仕女がコーヒーを持ってきて、「注ぎ足してあげるね、ハム」というと、ハムは話をとぎらせもせずに礼をいった。

「〝ここから無事に脱け出せたら〟と、ジェシがいう。〝おれはニューオーリンズの銀行家たちに資金援助してもらって、知事選挙に立候補する。やつらの信頼が報われるだろう。ホリヴァー知事。なかなか響きがいいだろう？〟。そういいやがった。小指で例の口髭をはじきながら」ハムが手をあげ、考えにふけるように、もみあげを掻いた。口髭も自分の武器庫にくわえようかと思っているみたいだった。「なかなかいい呼び名だとおれが認めると、ジェシはおれから瓶を取って、自分で乾杯をした。〝ホリヴァー知事に〟、そういって飲み干した。それから、瓶を外に投げ捨て、墓地があったあたりで水飛沫があがるのを見てた。そのあとで、ジェシがまたいった。〝おれが知事になったら、優秀な部下が必要になる。片腕になるはずのおじさんがいたんだが、どうもその地位は空席になっちまったらしい〟」

「くそ」インガソルはいった。

ハムが話をつづけた。「で、おれが断るっていう前に、ジェシが体を曲げて、百ドル札を巻いてゴムバンドでまとめた馬鹿でかい札束を出した。〝ほら〟やつが、それを渡しながらいった。〝おれが約束を守るっていうしるしだ〟。

〝いやはや、ぶったまげた〟っておれはいった。

〝それじゃ、取り引きは決まりだな?〟、とジェシがきいて、片腕でおれを抱き締めた。

おれはジェシを横目で見て、いった。〝おまえは自分の町と家族を吹っ飛ばして、おれの相棒も吹っ飛ばしたかもしれねえんだ。おれたちの取り引きはこうだよ、知事さん。生き延びたら、おれは一生かけておまえを追いつめる。おまえは刺されたブタみてえに悲鳴をあげるだろうよ。おれはそれを見届ける〟」

ディキシー・クレイが、インガソルの手を強く握った。

「そのとき、教会が大きくうめいた。おれはジェシの腕をふりほどいて、窓から身を乗り出し、眺めた。そのとき、ジェシがおれを刺した。隠してたちっぽけなナイフで。それと同時におれの脚をつかんだ。ひっくりかえして窓から落とそうとしたんだろうな。だが、おれのほうがやつより百ポンドがとこ重い。やつはおれの脇腹を刺したが、脂肪を切っただけさ」そこでハムがふたりに背中を向けて、シャツの肩の縫い目を握って布地をまとめ、赤茶色の胸毛のあいだの百ドル札くらいある絆創膏を見せた。「で、おれはふりむき、おたがいに睨み合った。どちらも、これでおしめえだとわかってた。妙な色の目で、ジェシがなぜか悲しげにおれを見て、ちっぽけなナイフで最後のひと突きをくれようとした。おれはそれをやりすごして窓につっこませた。ジェシは教会の屋根で一度はずんで、そのまま水のなかへ飛んでいった。水に沈むのが見え、そのまま浮いてこなかった」

ディキシー・クレイが息を呑み、ひとつ身をふるわせた。そのあとは、三人とも言葉がなかった。給仕女がテーブルを片づけ、男ふたりが爪楊枝に手をのばしたとき、ディキシー・クレイが膝のウィリーの寝かたを直した。

「とにかく」ハムが、すこし間を置いて、また話しはじめた。「おれは鐘楼に体を丸めてひと晩いて、翌朝、黒人と獰猛なブタが一頭乗ってるカヌーに乗せてもらい、曳き船に乗り換えて、みんないっしょにグリーンヴィルへ来た」

「どこに泊ってたんだ?」と、インガソルがきいた。

「ええと――ブラントン通りの家だ」

「マダム・ループによろしくいってもらえばよかった」ディキシー・クレイが、片方の眉毛をあげてそういった。

ハムが、にやりと笑った。「あんたがあの売春宿をよく知ってるとは意外だな」

「マダム・ループは、この世でいちばんおいしいウィスキーを出すのよ」

「どうりで、なじみのある味だと思った」給仕女がコーヒーを持ってきて、空のマグカップに注ごうとしたが、みんなもう満腹だった。「つけにしといてくれ」と、ハムがいった。

給仕女が離れていくと、インガソルはきいた。「つけがきくのか?」

「あたりめえだ、坊や。堤防は家畜がしこたまいる。堤防の給食所じゃ、一日にブタ五頭を処理してる。おれもこの二日間、二、三頭分のバラ肉を食った。おまえが姿を現わすのを待ってたんだよ。おまえのことをよく知らなかったら、そろそろ心配になるころだった」おどけて顎を突き出しながらいったが、心配していたことが、目つきでわかった。

インガソルは腕を垂らして、ハムの力瘤を軽く殴ってから、爪楊枝を灰皿に投げ込んだ。「これからどうする？」ときいた。この先のことはなにも考えていなかったし、考えなければならないのがうんざりだった。

「それをずっと考えてた。鐘楼にいたときに、一度か二度、じっくり考えた。それでな」楊枝を握り拳の指のあいだで動かした。「密造人を追いかけまわすにゃ、おれももう齢かもしれねえ」

インガソルは、背すじをのばした。ハムは九年前に塹壕でいっしょに戦ったときと、変わっていないように見える。髪も薄くなっていない。それどころか、新しい帽子はシャンパンのコルクみたいにはじけそうだ。

「禁酒法はじきにすたれちまうと思わないか？」ハムがディキシー・クレイのほうを見ると、ディキシー・クレイがうなずいた。「それに」――インガソルに目を戻した――「おまえをこき使ってないと、おもしろくねえだろうな」

そこでしばし沈黙が流れた。インガソルはきいた。

「それじゃ、ニューオーリンズへ行くのか？」

「いや、ニューオーリンズには行かねえ。ミシシッピ川はもうこりごりだ。一生分どころか、二、三生分見た」

「それじゃ？」

「ひとまずふるさとに行こうかと思ってる」ハムが、ディキシー・クレイのためにつけくわえた。「ケンタッキーだ。赤毛の算数教師がいてな、ずっとおれを教養ある紳士にしたいと脅してた。ホットケーキを重ねた上でとけてるバターのしたたりよりも別嬪だ。一度ぐらいいうことをきいてやっても悪くねえかなと思ってる」

「ためす価値はあるな」と、インガソルは勧めた。

「それがうまくいかなかったら、DCへとんずらするかもしれねえ。教養のねえおまえに教えてやるが、コロンビア特別区のことだ。政府の楽な仕事を見つけて、ふんわりしたパッカードの座席におけつを乗っけてるかもな。そうとも、ハムさんは、これからは馬じゃなくて、自動車の馬力に乗っかるんだ」

「DCか」インガソルは考え込むようにいった。「そこにいるあんたが目に浮かぶ」

「それに、次期大統領のフーヴァーから、けっこうな退職金がもらえるはずだ。おれの深い悲しみやなんやかやに対して」

ディキシー・クレイとインガソルは、顔を見合わせた。ディキシー・クレイがその餌に食いついた。「深い悲しみ？」

「そう、深い悲しみだ。八年のあいだ組んでいた相棒、射撃達人のみなしご《オール・デッドアイ・オーファン》ことテディ・インガソルが、洪水で流されちまったんだからな。おれはこの目で見たんだ」

「まちがいないか？」インガソルはきいた。

「そうだ。まちがなく見た。一九二七年、ホブノブの堤防決壊だ。だって、おれもそこにいたんだよ」

「いたのか？」

「いまここに座ってるのとおなじようにな！　おれが生きて息をしてるのとおなじようにな。おれは相棒を亡くした。その前に相棒は、悪党ジェシ・ホリヴァーがなにをたくらんでいたかをつきとめてた。盗んだ陸軍のダイナマイトで堤防を吹っ飛ばそうっていうたくらみだ——高波がイングを海へと押し流し、〝あんたにはいくら感謝しても足りない〟ってイングが叫ぶ——それが最期の言葉だ——インガソルの早死には、かえすがえすも残念だった。というのも、今回の探偵仕事で、戦争でもらった青銅の勲章にくわえて、なにかきれいな勲章がもらえていたはずだからな。勲章が二個あれば、胸がななめにかしぐこともなかったのにな。さらに悪いことに、ホリヴァーっていうやつがヨナよろしくクジラに呑み込まれたすぐあとに、ちっこいホリヴァー夫人もきれいさっぱり流されちまった。じつに悲しいことだな。彼女、おれの魅力に参る寸前だったのにな」

「もう参ってたんじゃない?」ディキシー・クレイは、小首を傾げた。

「そうそう、まちがいない。お天道さまが昇ったらハムさんのうれしそうな声が聞けるって、彼女、思ってたさ」

ディキシー・クレイはにっこりほほえみ、やわらかい髪に覆われたウィリーの頭を掌でなでた。

話がとぎれた。のんきな雰囲気をつづけるのが難しかったからかもしれない。それに、おそらく三人ともおなじことを考えていた。ハムがひねりだしたもののことを。死と生まれ変わり。それがこんなに簡単にできるのか。

だが、ひとつだけ問題があった。ディキシー・クレイは咳払いをしてからいった。「取締官ふたりのことだけど」まだウィリーの頭をなでていた。「あんたたちが探していたふたり。見つからないよ、ハム。ぜったいに」目をあげた。「あたしはそのときジェシと——」

ハムが、大きなピンクの掌を高くあげた。「いや、その話は聞くにゃおよばねえよ。関係した人間がみんな流されちまったからな」

ディキシー・クレイは、生唾を呑んだ。三人はまた黙り込んだ。

「ほら」ハムが唐突にいって、百ドル札を巻いてゴムバンドで留めた法外な額の札束を、テーブルに叩きつけた。「札を乾かせば、まだ使えるぞ」

インガソルは首をふったが、正直なところ、保安官事務所に舟で向かうときに、バラ肉の代金で残りの濡れた四ドルがどれほど減るだろうと計算していた。

「おい、馬鹿じゃねえのか」ハムがいった。「これはこの女の金だ。だって、ウィスキーを造ってたのはこの女なんだぞ」

インガソルがディキシー・クレイを見ると、ディキシー・クレイが口を結んで、小さく肩をすくめた。ディキシー・クレイがウィスキーを造っていた。インガソルは札束を見たが、手をのばす力が出なかった。とうとうハムが手の甲ではたいて、滑っていった札束が、インガソルの拳にぶつかった。インガソルは拳をひらいて、札束をひとつ叩いてから取りあげ、脚をのばしてデニムのズボンのポケットに入れた。ハムにひとつうなずいてみせた。

誓いを破り、法を破り、血を流し、脱走し、金を手に入れる——成さなければならなかったことを、すべて成した。どこへでも行ける。

た。給仕女がコーヒーを持ってきたが、三人は首をふった。「もう行くよ」ハムは給仕女にいった。

「わかった。つけとくよ、ハム」

「親切ありがとう。ところで、あんた、ケンタッキーに行ってみたくねえか？　チップをはずむハム・ジョンソンさんと、牧草の上を裸足で駆けまわるのさ」

「これをみんな捨てていけっていうの？」給仕女が、おんぼろの仮店と家をなくした客と滑車で運ぶバラ肉を手ぶりで示した。

「もっともだ」

「ねえ、前からきこうって思ってたんだけどさ。ハムっていう名前の由来は？」

インガソルは座り直して、ディキシー・クレイの膝を握り、早くもにやにや笑いながら、ハムのほうを向いた。

だが、ハムの灰色の目は真剣そのものだった。「ハ「エイム」いってから、インガソルのほうを向いた。

ブラハムのことだ」

給仕女がうなずいて、先へ進んでいったが、男ふたりは見つめ合っていた。「エイブラハム」インガソルが、そっといった。口をほころばせて、首をふった。その困ったようなしぐさで、心のなかで水音をたてて流れていることをすべて伝えるのは、とうてい無理だった。

とうとうハムが大きな両手でテーブルを叩き、食器が跳びあがると、三人は立ちあがった。

もうやることはなかった。ふたりはさっき抱き合った場所で握手をしたが、強く握った手にも目にも万感が宿り、なかなか手をゆるめられなかった。

ディキシー・クレイが手を差し出し、ハムが手を差し出したが、思い直したディキシー・クレイが爪先立ちをして、ハムの頬にキスをした。ぎこちないやりとりだったが、気持ちはじゅうぶんに伝わった。

そこでインガソルはディキシー・クレイの首に掌を置き、ウィリーを肩にかついで、向きを変え、階段をおりていった。頭が床の下になる前に、インガソルはふりかえったが、ハムは太い脚を組み、そっぽを向いて窓をじっと見ていた。何百年分もの埃が舞う空気が、午後の陽光に照らされ、固体のように見えていた。

エピローグ

ホブノブをあとにして三日目、九十マイル離れていた。いま彼らはアーカンソーにいて、ディキシー・クレイがこんなに西へ来るのは、生まれてはじめてだった。馬が一歩すすむたびに、その限界がひろがり、新しい辺境に踏み込んでいた。ここがあたしにとっては西の涯。いいえ、ここよ。ここ。

グリーンヴィルを出たあと、舟で平らなデルタを渡り、グリーンウッドへ行くこともできただろう。そこからは山地で、五十マイル、四時間の距離だといわれた。だが、インガソルは舟を西に向けた。幅が九十マイルにもなったものを川と呼べるかどうかはともかく、ミシシッピ川を渡った。

かつて家や農地があったところを進んでいるのだとわかっていた。家も農地も木もない。やがて、西に進むにつれて、バターに半分浸かったブロッコリみたいな木々が見えてきた。それから、家があるしるし――コンクリートの階段、煉瓦の煙突。それから木立。ビリヤード台のポケットの網にひっかかったような感じの流木、学校の物置き、馬車につながれたままのまだらの小型馬の死骸、材木仕上げ工場の鋸、郵便箱、〝タルラーズ――世界一のナマズ料理〟という看板。この世の終わりを思わせる風景のなかを、彼らは舟で進んでいった。だれかのワタ畑を荒らしてしまうおそれはない。川がすでに荒らしてしまった。水に浸かっていない瘤のような地面が見られるようになった。泥から義足が突き出していた。まるで終末の出来事を読んでいるときに、終末が自分の身にふりかかったみたいに、水でふくれた聖書のそばに、ふくれあがったロバの死骸があった。山犬が一本の木のまわりをぐるぐると走っていた。上のほうの枝に、死んだニワトリでいっぱいの鶏小屋がひっかかっていた。ノスリがとまってくちばしをつっこみ、血まみれの肉をひっぱり出していたので、鶏小屋は揺れていた。泥からなにか白いものが弓形に突き出している丘のそばを通った。赤ちゃんの歯が生えかけているみたいだと、ディキシー・クレイはいった。だが、インガソルは首をふり、墓石だといった。あれは墓地だ。とはいえ、教会がどこにあるかは、神のみぞ知る——だった。

ウィリーは、ディキシー・クレイの膝でほとんど眠っていた。振動するゴトゴト樽のそばで眠っていたように、船外機の響きが眠りを誘うようだった。ときどき、むずかると、インガソルが歌った。雨は降らなかった。それも記録的だった。

川を渡ると、船と馬一頭を取り換えた。馬で舟から遠ざかるとき、なんの悲しみもなかった。そのあたりは平らな泥地で、ろくろ使いがまずかった土器《かわらけ》みたいにひびだらけだった。泥が深い低いところは濃い茶色で、乾いている縁に向けてしだいに色が薄くなっていた。ふたりはあまり話をしなかった。ウィリーを抱くディキシー・クレイの両腕をインガソルが両腕で抱き、自分たちが通っている不思議な地形を、不思議そうに見つめていた。ときどき、ディキシー・クレイがウィリーの頭に軽く顎を乗せ、インガソルがディキシー・クレイの頭に軽く顎を乗せた。

やがて、下見板張りの家が、泥の濠から立ちあがっているのが見えた。傾いているが、まだ立っているのは、持ち主が頭がよく、ドアと窓をあけはなって、洪水がなかを流れるようにしたからだと、インガソルはいった。

家の玄関に馬で乗りつけ、インガソルが大声で呼ばわったが、だれも出てこなかったので、ふたりは馬をおりて、家のなかにはいった。台所でディキシー・クレイがニンジンの缶詰ふたつ、ホウレンソウの缶詰ふたつを見つけ、ふたりはひとつずつ食べて、フォークでつぶしたのをウィリーに食べさせた。ふたりとも疲れていたので、濡れないように衣装簞笥の上につっこんであった藁蒲団を引きおろした。カビ臭かったが、横になって、鞍ずれのできた脚をのばせるのがうれしかった。横向きに寝て、赤ちゃんをまんなかで眠らせ、小声でしゃべるのがうれしかった。やがて、インガソルの足がディキシー・クレイの足に乗せられ、片肘を立てて身を乗り出し、キスをして、インガソルがディキシー・クレイの上に転がって、ふたりは契った。インディアン塚で泥まみれで愛し合ったときのような、狂ったような荒々しい交わりではなく、糖蜜のように甘く探り合う契りだった。それでも、ディキシー・クレイは叫びを嚙み殺さなければならず、ウィリーが目を醒ましたので、終わるとインガソルは片腕でウィリーを裸の胸に抱え、揺すられてウィリーはまた眠った。インガソルもすぐあとでいっしょに眠った。ディキシー・クレイは思った。あたしは眠れない。しあわせすぎて眠れない。ひと晩中起きていて、ふたりが眠るのを見ている。目が醒めたとき、それが憶えていた最後のことだった。

彼らは夜明けに出発し、朝陽が水溜りからガーゼのような靄を立ち昇らせていた。馬の律動が、ディキシー・クレイののんびりした物思いを解き放った。おだやかな気持ちで、疑問に悩まされることもなく、どこを目指しているかということすら、気にならなかった。風変わりな島のような地面を見つけて、最初の夜に野宿したときに、ほんのすこしその話をしただけだった。バラバラになった納屋の残骸を集めて、焚き火をした。ディキシー・クレイは、しゃがんで火口を燃えあがらせようとしているインガソルの脇に、焚きつけを置いた。馬に揺られた背中をのばし、暗くなってゆく雲の覆いを見あげて、「星が見えないのが淋しい」といった。

インガソルが見あげて、うなずいた。「星がいっぱい見える地《くに》に着くまで、旅をつづけよう」

「ほんとう?」

「ああ。オザーク高原だ。戦争でいっしょに戦ったジムという男が、そこにいる」インガソルは、ライターのやすり車をはじいて、小さな青い焰を火口に近づけた。「インディアンの血が混じっている。頭に砲弾の破片がはいって、ふるさとに帰った。生きられないだろうとだれもが思ったが、ちゃんと生きている」火口がパチパチと音をたてはじめた。

「手を貸してくれるって、どうしてわかるの?」

「おれにはわかっている」インガソルは火をすこしついて、にやりと笑った。「オザークでは、ディキシー・クレイ、山があんまり齢をとったものだから、いまでは丘になってしまったんだ」

ディキシー・クレイは、その言葉が気に入ったので、オウム返しにいった。「山があんまり齢をとったものだから、いまでは丘になってしまった」

いまはそれだけわかっていれば、じゅうぶんだった。

いまディキシー・クレイが望むのは、質素な暮らしだった。小さな田舎家。本。マメ、トウモロコシ、トマトのこぢんまりとした菜園。インガソルが好きなら花を植えてもいいが、あたしは野菜のほうがいい。食べられるものをせっせと育て、花は食べられる花にする。ミツバチが毛むくじゃらの肥ったお尻をもぞもぞ動かして、なめらかなやわらかい花にもぐり込み、出てくるときには酔っ払ったみたいによたよたして、黄金色のハチミツをこしらえにいく。どこかに小さな川でもあれば、釣りもできる。そうそう、犬も飼いたい。大きな犬、毛むくじゃらの大きな犬。男の子には犬がいないといけない。ニワトリもまた飼いたい。餌をやって、卵をもらうという、毎日の物々交換。正直な仕事がやりたい。暗くなったら疲れて寝て、休み、朝陽といっしょに起きる。あり合わせの材料で焼き菓子をこしらえ、ブラックベリーを摘み、ジャムを瓶詰めし、おなかがすいた男の子が学校から帰ってきたら、湯気をあげているふわふわのパンをちぎって食べられるように、天火からパンを出して、ブラックベリーのジャムをたっぷり塗りつける。熟した六月を、赤い十月の口に入れる。そう、そうやって男たちを食べさせよう。インガソルといっしょに歳をとりたい。食事のあとの夕暮れどきに、ベランダにならんで座る。ウィリーはもう大人になっているが、あたしはそれになかなか慣れることができない。インガソルが作った本棚から、本を一冊抜く。それから、インガソルがギターをかき鳴らして、デニムとミドリハッカの声で歌うあいだ、ちょっとした手仕事をやる。たとえば、昼間のうちに木から落としてエプロンに集めたペカンの殻を割る。

その白昼夢にふけっているとき、アラバマからホブノブに持ってきた、頭が釣鐘の形をしているヒッコリーの柄の金槌で、ペカンをずっと割っていたことに気づいた。だが、よくできていて使い込んだその金槌は、一万個のペカンと運命をともにして、ディキシー・クレイの家がかつてひっそりと建っていた雨裂が湖になってしまったところに沈んでいる。頼りになる小さな金槌に触れるものは、もはや魚のひれと、波打つ草だけだ。ふと感じたのは——哀れみ？　金槌への？　自分への？　だが、困ったことが夢のなかだけで起きたのだと気づいたときのように、それもすぐに消えていった。

前の世界と、あとの世界があった。解放されたようなものだった。一からはじめられる。インガソルも。それまでの仕事の銀の重みから解放され、武勲の青銅の重みからも解放された。ふたりとも、どんな人間にでもなれる。

インガソルの両腕がこしらえる宇宙で、自分の日々を送っていこう。

自分の人生の大きな物語を形作った出来事が、ふたりを近づけた。それがうれしかった。もともとは劇的な人間ではないのに、劇的な出来事がふりかかり、それに耐えた。耐えざるをえなかった。でもいまは、これからやってくるものへのそなえができている。ふつうの日々への。

やがて、ウィリーが大きくなって、物語を聞かせられるときが来る。それまでにすこしは話しているはずだ。ひとつの物語があるということがわかるくらいに。それに、あたしが生みの母ではないことを、もうウィリーは知っている。大きくなってから恐ろしい真実を呑み下さずにすむように、はじめから打ち明けておく。いまわしい沈黙のなかで膿みただれれば、真実はいっそう恐ろしいものになる。そう、ウィリーはもう知っている。その前に知っていることが肝心だ。そうすれば、ウィリーがあたえてくれるすてきなものを受け取れるようになるまで、あたしがどんなに働いたか、わかってもらえる。働いて、待ち、待って、働いた。

ウィリーに物語を話す心がまえができるころには、ディキシー・クレイは自分がどこでどういう役割を果たしたかを知るだろう。彼女がくぐり抜けた物事について、歴史家が詳しく説明してくれるはずだ。だから、ウィリーに話をすると決めたときには、こんなことがいえるだろう。ねえおまえ、アメリカで最大の自然災害だったのよ。どれぐらいの広さの土地が水に浸かったと思う、ウィリー? コネティカット、ニューハンプシャー、マサチューセッツ、バーモントを合わせたくらいだったのよ。もちろん、そういう州で洪水が起きたのなら、もっと早く助けの手を差しのべられたんじゃないかしらね。救援物資もお金も。何年もたってから、歴史の本で洪水のことが何章にもわたって語られる。あちこちに慰霊碑ができる。でも、あれはデルタの土よ。もっとも貧しいひとびとのブーツに踏まれているけれど、アメリカでもっとも肥沃な土よ。公式な死者は三百十三人とされてるけど、ほんとうはもっと多いのをあたしたちは知ってるのよ、ウィリー。ずっと多かったのよ。クーリッジは、被災したひとたちのところへ来なかった。そのあとも何カ月も、州知事四人、上院議員八人が、来てくださいと頼んだ。南部諸州に目を向けてくださいと。でも、クーリッジは来なかった。そして、再選されなかった。ニュース映画の寵児、日曜版の花形のフーヴァーが、洪水に見舞われた土地を汽車でまわって、大統領になった。フーヴァーのもくろみは当たった。いまではたいがいの国民が忘れてる洪水は、アメリカという国の先行きを変えた。

そういうことを、のちにディキシー・クレイは知るだろうが、いまはまだ知らない。逃げ出してから三日目のいま、まだ大河の大洪水の物語はできていない。いまあるのは三人の物語だけだ。だから、ディキシー・クレイが、その物語を話して聞かせるところを思い浮かべたときにはこんなふうだった。

おまえにある物語を話すときが来たの。おまえがびっくりするような話よ。一九二七年のことだった。それはもうひどい雨が降りつづいてね。お母さんはウィスキーを密造していて、お父さんは密造酒取締官だった。だから、敵、天敵だったはずなの。フクロウとヤマネみたいに。でも、そうじゃなくて、ふたりは恋に落ちた。

この物語は、殺人、密造、土嚢積み、破壊活動、ダイナマイト、大洪水の物語なの。冷酷な夫、ちょっと問題のあるおじさん、怖いフラッパー、忠実な相棒。よくない男と結婚して、毎日すこしずつ死にかけていた女がひとり。自分はかりそめの存在だと思っていた男がひとり。

でも、なによりも、これは愛の物語なの。あたしたちがどんなふうに家族になったか、という物語なの。

謝辞

私たちがこの本を書くのに力を貸してくれた多くのひとびとのうち、ごく一部のかたがたに謝意を述べたい。

デルタ文化および学習センター所長のルーサー・P・ブラウン博士には、ミシシッピ・デルタと大洪水についての知識をさずけていただいた。二七年堤防破断研究会には、ブラウン博士が私たちを二七年の決壊箇所を案内するのを許可していただいた。ミシシッピ大学総長首席補佐官のアンドルー・P・マリンズには、デルタと禁酒法の逸話を教えていただいた。リチャード・P・ムーア米空軍大佐（退役）には、火器、爆発物、第一次世界大戦に関して不正確な描写がないかどうかを確認していただいた。バリー・ブラッドフォード——司書で歴史学者のいとこ——には、タイミングのいいありがたい情報源や提案を教えてもらった。ジェーン・G・ガードナーは、洪水を写した祖母の写真を貸してくれた。そういった写真や、グリーンヴィルの一九二七年洪水博物館の所蔵品は、私たちの調査におおいに役立った。一弦《ワン・ストリング》ウィリーは、ディドリー・ボウについて有益な情報を教えてくれた。作家で友人のマイクル・ナイトは、役に立つがすこしこざかしい助言をくれた。

私たちの調査にとってきわめて重要だった書物もある。大洪水についてもっと詳しく知りたい向きには、ジョン・M・バリー『高まる流れ：一九二七年ミシシッピ大洪水と、それがアメリカをどう変えたか』が最高の資料である。調査とジャーナリズムの傑作で、私たちの小説は大きな恩恵を受けた。ウィリアム・アリグザンダー・パーシー『堤防のランタン：大農園の息子の回想』は、小品ながらデルタの暮らしと地形を描くすばらしい回顧録で、洪水について興味深い描写が見られる。ほかに役立った書誌は、ピーター・ダニエル『深まる水：一九二七年ミシシッピ川洪水』、リー・サンドリン『よこしまな大河：ミシシッピが起こした最後の暴走』、メイ・ジョーダン『野生動物の宝庫：アラバマの毛皮商人の娘の日記、一九一二年‐一九一四年』、ジェラルド・ラインウォンド『一九二七年：二〇年代の洪水』などである。いいヒントをあたえてくれた映画は、ケン・バーンズのドキュメンタリー「禁酒法」と、「アメリカの驚くべき事実：恐怖の洪水」（PBS）である。

共作者ふたりに個人芸術家助成金を授与してくれたミシシッピ州芸術委員会に、たいへん感謝している。ミシシッピ大学もおおいに支援してくれた。ダン・ジョーンズ総長と、トムに夏の助成金を提供してくれた文学部のグレン・ホプキンス学部長と、ベス・アンの旅費を援助してくれた研究後援課に感謝する。私たちの大学の国語学科、ことに最初のころの原稿に目を通してくれた学科長のイヴォ・カンプスに深く感謝する。フォークナー研究ハウリー講座のジェイ・ワトソン教授は、私たちを激励してくれた。MFAプログラムの同僚にも感謝する。大学コミュニティのまわりにはミシシッピ州オクスフォードのコミュニティがあり、読書家や作家がおおぜい住んでいて、世界最高水準の書店スクェア・ブックスがある。著者ふたりはオクスフォードを故郷と呼べるのを誇りに思っている。ラファイエット郡読み書き委員会のマルディグラ資金募集のために、私たちはグリーンヴィルでカヌーを漕ぐ少年ふたりの名前をオークションにかけた。落札したニコラス・ブラウンに感謝する。

私たちの家族にも感謝したい。とりわけベティとジェラルド・フランクリンや、私たちが執筆するあいだ励まし、子守りをしてくれたメアリ・アナ・マクナマラ・マリクに。

ウィリアム・マロー／ハーパー・コリンズの社員のみなさんは、おおいなる喜びだった。広告部のシャリン・ローゼンブラムは、ことにすばらしい仕事をしてくれた。マイクル・モリソン社長は、頼りがいがあった。編集者のデイヴィッド・ハイフィルは、つねに楽しい相手だった。ウィリアム・マローの発行人ライト・スターリクの支援は心強かった。大西洋の向こう、イギリスのマントルの編集者マリア・レジトとアシスタントのソフィー・オームが、思慮深く書き換えを提案してくれたおかげで、イギリス版では赤ちゃんの名前を変更し、恥をかかずにすんだ。なぜなら、イギリスでは「ウィリー」に「おちんちん」という意味があるからだ。

この小説は、ふたりの共作の短編『彼の両手がずっと待っていたもの』から生まれた。この短編ははじめ、スティーヴン・チャーチ編の『ノーマル・スクール』に掲載され、つづいてキャロリン・ヘインズ編の『デルタ・ブルーズ』に載り、オットー・ペンズラーとハーラン・コーベン編の『ベスト・アメリカン・ミステリー・ストーリーズ二〇一二』に選ばれた。私たちのエージェントを夫婦でやってはいるナット・ソベルとジュディス・ウェバーが、その短編をふくらませて共作の長編小説にしてはどうかと提案し、執筆の途中で何度か原稿を読んでくれた。私たちはこの本をナットとジュディスのふたりと、私たちにべつの形で協力してくれ、いいヒントをあたえてくれた、ノーラン・マクナマラ・フランクリンに捧げる。

訳者あとがき

本書『たとえ傾いた世界でも』(The Tilted World 2013) は、著者おぼえがきにあるように、一九二七年のミシシッピ大洪水を背景に描かれている。

一九二六年夏のミシシッピ川流域における記録的豪雨を発端に、洪水はその冬から一九二七年の初夏にかけて猛威をふるい、各地に甚大な被害をあたえた。ニューオーリンズの壊滅を防ぐために、上流の堤防を爆破するといった措置もとられたが、結局、百四十五カ所で堤防が破れ、流域の広い範囲にとてつもない被害がひろがった。

この洪水で、カルヴィン・クーリッジ大統領のもとで救難活動を指揮したハーバート・フーヴァー商務長官の名声は一躍あがり、共和党の指名を楽々と勝ち得て、一九二八年の大統領選挙で当選した。フーヴァーは、本書にもちらりと登場する。

この自然災害でもっとも悲惨な目に遭ったのは、デルタの人口の七十五パーセント、農業労働力の九十五パーセントを占めていたアフリカ系アメリカ人だった。彼らの窮状をメンフィス・ミニーが歌いあげたブルーズWhen the Levee Breaks（一九二九年録音）を、レッド・ツェッペリンがカバーした名演は名高い（邦題「レヴィー・ブレイク」）。ブルーズは黒人たちの苦難をよく描いているが、この歌も、降り続く雨で堤防が破れたら、いどころがなくなる（黒人の多くは綿花を摘んでいたが、畑が水没してしまった）。南へ行くか、北のシカゴへ流れていくしかない……と嘆いている。

本書の主人公のひとり、内国歳入局（当時）の取締官テディ・インガソルも、ブルーズを演る。インガソルはシカゴの孤児院に育ち、少年のころからクラブの裏口でブルーズを聞き、耳で音をおぼえて、やがてちょっとしたきっかけで楽団にくわえてもらう。しかし、セントルイスへ連れていってくれと頼むインガソルに、歌手のリジー・ルーイはにべもなく「あんたにゃブルーズがない」という。

そうかもしれない。そうではないかもしれない。でも、ジャニス・ジョプリンは、「自分では気づいていないかもしれないけど、ブルーズの歌い手がみじめなほど客はよろこぶのさ。そのあとで歌い手が死んじまったら、なおのこといいのさ」といい、「生きながらブルーズに葬られた」。エリック・クラプトンは白人ながら、最高のブルーズマンのひとりだと認められている。深刻なトラブルや悩みを抱えているのは、黒人ばかりではないのだ。

また、ウェスタン・スィングの鼻祖ボブ・ウィルスは、ベッシー・スミスのブルーズを聞くために、ラバに乗って何十マイルもの道のりを行ったという。そして現に、本書にも言及されているベッシー

・スミスの「男ひでりのあたし」(I Ain't Got Nobody) を録音している。つまり、インガソルはまんざら酔狂な男ともいえない。ブルーズは、白人の心もとらえていた。むろん、グレン・ミラーやベニー・グッドマンの成功が、黒人の編曲者に支えられていたことでもわかるように、黒人音楽には商売になるという側面もあった。

インガソルの相棒のハム・ジョンソンは、豪快磊落な巨漢で、フランスの激戦地でハムが指揮官の少尉、インガソルが射撃名人の下士官として戦ったときからの相棒だった。ふたりは禁酒法を執行する機動的な秘密取締官として、アメリカ各地で手柄をあげていた。饒舌なハムと控え目なインガソルの組み合わせが功を奏していたことは、いうまでもない。

そんなふたりが、商務長官ハーバート・フーヴァーに貸し出され、ミシシッピ川沿いにあって堤防決壊の危機にさらされている架空の町、ホブノブ湊《ランディング》に向かった。ウィスキー密造を捜査していた取締官ふたりがそこで行方不明になっていて、その消息を追うのが主な任務だった。だが、堤防に破壊工作が行なわれるおそれもあり、町は不穏な雰囲気だった。

途中で、ふたりは盗賊に襲われたよろず屋に行き合わせ、射殺された盗賊夫婦の遺児の赤ん坊を拾う。自分もみなしごだったインガソルは、赤ん坊を孤児院に預ける気持ちになれず、赤ん坊を抱いて馬上ホブノブに向かい、そこでさいわい貰い手を見つけることができた。

だが、インガソルが事情を知らずに赤ん坊を託した相手のディキシー・クレイは、密造人ジェシ・ホリヴァーの妻だった。それどころか、ディキシー・クレイは、いまでは密造を任され、評判のうまいウィスキー造りにいそしんでいた。

こういった密造酒は、moonshine（月影）、white lightning（白い稲妻）、mountain dew（山の露）などと呼ばれ、当局に見つからないよう山中で夜間にひっそりと蒸留される。工程はわりあい単純で、蒸留釜に熱をくわえて発生したアルコールの蒸気から固形物を取り除き、蛇管と呼ばれるらせん状の管を通し、水で冷やして凝固させるだけだ。数々の歌の題材にもなっていて、「密造酒取締官が来るから早く逃げな」とか、「あかがねの薬缶とらせん管を用意し、コーンマッシュを入れて沸かせば、あとは楽ちんだ。広口瓶にポトポト溜まるのを待てばいいだけさ」などというように歌われている。樽で熟成させないので、このウィスキーは無色透明だ。いまも広口瓶で売られている「ジョージア・ムーン」という透明のウィスキー（もちろん税金は払っている！）があるから、左党は試してみたら如何。

閑話休題《それはさておき》、インガソルはディキシー・クレイに惹かれるが、取締官であること、ハムへの忠誠、ディキシー・クレイの夫のジェシ、堤防をめぐる陰謀が、ふたりと赤ん坊の前に立ちはだかる。ミシシッピの水の猛威で、物語はどちらに流れてゆくのかと、読むものをはらはらさせる。

大戦間のこの時代、アメリカは未曾有の繁栄を誇ったが、貧富の差は激しかった。一九二九年〜三〇年にかけて世界的な大恐慌が起き、一九三三年にはダストボウルという異常気象で農民の多くが銀行に土地を奪われ、移住を余儀なくされるなど、庶民が苦しんだ時代でもあった。ごく少数の富裕層の貪欲と異常気象という構図は、どこか現代のアメリカにも似ている。

ミシシッピ大洪水を生き延びたあと、本書の主人公たちはその時代をどう生き抜いたのだろうか？この物語に続篇はあるのだろうか？　ぜひつづきが読みたいと思うのは、訳者だけではないはずだ。

本書は、トム・フランクリンと夫人のベス・アン・フェンリイの初の共作長編だ。トム・フランクリンは一九六三年アラバマ生まれ、最初の短編集『密猟者たち』の表題作が、アメリカ探偵作家クラブ最優秀短編賞を受賞、三本目の長編『ねじれた文字、ねじれた路』は英国推理作家協会賞（最優秀長編賞）を授与されるなど、高い評価を受けている。ベス・アン・フェンリイは、一九七一年ニュージャージー州生まれの詩人・作家で、ミシシッピ大学で教鞭をとり、教育者としても評価が高い。*The Best American Poetry* に三作が選ばれるなど、詩人としても活躍し、ノンフィクション *Great with Child* も著している。夫妻は子供三人とともに、ミシシッピ州オクスフォードに住んでいる。

二〇一四年七月

HAYAKAWA POCKET MYSTERY BOOKS No. 1886

伏《ふし》見《み》威《い》蕃《わん》

1951年生，早稲田大学商学部卒，
英米文学翻訳家
訳書
『暗殺者グレイマン』マーク・グリーニー
『ブラックホーク・ダウン』マーク・ボウデン
『ねじれた文字、ねじれた路』トム・フランクリン
（以上早川書房刊）他多数

この本の型は，縦18.4センチ，横10.6センチのポケット・ブック判です.

〔たとえ傾《かたむ》いた世界《せかい》でも〕

2014年8月10日印刷　2014年8月15日発行

著者　トム・フランクリン＆ベス・アン・フェンリイ
訳者　伏見威蕃
発行者　早川浩
印刷所　星野精版印刷株式会社
表紙印刷　株式会社文化カラー印刷
製本所　株式会社川島製本所

発行所　株式会社　早川書房
東京都千代田区神田多町2－2
電話　03-3252-3111（大代表）
振替　00160-3-47799
http://www.hayakawa-online.co.jp

（乱丁・落丁本は小社制作部宛お送り下さい
送料小社負担にてお取りかえいたします）

ISBN978-4-15-001886-3 C0297
Printed and bound in Japan

ハヤカワ・ミステリ〈話題作〉

1878 地上最後の刑事 ベン・H・ウィンタース 上野元美訳 〈アメリカ探偵作家クラブ賞最優秀ペイパーバック賞受賞〉小惑星衝突が迫り社会が崩壊した世界で、新人刑事は地道な捜査を続ける

1879 アンダルシアの友 アレクサンデル・セーデルベリ ヘレンハルメ美穂訳 シングルマザーの看護師は突如、国際犯罪組織による血みどろの抗争の渦中に放り込まれる！ スウェーデン発のクライム・スリラー

1880 ジュリアン・ウェルズの葬られた秘密 トマス・H・クック 駒月雅子訳 親友の作家ジュリアンの自殺。執筆意欲のあった彼がなぜ？ 文芸評論家のフィリップは友の過去を追うが……異色の友情ミステリ。

1881 コンプリケーション アイザック・アダムスン 清水由貴子訳 弟の死の真相を探るため古都プラハに赴いた男の前に次々と謎の事物が現れる。ツイストと謎があふれる一気読み必至のサスペンス！

1882 三銃士の息子 カミ 高野 優訳 美しく無垢な令嬢を救わんとスーパーヒーローがダイカツヤク。脱力ギャグとアリエナイ展開満載で世紀の大冒険を描き切った大長篇